Casa de pensão

Casa de pensão

ALUÍSIO AZEVEDO

MARTIN CLARET

Prefácio

Uma repugnante casa de pensão

Ricardo Iannace*

> Com o romance naturalista, o romance de observação e de análise, as condições mudam imediatamente. (...) O grande negócio é colocar em pé criaturas vivas, representando diante dos leitores a comédia humana com a maior naturalidade possível. Todos os esforços do escritor tendem a ocultar o imaginário sob o real. (...) O senso do real é sentir a natureza e representá-la tal como ela é. (...) Um grande romancista deve ter o senso do real e a expressão pessoal.
>
> Emile Zola[1]

O leitor que tem às mãos esta *Casa de pensão* traz consigo uma obra-prima da literatura brasileira. Fiel aos preceitos do Realismo-Naturalismo, à maneira de

---

* Doutor em Teoria Literária e Literatura Comparada pela Universidade de São Paulo (USP). Professor de Comunicação e Expressão na Faculdade de Tecnologia Victor Civita (FATEC) e professor do Programa de Pós-Graduação em Estudos de Literatura da Universidade Federal de São Carlos (UFSCar). Autor, entre outros, de *Retratos em Clarice Lispector*: literatura, pintura e fotografia (Ed. UFMG, 2009).

[1] ZOLA, E. "O senso do real". Do romance. Trad. Plínio Augusto Coelho. São Paulo: Imaginário / Edusp, 1995. p. 24-30.

Emile Zola e de Eça de Queirós, este romance publicado em 1884, de autoria do maranhense Aluísio Azevedo (1857–1913), retrata com sugestiva imparcialidade e notória transparência o que há de inescrupuloso na mente humana, nas convenções e práticas sociais. Adicione-se a isso a análise dos fatos, sem os quais o escritor não revelaria a intimidade e tampouco os planos calculistas de suas personagens — concebidas, no caso, como fruto do meio, da raça e do tempo histórico a que pertencem, conforme as doutrinas vigentes na segunda metade do século XIX: o Determinismo de Hippolyte Taine, o Positivismo de Augusto Comte e o Evolucionismo de Charles Darwin.

Narrada em terceira pessoa, centra-se a intriga na trajetória de Amâncio de Vasconcelos: vinte e um anos, natural do Maranhão, recém-chegado ao Rio de Janeiro para ingressar, sem a mínima convicção e vocação, na Escola de Medicina. Filho de um rico comerciante, não faltam recursos ao jovem de cabelos crespos, testa curta e pele morena. Preguiçoso e mal-intencionado, carece o protagonista de responsabilidade e de interesse pelos livros: "Oh! os estudos! os estudos eram o ponto negro de sua vida, o seu desgosto". A Corte simboliza a liberdade (pura maquinação para se desvencilhar da excessiva proteção materna e do autoritarismo paterno).

Hospeda-se, de início, na residência de Luís Campos e de sua esposa Hortênsia. Campos é funcionário público, homem de juízo e bem estabilizado. Quando moço, no norte do país, recebera a orientação e o amparo do tio de Amâncio, daí a gratidão para com a família Vasconcelos. Acolher o estudante implica a compensação de uma dívida; mais que anfitrião, faz-se tutor do provinciano na cidade carioca. Não tardará, contudo, para que o rapaz se transfira de casa, embora a figura de Hortênsia encha os seus olhos de gozo. Na verdade, Amâncio rejeita todo lar regrado e respeitoso que venha coibir a sua índole maliciosa, o seu instinto libertino e vadio.

A instalação de Amâncio na pensão de Madame Brizard representará, a seguir, a oportunidade de viver às soltas, sem deveres e a salvo de vigilância. Ocorre que, ao contrário do previsto, esse nortista ávido por experiências mundanas e obscenas será fisgado pelos proprietários do pensionato, que se valerão de manobras astuciosas para agradá-lo e, dia a dia, surrupiarem-lhe o dinheiro. Bajuladores perseverantes, João Coqueiro e Mme. Brizard — francesa de idade avançada, em comparação à desse seu segundo marido — não poupam esforços para unir Amâncio à Amélia, irmã de Coqueiro, sempre solícita às necessidades do novo inquilino.

Essa habitação adquire um desenho especial nas páginas de Aluísio. Por meio da descrição dos cômodos do imóvel recém-reformado, cuja mobília e decoração expressam mau gosto, o universo dos moradores ganha cor e vida. Isto é, ao lançar vistas ao sobrado de dois andares que no passado a mãe de Coqueiro (velha amiga de Mme. Brizard) transformou em quartos coletivos, o ficcionista direciona os holofotes à personalidade de seus locatários. Curioso é o episódio em que Coqueiro apresenta a Amâncio as dependências da casa, que conta com uma chácara no fundo. Ao percorrerem o corredor estreito, detêm-se na porta de alguns quartos, cada qual com um número. O nº 4 está reservado ao "Campelo, um esquisito, porém bom sujeito, do comércio"; o nº 5, ao Paula Mendes e à mulher, "casal de artistas, davam lições e concertos de piano"; o nº 6, ao guarda-livros; o nº 7, a um jovem português doente; o nº 10, ao Lambertosa, "um verdadeiro *gentleman*".

Aos poucos, essa galeria se torna conhecida. As reuniões, durante e após o jantar, concorrem para isso; ficam expostas as imoralidades e as anomalias intrínsecas às personagens. Fica patente, por exemplo, que Mme. Brizard é uma matreira, imigrante oportunista com ares de superioridade, disposta a bater boca e a sair a tapas com hóspedes inadimplentes. Mimi, sua filha mais velha, tem crises de histeria. No tocante a distúrbios patológicos, além da progressiva tuberculose que domina o português do quarto nº 7, Amâncio também possui saúde frágil: herdara da ama de leite o reumatismo crônico. Enfim, o contexto degradado do romance é característico da vertente naturalista.

Organizada em vinte e dois capítulos, *Casa de pensão* estrutura-se a partir de um registro que acena para o tempo, recapitulando e atando os nós do passado com os do presente. Revisam-se, assim, a formação e os porquês dos desvios de caráter das personagens. Esse modo de enunciar, em sintonia com o discurso científico da época (embasado no *verossímil*, focado na *certeza*), jamais compromete a literariedade da escrita de Aluísio. O estético, na criação do autor de *O mulato*, emerge de uma linguagem metafórica e irônica, ainda que obstinadamente pautada pelo real. Segundo Georg Lukács, filósofo húngaro que produziu uma criteriosa teoria sobre o gênero romance, "não existe na literatura uma 'poesia das coisas' independente dos acontecimentos e experiências da vida humana", visto que as "coisas só têm vida poética enquanto relacionadas com acontecimentos de destinos humanos".[2]

Com efeito, o *perfil malandro* confiado a Amâncio acentua, paradoxalmente, a insegurança e a covardia despontadas no decorrer da infância e da adolescência do protagonista — sublinha a incompletude e a ambiguidade desse anti-herói que, ao se render à sensualidade feminina, quer seja de Amélia quer seja de Lúcia, esposa de Pereira (moradores na pensão), não atina para os infortúnios que estão por vir. A maré de azar que recairá sobre ele, sintetizada de modo triunfal no epílogo do livro, será posterior à saída da personagem e da família de Coqueiro do sobrado.

A predisposição de Amâncio para a malandragem é tanta que, a certa altura do enredo — em razão das homenagens recebidas pela aprovação no primeiro ano da faculdade e em virtude das aclamações do povo, que em determinada ocasião exalta o seu nome pelas ruas —, chega-se a pensar que o rapaz ocupará um posto de deputado ou de senador da República, mas o clamor cessa e o silêncio impera, como em muitas manifestações ocorridas ao longo da história no país. Cabe assinalar que esse tipo manhoso, dado à ociosidade, convida à leitura de outros clássicos da prosa brasileira, nos quais se destacam figuras de relativa e mesmo semelhante proporção: *Memórias de um sargento de milícias* (1854), de Manuel Antônio de Almeida, e *Macunaíma* (1928), de Mário de Andrade.

---

[2] LUKÁCS, G. "Narrar ou descrever? Contribuição para uma discussão sobre o naturalismo e o formalismo". *Ensaios sobre literatura.* Trad. Giseh Vianna Konder. Rio de Janeiro: Civilização Brasileira, 1965. p. 72-73.

Casa de pensão

ALUÍSIO AZEVEDO

Ao Distinto Cavalheiro

José Rodrigues Barbosa

O autor

I

Desconfia de todo aquele que se arreceia da verdade.

Seriam onze horas da manhã.

O Campos, segundo o costume, acabava de descer do almoço e, a pena atrás da orelha, o lenço por dentro do colarinho, dispunha-se a prosseguir no trabalho interrompido pouco antes. Entrou no seu escritório e foi sentar-se à secretária.

Defronte dele, com uma gravidade oficial, empilhavam-se grandes livros de escrituração mercantil. Ao lado, uma prensa de copiar, um copo de água, sujo de pó, e um pincel chato; mais adiante, sobre um mocho de madeira preta, muito alto, via-se o *Diário* deitado de costas e aberto de par em par.

Tratava-se de fazer a correspondência para o Norte. Mal, porém, dava começo a uma nova carta, lançando cuidadosamente no papel a sua bonita letra, desenhada e grande, quando foi interrompido por um rapaz, que da porta do escritório lhe perguntou — se podia falar com o sr. Luís Batista de Campos.

— Tenha a bondade de entrar — disse este.

O rapaz aproximou-se das grades de cedro polido, que o separavam do comerciante.

Era de vinte anos, tipo do Norte, franzino, amorenado, pescoço estreito, cabelos crespos e olhos vivos e penetrantes, se bem que alterados por um leve estrabismo.

Vestia casimira clara, tinha um alfinete de esmeralda na camisa, um brilhante na mão esquerda e uma grossa cadeia de ouro sobre o ventre. Os pés, coagidos em apertados sapatinhos de verniz, desapareciam-lhe casquilhamente nas amplas bainhas da calça.

— Que deseja o senhor? — perguntou o Campos, metendo de novo a pena atrás da orelha e pousando um pedaço de papel mata-borrão sobre o trabalho.

O moço avançou dois passos, com ar muito acanhado; o chapéu de pelo seguro por ambas as mãos; a bengala debaixo do braço.

— Desejo entregar esta carta — disse, cada vez mais atrapalhado com o seu chapéu e a sua bengala, sem conseguir tirar da algibeira um grosso maço de papéis que levava.

Não havia onde pôr o maldito chapéu, e a bengala tinha-lhe já caído no chão, quando o Campos foi em seu socorro.

— Cheguei hoje do Maranhão — acrescentou o provinciano, sacando as cartas finalmente.

As últimas palavras do moço pareciam interessar deveras o negociante, porque este, logo que as ouviu, passou a considerá-lo da cabeça aos pés, e exclamou depois:

— Ora espere... O senhor é o Amâncio!

O outro sorriu, e, entregando-lhe a carta, pediu-lhe com um gesto que a lesse.

Não foi preciso romper o sobrescrito, porque vinha aberta.

— É de meu pai... — disse Amâncio.

— Ah! é do velho Vasconcelos?... Como vai ele?

— Assim, assim... O que o atrapalha mais é o reumatismo. Agora está em uso da Salça-e-caroba, do Holanda.

— Coitado! — lamentou o Campos com um suspiro — Ele sofre há tanto tempo!...

E passou a ler a carta, depois de dar uma cadeira a Amâncio, que já estava para dentro das grades.

— Pois, sim, senhor! — disse ao terminar a leitura. — Está o meu amigo na Corte, e homem! Como corre o tempo!...

Amâncio tornou a sorrir.

— Parece que ainda foi outro dia que o vi, deste tamanho, a brincar no armazém de seu pai.

E mostrou com a mão aberta o tamanho de Amâncio naquela época.

— Foi há seis anos — observou o moço, limpando o suor que lhe corria abundante pelo rosto.

Fez-se uma pequena pausa e em seguida o Campos falou do muito que devia ao falecido irmão e sócio do velho Vasconcelos; citou os obséquios que lhe merecera; disse que encontrara nele "um segundo pai" e terminou perguntando quais eram as intenções de Amâncio na Corte, se vinha estudar ou empregar-se.

— Estudar! — acudiu o provinciano.

Queria ver se era possível matricular-se ainda este ano na Escola de Medicina. Não negava que se havia demorado um pouquinho nos preparatórios... mas seria dele a culpa?... Só com umas sezões que apanhara na fazenda da avó, perdera três anos...

Campos escutava-o com atenção. Depois perguntou-lhe se já havia almoçado.

Amâncio disse que sim, por cerimônia.

— Venha então jantar conosco; precisamos conversar mais à vontade. Quero apresentá-lo à minha gente.

O rapaz concordou, mas ainda tinha que entregar várias cartas e várias encomendas que trouxera. O Campos talvez conhecesse os destinatários.

Mostrou-lhes as cartas; eram quase todas de recomendação.

— O melhor é tomar um carro — aconselhou o negociante. — Olhe, vou dar-lhe um moço, aí de casa, para o guiar.

E, pelo acústico, que havia a um canto do escritório, chamou um caixeiro.

Dali a pouco, Amâncio saía, acompanhado por este, prometendo voltar para o jantar.

A casa de Luís Campos era na rua Direita. Um desses casarões do tempo antigo, quadrados e sem gosto, cujo ar severo e recolhido está a dizer no seu silêncio os rigores do velho comércio português.

Compunha-se do vasto armazém ao rés do chão, e mais dois andares; no primeiro dos quais estava o escritório e à noite aboletavam-se os caixeiros, e no segundo morava o negociante com a mulher — D. Maria Hortênsia, e uma cunhada — D. Carlotinha.

A mesa era no andar de cima. Faziam-se duas: uma para o dono da casa, a família, o guarda-livros e hóspedes, se os havia, o que era frequente; e a outra só para os caixeiros, que subiam ao número de cinco ou seis.

Apesar de inteligente e de brasileiro, Campos nunca logrou espantar de sua casa o ar triste que a ensombrecia. À mesa, quando raramente se palestrava, era sempre com muita reserva; não havia risadas expansivas, nem livres exclamações de alegria. Os hóspedes, pobre gente de província, faziam uma cerimônia espessa; o guarda-livros poucas vezes arriscava a sua anedota, e só se determinava a isso, tendo de antemão escolhido um assunto discreto e conveniente.

Campos não apertava a bolsa em questões de comida; queria mesa farta: quatro pratos ao almoço, café e leite à discrição; ao jantar seis, sopa e vinho. Os caixeiros falavam com orgulho dessa generosidade e faziam em geral boa ausência do patrão, que, entretanto, fora sempre de uma sobriedade rara: comia pouco, bebia ainda menos e não conhecia os vícios senão de nome.

Aos domingos, e às vezes mesmo em dias de semana, aparecia para o jantar um ou outro estudante comprovinciano dos Campos ou algum freguês do interior, que estivesse de passagem na Corte e a quem lhe convinha agradar.

Luís Campos era homem ativo, caprichoso no serviço de que se encarregava e extremamente suscetível em pontos de honra, quer se tratasse de sua individualidade privada, quer de sua responsabilidade comercial.

Não descia nunca ao armazém, ou simplesmente ao escritório, sem estar bem limpo e preparado. Caprichava no asseio do corpo: as unhas, os cabelos e os dentes mereciam-lhe bons desvelos e atenções.

Entre os companheiros, passava por homem de vistas largas e espírito adiantado; nos dias de descanso dava-se todo ao Figuier, ao Flammarion e ao Júlio Verne; outras vezes, poucas, atirava-se à literatura; mas os verdadeiros mestres aborreciam-no e entreturbavam-no com os rigorismos da forma.

— É um bom tipo! — diziam os estudantes à volta do jantar, e no seguinte domingo lá estavam de novo. O "bom tipo" tratava-os muito bem, levava-os com a família para a sala, oferecia-lhes charutos, cerveja, e nunca exigia que lhe restituíssem os livros que lhes emprestava.

Quanto à sua vida comercial, pouco se tem a dizer. Até os dezoito anos, Campos estivera no Maranhão, para onde fora em pequeno de sua província natal, o

Ceará. No Maranhão fez os primeiros estudos e deu os primeiros passos no comércio, pela mão de um velho negociante, amigo de seu pai.

Esse velho foi o seu protetor e seu guia; só com a morte dele se passou o Campos para o Rio de Janeiro, onde, graças ainda a certas relações da família de seu benfeitor, conseguiu arranjar-se logo, como ajudante de guarda-livros, em uma casa de comissões. Desta saiu para outra, melhorando sempre de fortuna, até que afinal o admitiram, como gerente, no armazém de uns tais Garcia, Costa & Cia.

O tal Garcia morreu, Campos passou a ser interessado na casa; depois morreu o Costa, e Campos chamou um sócio de fora, um capitalista, e ficou sendo a principal figura da firma.

Por esse tempo encontrou D. Maria Hortênsia, menina de boa família, sofrivelmente ajuizada e com dote. Pouco levou a pedi-la e a casar-se.

Nunca se arrependera de semelhante passo. Hortênsia saíra uma excelente dona de casa, muito arranjadinha, muito amiga de poupar, muito presa aos interesses de seu marido, e limpa, "limpa, que fazia gosto"!

O segundo andar vivia, pois, num brinco; nem um escarro seco no chão. Os móveis luziam, como se tivessem chegado na véspera da casa do marceneiro; as roupas da cama eram de uma brancura fresca e cheirosa; não havia teias de aranha nos tetos ou nos candeeiros e os globos de vidro não apresentavam sequer a nódoa de uma mosca.

E Campos sentiu-se bem no meio dessa ordem, desse método. Procurava todos os dias enriquecer os trens de sua casa, já comprando umas jardineiras, que lhe chamaram a atenção em tal rua; já trazendo uma estatueta, um quadro, uma nova máquina de fazer sorvetes, ou um sistema aperfeiçoado para esta ou aquela utilidade doméstica.

Gostava que em sua casa houvesse um pouco de tudo. Não aparecia por aí qualquer novidade, qualquer novo aparelho de bater ovos, gelar vinho, regar plantas, que o Campos não fosse um dos primeiros a experimentar.

A mulher, às vezes, já se ria quando ele entrava da rua abraçado a um embrulho.

— Que foi que se inventou?... — perguntava com uma pontinha de mofa.

O marido não fazia esperar a justificação do seu novo aparelho, e, tal interesse punha em jogo, que parecia tratar de uma obra própria, de cujo sucesso dependesse a sua felicidade. E, logo que encontrasse algum amigo, não deixava de falar nisso; gabava-se da compra que fizera, encarecia a utilidade do objeto e aconselhava a todos que comprassem um igual.

Campos, depois do casamento, principiou a prosperar de um modo assombroso; dentro de três anos era o que vimos: — rico, muito acreditado e seguro na praça.

E, contudo, não tinha mais do que trinta e seis anos de idade.

— É um felizardo! — resmungavam os colegas com o olhar fito.

— É um felizardo! Quem o viu, como eu, há tão pouco tempo!...

— Mas sempre teve boa cabeça!...

— São fortunas, homem! Outros há por aí, que fazem o dobro e não conseguem a metade!

— Não! ele merece, coitado! É muito bom moço, muito expedito e trabalhador!

— Homem! todos nós somos bons!... O que lhe afianço é que nunca em minha vida consegui pôr de parte um bocado de dinheiro!

E o caso era que o Campos, ou devido à fortuna ou ao bom tino para os negócios, prosperava sempre.

* * *

Às quatro horas da tarde apareceu de novo Amâncio. Vinha esbaforido. O dia estava horrível de calor. Campos foi recebê-lo com muito agrado.

— Então? — disse-lhe. — Está livre das cartas?

— Qual! — respondeu o moço — tenho ainda cinco para entregar. Uma estafa! No Maranhão nunca senti tanto calor!...

— Falta de hábito! — observou o outro. — Daqui a dias verá que isto é muito mais fresco!

— Estou desta forma! — queixava-se Amâncio, quase sem fôlego, a mostrar o colarinho desfeito e os punhos encardidos.

— Suba — volveu o Campos, empurrando-o brandamente. — Tome qualquer coisa. Vá entrando sem cerimônia.

E, já na escada do segundo andar, perguntou de súbito:

— É verdade! E a sua bagagem?...

— Está tudo no *Coroa de Ouro.* Hospedei-me lá.

— Bem.

E subiram.

Amâncio deixou-se ficar na sala de visitas; o outro correu a prevenir a mulher.

— Neném! — disse ele. — Sabes? Hoje temos ao jantar um moço que chegou do Norte, um estudante. É preciso oferecer-lhe a casa.

Hortênsia respondeu com um gesto de má vontade.

— Não! — replicou o negociante. — É uma questão de gratidão!... Devo muitos obséquios à família deste rapaz! Lembras-te daquele velho, de que te falei, aquele que foi quem me deu a mão lá no Norte?... Pois este é o sobrinho, é filho do Vasconcelos. Não nos ficaria bem recebê-lo assim, sem mais nem menos!...

— Mas, Lulu, isto de se meter estudantes em casa é o diabo! Dizem que é uma gente tão esbodegada!

— Ora, coitado! Ele até me parece meio tolo! Além disso, não seria o primeiro hóspede!...

— Queres agora comparar um estudante com aqueles tipos de Minas que se hospedam aqui!...

— Mas se estou dizendo que o rapaz até parece tolo...

— Manhas, homem! Todos eles parecem muito inocentes, e depois... Enfim, tu farás o que entenderes... Só te previno de que esta gente é muito reparadeira!

— Não há de ser tanto assim!...

E Campos voltou à sala.

Amâncio soprava, estendido em uma cadeira de balanço, a abanar-se com o lenço.

— Muito calor, hein? — perguntou o Campos, entrando.

— Está horroroso — disse aquele.

E resfolegou-se com mais força.

— Venha antes para este lado. Aqui para a sala de jantar é mais fresco. Venha! Eu vou dar-lhe um paletó de brim.

Amâncio esquivava-se, fazendo cerimônia; mas o outro, com o segredo da hospitalidade que em geral possui o cearense, obrigou-o a entrar para um quarto e mudar de roupa.

O jantar, como sempre, correu frio e contrafeito. Amâncio não tinha apetite, porque pouco antes comera mães-bentas em um café; Campos, porém, desfazia-se em obséquios e empregava todos os meios de lhe ser agradável.

— Vá, mais uma fatia de pudim — insistia ele a tentá-lo.

— Não, não é possível — respondia o hóspede, limpando sempre o rosto com o lenço.

À sobremesa falou-se no velho Vasconcelos e mais no irmão. O negociante lembrou ainda as obrigações que devia à família de Amâncio, citou pormenores de sua vida no Maranhão; elogiou muito a província; disse que havia lá mais sociabilidade que no Rio de Janeiro, e acabou brindando a memória de seu benfeitor, de seu segundo pai.

Maria Hortênsia parecia tomar parte no reconhecimento do marido e, sempre que se dirigia ao estudante, tinha nos lábios um sorriso de amabilidade.

Carlotinha não dera uma palavra durante o jantar. Comia vergada sobre o seu prato e só ergueu a cabeça na ocasião de deixar a mesa.

Amâncio, todavia, não a perdera de vista.

Às sete horas da tarde, quando se despediu, estava já combinado que no dia seguinte ele voltaria com as malas, para hospedar-se em casa do Campos.

— É melhor... — disse este — é muito melhor! Ali, o senhor não pode estar bem; sempre é vida de hotel! Venha para cá; faça de conta que minha família é a sua!

Amâncio prometeu, e saiu, reconsiderando pelo caminho todas as impressões desse dia.

Mais tarde, deitado na cama do *Coroa de Ouro*, com o corpo moído, o espírito saturado de sensações, procurava recapitular o que tinha a fazer no dia seguinte; e, bocejando, via, de olhos fechados, o vulto amoroso de Hortênsia a sorrir para ele, estendendo-lhe no ar os belos braços, palpitantes e carnudos.

II

No dia seguinte mudava-se Amâncio para a casa do Campos. Seria por pouco tempo — até que descobrisse um "cômodo definitivo".

Deixou com algum pesar o hotel. Aquela vida boêmia, com os seus almoços em mesa-redonda, o seu quartinho, uma janela sobre os telhados, e a plena liberdade de estar como bem entendesse, tinha para ele um sedutor encanto de novidade.

Nunca saíra do Maranhão; vira de longe a Corte através do prisma fantasmagórico de seus sonhos. O Rio de Janeiro afigurava-se-lhe um Paris de Alexandre Dumas ou de Paulo de Kock, um Paris cheio de canções de amor, um Paris de estudantes e costureiras, no qual podia ele à vontade correr as suas aventuras, sem fazer escândalo como no diabo da província.

Há muito tempo ardia de impaciência por tal viagem: pensara nisso todos os dias; fizera cálculos, imaginara futuras felicidades. Queria teatros bufos, ceias ruidosas ao lado de francesas, passeios fora de horas, a carro, pelos arrabaldes. Seu espírito, excessivamente romântico, como o de todo maranhense nessas condições, pedia uma grande cidade, velha, cheia de ruas tenebrosas, cheias de mistérios, de hotéis, de casas de jogo, de lugares suspeitos e de mulheres caprichosas; fidalgas encantadoras e libertinas, capazes de tudo, por um momento de gozo. E Amâncio sentia necessidade de dar começo àquela existência que encontrara nas páginas de mil romances. Todo ele reclamava amores perigosos, segredos de alcova e loucuras de paixão.

Entretanto, o seu tipo franzino, meio imberbe, meio ingênuo, dizia justamente o contrário. Ninguém, contemplando aquele insignificante rosto moreno, um tanto chupado, aqueles pômulos salientes, aqueles olhos negros, de uma vivacidade quase infantil, aquela boca estreita, guarnecida de bons dentes, claros e alinhados, ninguém acreditaria que ali estivesse um sonhador, um sensual, um louco.

Sua pequena testa, curta e sem espinhas, margeada de cabelos crespos, não denunciava o que naquela cabeça havia de voluptuoso e ruim. Seu todo acanhado, fraco e modesto, não deixava transparecer a brutalidade daquele temperamento cálido e desensofrido.

Amâncio fora muito mal-educado pelo pai, português antigo e austero, desses que confundem o respeito com o terror. Em pequeno levou muita bordoada; tinha um medo horroroso de Vasconcelos; fugia dele como de um inimigo, e ficava todo frio e a tremer quando lhe ouvia a voz ou lhe sentia os passos. Se acaso algumas vezes se mostrava dócil e amoroso, era sempre por conveniência: habituou-se a fingir desde esse tempo.

Sua mãe, D. Ângela, uma santa de cabelos brancos e rosto de moça, não raro se voltava contra o marido e apadrinhava o filho. Amâncio agarrava-se-lhe às saias, fora de si, sufocado de soluços.

Aos sete anos entrou para a escola. Que horror!

O mestre, um tal de Antônio Pires, homem grosseiro, bruto, de cabelo duro e olhos de touro, batia nas crianças por gosto, por um hábito do ofício. Na aula só falava a berrar, como se dirigisse uma boiada. Tinha as mãos grossas, a voz áspera, a catadura selvagem; e quando metia para dentro um pouco mais de vinho, ficava pior.

Amâncio, já na Corte, só de pensar no bruto, ainda sentia os calafrios dos outros tempos, e com eles vagos desejos de vingança. Um malquerer doentio invadia-lhe o coração, sempre que se lembrava do mestre e do pai. Envolvia-os no mesmo ressentimento, no mesmo ódio surdo e inconfessável.

Todos os pequenos da aula tinham birra ao Pires. Nele enxergavam o carrasco, o tirano, o inimigo e não o mestre; mas, visto que qualquer manifestação de antipatia redundava fatalmente em castigo, as pobres crianças fingiam-se satisfeitas; riam muito quando o beberrão dizia alguma chalaça, e afinal, coitadas! iam-se habituando ao servilismo e à mentira.

Os pais ignorantes, viciados pelos costumes bárbaros do Brasil, atrofiados pelo hábito de lidar com escravos, entendiam que aquele animal era o único professor capaz de "endireitar os filhos".

Elogiavam-lhe a rispidez, recomendavam-lhe sempre que "não passasse a mão pela cabeça dos rapazes" e que, quando fosse preciso, "dobrasse por conta deles a dose de bolos".

Ângela, porém, não era dessa opinião: não podia admitir que seu querido filho, aquela criaturinha fraca, delicada, um mimo de inocência e de graça, um anjinho, que ela afagava com tanta ternura e com tanto amor, que ela podia dizer criada com os seus beijos, fosse lá apanhar palmatoadas de um brutalhão daquela ordem! "Ora! isso não tinha jeito!"

Mas o Vasconcelos saltava-lhe logo em cima: Que deixasse lá o pequeno com o mestre!... Mais tarde ele havia de agradecer aquelas palmatoadas!

Assim não sucedeu. Amâncio alimentou sempre contra o Pires o mesmo ódio e a mesma repugnância. Verdade é que também fora sempre tido e havido pelo pior dos meninos da aula, pelo mais atrevido e insubordinado. Adquiriu tal fama com o seguinte fato:

Havia na escola um rapazito, implicante e levado dos diabos, que se assentava ao lado dele e com quem vivia sempre de turra.

Um dia pegaram-se mais seriamente. Amâncio teria então oito anos. Estava a coisa ainda em palavras, quando entrou o professor, e os dois contendores tomaram à pressa os seus competentes lugares.

Fez-se respeito. Todos os meninos começaram a estudar em voz alta, com afetação. Mas, de repente, ouviu-se o estalo de uma bofetada.

Houve rumor. O Pires levantou-se, tocou uma campainha, que usava para esses casos, e sindicou o fato.

Amâncio foi o único acusado.

— Sr. Vasconcelos! — gritou o mestre — por que espancou aquele menino?

Amâncio respondera humildemente que o menino insultara sua mãe.

— É mentira! — protestou o novo acusado.

— Que disse ele? — perguntou o Pires.

Amâncio repetiu o insulto que recebera. Toda a escola rebentou em gargalhadas.

— Cale-se, atrevido! — berrou o professor encolerizado a tocar a campainha. — Mariola! Dizer tal coisa em pleno recinto de aula!

E, puxando a pura força o delinquente para junto de si, ferrou-lhe meia dúzia de palmatoadas.

Amâncio, logo que se viu livre, fez um gesto de raiva.

— Ah! ele é isso? — exclamou o professor. — Tens gênio, tratante?! Ora espera! Isso tira-se.

E voltando-se para o rapazito que levou a bofetada, entregou-lhe a férula e disse-lhe que aplicasse outras tantas palmatoadas em Amâncio.

Este declarou formalmente que não se submetia ao castigo. O professor quis submetê-lo à força; Amâncio não abriu as mãos. Os dedos pareciam colados contra a palma.

O professor, então, desesperado com semelhante contrariedade, muito nervoso, deixou escapar a mesma frase que pouco antes provocara tudo aquilo.

Amâncio recuou dois passos e soltou uma nova bofetada, mas agora na cara do próprio mestre. Em seguida deitou a fugir, correndo.

Um "Oh!" formidável encheu a sala. O Pires, rubro de cólera, ordenou que prendessem o atrevido. A aula ergueu-se em peso, com grande desordem. Caíram bancos e derramaram-se tinteiros. Todos os meninos abraçaram sem hesitar a causa do mestre, e Amâncio foi agarrado no corredor quando ia alcançar a rua.

Mas quatro pontapés puseram em fugida os dois primeiros rapazes que lhe lançaram os dedos. Dois outros acudiram logo e o seguraram de novo, depois vieram mais três, mais oito, vinte, até que todos os quarenta ou cinquenta estudantes o levaram à presença do Pires, alegres, vitoriosos, risonhos, como se houvessem alcançado uma glória.

Amâncio sofreu novo castigo; serviu de escárnio aos seus condiscípulos e, quando chegou a casa, o pai, informado do que sucedera na escola, deu-lhe ainda uma boa sova e obrigou-o a pedir perdão, de joelhos, ao professor e ao menino da bofetada.

Desde esse instante, todo o sentimento de justiça e de honra que Amâncio possuía, transformou-se em ódio sistemático pelos seus semelhantes. Ficou fazendo um triste juízo dos homens:

"Pois, se até seu próprio pai, diretamente ofendido na questão, abraçara a causa mais forte!..."

Só Ângela, sua adorada, sua santa mãe, à noite, ao beijá-lo antes de dormir, depois de lhe perguntar se ficara muito magoado com o castigo, segredara-lhe entre lágrimas que "ele fizera muito bem..."

Como aquele, outros fatos se deram na meninice de Amâncio. Todas as vezes que lhe aparecia um ímpeto de coragem, sempre que lhe assistia um assomo de dignidade, sempre que pretendia repelir uma afronta, castigar um insulto, o pai, ou professor, caía-lhe em cima, abafando-lhe os impulsos pundonorosos.

Ficou medroso e descarado.

No fim de algum tempo já podiam, na escola, insultar a mãe quantas vezes quisessem, que ele não se abalaria; podiam lançar-lhe em rosto as ofensas que entendessem porque ele se conservaria impassível. Temia as consequências de qualquer desafronta. "Estava domesticado", segundo a frase do Pires.

Todavia, esses pequenos episódios da infância, tão insignificantes na aparência, decretaram a direção que devia tomar o caráter de Amâncio. Desde logo habituou-se a fazer uma falsa ideia de seus semelhantes; julgou os homens por seu pai, seu professor e seus condiscípulos. E abominou-os. Principiou a aborrecê-los secretamente, por uma fatalidade de ressentimento; principiou a desconfiar de todos, a prevenir-se contra tudo, a disfarçar, a fingir que era o que exigiam brutalmente que ele fosse.

Nunca lhe deram liberdade de espécie alguma: se lhe vinha uma ideia própria e desejava pô-la em prática, perguntavam-lhe "a quem vira ele fazer semelhante asneira?".

Convenceram-no de que só devemos praticar aquilo que outros já praticaram. Opunham-lhe sempre o exemplo das pessoas mais velhas; exigiam que ele procedesse com o mesmo discernimento de que dispunham seus pais.

E os rebentões da individualidade, e o que pudesse haver de original no seu caráter e na sua inteligência, tudo se foi mirrando e falecendo, como os renovos de uma planta que regassem diariamente com água morna.

À mesa devia ter a sisudez de um homem. Se lhe apetecia rir, cantar, conversar, gritavam-lhe logo: "Tenha modo, menino! Esteja quieto! Comporte-se!".

E Amâncio, com medo da bordoada, fazia-se grave, e cada vez ia-se tornando mais hipócrita e reservado. Sabia afetar seriedade, quando tinha vontade de rir; sabia mostrar-se alegre, quando estava triste; calar-se, tendo alguma recriminação a fazer; e, na igreja, ao lado da família, sabia fingir que rezava e sabia aguentar por mais de uma hora a máscara de um devoto.

Como o pai o queria inocente e dócil, ele afetava grande toleima, fazia-se muito ingênuo, muito admirado às coisas mais simples.

— É uma menina! — dizia a mãe, convicta. — Amancinho tem já dez anos e conserva a candura de um anjo!

Vasconcelos nunca o puxava para junto de si, nem conversava com ele, nem o interrogava; e, quando a infeliz criança, justamente na idade em que a inteligência se desabotoa, ávida de fecundação, fazia qualquer pergunta, respondiam-lhe com um berro: "Não seja bisbilhoteiro, menino!".

Amâncio emudecia e abaixava os olhos, mas, logo que o perdiam de vista, ia escutar e espreitar pelas portas.

Com semelhante esterco não podia desabrochar melhor no seu temperamento o leite escravo, que lhe deu a mamar uma preta da casa.

Diziam que era uma excelente escrava: tinha muito boas maneiras; não respingava aos brancos, não era respondona: aturava o maior castigo sem dizer uma palavra mais áspera, sem fazer um gesto mais desabrido. Enquanto o chicote lhe cantava nas costas, ela gemia apenas e deixava que as lágrimas lhe corressem silenciosamente pelas faces.

Além disso — forte, rija para o trabalho. Poderia nesse tempo valer bem um conto de réis.

Vasconcelos a comprara, todavia, muito em conta, "uma verdadeira pechincha!", porque o demônio da negra estava então que não valia duas patacas; mas o senhor a metera em casa, dera-lhe algumas garrafadas de laranja-da-terra; e a preta em breve começou a deitar corpo e a endireitar, que era aquilo que se podia ver!

O médico, porém, não ia muito em que a deixassem amamentar o pequeno.

— Esta mulher tem reuma no sangue — dizia ele —, e o menino pode vir a sofrer para o futuro.

Vasconcelos sacudiu os ombros e não quis outra ama.

— O doutor que se deixasse de partes!

A negra tomou muita afeição à cria. Desvelava por ela noites consecutivas e, tão carinhosa, tão solícita se mostrou, que o senhor, quando o filho deixou a mama, consentiu em passar-lhe a carta de alforria por seiscentos mil-réis, que ela ajuntara durante quinze anos. Mas a preta não abandonou a casa de seus brancos e continuou a servir, como dantes; menos, está claro, no que dizia respeito aos castigos, porque a desgraçada, além de forra, ia já caindo na idade.

Amâncio dera-lhe bastante que fazer. Fora um menino levado da breca; só não chorava enquanto dormia e, quando se punha a espernear, não havia meio de contê-lo.

Era muito feio em pequeno. Um nariz disforme, uma boca sem lábios e dois rasgões no lugar dos olhos. Não tinha um fio de cabelo e estava sempre a fazer caretas.

A princípio — muito achacado de feridas, coitadinho! Os pés frios, o ventre duro constantemente.

Levou muito para andar e custou-lhe a balbuciar as primeiras palavras. Ângela adorava-o com o entusiasmo do primeiro parto; por duas vezes supôs vê-lo morto e deu promessas aos santos da sua devoção.

Conseguiram fazê-lo viver, mas sempre fraquinho, anêmico, muito propenso aos ingurgitamentos escrofulosos.

Quando acabou as primeiras letras, não era, entretanto, dos rapazes mais débeis de aula do Pires. Para isso contribuíram em grande parte uns passeios que costumava dar, pelas férias, à fazenda de sua avó materna, em São Bento.

Esses passeios representavam para Amâncio a melhor época do ano. A avó, uma velha quase analfabeta, supersticiosa e devota, permitia-lhe todas as vontades e babava-se de amores por ele. O rapaz escondia-lhe o cachimbo, pisava-lhe os canteiros da horta, divertia-se em quebrar a pedradas as lamparinas dos santos, suspensas na capela e, às vezes, quando não estava de boa maré, atirava com os pratos nos escravos que serviam à mesa.

A avó ralhava, mas não podia conter o riso. O netinho era o seu encanto, o fraco de sua velhice; só um pedido daquele diabrete faria suspender o castigo dos negros e desviar do serviço da roça algum dos moleques, para ir brincar com Nhozinho. Estava sempre a dizer que se queixava ao genro e que o devolvia para a cidade; mas no ano seguinte, se Amâncio não aparecia logo no começo das férias, choviam os recados da velha em casa de Vasconcelos, rogando que lhe mandassem o neto.

— Mande! mande o pequeno! — aconselhava o médico.

E lá ia Amâncio.

Só aos doze anos fez o seu exame de português na aula do Pires.

Houve muita formalidade. A congregação era presidida pelo Sotero dos Reis; havia vinte e tantos examinandos. Amâncio tremia naqueles apuros. Não tinha em si a menor confiança.

Foi, contudo, "aprovado plenamente". Mas não sabia nada, quase não sabia ler. Da gramática apenas lhe ficaram de cor algumas regras, sem que ele compreendesse patavina do que elas definiam. O Pires nunca explicava: se o pequeno tinha a lição de memória, passava outra, e, se não tinha, dava-lhe algumas palmatoadas e dizia-lhe que trouxesse a mesma para o dia seguinte.

Mas, enfim, estava habilitado a entrar para o Liceu onde iria cursar as aulas de Francês e Geografia.

O Liceu, que bom! — oh! Aí não havia castigos, não havia as pequenas misérias aterradoras da escola! Não poderia faltar às aulas, é certo; mas, em todo o caso, estudaria quando bem entendesse e, lá, uma vez por outra, havia de "fazer a sua parede"!

E, só com pensar nisso, só com se lembrar de que já não estava ao alcance das garras do maldito Pires, o coração lhe saltava por dentro, tomado de uma alegria nervosa.

* * *

O Vasconcelos quis festejar o exame do filho, com um jantar oferecido aos senhores examinadores e aos velhos amigos da família.

À noite houve dança. Amâncio convidou os companheiros do ano; compareceram somente os pobres — os que não tinham em casa também a sua festa.

O pai, por instâncias de Ângela, fizera-lhe presente de um relógio com a competente cadeia, tudo de ouro. A avó, que se abalara da fazenda para assistir ao regozijo do seu querido mimalho, trouxera-lhe de presente um moleque, o Sabino.

Amâncio, todo cheio de si, a rever-se na sua corrente e a consultar as horas de vez em quando, foi nesse dia o alvo de mil felicitações, de mil brindes e de mil abraços.

Alguns amigos do pai profetizavam nele uma glória da pátria e diziam que o João Lisboa, o Galvão e outros não tinham tido melhor princípio.

Lembraram-se todas as partidas engraçadas de Amâncio; vieram à baila os repentes felizes que o diabrete tivera até aí. Na cozinha a *mãe preta*, a ama, contava às parceiras as travessuras do menino e, com os olhos embaciados de ternura, com uma espécie de orgulho amoroso, referia sorrindo os trabalhos que ele lhe dera, as noites que ela desvelara.

— Já em pequeno — diziam — era muito sabido, muito esperto! Enganava os mais velhos; tinha lábias, como ninguém, para conseguir as coisas, e sabia empregar mil artimanhas para obter o que desejava! — Não! definitivamente não havia outro!

Ângela, a um canto da varanda, assentada entre as suas visitas, seguia o filho com um olhar temperado de mágoa e doçura.

— O que lhe estaria reservado?... O que o esperaria no futuro? — cismava a boa senhora, meneando tristemente a cabeça. — Oh! às vezes cria-se um filho com tanto amor, com tanta lágrima, para depois vê-lo andar por aí aos trambolhões, nesse mundo de Cristo!... E a ideia de que, talvez, nem sempre o teria perto de si, que nem sempre o poderia obrigar a mudar a camisa, quando estivesse suado; obrigá-lo a tomar o remédio, quando estivesse doente; obrigá-lo a comer, a dormir com regularidade; a evitar, enfim, tudo que lhe pudesse prejudicar a saúde; oh! a ideia de tudo isso lhe entrava no coração como um sopro gelado, e fazia tremer a pobre mãe.

— Ai! ai! — disse ela.

— Que suspiros são esses, D. Ângela? — perguntou o Dr. Silveira, que estava ao seu lado. Homem íntimo da casa e figura conhecida na política da terra.

— Malucando cá comigo... — respondeu a senhora. E como o outro estranhasse a resposta: — Quem tem filho, tem cuidados, senhor doutor!...

— Oh! oh! — exclamou este, com um gesto autorizado, abrindo muito a boca e os olhos. — A quem o diz, Sra. D. Ângela, a quem o diz... Só eu sei o que me custam esses quatro pecados que aí tenho!...

E para provar que dizia a verdade, teria falado nos seus cabelos brancos, se não os pintasse.

Quando Ângela se afligia daquele modo, sendo rica; quanto mais ele — pobre jurisconsulto, com pequenos vencimentos e uma família enorme!...

— Ah! Os tempos vão muito maus...

Puseram-se logo a falar na ruindade dos tempos. "Estava tudo pela hora da morte! Comia-se dinheiro!"

Mas o Silveira voltara-se rapidamente para dar atenção a Amâncio, que acabava de aproximar-se, em silêncio, com o ar presumido de quem tinha consciência de que toda aquela festa lhe pertencia.

— Então, meu estudante! — disse o jurisconsulto, empinando a cabeça. — Já escolheu a carreira que deseja seguir?

— Marinha — respondeu Amâncio secamente.

A farda seduzia-o. Nada conhecia "tão bonito" como um oficial de marinha.

A mãe riu-se com aquela resposta, e olhou em torno de si, chamando a atenção dos mais para o desembaraço do filho.

À meia-noite foram todos de novo para a mesa. O Vasconcelos era muito rigoroso quando recebia gente em casa; queria que houvesse toda a fartura de vinhos e comidas. Os brindes reapareceram. Abriram-se garrafas de Moscato d'Asti, Chateau Yquem e Champagne.

Conversou-se a respeito de vinhos de Vasconcelos. "O Maranhão era incontestavelmente uma das províncias onde melhor se bebia!"

Do meio para o fim da ceia, Amâncio sentiu-se outro.

Em uma ocasião, que o pai se afastara da mesa, ele pediu um brinde e cumprimentou as "pessoas presentes".

Este fato causou delírios. O próprio pai não se pôde conter e disse entredentes, a rir:

— Ora o rapaz saiu-me vivo!

Ângela abraçou o filho, chorando de comovida.

— Que lhe disse eu? — resmungou delicadamente o Silveira ao ouvido dela. — Este menino promete! Deem-lhe asas e hão de ver... deem-lhe asas!...

Amâncio foi coberto de ovações. Batiam-se no copo, faziam-lhe saúdes. Ele a todos respondia, rindo e bebendo.

Daí a uma hora recolheram-no à cama da mãe, porque lhe aparecera uma aflição na boca do estômago; mas vomitou logo e adormeceu depois, completamente aliviado.

Foi a sua primeira bebedeira.

* * *

Aos quatorze anos prestou exame de francês e geografia e matriculou-se nas aulas de gramática geral e inglês.

Já eram válidos felizmente os exames do Liceu do Maranhão, e com as cartas que daí houvesse, podia entrar nas academias da Corte.

Amâncio, depois da escola do Pires, nunca mais voltou a passar férias na fazenda da avó. Preferia ficar na cidade: tinha namoros, gostava loucamente de dançar, já fumava e já fazia pândegas grossas com os colegas do Liceu.

Como o pai não lhe dava liberdade, nem dinheiro, e como exigia que ele às nove horas da noite se recolhesse a casa, Amâncio arranjava com a mãe os cobres que podia e, quando a família já estava dormindo, evadia-se pelos fundos do quintal. Era Sabino quem lhe abria e fechava o portão.

O moleque gostava muito dessas patuscadas. O senhor-moço levava-o às vezes em sua companhia. Amigos esperavam por eles lá fora, reuniam-se; tinham um farnel de sardinhas, pão, queijo, charutos e vinho. Era pagodear até pela madrugada!

Se havia *chinfrim* — entravam, ou então iam tomar banho no *Apicum* ou cear ao *Caminho Grande*. Em noites de luar faziam serenatas; aparecia sempre alguém que tocasse violão ou flauta ou soubesse cantar chulas e modinhas. Aos sábados o passeio era maior; no dia seguinte Amâncio estava a cair de cansaço, aborrecido, necessitando de repouso.

Mas não deixava de ir. — Era tão bom passear pela rua, quando toda a população dormia; fumar, quando tinha certeza de que nenhum dos amigos de seu pai o pilharia com o charuto no queixo; era tão bom beber pela garrafa, comer ao relento e perseguir uma ou outra mulher, que encontrassem desgarrada, a vagar pelos becos mal-iluminados da cidade!

Tudo isso lhe sorria por prisma voluptuoso e romanesco.

Às vezes entrava em casa ao amanhecer. Não podia dormir logo; vinha excitado, sacudido pelas impressões e pela bebedeira da noite. Atirava-se à rede, com uma vertigem impotente de conceber poesias byronianas, escrever coisas no gênero de Álvares de Azevedo, cantar orgias, extravagâncias, delírios.

E afinal adormecia, lendo *Mademoiselle de Maupin*, *Olympia de Clèves* ou *Confession d'un enfant du siècle*.

Não penetrava bem na intenção deste último livro, mas tinha-o em grande conta e, visto conhecer a biografia de Musset, embriagava-se com essa leitura; ficava a sonhar fantasias estranhas, amores céticos, viagens misteriosas e paixões indefinidas.

As criadas da casa ou as mulatinhas da vizinhança já o enfaravam: era preciso descobrir amores mais finos, mais dignos, que, nem só lhe contentassem a carne, como igualmente lhe socorressem as ânsias da imaginação.

Por esse tempo leu a *Graziella* e o *Raphael* de Lamartine. Ficou possuído de uma grande tristeza; as lágrimas saltaram-lhe sobre as páginas do livro. Sentiu necessidade de amar por aquele processo, mergulhar na poesia, esquecer-se de tudo que o cercava, para viver mentalmente nas praias de Nápoles, ou nas ilhas adoráveis da Sicília, cujos nomes sonoros e musicais lhe chegavam ao coração como o efeito de uma saudade, de uma nostalgia inefável, profunda, sem contornos, que o atraía para um outro mundo desconhecido, para uma existência que lhe acenava de longe, a puxá-lo com todos os tentáculos do seu mistério e da sua irresistível melancolia.

Uma ocasião, deitado ao pé da janela de seu quarto, pensava em *Graziella*.

A tarde precipitava-se no crepúsculo, e enchia a natureza de tons plangentes e doloridos. A um canto da rua, um italiano tocava uma peça no seu realejo. Era a *Marselhesa*.

Amâncio conhecia algumas passagens da revolução da França: lera os *Girondinos*, de Lamartine. E a reminiscência do sentimentalismo enfático dessa obra, coada pela retórica poderosa da música de *Lisle*, trouxe-lhe aos nervos um sobressalto muito mais veemente que das outras vezes.

Julgou-se infeliz, sacrificado nas suas aspirações, no seu ideal. Precisava viver, gozar, gozar sem limites!... Não ali, perto da família, estudando miseráveis lições do Liceu, mas além, muito além, onde não fosse conhecido, onde tudo para ele apresentasse surpresas de uma outra vida, atrativos de um mundo vasto, enorme, que sua imaginação mal podia delinear.

Por isto estimou deveras ter de seguir para o Rio de Janeiro. A Corte era "um Paris", diziam na província, e, ele, por conseguinte, havia de lá encontrar boas aventuras, cenas imprevistas, impressões novas e amores — oh! amores principalmente!

E, com efeito, desde que pôs o pé a bordo, principiou a gozar a impressão de novidade, produzida no seu espírito pela viagem.

A circunstância de achar-se em um paquete sozinho, ouvindo o *ronrom* monótono da máquina e sentindo, como nos romances, as vozes misteriosas dos elementos sussurrarem à volta de seus ouvidos — encantava-o. Prestava muita atenção aos mais pequeninos episódios de bordo: olhava interessado para a grossa figura dos marinheiros que baldeavam pela manhã o tombadilho, a dançar com a vassoura aos pés; estudava o tipo dos outros passageiros, procurando descobrir em cada qual um personagem de seus livros favoritos; ao abrir e fechar das portas dos camarotes, espiava sempre, e, às vezes, lobrigava de relance, ao fundo no beliche, uma figura pálida, ofegante, toda descomposta na imprudência do enjoo.

Ele é que nunca enjoava. À noite ia fumar para a tolda, estendido sobre um banco, as pernas cruzadas, os olhos perdidos pelo oceano.

Vinham-lhe então as nostalgias da província: o coração dilatava-se por um sentimento morno de saudade. Via defronte de si o vulto carinhoso de sua mãe, a chorar, com o rosto escondido no lenço, o corpo sacudido pelos soluços.

Quanto não custou à pobre mulher separar-se ao filho?... Que violência não foi preciso para lho arrancarem dos braços! Foi como se pela segunda vez lho tirassem a ferro das entranhas.

Antes mesmo da partida de Amâncio, muito sofrera a mísera com a ideia daquela separação. Pensava nisso a todo instante, sem se poder capacitar de que ele devia ir, atirado a bordo de um vapor, tão sozinho, tão em risco de perigos. "Oh! era muito duro! Era muito duro!..." Mas Vasconcelos opunha-lhe argumentos terríveis:

O rapaz precisava fazer carreira, ter uma posição! Não seria agarrado às saias da mãe que iria para diante! Há muito mais tempo devia ter seguido — o filho de fulano fora aos quinze anos; o de beltrano voltara com vinte e três e Amâncio já tinha vinte. Ia tarde! Ângela que se deixasse de pieguices. Justamente por estimá-lo é que devia ser a primeira a querer que ele fosse, que se instruísse, que se fizesse homem! Além disso, o rapaz poderia visitá-la pelas férias, nem sempre, mas de dois em dois anos.

Ângela parecia resignar-se com as palavras de Vasconcelos; fazia-se forte: jurava que "não era egoísta", que "não seria capaz de cortar a carreira de seu filho"; mal, porém, o marido lhe dava as costas, voltava-lhe a fraqueza; vinham-lhe as lágrimas, tornavam as agonias. Por vezes, no meio do jantar, enquanto os outros riam e conversavam, ela, que até aí estivera a pensar, abria numa explosão de soluços e retirava-se para o quarto, aflita, envergonhada de não poder dominar aquele desespero. Outras vezes acordava por alta noite, a gritar, a debater-se, a reclamar o filho, a disputá-lo contra os fantasmas do pesadelo.

No dia da viagem não se pôde levantar da cama, tinha febre, vertigens; a cabeça andava-lhe à roda. E não queria mais ninguém perto de si, além do filho, só ele! "Não a privassem de Amâncio ao menos naquele dia!" E tomava-o nos braços, procurava agasalhá-lo ao colo, como fazia dantes, quando ele era pequenino. Afagava-lhe a cabeça, beijava-lhe os cabelos, prendia-o contra o seio. Depois, voltava a acarinhá-lo, beijava-lhe de novo as mãos, os olhos, o pescoço, envolvia-o todo em mimos, como se, na santa loucura de seu amor, imaginasse que eles lhe preservariam o filho contra os escolhos da jornada e contra os futuros perigos que o ameaçavam.

Minha pobre mãe!, suspirava Amâncio no tombadilho, derramando o olhar lacrimoso pela inconstante planície das águas.

— Minha pobre mãe!...

E vinham-lhe então fundas saudades de sua terra, de sua casa e de seus parentes. As palavras de Ângela palpitavam-lhe em torno da cabeça, com uma expressão de beijos estalados. Lembrava-se dos últimos conselhos que ela lhe dera, das suas recomendações, das suas pequeninas providências; de tudo isso, porém, o que mais lhe ficara grudado à memória foi o que lhe disse a boa velha, muito em particular, a respeito de dinheiro. "Se te não chegar a mesada, ou se te vierem a faltar os recursos, escreve-me logo duas linhas, que eu te mandarei o que precisares. Mas não convém que teu pai saiba disto..."

Para as primeiras despesas na Corte e para os gastos nas províncias, juntou, ao que dera Vasconcelos ao filho, mais quinhentos mil-réis; não achava bom, entretanto, que Amâncio saltasse em todos os portos. "Era muito arriscado! Ele não se devia expor de semelhante forma!"

E a lembrança do dinheiro puxou logo outras consigo e arremessou-o no frívolo terreno de seus devaneios voluptuosos. Vieram as recordações; começou a desenfiar mentalmente o rosário dos amores que acumulara dos quinze anos até ali.

Era um rosário extravagante; havia contas de todos os matizes e de todos os feitios.

Entre elas, porém, só três se destacavam, três belas contas de marfim: a filha mais velha do Costa Lobo, a mulher de um comendador, amigo de seu pai, e uma viúva de um oficial do Exército.

E só. Todas as outras suas conquistas não valiam nada; de algumas tinha, contudo, bem boas recordações: a Francisca de Vila do Paço, por exemplo — uma cabo-clinha, que se apaixonou por ele e que vinha persegui-lo até à cidade; uma espanhola, mulher de um tipo barbado e calvo, que andava a mostrar figuras de cera pelas províncias do Norte; uma senhora gorda, amasiada com um boticário, da qual elogiavam muito as virtudes, mas que um dia atirou-se brutalmente sobre Amâncio, dizendo que o amava e trincando-lhe os beiços. E como estas, outras e outras recordações foram-se enfiando e desenfiando pelo espírito sensual e mesquinho do vaidoso, até deixá-lo mergulhado na apatia dos entes sem ideias e sem aspirações.

Mas, já não queria pensar nesses amores da província; tudo isso agora se lhe afigurava ridículo e acanhado. A Corte, sim! é que lhe havia de proporcionar boas conquistas. "Ia principiar a vida!".

E, nessa disposição, chegou ao Rio de Janeiro.

III

Estava hospedado havia dois dias em casa do Campos; esse tempo levara ele a entregar cartas e encomendas. À noite, fatigado e entorpecido pelo calor, mal tinha ânimo para dar uma vista de olhos pelas ruas da cidade.

Entretanto, a vida externa o atraía de um modo desabrido; estalava por cair no meio desse formigueiro, desse bulício vertiginoso, cuja vibração lhe chegava aos ouvidos como os ecos longínquos de uma saturnal. Queria ver de perto o que vinha a ser essa grande Corte, de que tanto lhe falavam; ouvia contar maravilhas a respeito das cortesãs cínicas e formosas; ceias pela madrugada; passeios pelo Jardim Botânico, em carros descobertos, o champanha ao lado, o cocheiro bêbado; e tudo isso o atraía em silêncio, e tudo isso o fascinava, o visgava com o domínio secreto de um vício antigo.

Mas por onde havia de principiar?... Não tinha relações, não tinha amigos que o encaminhassem!... Além disso, o Campos estava sempre a lhe moer o juízo com as matrículas, com a entrada na academia, com um inferno de obrigações a cumprir, cada qual mais pesada, mais antipática, mais insuportável!

— Olhe, seu Amâncio, que o tempo não espicha — encolhe!... É bom ir cuidando disso! — repetia-lhe o negociante, fazendo ar sério e compenetrado. Veja agora se vai perder o ano! Veja se quer arranjar por aí um par de botas!...

Amâncio fingia-se logo muito preocupado com os estudos e falava calorosamente na matrícula.

— Mexa-se então, homem de Deus! — bradava o outro. — Os dias estão correndo!...

Afinal, graças aos esforços do Campos, conseguiu matricular-se na academia, duas semanas depois de ter chegado ao Rio de Janeiro.

O medo às matemáticas levara-o a desistir da Marinha e agarrar-se à Medicina, como quem se agarra a uma tábua de salvação: pois o Direito, se bem que, para ele, fosse de todas as formaturas a mais risonha, não lhe servia igualmente, visto que Amâncio não estava disposto a deixar a Corte e ir ser estudante na província.

A Medicina, contudo, longe de seduzi-lo, causava-lhe um tédio atroz. Seu temperamento aventuroso e frívolo não se conciliava com as frias verdades da cirurgia e com as pacientes investigações da terapêutica. Pressentia claramente que nunca daria um bom médico, que jamais teria amor à sua profissão.

Esteve a desistir logo nos primeiros dias de aula: o cheiro nauseabundo do anfiteatro da escola, o aspecto nojento dos cadáveres, as maçantes lições de Química, Física e Botânica, as troças dos veteranos, a descrição minuciosa e fatigante da osteologia, a cara insociável dos explicadores; tudo isso o fazia vacilar; tudo isso lhe punha no coração um duro sentimento de má vontade, uma antipatia angustiosa, um não querer doloroso e taciturno.

Às vezes, no entanto, pretendia reagir: atirava-se ao Baunis Bouchard e ao Vale, disposto a ler durante horas consecutivas, disposto a prestar atenção, a compreender; mal, porém, ele se entregava aos compêndios, o pensamento, pé ante pé, ia-se escapando da leitura, fugia sorrateiramente pela janela, ganhava a rua, e prendia-se ao primeiro frufru de saia que encontrasse.

E Amâncio continuava a ler a estranha tecnologia da ciência, e repetir maquinalmente, de cor, os caracteres distintivos das vértebras, ou a cismar abstrato nas propriedades do cloro e do bromo, sem todavia conseguir que patavina daquilo lhe ficasse na cabeça.

— Não haver uma academia de Direito no Rio de Janeiro! — lamentava ele, bocejando, a olhar vagamente a sua enfiada de vértebras, que havia comprado no dia anterior.

Porque, no fim de contas, tudo que cheirasse a ciência de observação o enfastiava: "Deixassem lá, que a tal osteologia e a tal química nada ficavam a dever às matemáticas!...".

Ah! o Direito, o Direito é que, incontestavelmente, devia ser a sua carreira. Preferia-o por achá-lo menos áspero, mais tangível, mais dócil, que outra qualquer matéria. E esse mesmo... Valha-me Deus! Tinha ainda contra si o diabo do latim, que era bastante para o tornar difícil.

E lembrar-se Amâncio de que havia por aí criaturas tão dotadas de paciência, tão resignadas, tão perseverantes, que se votavam de corpo e alma ao cultivo das artes... das artes, que, segundo várias opiniões, exigiam ainda mais constância e mais firmeza do que as ciências!... Com efeito! Era preciso ter muita coragem, muito heroísmo, porque as tais belas-artes, no Brasil, nem sequer ofereciam posição social, nem davam sequer um titulozinho de doutor!

— Qual! Não seria com ele!... Fosse gastando quem melhor quisesse a existência na concepção de um bom quadro, de uma boa estátua, de uma ópera genial ou de um bom livro de literatura, que ele ficava cá de fora — para apreciar. O mais que podia fazer, era — aplaudir; aplaudir e pagar! — E já não fazia pouco!...

Isso justamente ouviu, por mais de uma vez, da boca de seu pai. O velho Vasconcelos nunca tomou a sério os artistas, "uns pedaço-d'asnos!" qualificava ele, e, de uma feita, em que o Franco de Sá lhe comunicou os seus projetos de estudar pintura na Europa, o negociante fez uma careta e exclamou, batendo-lhe no ombro: "Homem, seu Sazinho! Não seria eu que lhe aconselhasse semelhante cabeçada... porque, meu amigo, isto de artes é uma cadelagem! Procure meios de obter cobres, e o senhor terá à sua disposição os artistas que quiser!".

— E nisto tinha o velho toda a razão — pensava Amâncio. — Acho apenas que devia estender a sua teoria até o estudo de certas ciências... como a Medicina... Sim! porque, afinal, com dinheiro também obtemos os médicos de que precisamos, e não vale a pena, por conseguinte, gramar seis anos de academia e curtir as maçadas que estou aqui suportando, sabe Deus como!

— Mas, neste caso, a questão muda muito de figura!... — dizia-lhe em resposta uma voz que vinha de dentro do seu próprio raciocínio. — Não se trata aqui de fazer um "médico", trata-se de fazer um "doutor", seja ele do que bem quiser! Não se trata de ganhar uma "profissão", trata-se de obter um "título". Tu não precisas de meios de vida, precisas é de uma posição na sociedade.

— Visto isso, porém — objetava Amâncio — quero crer que o mais acertado seria comprar uma carta na Bélgica ou na Alemanha, e mandar ao diabo, uma vez por todas, aquela peste de Medicina!

Ora, Medicina! Medicina servia para algum moço pobre, que precisasse viver da clínica; ele não estava nessas circunstâncias. Era rico! Com o que lhe tocava por parte materna, podia passar o resto da vida sem se fatigar!... Por que, pois, sofrer aquelas apoquentações do estudo? Por que razão havia de ficar preso aos livros, entre quatro paredes, quando dispunha de todos os elementos para estar lá fora, em liberdade, a divertir-se e a gozar?!...

Mas uma ideia sustinha-lhe o voo do pensamento: o vulto angélico de sua mãe vinha colocar-se defronte dele, abrindo os braços, como se o quisesse proteger de um abismo.

Ah! quanto empenho não fazia a pobre velha em vê-lo formado às direitas, numa faculdade do Brasil!... Vê-lo doutor!...

— Doutor, hein?! — repetia Amâncio, meio animado com o prestígio que ao nome lhe daria o título.

E ligava-os mentalmente, para ver o efeito que juntos produziam:

— Doutor Amâncio! Doutor Amâncio de Vasconcelos! Não fica mal! Não fica! A mãe tinha razão. Era preciso ser doutor!

E quanto gosto, que prazer, não sentiria nisso a querida velha!... Oh! ele agora pensava em Ângela com muito mais ternura; nela resumia a família e tudo o que houvesse de bom no seu passado. Só com a ausência pôde avaliar o muito que a respeitava e o muito que a estremecia. Ele, que não chorara ao despedir-se da mãe; ele, que algumas vezes chegou até a aborrecer-se de seus desvelos e da insistência de seus carinhos — agora não a podia ter na memória, sem ficar com o coração opresso e os olhos relentados de pranto. Pungia-lhe a consciência uma espécie de remorso por não se ter mostrado mais afetuoso e mais amigo, enquanto a possuiu perto de si; por não ter melhor aproveitado essa ocasião para deixar bem patente que sabia ser "bom filho".

E punha-se então a mentalizar planos de melhor conduta para quando voltasse ao lado de Ângela; considerava os mimos que teria com ela, os afagos que lhe havia de dispensar, os beijos que lhe havia de pedir.

— Ah! Se naquele momento ele a tivesse ali, o que não lhe diria.

E, por uma necessidade urgente de expansão, levantou-se da cadeira em que estava e correu à secretária, disposto a escrever uma carta, longa, à sua mãe. Precisava queixar-se do isolamento em que vivia, contar-lhe as suas tristezas, as suas contrariedades, justamente como fazia dantes, em pequeno, ao voltar da aula do Pires. Sua alma tornava atrás, fazia-se muito infantil, muito criança, muito ingênua e carecida de amparo.

A mãe, enquanto esteve ao lado dele, foi sempre um coração aberto para lhe receber as lágrimas e os queixumes.

Também, só elas, só as mães, podem servir a tão delicado mister. O que se lança ao peito da amante desde logo arde e se evapora, porque aí o fogo é por demais intenso; o que se atira ao de um estranho gela-se de pronto na indiferença e na aridez; mas, tudo aquilo que um filho semeia no coração materno — brota, floreja e produz consolações. Neste não há chama que devore, nem frio que enregele, mas um doce amornecer, suave e fecundo, como a palidez de um seio intumescido e ressumbrante de leite.

E escreveu: "Mamãe.".

Hesitou logo. Aquele modo de tratar não lhe pareceu conveniente; queria uma carta de efeito, com estilo, uma carta a primor, que desse ideia de seu talento e ao mesmo tempo de sua afeição:

> ... *"Minha querida mãe.*
> *Eis-me na grande Corte, que aliás me parece estúpida e acanhada por achar-me longe de vosmecê..."*

Vinham, em seguida, muitos protestos de amor filial e depois uma extensa descrição da cidade, a qual ocupava duas laudas da carta. Na terceira escreveu o seguinte:

> *"Desde que vim daí, o Sabino só me tem dado maçadas; a bordo vivia a brigar com os outros criados; aqui nunca me aparece; sai pela manhã e já faz muito quando volta à noite. Pilhou-se sem castigo e abusa desse modo. Ainda não lhe consegui arranjar a matrícula no Tesouro e nem sei como isso se obtém: o Campos é que há de ver.*

Como sabe, há mês e meio que me acho hospedado em casa deste. Aqui nada me falta, é certo, mas igualmente nada me satisfaz, porque estou muito isolado e aborrecido. A família é atenciosa o quanto pode ser comigo; eu, porém, apesar disso, não deixo de ser para eles um estranho e, como tal, apenas recebo cortesias e hospitalidade. D. Maria Hortênsia é amável, mas por uma simples questão de delicadeza; da irmã, D. Carlotinha, nem é bom falar! Esta, se já me dispensou duas palavras, foi o máximo, parece até que tem medo de olhar para mim; talvez com receio de desagradar ao guarda-livros, que, pelos modos, é lá o seu namorado. O que não resta dúvida é que o tal guarda-livros é de todos o mais antipático e difícil de suportar. Um hipócrita! Está sempre com a carinha na água e já, por várias vezes, se tem querido meter a espirituoso cá para o meu lado. — São ditinhos, indiretas de instante a instante. Eu, qualquer dia deste, o chamo à ordem! Ainda não há uma semana, veja isto! Fui a um espetáculo dramático no São Pedro de Alcântara e à volta, quando cheguei a casa, quis acender a vela para estudar. Quem disse?... O fogo não se comunicava ao pavio. Verifico: no lugar da torcida haviam posto um prego; fiquei com os dedos queimados. E esta graça não foi de outro senão do tal cara de mono!

Já me lembrou mudar-me; o Campos, porém, acha que não devo fazer enquanto não descobrir por aí um bom cômodo, em alguma casa de pensão."

E no mesmo teor ia por diante, até encher duas folhas de papel marca pequena. Amâncio narrava à mãe todos os seus passos e todos os seus desgostos, sem lhe confessar, todavia, que o principal motivo daquele descontentamento estava em não se poder recolher de noite às horas que entendesse; em ter por único companheiro de passeios o Luís Campos, cuja sobriedade nos gestos e costumes, cuja discrição nos termos, cujo aspecto repreensivo e pedagógico de mentor, faziam-no já perfeitamente insuportável aos olhos do estudante.

— Ora, adeus! — considerava este, deveras enfiado. — Não foi para me fazer santo que vim ao Rio de Janeiro!

Boas! Podia lá estar disposto a sofrer aquele maçante do Campos!... Mas também não seria muito divertido andar sozinho pela cidade, a trocar pernas, sem um companheiro, sem um amigo. Além disso temia do seu provincialismo, receava "fazer figura triste"; ainda não conhecia o preço das coisas e o nome das ruas. No Maranhão falavam com tanto assombro dos gatunos da Corte! — os tais capoeiras! E Amâncio sobressaltava-se pensando num encontro desagradável, em que lhe cambiassem o dinheiro e as joias por uma navalhada.

Seu maior desejo era ter ali um dos amigos da província, a quem confiasse as impressões recebidas e com quem pudesse conversar livremente, à franca, sem maiores palavras, nem tomar as enfadonhas reservas e composturas, que lhe impunha a censória presença do negociante.

Por isso, numa ocasião, em que atravessava pela manhã o beco do Cotovelo, sentiu grande alegria ao dar cara a cara com o Paiva Rocha. O Paiva era seu comprovinciano e fora seu condiscípulo; pertenceram à mesma turma de exames na aula do Pires e matricularam-se juntos no Liceu. Mas, enquanto o filho do Vasconcelos estudou as três primeiras matérias, o outro fez todos os preparatórios.

Abraçaram-se. Houve exclamações de parte a parte.

— Ora o Paiva! — disse Amâncio afinal, encarando o amigo com um olhar muito satisfeito. — Não te fazia aqui na Corte!

— Estou na Politécnica.

— Ah! — exclamou Amâncio, com interesse. — Que ano?

— Terceiro.

— Bom. Estás quase livre!

— Qual! — resmungou o Paiva, mascando o cigarro. — Tenho ainda muito que aturar!

E passaram então a falar de estudos. Amâncio fazia recriminações: "Só encontrara dificuldades". Disse a sua antipatia pelas ciências práticas; queixou-se de alguns veteranos, que, por serem mais antigos na escola, se julgavam com direito de maltratar os outros. "Era estúpido! Simplesmente estúpido!"

— Tradições — respondeu o Paiva, com a indiferença de quem não preocupam tais bagatelas. — Isso há de acabar. A natureza não dá saltos!

Amâncio, como qualquer provinciano que ainda não tivesse ocasião de apreciar o Rio de Janeiro, julgava-se tão desiludido a respeito dele, quanto a respeito de estudos.

— Sempre imaginei que fosse outra coisa! — disse. — A tal rua do Ouvidor, por exemplo!...

Paiva já não o ouvia; era todo atenção para um cartaz de teatro que um sujeito pregava na parede defronte.

Amâncio prosseguiu, declarando que, até ali, nada encontrara de extraordinário na Corte.

— Com franqueza — antes o Maranhão! Com franqueza que antes! Não achas?... — perguntou.

— É! — respondeu o outro, distraído.

Mas Amâncio precisava desabafar e não se contentou com aquela resposta. Insistiu na pergunta; chamou a atenção do Paiva, agarrando-lhe à gola esgarçada do fraque.

— Não, filho, deixa-te disso — retorquiu o interrogado. — A Corte sempre é Corte!...

— Ora qual!

— É porque ainda não estás acostumado, ainda não conheces o Rio! Hás de ver depois!...

Amâncio duvidava.

— Verás! — repetia o Paiva. — Daqui a um ou dois anos é que te quero ouvir!

E passaram de novo a falar de estudos, de matrícula e de exames.

Paiva bocejou; o outro estava "caceteando". Quis safar-se.

— Espera! — implorou Amâncio, apoderando-se-lhe de novo da gola do fraque. — Espera! Onde vais tu?... Conversa mais um pouco! — suplicava ele com voz infeliz de quem pede uma esmola. — Não te vás ainda! Que pressa!

Paiva tinha de ir almoçar com um amigo. Estava muito ocupado! "Naquele dia não dispunha de um momento seu!" Depois, depois se encontrariam!

— Não! Vem cá! Espera!

Paiva levantou as sobrancelhas, impacientando-se.

— Mas, vem cá, dize-me uma coisa: o que é que tanto tens hoje a fazer?... — inquiriu o outro.

— Filho, questões de interesse — respondeu aquele, procurando abreviar explicações. Veio-lhe, porém, um ímpeto de raiva e começou a falar alto sobre dinheiro; havia brigado na véspera com o seu correspondente.

— Um burro! — exclamava. — Um vinagre! Imagina tu que o malvado sabe perfeitamente que não tenho ninguém por mim aqui no Rio, e põe-se com dúvidas para me dar a mesada!... Como se aquele dinheiro lhe saísse do bolso! Diabo da peste!

— Ele então não te quis dar a mesada? — perguntou Amâncio muito espantado.

— É o costume aqui! — retrucou o Paiva desabridamente. — Eles julgam que nos fazem grande obséquio em dar-nos aquilo que nos pertence!

E, olhando para Amâncio com os olhos apertados:

— Mas também, filho, disse-lhe meia dúzia de desaforos, como ele nunca ouviu em sua vida! Cão!

E expôs a descompostura por inteiro, na qual as palavras *galego, ladrão, cachorro* entravam repetidas vezes.

— De sorte que — terminou o estudante mais tranquilo, como se houvesse despejado um peso das costas — não tenho lá ido! Questão de capricho, sabes? Olha, estou assim!

E bateu nas algibeiras.

— Isso arranja-se... — disse Amâncio timidamente, receoso de humilhar o colega. E depois, com um vislumbre: Vamos almoçar a um hotel?!

O Paiva concordou, sacudindo os ombros. E, como Amâncio perguntasse onde deviam ir, começou a citar os melhores hotéis, já sem deixar transparecer o menor indício de pressa.

Fazia-se grande conhecedor da Corte, muito carioca, saboreando voluptuosamente o efeito de pasmaceira, que a sua superioridade causava no amigo. Deu-se logo ares de cicerone; mostrou-se habituadíssimo com tudo aquilo que pudesse causar admiração a um provinciano recém-chegado; fingiu desdém por umas tantas coisas, que à primeira vista pareciam boas, e falou de outras, menos conhecidas, com entusiasmo, com interesse pessoal e orgulho.

Amâncio escutava-o em recolhido silêncio, mas, como estivesse a cair de apetite, voltou logo à ideia do almoço: lembrou que poderiam ir ao *Coroa de Ouro*.

Paiva fitou-o espantado, e espocou depois uma risada falsa:

— Aquela era mesma de quem vinha do Norte! Almoçar no *Coroa de Ouro! Vade retro!*

Amâncio não teve ânimo de defender a sua proposta, e seguiu o companheiro que se pusera a andar com ímpeto.

Entraram na rua do Carmo, atravessaram a de São José e, ao caírem na da Assembleia, Paiva, que ia a pensar, voltou-se de súbito para Amâncio e perguntou-lhe decisivamente.

— Tu queres almoçar bem?!

E feriu a última palavra.

— É — respondeu o outro.

— Pois então vamos ao *Hotel dos Príncipes*!

E seguiram pela rua Sete de Setembro até o Rocio.

* * *

Ao penetrarem no largo, uma menina italiana, de alguns dez anos de idade, toda vestida de luto, morena, e ar suplicantemente risonho e cheio de miséria, abraçou-se às pernas de Amâncio, pedindo-lhe dinheiro — para levar à mãe que estava em casa morrendo de fome.

— Sai — gritou-lhe o Paiva, procurando arredá-la.

Mas a pequena ajoelhou-se, sem largar as pernas do calouro, de uma de cujas mãos já se tinha apoderado e cobria de beijos.

— Então, papai! papaizinho bonito! uma esmolinha, sim?... — dizia ela, voltando para o moço seus belos olhos de criança, e rindo com uns dentes muito brancos que se lhe destacavam vivamente da cor morena do rosto.

— Coitadinha! — lamentou Amâncio, fazendo-lhe uma festa no queixo e procurando dinheiro na algibeira das calças.

Puxou um maço grosso de cédulas.

— Não seja tolo! — gritou-lhe o companheiro. — Isto é especulação de algum vadio! Vestem por aí essas bichinhas de luto e mandam-nas perseguir a humanidade! É uma esperteza, não seja tolo!

A pequena lançou ao Paiva um gesto de raiva e sorriu para Amâncio, suplicando.

— Em todo o caso faz dó, coitada! — murmurou este, dando-lhe uma cédula de dois mil-réis.

A italianinha agarrou-se ao dinheiro e olhou surpresa para o calouro. Depois beijou-lhe novamente as mãos, e fugiu, atirando-lhe beijos.

— Coitada! — repetiu ele.

— Ainda estás muito peludo! — resmungou o Paiva. — Olha que isto por cá não é o Maranhão!...

E pôs-se logo a falar nas especulações do Rio de Janeiro. Contou fatos horrorosos de cinismo e gatunagem. "Amâncio que se acautelasse: no caminho em que ia, haviam de arrancar-lhe até os olhos. Ali, a ciência de cada um consistia em fazer com que o dinheiro passasse das algibeiras dos outros para as próprias algibeiras." Estava indignado! "Não podia, a sangue-frio, ver assim se atirar à rua — dois mil-réis! Ah! se o outro soubesse quanto o dinheiro custava a ganhar, não teria as mãos tão rotas!".

E mostrava-se extremamente empenhado nos interesses do colega: dava-lhe conselhos; havia de abrir-lhe os olhos, indicar-lhe o verdadeiro caminho a seguir. "Não! Que ele não era desses, que só querem desfrutar!... Quando simpatizava com um rapaz, sabia ser amigo! Amâncio o veria no futuro!...".

— Olha! — segredou-lhe, passando-lhe um braço nas costas. — Hás de encontrar por aí muito artista! Acautela-te, filho! Acautela-te, que os cabras sabem levar água ao seu moinho! Digo-te isto, porque te estimo, porque sou teu amigo, percebes?

Amâncio percebia e jurava ser grato àquela dedicação. Tiveram, porém, de interromper o diálogo: dois outros estudantes acabavam de parar defronte deles.

Eram amigos do Paiva. Houve logo novas exclamações e cumprimentos rasgados.

— Meus senhores — exclamou aquele, apresentando Amâncio. — O nosso colega, Amâncio de Vasconcelos, estudante de Medicina. Escuso dizer que é muito talentoso e um caráter excelente.

Os dois apertaram a mão de Amâncio com solenidade, e afiançaram que tinham imenso gosto em conhecê-lo.

— João Coqueiro e Salustiano Simões! — nomeou o Paiva, indicando os dois. — São ambos da Politécnica.

E acrescentou em voz baixa, ao ouvido de Amâncio, mas de modo que fosse ouvido por todos:

— Muito distintos!...

O Coqueiro observava em silêncio o novo colega, enquanto o Paiva e o Salustiano reatavam um velho colóquio, interrompido à última vez que estiveram juntos; aquele saiu do seu recolhimento para indagar de que província era Amâncio, como se ia dando nos estudos e onde estava hospedado. Entretanto, o Simões afrouxava lentamente na conversa com o outro e caía aos poucos na sua habitual concentração; já respondia apenas por monossílabos e só despregava o cigarro dos dentes para bocejar. Afinal, sem conter a impaciência, quis dissolver o grupo; mas Amâncio tolheu-lhe a ideia perguntando-lhe e mais ao Coqueiro se já tinham almoçado e, visto que não, pediu-lhes que lhe fizessem companhia.

Aceitaram, depois de alguma resistência por parte do último; e os quatro rapazes seguiram imediatamente caminho do hotel, a rir e a dar de língua, como se fossem todos amigos de muito tempo.

Paiva Rocha pediu um gabinete particular e aí se instalou com os outros.

Amâncio estava maravilhado. O aspecto daquelas salas afestoadas, cheias de espelhos, de cortinas e douraduras, no gênero pretensioso dos hotéis, o ar parisiense dos criados, vestidos de preto e avental branco; a cor estridente do gabinete; o perfume das flores que guarneciam jarras de proporções luxuosas; o alvoroço palavroso e alegre dos que faziam a sobremesa; o crepitar do riso das mulheres, cujos penteadores branquejavam sobre o escuro dos tapetes; a reverberação dos cristais; a expectativa de um bom almoço, que seria devorado com apetite, e finalmente a circunstância de que Amâncio, havia muito, não gozava uma pândega; tudo isso lhe refrescava o humor e o fazia feliz naquele momento.

— *Garçon!* — gritou o Paiva, entrando no gabinete com um ar sem-cerimônia. — *La carte!*

O criado disparou.

— Tu falas francês? — inquiriu Amâncio, já com admiração na voz.

— Ora — respondeu o Paiva, levantando os ombros. — Aqui na Corte será difícil encontrar alguém que não fale francês!...

— Pois eu ainda não sei... — disse aquele tristemente.

— Questão de prática! — observou o outro.

Coqueiro, que acabava nesse momento de entrar no gabinete, conversando com o Simões, propôs que se despissem os paletós.

Principiaram a comer.

O Paiva encarregara-se do *menu*. Estava radiante; parecia empenhado na direção do almoço, como se se tratasse de um trabalho difícil e glorioso. Escolhia pratos esquisitos e determinava os vinhos que os deviam acompanhar.

— Este Paiva é terrível para um *menu*! — observou o Simões em ar de troça.

— Não! — disse aquele. — Não admito que ninguém dirija um almoço melhor do que eu!

— Sim — considerou o Coqueiro —, mas vais ver por que preço sai tudo isso!...

— Não faz mal! — apressou-se Amâncio a declarar. Sinto-me tão bem entre os senhores... há tanto tempo não tinha um momento livre, que...

— Bem, de acordo — respondeu Coqueiro — mas é preciso deixar esse tratamento de "senhor". Entre rapazes não deve haver cerimônias, mal-entendidos;

somos colegas, temos de ser amigos; por conseguinte tratemo-nos desde já por "tu". Não és da mesma opinião, ó Paiva?

— *In totum!* — respondeu este, abraçando Amâncio pela cintura. Nós cá somos camaradas velhos! Vem de longe!

E parecia querer provar que os seus direitos sobre o comprovinciano eram muito mais legítimos que os dos outros dois; que Amâncio lhe pertencia quase exclusivamente, como um tesouro, como uma fortuna que se traz do berço. E, para deixar isso bem patente, fazia-se muito íntimo com ele: batia-lhe nas pernas; evocava recordações; lembrava-lhes as correrias da província:

— Ah! Nós éramos muito camaradas! Lembras-te, Amâncio, daquele passeio que fizemos ao Portinho?...

— Em que o Malheiros tomou uma bebedeira de charuto? — perguntou o interrogado a rir. — Naquele dia do barulho no Liceu; quando o Chico moleque foi expulso!...

— É verdade! Que fim levou esse rapaz? — quis saber o Paiva. — Era um bom tipo. Inteligente!

— Morreu, coitado! De bexigas. Ultimamente estava no comércio.

— E aquele pequeno, o...

— Qual?

— Aquele bonito, de cabelos grandes... ora, como se chamava ele?... o...

— Ah! — exclamou Amâncio, soltando uma risada — o Dominguinhos?

— Isso! isso! Dominguinhos justamente! Que fim levou?

— Não sei, não! Creio que seguiu para Manaus com a família. Um bobo! Lembra-se da troça que lhe fizemos no convento?...

E os dois riram-se muito com a mesma ideia.

Simões, que até aí parecia pouco disposto à pândega, foi-se animando na proporção das garrafas que se enxugavam. O almoço aquecia. João Coqueiro propôs um brinde a Amâncio e declarou, depois de lhe fazer muitos elogios, que folgaria imenso com ser recebido no rol de seus amigos.

Amâncio abraçou-o e prometeu que o iria visitar no primeiro domingo.

— Vá feito! — sustentou Coqueiro. — Ali não há cerimônia, minha família é muito despida dessas coisas.

— Ah! mora com a família? — interrogou o provinciano.

— Sou casado — respondeu o outro. — Isso, porém, nada quer dizer. Apareça.

Ficou decidido que Amâncio iria sem falta no próximo domingo.

Simões principiou então a falar sobre casamento; daí passou às mulheres: descreveu a sua indiferença por elas. Só lhe conhecia dois gêneros: "a mulher cínica e a mulher hipócrita".

Paiva Rocha protestava: Havia muita mulher honesta, verdadeiros anjos de virtude! E que deixassem lá falar! Em certas ocasiões uma boa rapariga tinha o seu cabimento! Sim! Quem não gostava da estética?...

Amâncio era da mesma opinião, e queixou-se de sua infelicidade no Rio a esse respeito.

— Ainda é cedo — elucidou o Salustiano. — Quando te começarem as aventuras, hás de ver o que vai por essa sociedade!

— Não é tanto assim! — opôs Coqueiro. — Vocês são todos homens dos extremos!

E, voltando-se confidencialmente para Amâncio:

— O doutor, decerto, encontrará muita mulher perigosa, de quem deve fugir como o diabo da cruz; mas terá também ocasião de ver algumas raparigas bem-educadas, honestas e inteligentes. Não as vá procurar na alta sociedade, não, que aí se escondem as piores! Mas indague-as cá por baixo, na mediocracia, que as há de descobrir. E olhe, se quer aceitar um conselho de amigo, case-se! Não há melhor vidinha! Estou casado há três anos e ainda não tive um segundo de arrependimento!... Ao menos conserva-se a saúde, desenvolve-se o espírito e trabalha-se mais... O método, homem! O método é o segredo da existência!

E, puxando a cadeira para mais perto de Amâncio, falou-lhe em voz baixa. Que no Rio de Janeiro era preciso ter um amigo sincero, não que "primasse nos *menus*", mas que fosse capaz, que tivesse imputabilidade moral! — Amâncio estava defronte de duas estradas; uma que conduzia à verdadeira felicidade e outra que conduzia à desordem, ao vício e à completa desmoralização! Que se não deixasse levar pelos pândegos!... E olhava à esconsa os dois outros companheiros. Aquilo era gente sem nada a perder!... Amâncio, enfim, que aparecesse no domingo e teriam ocasião de falar mais de espaço. Não deixasse de ir: havia muito que dizer e conversar.

Amâncio prometeu de novo.

O almoço chegara ao ponto em que os comensais falam todos ao mesmo tempo e em voz alta. Havia agitação; afogueavam-se as faces ao reflexo vermelho das paredes do gabinete. Simões discutia com o Paiva a incompetência dos professores da Politécnica.

— Uma súcia! uma cambada! — sintetizava ele. — Se fosse preciso despedir dali os que não prestam, não ficaria nenhum!

O outro protestava, gritando e batendo punhadas sobre a mesa. Havia já dois copos quebrados.

O criado trouxera a sobremesa — uma salada russa. Paiva pediu gelados e quis que lhe dessem uma *omelette au rhum*. "Não podia passar sem isso no almoço!"

Suavam.

Amâncio tornava-se expansivo: falou de seus amores na província; contou as suas intenções a respeito da mulher do Campos.

— Ela parece que tem é medo — dizia. — Mas eu sou perseverante! Espero!

— Menino — segredou-lhe o Paiva. — Vai aproveitando, vai aproveitando, porque é isso o que se leva deste mundo!

— E o mais são histórias... — concluiu o filho de Vasconcelos.

E fazia-se muito fino, perigoso, e continuava a parolar com embófia, loquaz, um pouco sacudido pelo almoço.

Coqueiro estudava-o de socapa, a seguir-lhe os gestos, a fariscar-lhe as intenções. Dos quatro era o único que não estava tonto: seus olhos, pequenos e de cor duvidosa, conservavam a mesma penetração e a mesma fixidez incisiva de ave de rapina; sua boca, estreita, bem guarnecida e quase sem lábios, tinha o mesmo riso arqueado, mal seguro e frio, de quem escuta e observa.

Era de altura regular, compleição héctica, rosto comprido, de um moreno embaciado, pouca barba, pescoço magro, nariz agudo, mãos pálidas e secas, voz doce e cabelo muito crespo, de colorido incerto, entre castanho e fulvo. Tinha vinte e sete anos, mas aparentava, quanto muito, vinte e dois.

O Paiva erguera-se para fazer um bestialógico, e soltava de enfiada frases sonoras e ocas de sentido: ouvia-se-lhe falar em "gazofiliáceos, camelos da Patagônia e constelações híbridas do mapa-múndi". Simões, o macambúzio, derreara a cadeira contra a parede, e jazia a palitar a boca, estendido para trás, em uma posição de homem farto: barriga ao vento, braços moles e um olhar muito pando, que se lhe entornava por todo o rosto em sorrisos de preguiça. Amâncio reatava a sua conversa com o Coqueiro.

— É como lhe digo — recapitulava este. — Aquilo não é um hotel, é uma casa de família! Não temos hóspedes, temos amigos! Minha mulher é quem toma conta de tudo... — E dando à voz um tom grave: — Ela é muito asseada, muito exigente em questões de comida! Você não imagina!... Ao almoço temos três pratos a escolher, leite, chá ou café, e vinho; pelo almoço pode calcular o que não será o jantar! E depois é preciso observar a qualidade dos gêneros!... enfim, só mesmo você indo ver!

Amâncio reprometia.

— Fica-se muito melhor em uma casa de família, — continuava o outro. — A vida em hotel ou a vida em república é o diabo: estraga-se tudo — o estômago, o caráter, a bolsa; ao passo que ali você tem o seu banho frio pela manhã, torradas à noite e, se cair doente (o que lhe não desejo), há quem o trate, quem lhe prepare um remédio, um caldo, um suadouro, um escalda-pés... Olhe! Até, se você quiser, eu...

Mas a porta abriu-se com violento empurrão, e uma mulher loura, gorda, vestida de seda amarela, precipitou-se no gabinete espavorida, a soltar gritos. Vinha-lhe no encalço um sujeito idoso, cheio de corpo, o chapéu à ré, o olhar desvairado e convulso.

— Podes ir para onde quiseres, que eu não te deixo! — berrava ele com fúria, a dardejar o guarda-chuva sobre as costas da perseguida. Esta corria de um lado para outro, procurando escapar-lhe, mas o sujeito agarrou-a pelos cabelos e conseguiu arrebatá-la, levando os dois, aos trambolhões, tudo o que encontravam no caminho.

Em menos de um segundo era completa a desordem no gabinete. Caíram cadeiras; a mesa estremeceu com um encontrão e a saleira e duas garrafas perderam o equilíbrio e tombaram, varrendo copos e esmagando pratos. O guarda-chuva do sujeito havia, com um só golpe, espatifado os globos do candeeiro e reduzido um espelho a mil pedaços.

— Isto não tem jeito! — gritou o Paiva ao homem. — O senhor faz mal em invadir desta forma um gabinete ocupado!

Mas o invasor já não ouvia coisa alguma e acabava de sair aos pescoções com a sujeita.

Paiva atirou-se-lhe à pista, armado de uma garrafa. O gerente do hotel apareceu, porém, cortando-lhe o passo e pedindo-lhe, por amor de Deus, que não fizesse caso, que deixasse lá os dois se esbordoarem à vontade!

— Era o costume! Acabariam por entender-se perfeitamente!

— O senhor então acha que isto é razoável?! — perguntou o Paiva furioso.

— Não, decerto!

E o gerente dava aos rapazes toda a razão: Deviam estar maçados, mas que tivessem paciência! Que desculpassem! Não fora possível evitar tão grande sensaboria: o Brás, em questões de mulheres, perdia sempre a cabeça! — E ele não sabia que diabo de rabicho tinha o basbaque pelo demônio da Rita Baiana, que, de vez em quando, era aquilo!

— Pois que se vá enrabichar para o diabo que o carregue!

— Decerto, decerto! — apoiava o gerente, procurando acalmar o estudante.

— Ajuste as suas contas onde quiser, menos nos gabinetes ocupados pelos outros! Arre!

— É exato! Os senhores têm todo o direito, mas por quem são, não façam caso! Não façam caso.

— E esta?! — insistia o Paiva. — Pois se a gente paga muito mais para ficar em liberdade, como diabo há de admitir isto?!...

— Tem toda a razão! Tem toda a razão!... — repetia o gerente, erguendo as cadeiras e apanhando do tapete os cacos de vidro.

Só então intervieram os outros rapazes. Amâncio, até aí, parecia colado à cadeira. Estava lívido e as pernas tremiam-lhe.

O gerente ia responder a todos, quando a porta se tornou a abrir, e o Brás, ainda transtornado pela comoção da briga, ofegante e pálido, quase sem poder falar, entrou, dizendo que ia pedir desculpa da grosseria por ele praticada há pouco.

— Mas estava possesso! — justificava-se ele. Aquela não-sei-que-diga lhe fazia perder as estribeiras! Que o desculpassem, porque um homem em certas ocasiões nem se podia conter! Uma mulher, com quem já havia gasto para mais de dez contos de réis!... exclamava ele fora de si. Uma mulher "que erguera da lama" podia assim dizer! Uma desgraçada, que, antes de o conhecer, não podia ir a parte alguma por não ter um vestido capaz!... Uma miserável, que dantes, para matar a fome, precisava aviar encomendas de costura e se andar alugando na casa das modistas... Era duro! Pois não achavam?!...

Os estudantes meneavam a cabeça, afirmativamente.

— Ah! — continuou o Brás. Aquelas contas tinham-se de ajustar na primeira ocasião em que ele a encontrasse com o tal troca-tintas! Ah! Já não podia! Era demais! Uf!

E passeava no gabinete, a empurrar com o pé os cacos esquecidos no chão, e a sorver o ar em grandes haustos, consoladamente, como se acabasse de alijar um peso da consciência.

As palavras do Brás tranquilizaram os rapazes, cuja embriaguez parecia ter fugido com o susto. O Simões chegou mesmo a rir do fato, jactando-se mais uma vez de sua eterna indiferença pelas mulheres! — Com ele é que nunca haveria de suceder semelhante coisa!... — afirmava.

Amâncio convidou o Brás a beber, e vazou-lhe vinho num copo.

— Aquela descarada! — resmungava o ciumento, examinando uma arranhadura que vinha de descobrir na mão direita.

— Ela, porém, comigo está iludida! — ou me anda muito direitinha ou há de me ficar debaixo dos pés! Pedaço de uma ingrata!

E, voltando-se para o gerente, que acabava de entrar:

— O sujeitinho foi-se, hein?

— Ora! — respondeu aquele com um riso servil. — Ganhou logo a rua e... por aqui é o caminho! Ela é que, pelos modos, ficou bem convidada! Meteu-se no quarto a chorar.

— Pois que chore na cama, que é lugar quente! Não fosse ordinária! Faça lá o que bem entender, mas, com os diabos! Não enquanto estiver comigo! Vá divertir-se com o boi! Sebo!

E, passando logo em seguida para um tom de voz calma e amiga, disse baixo ao gerente:

— Veja de quanto foi o prejuízo e faça-me uma conta à parte.

Pediu ainda uma vez desculpa aos rapazes, afiançou que eles tinham um criado na ladeira da Glória, número tanto, e saiu, sempre às voltas com a sua arranhadura da mão direita.

Amâncio quis condenar o fato, mas o Paiva observou-lhe que aquilo se dava todos os dias no Rio de Janeiro.

— Eu já não estranho — disse. — Falta de educação!...

— Bem, meus senhores, são horas de eu me ir também chegando — advertiu Coqueiro, erguendo-se e enfiando o paletó.

O Simões fez igual movimento e declarou que o acompanhava.

— Então, que é isto, já? — exclamou Amâncio, querendo detê-los.

— É. Está se fazendo tarde — respondeu Coqueiro, a consultar o relógio. — Três horas.

— Impossível! — negou Amâncio.

Era exato.

E Coqueiro, já de chapéu na cabeça e guarda-chuva debaixo do braço, apertou-lhe a mão com as duas, dizendo que folgava em extremo haver travado relações com ele e que o esperava, sem falta, no domingo. Simões fez igualmente as suas despedidas, e os dois saíram, a conversar sobre o quanto poderia custar a Amâncio aquele almoço.

— Também que diabo ficamos nós fazendo aqui? — lembrou o Paiva, quando se viu a sós com o amigo. — Paga isso e vamo-nos embora. Queres tu ir até lá em casa?...

— Mas eu já estou há muito tempo na rua... — considerou Amâncio.

— E o que tem isso?!... Deves contas de ti a alguém?! Ora essa!

— É que o Campos pode reparar!...

— Pois que repare! Manda plantar batatas ao tal Campos! Tu não és nenhum caixeiro dele... Eu, no teu caso, nem ficava ali mais um dia! Que necessidade tens agora de passar às sopas de um negociante, e sujeitar-te a regulamentos comerciais? É de mau gosto estar hospedado em casa de negócio! Olha! Se quiseres, muda-te lá para a república. Sempre é outra coisa morar com rapazes! Aprende-se!

O criado, a quem já tinham pedido a conta, entrou com uma pequena salva na mão e foi, instintivamente, depô-la em frente de Amâncio.

— Espere — disse este tirando dinheiro do bolso. E entregou-lhe uma nota de cem mil-réis.

O moço saiu correndo.

— Quanto foi? — desejou saber o Paiva.

— Oitenta e cinco mil-réis, — respondeu o outro.

— Oitenta e cinco mil-réis! Oh! que grande ladroeira!

E logo que o criado voltou com o troco:

— Homem, faça o favor de dizer em que se gastaram aqui oitenta e cinco mil-réis... Salvo se vosmecês metem também na conta o que quebrou o Brás!

— Não senhor! Eu só cobrei os copos, que já estavam partidos antes do rolo.

— Que enorme ladroeira! — insistia o Paiva, a sacudir a cabeça.

— Deixa lá! — aconselhou Amâncio, puxando-o para fora.

Precisava andar e tomar fresco. Aquele gabinete era um forno — sentia-se mal.

— É que não posso ver extorquir desta forma o dinheiro a ninguém! — disse o Paiva indignado.

E principiou a fazer as contas pelo que se lembrava de ter vindo à mesa.

Amâncio o puxou de novo:

— Deixa lá isso, homem!

— Nada! Pelo menos hei de vingar-me aqui em alguma coisa!

O criado havia saído. Paiva Rocha principiou a derramar o resto das garrafas no açucareiro, a emporcalhar o damasco da cortina e a cuspir dentro das chávenas.

Amâncio ria-se formalmente, mas, no íntimo, aborrecido:

— Agora podemos ir! — disse afinal o outro. — Ao menos deixo-lhes um prejuízo!

E ainda meteu no bolso um paliteiro e duas colheres.

— Lá na república precisava-se daqueles objetos! — acrescentou rindo.

Já na rua, Amâncio reparou que a cabeça lhe estava muito pesada e queixou-se de suores frios. Paiva chamou um carro, e, uma vez dentro com o colega, mandou tocar para a rua de Mata-Cavalos.

— Esqueceste aquilo de que falamos? — perguntou em viagem ao companheiro.

Amâncio já se não lembrava.

Paiva respondeu, fazendo um sinal com os dedos.

— Ah! Quanto queres?

— Dá cá daí uns cinquenta ou sessenta... depois te pagarei.

— Pois não — gaguejou Amâncio —, passando-lhe três notas de vinte mil-réis.

IV

Amâncio chegou à república muito indisposto. Quase que não dava conta dos quatro lances de escada, que a precediam.

Também foi só chegar e atirar-se à primeira cama, gemendo e rebusnando ao peso de uma grande aflição. Estava mais branco do que a cal da parede; o suor escorria-lhe por todo o corpo; respirava com dificuldade, a abrir a boca e a retorcer os olhos.

— Então? — disse o Paiva, batendo-lhe no ombro.

— Mal! — respondeu Amâncio, sem levantar a cabeça, que deixara cair sobre o peito. E com um gesto pediu água.

— Isso passa! — afiançou o colega, entregando-lhe o púcaro cheio. — Estás é com um formidável pifão.

E riu-se.

— Eu quero vomitar! — exclamou Vasconcelos, apressado pela agonia, e mal teve tempo de erguer o rosto.

— És um fracalhão! — ponderou o companheiro, amparando-o pela testa — Que diabo! quem não pode com o tempo não inventa modas!

Amâncio não respondia: os engulhos vinham-lhe uns sobre os outros.

— Ai! ai! — gemia oprimido.

— Ora que tipo! — disse o Paiva, atirando-o sobre os travesseiros. — Vê se consegues dormir! Isto não é nada!

E narrou um caso idêntico que experimentara.

Amâncio sentia-se um pouco mais aliviado; continuava, porém, a suar frio; tinha a cabeça completamente ensopada e não dispunha de forças para coisa alguma. Os olhos fechavam-se-lhe com um entorpecimento pesado de sono. Pediu mais água. E, depois de a tomar, deu a entender que era preciso que o despissem e descalçassem.

Paiva entrou a tirar-lhe a roupa, safou-lhe com dificuldade as botinas, porque as meias estavam suadas.

Amâncio, muito prostrado, mole, a virar-se de uma para outra banda, aiava sempre. Afinal sossegou, parecia adormecido; mas, ergueu-se logo, com ímpeto, e começou a vomitar de novo, sem dizer palavra.

— Que pifão! — reconsiderava o colega, encarando-o com as mãos cruzadas atrás.

— Homem! Vê se lhe dás um pouco de amônia — lembrou do fundo do quarto uma voz arrastada e um pouco fanhosa.

Só então Amâncio percebeu que ali, a seis ou sete passos distante dele, estava um rapaz magro, muito amarelo, em ceroulas e corpo nu, estendido numa cama, a ler, todo preocupado, um grosso volume que tinha sobre o estômago. Parecia deveras ferrado no seu estudo, porque até aí não dera fé do que se lhe passava em derredor.

— Olha! — disse ao Paiva. — Creio que está acolá, sobre a mesa, por detrás do Comte. É um frasquinho quadrado, com rolha de vidro.

Dito isto, recolheu-se de novo à leitura, como se nada houvesse sucedido.

Amâncio serenou de todo com algumas gotas de amoníaco em um copo de água, e afinal pegou no sono profundamente.

Só acordou no dia seguinte, quando o sol já entrava pela única janela do quarto.

Sentia a boca amarga e o corpo moído. Assentou-se na cama e circunvagou em torno os olhos assombrados, com a estranheza de um doido ao recuperar o entendimento.

O sujeito magro da véspera lá estava no mesmo sítio; agora, porém, dormia, amortalhado a custo num insuficiente pedaço de chita vermelha.

Do lado oposto, no chão, sobre um lençol encardido e cheio de nódoas, a cabeça pousada num jogo de dicionários latinos, jazia o Paiva, a sono solto, apenas resguardado com um colete de flanela. Mais adiante, em uma cama estreita, de lona, viam-se dois moços, ressonando de costas um para outro, com as nucas unidas, a disputarem silenciosamente o mesmo travesseiro.

O quarto respirava todo um ar triste de desmazelo e boêmia. Fazia má impressão estar ali: o vômito de Amâncio secava-se no chão, azedando o ambiente; a louça, que servira ao último jantar, ainda coberta de gordura coalhada, aparecia dentro de uma lata abominável, cheia de contusões e roída de ferrugem. Uma banquinha, encostada à parede, dizia com o seu frio aspecto desarranjado que alguém estivera aí a trabalhar durante a noite, até que se extinguira a vela, cujas últimas gotas de estearina se derramavam melancolicamente pelas bordas de um frasco vazio de xarope *Larose*, que lhe fizera as vezes no castiçal. Num dos cantos amontoava-se roupa suja; em outro repousava uma máquina de fazer café, ao lado de uma garrafa de espírito de vinho. Nas cabeceiras das três camas e ao comprido das paredes, sobre jornais velhos e desbotados, dependuravam-se calças e fraques de casimira; em uma das ombreiras da janela havia umas lunetas de ouro, cuidadosamente suspensas num prego. Por aqui e por ali pontas esmagadas de cigarro e cuspalhadas ressequidas. No meio do soalho, com o gargalo decepado, luzia uma garrafa.

A luz franca e penetrante da manhã dava a tudo isso um relevo ainda mais duro e repulsivo: o coração de Amâncio ficou vexado e corrido, como se todos os ângulos daquela imundície o espetassem a um só tempo. Ergueu-se cautelosamente, para não acordar os outros, e foi à janela. O vasto panorama lá de fora estremunhou-lhe os sentidos com o seu aspecto.

A república era muito no alto, sobre três andares, dominando uma grande extensão. Viam-se de cima as casas acavaladas umas pelas outras, formando ruas, contornando praças. As chaminés principiavam a fumar; deslizavam as carrocinhas multicores dos padeiros; as vacas de leite caminhavam com o seu passo vagaroso, parando à porta dos fregueses, tilintando o chocalho; os quiosques vendiam café a homens de jaqueta e chapéu desabado; cruzavam-se na rua os libertinos retardios com os operários que se levantavam para a obrigação; ouvia-se o ruído estalado dos carros de água; o rodar monótono dos bondes. Mais para além pressentiam-se os arrabaldes pelo verdejar das árvores; ao fundo encadeavam-se cordilheiras, graduando planos esfumados de neblina. O horizonte rasgava-se à luz do sol, num deslumbramento de cores siderais. E lá, muito longe, quase a perder de vista, reverberava a baía, laminando as águas na praia.

Embaixo, na área da casa, uma ilhoa, de braços nus, a cabeça embrulhada em um laço de ramagens, lavava a um tanque de cimento romano; um homem, em mangas de camisa, varria as pedras do chão, cantarolando com os dentes cerrados para não deixar cair a ponta do cigarro. Numa janela, um sujeito, de óculos azuis, areava os dentes e com a boca atirava duchas sobre um papagaio, cuja gaiola pousava no balcão. Dentro de um cercado cacarejavam galinhas, mariscando na terra; e o homem do lixo entrava e saía, familiarmente, com o seu gigo às costas.

Um relógio da vizinhança bateu seis horas.

Amâncio reparou que estava com muita sede, mas não descobria a talha de água. Afinal encontrou-a, num sótão que havia ao lado do quarto e onde só se entrava vergando o corpo.

Bebeu até à saciedade.

Depois lavou o rosto e a boca. E com a ideia de sair antes que os mais acordassem, vestiu-se apressado, contou o dinheiro que lhe restava, lamentando interiormente o que na véspera esbanjara; viu no chão uma escova de fato, apanhou-a, escovou a roupa, e, todo cautela e ponta de pé, abriu a porta e ganhou a escada.

Entre o primeiro e o segundo andar encontrou uma rapariguita de alguns dezesseis anos, que subia com dois copos de leite, um em cada mão, fazendo mil esforços para não os entornar. Ao ver Amâncio, ela emperrou, cosendo-se à parede, a fim de lhe dar passagem, e olhou-o de esguelha, com medo de afastar a vista dos copos.

Era bonitinha, corada, os cabelos castanhos e apanhados na nuca. Parecia portuguesa.

Amâncio, ao passar por ela, estacou também, a fitá-la. De repente lançou-lhe as mãos.

A pequena, muito contrariada, fez uma cara de raiva e gritou — que a soltasse! que não fosse atrevido!

E desviava o corpo, querendo defender-se, mas sem se descuidar dos copos.

— Mau! Mau! Siga o seu caminho e deixe os outros em paz!

Amâncio não fez caso e conseguiu beijá-la a pura força. Derramaram-se algumas gotas de leite.

— Maus raios te partam! — clamou a rapariga, assim que o viu pelas costas. — Peste ruim de um estudante!

* * *

A peste ruim do estudante saiu, e só interrompeu a caminhada para entrar num botequim, onde pediu café. Então, defronte ao espelho, pôde admirar o belo estado em que se achava.

Como diabo havia de apresentar-se naquele gosto em casa do Campos?... Também que triste ideia a sua — de se enterrar numa casa comercial! Não! Com certeza estava mal-hospedado... nem lhe convinha permanecer ali! Oh! Bastava já de ser governado, de ser vigiado a todo instante! Já era tempo de gozar um pouco de liberdade.

E, enquanto sorvia compassadamente o café, recapitulava na memória todo o seu passado de terror e submissão: antes de entrar para a escola de primeiras letras, nunca lhe deixaram transpor a porta da rua ou a porta do quintal; os outros meninos de sua idade tinham licença para empinar papagaios, brincar entrudo, queimar fogos pelo tempo de São Pedro; ele não! Depois caiu nas garras do professor — aquela fera! Nunca saía de casa, sem levar atrás de si um escravo para o vigiar, para o impedir de fazer travessuras e obrigá-lo a caminhar com modo, direito, sério como um homem. Afinal, escapou ao professor, sim! mas continuou sob a dura vigilância do pai, do tio e das tias; todos rondavam; todos o traziam "num cortado". Só na fazenda da avó conseguia desfrutar alguma liberdade, mas essa mesma não era completa e, ai! durava tão pouco tempo!...

Agora compreendia a razão pela qual, no mês de férias que passava aí, se tornava tão travesso e tão maligno — é que naturalmente queria desforrar o resto do ano, que levava coagido em casa do pai. De sua infância eram aqueles meses privilegiados a coisa única que lhe merecia verdadeira saudade; ao mais estrangulavam tristes reminiscências de castigos, de sustos, apoquentações de todo o gênero.

A própria ideia de sua mãe nunca lhe vinha só; havia sempre ao lado da veneranda imagem alguma recordação enfadonha e constrangedora. As poucas vezes em que estavam juntos, o pai chegava no melhor da intimidade e Ângela se retraía, cortando em meio as carícias do filho, como se as recebera de um amante, em plena ilegalidade do adultério.

E a memória desses beijos a furto e medrosos, a memória desses carinhos cheios de sobressalto, relembravam-lhe, às vezes, que ele em pequeno se metia no quarto dos engomados, de camaradagem com as mulatas da casa que aí trabalhavam conjuntamente.

Era quase sempre pelo intervalo das aulas, ao meio do dia, quando o calor quebrava o corpo e punha nos sentidos uma pasmaceira voluptuosa.

Em casa do velho Vasconcelos havia, segundo o costume da província, grande número de criadas; só no "quarto da goma", como lá se diz, reuniam-se quatro ou cinco. Umas costuravam; outras faziam renda, assentadas no chão, defronte da almofada de bilros; outras, vergadas sobre a "tábua de engomar", passavam roupa a ferro.

Amâncio, quando criança, gostava de meter-se com elas, participar de suas conversas picadas de brejeirice, e deixar correr o tempo, deitado sobre saias, amolentando-se ao calor penetrante das raparigas, a ouvir, num êxtase mofino, o que elas entre si cochichavam com risadinhas estaladas à socapa. Por outro lado, as mulatas folgavam em tê-lo perto de si, achavam-no vivo e atilado, provocavam-lhe ditos de graça, mexiam com ele, faziam-lhe perguntas maliciosas, só para "ver o que o demônio do menino respondia". E, logo que Amâncio dava a réplica, piscando os olhos e mostrando a ponta da língua, caíam todas num ataque de riso, a olharem umas para as outras com intenção.

De resto, ninguém melhor do que ele para subtrair da despensa um punhado de açúcar ou de farinha, sem que Ângela desse por isso.

— O demoninho era levado!

E assim se foi tornando mulherengo, fraldeiro, amigo de saias.

A mãe, quando ouvia da varanda as risadas da criadagem, gritava logo pelo filho.

— Já vou, mamãe! — respondia Amâncio.

— Lá estava o diabrete do menino às voltas com as raparigas no quarto da goma! — Oh! que birra tinha ela disso!...

Mas Amâncio não se corrigia. É que ali ao menos não chegaria o pai.

Às vezes, quando ia passear a casa de alguma família conhecida, arranjava-se com as moças, gostava de acompanhá-las por toda parte, fazendo-se muito dócil e amigo de servir. Como era ainda perfeitamente criança e bonitinho, elas lhe faziam festas e davam-lhe doces, figurinos de papel recortado e caixinhas vazias. Algumas lhe perguntavam, brincando, se ele as queria para mulher, se queria "ser seu noivo". Amâncio respondia que sim com um arrepio. E daí a pouco ficavam as moças muito surpreendidas quando o demônio do menino lhes saltava ao colo e principiava a beijar-lhes sofregamente o pescoço e os cabelos ou a meter-lhes a língua pelos ouvidos.

— Credo! — disse uma delas em situação idêntica. — Que menino! Vá para longe com as suas brincadeiras!

Outras, porém, lhe achavam muita graça e eram as primeiras a puxar por ele.

De todos os brinquedos, o que Amâncio em pequeno mais estimava, era "fazer casa". A *casa* fazia-se sempre debaixo de uma mesa, com um lençol em volta, figurando as paredes. Uma de suas primas, filha do protetor do Campos, ou alguma menina que estivesse passando o dia com ele, representava de mulher; Amâncio de marido. A menina ficava debaixo da mesa, enquanto ele andava por fora, "a ganhar a vida" até que se recolhia também a *casa*, levando compras e preparos para o almoço. Amarravam um lenço em duas pernas da mesa, fingindo rede, e aí metiam uma boneca, que era o filho.

Gostava infinitamente dessa brincadeira. Mas, um belo dia, veio abaixo o lençol que servia de parede, e desde então Ângela não consentiu que o filho se divertisse a *fazer casa*.

Muitos anos depois, aos quinze, notou-se incomodado por um padecimento estranho. Não disse nada à família e procurou um homem que havia na província com grande habilidade para curar moléstias, viessem elas até de mau-olhado e do feitiço.

Santo homem! O mal do nosso estudante desapareceu como por milagre, o que, aliás, não impediu que tivesse daí a pouco de voltar à cama, debaixo de um novo e mais formidável carregamento que o ia varrendo ao cemitério. Foram esses três anos de sezões a que se referia, quando pela primeira vez falou ao Campos.

E Amâncio, quanto mais rememorava tudo isso, quanto mais remexia no cinzeiro do passado, tanto mais impacientes lhe rosnavam os sentidos e tanto mais desabrida lhe vinha a necessidade de gozar, de viver em liberdade, de recuperar o tempo que levou sopeado e preso.

— Enfim! — concluiu ele, erguendo-se distraído e abandonando o café — a casa do Campos não me convém! Não me convém de forma alguma!

Mas a ideia de Hortênsia, que, para se apresentar, só esperava o termo daquelas considerações, invadiu-lhe o espírito e foi a pouco e pouco se estendendo e se esticando por todo ele, até ocupá-lo inteiramente com a sua imagem branca e palpitante, como uma bela mulher que desperta e, entre voluptuosos espreguiçamentos, alonga pela cama os seus membros ainda entorpecidos de sono.

E ele, quando deu por si, estava a fazer conjeturas sobre o amor de Hortênsia:

— Seria ardente ou calmo? Meigo ou arrebatador? Que atitude tomaria a bela mulher nos momentos supremos de ventura? Quais seriam as suas palavras, as frases do seu delírio?...

E, aguilhoado pelos sentidos, perdia-se em cálculos infames, em degradantes suposições; tentando, embalde, adivinhar-lhe os pensamentos, penetrar-lhe nos escaninhos do coração e devassar-lhe todos os segredos do corpo.

— Oh! Como seria?...

E seu desejo vil começava a despi-la, peça por peça, até deixá-la completamente nua.

— Mas não! Não havia possibilidade! — contrapunha-lhe a razão. — Tudo aquilo era loucura, simples loucura! Hortênsia não podia ser mais séria, mais amiga do marido! Qual fora a palavra, o gesto, que lhe dera a ele o direito de pensar em semelhante coisa?... Sim! Que fizera a pobre senhora para autorizá-lo a tanto?... Onde estava o fundamento daqueles sonhos, pelos quais queria trocar a liberdade, os seus prazeres, tudo, e ficar encurralado em uma casa comercial, com obrigação de entrar às tantas, comer às tantas, e guardar todas as conveniências ao lado de uma gente impossível!?... Ora! que se deixasse de asneiras! Não fosse tolo!

Hortênsia Campos aparecia-lhe então como em verdade o era: carinhosa e altiva, afável para todos igualmente, sem dar a nenhum o direito de supor uma preferência. Amâncio já não a tinha descomposta defronte dos olhos, mas respeitosamente restituída ao seu vestidinho de chita, às suas botinas de duraque, quase sem salto, e às suas tranças honestamente penteadas.

Mudava-se! Que dúvida! Sim! Uma vez que Hortênsia nada mais era do que uma senhora virtuosa, que diabo ficava ele fazendo ali?... Não seria decerto pelos bonitos olhos do Campos!

* * *

Às oito horas, quando entrou em casa, tinha já resolvido não ficar ali nem mais um dia. — Era fazer as malas e bater quanto antes a bela plumagem!

Mas também, se, por um lado, não lhe convinha ficar em companhia do Campos, por outro, a ideia de se manter na república do Paiva não o seduzia absolutamente. Aquela miséria e aquela desordem lhe causavam repugnância. Queria a liberdade, a boêmia, a pândega — sim senhor! tudo isso, porém, com um certo ar, com uma certa distinção aristocrática. Não admitia uma casa sem travesseiros, um almoço sem talheres, alcova sem espelhos. Desejava a bela crápula, — por Deus que desejava! Mas não bebendo pela garrafa e dormindo pelo chão de águas-furtadas! — Que diabo! — Não podia ser tão difícil conciliar as duas coisas!...

Pensando deste modo, subiu ao quarto. Sobre a cômoda estava uma carta que lhe era dirigida; abriu-a logo:

"Querido Amâncio.

Desculpe tratá-lo com esta liberdade; como, porém, já sou amigo, não encontro jeito de lhe falar doutro modo. Ontem, quando combinamos no Hotel dos Príncipes *a sua visita para domingo, não me passava pela cabeça que hoje era dia santo e que fazíamos melhor em aproveitá-lo; por conseguinte, se o amigo não tem algum compromisso, venha passar a tarde conosco, que nos dará com isso grande prazer. Minha família, depois que lhe falei a seu respeito, está impaciente para conhecê-lo e desde já fica* à *sua espera."*

Assinava "João Coqueiro" e havia o seguinte *post--scriptum*: "Se não puder vir, previna-mo por duas palavrinhas; mas venha. Resende nº...".

Amâncio hesitou em se devia ir ou não. O Coqueiro, com a sua figurinha de tísico, o seu rosto chupado e quase verde, os seus olhos pequenos e penetrantes, de uma mobilidade de olho de pássaro, com a sua boca fria, deslabiada, o seu nariz agudo, o seu todo seco, egoísta, desenganado da vida, não era das coisas que mais o atraíssem. No entanto, bem podia ser que ali estivesse o que ele procurava — um cômodo limpo, confortável, um pouquinho de luxo, e plena liberdade. Talvez aceitasse o convite.

— Esta gente onde está? — perguntou, indicando o andar de cima a um caixeiro que lhe apareceu no corredor com a sua calça domingueira, cor de alecrim, o charuto ao canto da boca.

— Foram passear ao Jardim Botânico — respondeu aquele, descendo as escadas.

— Todos? — ainda interrogou Amâncio.

— Sim — disse o outro entre os dentes, sem voltar o rosto. E saiu.

— Está resolvido! — pensou o estudante. — Vou à casa do Coqueiro. Ao menos estarei entretido durante esse tempo!

E voltando ao quarto:

— Não! — É que tudo ali em casa do Campos já lhe cheirava mal!... Olhassem para o ar impertinente com que aquele galeguinho lhe havia falado!... E tudo mais era pelo mesmo teor. — Uma súcia d'asnos!

Começou a vestir-se de mau humor, arremessando a roupa, atirando com as gavetas. O jarro vazio causou-lhe febre, sentiu venetas de arrojá-lo pela janela; ao tomar uma toalha do cabide, porque ela se não desprendesse logo, deu-lhe tal empuxão que a fez em tiras.

— Um horror! — resmungava, a vestir-se, furioso sem saber de quê.

— Um horror!

E, quando passou pela porta da rua, teve ímpetos de esbordoar o caixeiro, que nesse dia estava de plantão.

V

João Coqueiro era fluminense e fluminense da gema. Nascera na rua do Parto em uma das casas de seus pais, quando estes eram ricos.

Que o foram. Viera-lhes a fortuna do avô materno, um português ambicioso e econômico, que a conquistara no tráfico dos negros africanos; ao morrer legou à filha, ainda criança, para cima de quinhentos contos de réis. Esta, mais tarde, foi solicitada em casamento pelo homem a quem pertenceu para sempre — Lourenço Coqueiro, os maiores bigodes que nesse tempo negrejavam na Corte do Império.

Lourenço, todavia, era já um destroço quando casou. Do que fora e do que possuíra, apenas lhe restava, além do bigode, o hábito de não fazer coisa alguma; nos melhores grupos citava-se, entretanto, o seu ar distinto de fidalgo e falava-se com boa vontade de seus dotes pessoais e do seu belo espírito eternamente galhofeiro.

O casamento representou para ele uma tábua de salvação. A mulher adorava-o; tinha-o na conta de um ente superior; jamais vira homem tão lindo de rosto, tão insinuante no falar, tão delicado de maneiras.

Mas, pouco depois de casado, Lourenço começou a desgostá-la: era um nunca terminar de festas; a casa vivia num rebuliço constante; os intervalos das pândegas não davam sequer para a trazer arrumada e limpa. Quando não fossem bailes, eram passeios, piqueniques, manhãs no campo, dias passados na Tijuca ou no Jardim Botânico. Lourenço, às vezes, voltava ébrio, a cachimbar no fundo do carro, e a fazer carícias piegas à mulher, que, ao lado, chorava silenciosamente. Ela, coitada! Tinha muito medo sempre que o via nesse gosto, porque o demônio do homem dava então para brigar, mexia com quem passava, metia a bengala nos cocheiros e quebrava com os pés tudo que encontrasse no caminho.

Tiveram o primeiro filho — Janjão. Criancinha feia, dessangrada, cheia de asma. Até os cinco anos parecia idiota: passava os dias a babar-se debaixo da mesa de jantar ao pé de um moleque encarregado de vigiá-lo.

A mãe desfazia-se em mil cuidadozinhos com a criança; era esta o seu enlevo, a sua vida. Mas o pai não estava por isso: temia que o rapaz lhe saísse um maricas. Desejava-o forte, decidido!

E, com enormes sobressaltos da mulher, tomava-o pelas perninhas magras e suspendia-o no ar.

— Os homens assim é que se fazem, minha filha! — Dizia ele, a rolar o pequeno entre as mãos.

E não admitia igualmente que o menino tivesse outra cama que não fosse um enxergão. Não o queria calçado, nem vestido e, em vez de estar ali a babar-se defronte do moleque, seria muito melhor que fosse correr para a chácara.

— Ele pode machucar-se, Lourenço, cair! — observava a esposa timidamente.

— Pois deixa-o cair! Deixa-o machucar-se! Quanto mais trambolhões levar em pequeno, melhor depois se aguentará nas pernas!

— Mas ele é tão fraquito, coitadinho!

— Por isso mesmo! Por isso mesmo precisamos torná-lo forte! E previno-te de que já é mais que tempo de acabar com esse insuportável tratamento de "Janjão"! Aqui não há Janjões! Meu filho chama-se João! Tem o nome do avô, um herói, um fidalgo! Não desses que hoje se fazem por aí, a três por dois, mas dos legítimos, dos bons! — Entendes tu? — dos bons!

E inflamava-se, como sempre que se referia à sua procedência. Vinha, com efeito, de fidalgos: era sobrinho bastardo de um conde português.

À mesa exigia que o filho lhe ficasse ao lado e obrigava-o a comer bifes sangrentos e tomar vinho sem água.

Um dia, a esposa revoltou-se:

— Pois tu vais dar conhaque ao menino, Lourenço?! — exclamou ela escandalizada.

— Deixa-o cá comigo, senhora! Eu sei o que faço!

— Olha que isso pode sufocá-lo, homem de Deus!

— Qual sufocar o quê! Por essas e outras é que, para os estrangeiros, não passamos de "uns macacos"!

A mulher que se desse ao trabalho de saber como se fazia na Europa a educação física das crianças! Queria que ela visse a criação que tiveram D. Pedro e D. Miguel! E eram príncipes! — Entendia? — Eram príncipes legítimos!

E, voltando-se para o filho, gritou, arregalando os olhos e soprando os bigodes, que já então se faziam cinzentos:

— Tu não queres ser um homem forte, João?! Queres ser um descendente degenerado de teus avós?!

Janjão olhou o pai com medo, e abriu a chorar.

— Aí tens o que procuravas! — disse a mulher, correndo para junto do filho. — Assustar deste modo a pobre criança!

Janjão chorava mais.

— Isso! Isso é o que o há de pôr pra diante! — berrou Lourenço encolerizando-se. Beba já esse conhaque, menino!

— Deixa a criança!... — suplicava a mãe. — Olha como treme o pobrezinho!... o coração parece que lhe quer saltar!...

E tomou-o ao colo.

— É melhor mesmo que leves daí esse mono! Tira-mo dos olhos! Já estou vendo a boa lesma que isso há de dar! — Mães ignorantes!...

Quando Janjão principiou a crescer, o pai levava-o a toda a parte, dava-lhe charutos, obrigava-o a tomar cerveja nos cafés. Foi, porém, uma campanha conseguir uma vez que o pequeno se assentasse por dois minutos na sela de um cavalo em que Lourenço havia chegado do seu passeio favorito a Botafogo.

Janjão, trêmulo da cabeça aos pés, agarrava-se com ambas as mãos na cinta do animal e berrava pela mãe com toda a força que era capaz. Tiveram de desmontá-lo para não o verem rebentar ali mesmo.

— Ora, como diabo me havia de sair este mono! — lamentava o pai desesperado. Ninguém acreditaria que aquele choramingas era seu filho!

Não foram mais felizes com as primeiras tentativas de natação ou as primeiras experiências de atirar ao alvo: Janjão, só com a vista do mar ou a presença de um revólver, desatava a soluçar e a berrar pela mãe.

— Não! Isso agora hás de ter paciência! — resmungava Lourenço. — Tu ao menos ficarás sabendo dar um tiro! Sou eu quem te assegura!

E, com muita sutileza, comprou para o filho uma bela pistolinha de brinquedo que estalava fulminantes, e depois, uma outra, mais séria, que admitia carga de pólvora.

Janjão era, porém, cada vez mais refratário a tudo isso. Preferia ficar a um canto da sala, entretido a vestir os seus bonecos ou a fazer de cozinheiro. A mãe, por esse tempo, dava-lhe uma irmãzinha, que se ficou chamando Amélia, e desde aí o maior encanto do menino era tomar conta do caixão em que estava a pequerrucha, toda envolvida em panos, e não consentir que as moscas lhe pousassem na moleira.

Um dia, o pai, descendo ao quintal, encontrou-o muito empenhado com o moleque a armar um oratório. Iam fazer procissão: o andor e o santo estavam prontos;

uma sombrinha, enfeitada de franjas, faria as vezes de pálio.

Lourenço ficou desesperado, e com dois pontapés reduziu tudo aquilo a frangalhos.

Era o que lhe faltava! — que o basbaque do filho, além de tudo, lhe saísse carola!

E, quando subiu, disse terminantemente à mulher que não admitia que o filho corrompesse o espírito com patacoadas daquela ordem.

— Se me constar — bradou ele ao pequeno — que me tornas a fazer igrejinhas, racho-te de meio a meio, pedaço de uma lesma! Ora vamos a ver! Cai noutra, e terás uma sapeca que te deixa a paninhos de sal! Experimenta e verás!

Ele queria lá filhos devotos! Era só o que lhe faltava! Era só! Aquele menino parecia o seu castigo! Parecia a sua maldição!

Aos doze anos Janjão entrou para o internato de Pedro II. A princípio, custou-lhe bastante compreender as lições, mas, como era muito estudioso e muito paciente, os professores em breve o elogiavam. Tinham-no em boa estima pelo seu espírito católico, pela docilidade do seu gênio e pelo irrepreensível de sua conduta. João Coqueiro, de fato, fora sempre um menino sossegado, metido consigo, respeitador dos mestres e dos preceitos estabelecidos, devoto e extremamente cuidadoso de seus livros e de suas obrigações. Ninguém lhe ouvia palavra mais áspera ou gesto menos conveniente, e, às vezes, entrava pela hora do recreio grudado aos livros sem os querer deixar.

O pai via-o então com orgulho. Profetizava já que ali estivesse um sábio.

Tirou distinção nos primeiros exames. A mãe quase morreu de alegria. Lourenço quis solenizar o acontecimento com um banquete correlativo; mas as suas condições de fortuna já não eram as mesmas; o dinheiro ia minguando de um modo assustador. Se lhe viesse a falhar uma especulação, em que se havia lançado ultimamente, como recurso extremo — Adeus! Estaria tudo perdido! A ruína seria inevitável!

Fez-se a festa, não obstante, e o menino voltou aos estudos.

Mas Lourenço principiava a sofrer gravemente de uma lesão cardíaca. Tinha ataques nervosos, sufocações, e caía, de vez em quando, em fundas melancolias, durante as quais se enterrava no quarto, sem poder suportar a presença de ninguém, muito frenético, cheio de apreensões, com grande medo de morrer.

A mulher assustava-se: o marido não lhe parecia o mesmo homem. Estava acabado: crescera-lhe o ventre, o nariz tomara uma vermelhidão gordurosa, o cabelo encanecera totalmente, a cabeça despira-se, a pele do rosto fizera-se opaca e suja. Comprazia-se agora em ir à noite pelas igrejas, embrulhado na sua sobrecasaca ruça, apoiando-se à grossa bengala de cana-da-índia, os pés à vontade em sapatos rasos. Ajoelhava-se a um canto da nave, em cima das pedras, e aí permanecia longamente, a ouvir os sons lamentosos do órgão, com o rosto descansado sobre as mãos que se cruzavam no castão da bengala.

Às vezes, chorava.

Seu estômago irritado já não queria alimentos; era preciso enganá-lo de instante a instante com um pouco de noz-vômica, ou carbonato de magnésia. Não se lhe podia suportar o hálito.

Quando recebeu a notícia de que a sua especulação falhara, estava no quarto, não conseguiu sair do lugar em que se achava. Uma onda vermelha subira-lhe à cabeça: os objetos principiaram a dançar-lhe em torno dos olhos; o chão fugia-lhe debaixo dos pés. Tentou ainda dar alguns passos, mas cambaleou e caiu, afinal, sobre as pernas embambecidas — como uma trouxa.

Morreu no dia seguinte.

* * *

A família ficou pobre. Foi preciso vender o melhor de dois prédios que restavam para saldar as dívidas do defunto.

A viúva principiou então a tomar encomendas de costura e de engomagem.

Isso, porém, não bastava; era necessário, a todo o transe, que o menino continuasse nos estudos. Em tal aperto, lembrou-se a pobre mãe de admitir hóspedes; a casa que ficou tinha bastantes cômodos e prestava-se admiravelmente para a coisa.

Vieram os primeiros inquilinos; arranjaram-se fregueses para o almoço e jantar e o órfão prosseguiu nas suas aulas.

Dentro de pouco tempo, o sobrado da viúva de Lourenço era a mais estimada e popular casa de pensão do Rio de Janeiro.

Foi nela que Janjão se fez homem. Aí o viram bacharelar-se e aí se matriculou na Escola Central. A irmã respeitava-o como a um pai.

Amélia, por conseguinte, cresceu em uma casa de pensão. Cresceu no meio da egoística indiferença de vários hóspedes, vendo e ouvindo todos os dias novas caras e novas opiniões, absorvendo o que apanhava da conversa de caixeiros e estudantes irresponsáveis; afeita a comer em mesa redonda, a sentir perto de si, ao seu lado, na intimidade doméstica, homens estranhos, que se não preocupavam com lhe aparecer em mangas de camisa, chinelas e peito nu.

Ainda assim deram-lhe mestres. Aprendera a ler e a escrever, tocava já o seu bocado de piano e — se Deus não mandasse o contrário — havia de ir muito mais longe.

Um novo desastre veio, porém, alterar todos esses planos: a viúva de Lourenço, depois de dois meses de cama, sucumbiu a uma pneumonia.

João Coqueiro estava então no segundo ano da Politécnica; Amélia a fazer-se mulher por daqueles dias; parentes — não os tinham... capitais — ainda menos... Como, pois, sustentar a casa de pensão?... Oh! Era preciso despedir os hóspedes, alugar o prédio, abandonar os estudos e obter um emprego.

Arranjou-o de fato — na estrada de ferro de Pedro II. Coqueiro dissolveu logo a casa de pensão e foi mais a irmã residir em companhia de uma francesa, muito antiga no Brasil, e que durante longo tempo se mostrou amiga íntima da defunta.

Chamava-se Mme. Brizard.

Era mulher de cinquenta anos, viúva de um afamado hoteleiro, que lhe deixara muitas saudades e dúzia e meia de apólices da dívida pública.

* * *

Estava ainda bem disposta, apesar da idade. Gorda, mas elegante, com uns vestígios assaz pronunciados de antiga formosura. Tinha os olhos azuis e os cabelos pretos, no tipo peculiar ao meio-dia[1] da França. Carne opulenta e quadril vigoroso.

Notava-se-lhe a boca, com um desses lábios superiores que formam como duas camadas; o que, aliás, não obstava a que Mme. Brizard tivesse um sorriso gracioso, e ainda tirasse partido da brancura privilegiada de seus dentes. Mas a sua riqueza e a sua vaidade era o pescoço, um grande pescoço pálido, cheio de ondulações macias e fartas.

Nascera em Marselha.

Depois de certa idade tornara-se muito caída para o romantismo: desde então apreciava uma noite de luar; dava-se à leitura prolongada de poetas tristes; fazia-se mais infeliz do que era de fato, e contava a todos a sua história: "Um romance!"

"Aos quinze anos saíra da família pelo braço de um diplomata russo, que a idolatrava; ia casada. O russo tresandava a genebra e recendia sarro de cachimbo; ela abominou-o logo, abominou-o entre uma enorme corte de adoradores fascinados por sua beleza e sequiosos por um de seus sorrisos; era, porém, honesta: conservou-se pura e fiel ao marido."

Mme. Brizard quando chegava a este ponto do romance, abaixava os olhos, levando lentamente o leque à boca para disfarçar um suspiro.

"Enviuvou aos vinte anos; o russo não lhe deixara filhos; — voltou à família. Aí lhe apareceu então Mr.

---

[1] Isto é, no sul da França (N. E.)

Brizard, homem de talento, político e escritor, grande republicano. A subida de Luís Felipe ao trono, atirou com ele ao Brasil, onde se fez hoteleiro.

Tiveram aqui três filhos: duas mulheres e um homem. Este era o último e muito se distanciava das irmãs em idade; quando lhe faltou o pai tinha apenas sete anos.

A filha mais velha representava a glória da família: unira-se a um ministro plenipotenciário; a outra, coitada, não casou mal; porém, com a morte do marido e de um filhinho que lhe ficara, tornou-se muito nervosa, histérica, e até meio pateta; agora vivia e mais o irmão em companhia da mãe."

* * *

Nessas condições, a proposta de João Coqueiro pareceu vantajosa a Mme. Brizard — Ele que trouxesse a irmã, a bela Amelita, e tudo se arranjaria pelo melhor.

Juntaram-se. Mme. Brizard revelou pronto interesse pelos dois hóspedes, principalmente pelo "Coqueirinho", como lhe chamavam em família. Fazia-se muito carinhosa com ele, queria ser a sua "segunda mãe", apreciava-lhe o talento, e andava a mostrar os versos do rapaz a todas as pessoas que apareciam à noite, para as torradas.

Reuniam-se em volta da mesa de jantar; iam buscar o loto e jogavam. Coqueiro lia a um canto, ou ficava no quarto, a cachimbar soturnamente, olhando o fumo e cismando na vida.

Mme. Brizard fazia perfeitamente as honras da casa; dava-se por mulher de muito espírito e de uma educação peregrina. Se havia então alguém que a visitasse pela primeira vez a coisa ia mais longe. Desenfiava os seus melhores ditos, contava, como por incidente, as suas anedotas de mais efeito, falava gravemente de sua filha casada com o ministro e exibia todos os seus conhecimentos literários.

Que os tinha, inegavelmente. Lamartine lá estava no quarto dela, sobre o velador, encadernado com esmero. Mas não desdenhava os poetas brasileiros e lia Camões. Uma sua amiga, muito achegada, dizia que lhe ouvira páginas inéditas de um livro sobre o Brasil — livro para fazer "sensação"!

Mme. Brizard confirmava este boato, sorrindo com modéstia.

João Coqueiro, esse, não sorria, ao contrário, parecia cada vez mais triste; passava tempos sem aparecer a ninguém, depois que largava o trabalho. Por mais de uma vez houve quem lhe visse lágrimas nos olhos.

A francesa, que se achava então no seu período mais agudo de sentimentalismo, respeitava muito as melancolias do pobre moço, falava a respeito dele com a voz baixa, cheia de um acatamento religioso. Só lhe passava pelo quarto na pontinha dos pés, e, quando o triste hóspede saía para o emprego, ela corria a lhe arrumar a mesa, com desvelo, ordenando os livros, reunindo os papéis esparsos, lendo, sobre a pasta, os versos começados na véspera.

Uma tarde, acharam-se os dois um defronte do outro, assentados sozinhos na varanda da sala de jantar, que dava para um lugar plantado de bananeiras. O sol descia lentamente no horizonte por uma escadaria de fogo; as cigarras estridulavam no fundo da chácara; a noite ia emanando.

Coqueiro olhava à toa para isso, absorto e mudo; depois, suspirou e escondeu o rosto nas mãos. Mme. Brizard passou-lhe um braço no ombro.

— Coqueirinho! que é isso?...

Queira saber o motivo daquelas tristezas. Começou a interrogá-lo, com a voz untuosa, cheia de amor.

Ele então falou abertamente de suas aspirações, de seus estudos interrompidos, de sua incompatibilidade com o emprego que exercia.

— Sou muito caipora![2] — exclamava. — Sou muito caipora!

E chorava.

Mme. Brizard procurou consolá-lo, falou do futuro, lembrou da idade de Coqueiro e aconselhou-o a que não desanimasse.

Foi daí que lhe veio a ideia do casamento.

Mme. Brizard era muito mais velha do que ele, mas, talvez por isso mesmo, fosse a esposa que melhor convinha.

— Ah! ela estava no caso de fazê-lo feliz, porque o amava! Oh! se o amava! Seria talvez uma loucura; talvez viessem a censurá-la; — ela mesma não sabia explicar o que aquilo era, como aquilo acontecera! Mas dava a sua palavra de honra, jurava pela memória de seu pai — em como nunca sentira por ninguém o que então sentia por Coqueiro! Ah! sabia perfeitamente que bem poucos compreenderiam a sua paixão! Sabia que muitos haveriam de ridicularizá-la, haveriam de escarnecê-la; ela própria, até ali, nunca se sentiu tão possuída por uma

---

[2] No sentido de desafortunado. (N. E.)

ideia, tão escrava, tão vencida, como naquele instante! Contudo, se desejava o casamento não era decerto pelo fato de possuir um homem. — Oh! não! — deixava isso para as almas grosseiras... e Coqueiro bem sabia o quanto seu coração tinha de espiritual e de puro!... Desejava aquele enlace para licitamente poder aplicar todo o seu esforço, toda a sua coragem, todas as suas diligências na conquista de um bom futuro para o esposo. Queria casar-se, porque entendia que isso se tornava necessário à felicidade de Coqueiro. Toda a sua vida, todos os seus recursos, dela, seriam empregados para o mesmo fim: facultar ao marido os meios de estudar, os meios de crescer, desenvolver-se, luzir. Alcançasse ele um nome, uma posição brilhante, uma atitude gloriosa, e tudo o mais lhe seria indiferente. Que lhe importava o resto?... Se ela, porventura, fosse esquecida, fosse desprezada, se viesse mesmo a falecer dali a pouco tempo — que valia tudo isso, se o objeto de seus extremos era ditoso e vivia cercado de admiração e de aplauso?...

E Mme. Brizard, depois de falar na posteridade e depois de convencer o Coqueiro de que aquele casamento era um dever sagrado, pois que não realizá-lo equivalia a privar o Brasil de uma de suas glórias futuras e ao século um de seus vultos talvez mais grandiosos. Mme. Brizard, depois disso, entrou nos pormenores de seu plano.

Uma vez casados, ressuscitariam a antiga casa de pensão. Ela dispunha de algum dinheiro; o outro dispunha de um prédio: era restaurá-lo e dar começo à vida! Coqueiro abandonaria o emprego e voltava de novo aos estudos; ela encarregava-se da gerência da casa e, nesse ponto, deixando de parte a modéstia, supunha-se mais habilitada que ninguém.

Até já tinha projetos, já tinha as suas ideias sobre a instalação da casa!... Sentia-se disposta a trabalhar por vinte!...

Coqueiro havia de ver! Seu estabelecimento seria uma casa de pensão-modelo! Coisa para dar "uma fortuna e render à Amelinha um bom casamento. — Um casamentão!". Ah! Ela, a francesa, sabia perfeitamente como tudo isso se arranjava no Brasil.

E concluiu, jurando inda uma vez, que — para si não queria nada! que só desejava a felicidade do Coqueiro e de sua irmã, dele.

Era assim que entendia o amor!

Três meses depois estavam casados.

Boquejou-se alegremente sobre isso na Escola Politécnica. Os amigos de Coqueiro acharam ocasião de rir, e a tal mulher do ministro plenipotenciário, a glória da família, escreveu à mãe uma carta carregada de recriminações, declarando que nunca lhe perdoaria semelhante loucura. — Loucura de que para o futuro haveria Mme. Brizard de se arrepender muito seriamente.

Os recém-casados fecharam, porém, ouvidos a tais palavras e cuidaram de ir pondo em prática os seus novos planos de vida.

Meteram mãos à obra. Coqueiro deixou o emprego, contratou um empreiteiro para restaurar o seu velho prédio da rua do Resende, e a casa de pensão de Mme. Brizard (como teimosamente insistiam em lhe chamar a mulher), surgiu ameaçadora, escancarando para a população do Rio de Janeiro a sua boca de monstro.

VI

Foi justamente três anos depois disso que Amâncio chegou ao Rio de Janeiro.

A casa de Mme. Brizard estava então no seu apogeu; de todos os lados choviam hóspedes, entre os quais se notavam pessoas de importância. Pelo tempo das câmaras reuniam-se ali alguns deputados da província, homens sérios, em geral gordos, o ar discreto, um sorriso infantil à superfície dos lábios e um fraseado imaginoso, cheio de poesia. Fazia-se política no salão, depois da comida, em chinelas de tapete, ao remansado soprar do fumo da Bahia.

A dona da casa gozava para eles de muita consideração; só um e outro, mais atirado à pilhéria, ousava atribuir a algum dos seus "nobres colegas" os sorrisos de Mme. Brizard.

Outros entusiasmavam-se por ela.

— Não! — diziam. Aquela mulher devia ter sido um pancadão no seu tempo! Tudo que era pescoço e ombros ainda se podia ver! Quem dera a muitas novas um colo daqueles!...

De uma feita, um deputado de Minas, criatura baixa, socada, rosto curto, poucas palavras e muita barba, empalmou-lhe a cintura, quando a pilhou sozinha na sala de jantar.

A francesa abaixou os olhos, afastou-se dignamente e foi logo dizer ao marido que era necessário pôr aquele homem na rua.

— O Moura! Por quê?

— Não te posso dizer por que... mas afianço que o Moura não nos convém!...

— Fez-te alguma?

— Faltou-me ao respeito!

— Hein?!

— Agarrou-me a cintura e ter-me-ia beijado ao pescoço, se eu lho permitisse.

Esta última parte da queixa fazia mais honra ao espírito inventivo de Mme. Brizard do que ao seu espírito de verdade; ela, porém, não resistia ao gostinho de falar no seu rico pescoço, sempre que se oferecia ocasião.

E o Moura teria posto os ossos na rua, se a própria Mme. Brizard não intercedesse por ele no dia seguinte, alegando que o pobre homem havia na véspera carregado um pouco mais no virgem.

Também foi só. Nunca mais, que constasse, palpitou ali sombra de escândalo, e a famosa casa de pensão continuava a sustentar a melhor aparência deste mundo. Até se dizia à boca cheia que, por mais de uma vez, já se hospedaram verdadeiras celebridades, e eram todos de acordo em que no Rio de Janeiro ninguém fazia espetadas de camarão tão saborosas como as da simpática irmãzinha do João Coqueiro, a Amelita. Uma verdadeira especialidade. Constava até que vinha gente de longe ao cheiro daqueles camarões.

A casa tinha dois andares e uma boa chácara no fundo. O salão de visitas era no primeiro. — Mobília antiga, um tanto mesclada; ao centro, grande lustre de cristal, coberto de filó amarelo. Três largas janelas de sacada, guarnecidas de cortinas brancas, davam para a rua; do lado oposto, um enorme espelho de moldura dourada e gasta inclinava-se pomposamente sobre um sofá de molas; em uma das paredes laterais, um detestável retrato a óleo de Mme. Brizard, vinte anos mais moça, olhava sorrindo para um velho piano, que lhe ficava fronteiro; por cima dos consolos vasos bonitos de louça da índia, cheios de areia até à boca.

Imediato à sala, com uma janela igual àquelas outras, havia um gabinete, comprido e muito estreito, onde o Coqueiro tinha a sua bibliotcca e a sua banca de estudo. Via-se aí uma pasta cheia de papéis, um tinteiro e um depósito de fumo, representando o busto de um barbadinho; ao fundo, uma conversadeira de palhinha, encostada à parede, por debaixo de um pequeno caixilho de madeira com retrato de Victor Hugo em gravura.

Seguia-se o aposento de Mme. Brizard e mais do marido, onde também dormia o menino, o César, que teria então doze anos; logo depois estava o quarto de Amelita e da tal viúva histérica, Leónie, a quem a família só tratava por "Nini".

Vinha depois a grande sala de jantar, forrada de papel alegre; nas paredes distanciavam-se pequenos cromos amarelados, representando marujos de chapéu de palha, tomando genebra, e assuntos de conventos — frades muito nédios e vermelhos refestelados à mesa ou a brincarem com mulheres suspeitas. Um guarda-louça expunha, por detrás das vidraças, os aparelhos de porcelana e os cristais; dcfronte — um aparador cheio de garrafas, ao lado de outro em que estavam os moringues.

Ainda havia um corredor, a despensa, a cozinha, uma escada que conduzia à chácara, outra ao segundo andar e mais três alcovas para hóspedes, todas do mesmo tamanho e numeradas.

A numeração dos quartos principiava aí nesses três para continuar em cima. Em cima é que estava o grande recurso da casa, porque Mme. Brizard dividira todo o segundo pavimento em oito cubículos iguais, ficando quatro de cada lado e o corredor no centro. Os da frente davam janelas para a rua e os do fundo para a chácara. As paredes divisórias eram de madeira e forradas de papel nacional.

* * *

João Coqueiro, quando saiu do *Hotel dos Príncipes* na manhã do almoço, ia preocupado; o Simões, que caminhava à sua esquerda um pouco sacudido pelos vinhos, em vão tentou, repetidas vezes, puxá-lo à palestra; o outro respondia apenas por monossílabos e, na primeira esquina, despediu-se e correu logo para casa.

Ao chegar foi direito à mulher, dizendo-lhe em voz baixa, antes de mais nada:

— Olha cá, Loló...

E encaminhou-se para o quarto. Mme. Brizard largou o que tinha entre as mãos e seguia-o atentamente.

— Sabes? — disse ele, sem transição, assentando-se ao rebordo da cama. — É preciso arranjarmos cômodo para um rapaz que há de vir por aí domingo.

— Um rapaz! Mas tu sabes perfeitamente que os quartos acham-se todos ocupados. Se tivesse prevenido... o nº 2 ainda ontem estava vazio... Mas quem é?

— Há de se arranjar, seja lá como for! — disse o Coqueiro.

— Mas quem é? — insistiu Mme. Brizard.

— É um achado precioso! Ainda não há dois meses que chegou do Norte, anda às apalpadelas! Estivemos a conversar por muito tempo: filho único e tem a herdar uma fortuna! Ah! Não imaginas: só pela morte da avó, que é muito velha, creio que a coisa vai para além de quatrocentos contos!...

Mme. Brizard escutava, sem despregar os olhos de um ponto, os pés cruzados e com uma das mãos apoiando-se no espaldar da cama.

— Ora — continuou o outro gravemente.— Nós temos de pensar no futuro de Amelinha... ela entrou já nos vinte e três!... Se não abrirmos os olhos... adeus casamento!

— Mas daí... — perguntou a mulher, fugindo a participar da confiança que o marido revelava naquele plano.

— Daí é que tenho cá um palpite! — exclamou ele. — Não conheces o Amâncio!... A gente leva-o para onde quiser!... Um simplório, mas o que se pode chamar um simplório.

Mme. Brizard fez um gesto de dúvida.

— Afianço-te — volveu Coqueiro — que, se o metermos em casa e se conduzirmos o negócio com um certo jeito, não lhe dou três meses de solteiro!

A francesa torcia e destorcia em silêncio uma de suas madeixas de cabelo preto, que lhe caíam na testa.

— E ele terá fraco pelas mulheres? — perguntou afinal.

O estudante respondeu com um gesto de convicção, e acrescentou:

— Negócio decidido! A questão é arranjar-lhe o cômodo, e já! Tu falas com franqueza à Amelinha; a mim não fica bem... Olha, até me lembrou dar-lhe o gabinete... Hein? Por pouco tempo... é só enquanto não se desocupa algum dos quartos...

— O gabinete?... mas tão atravancado... e tão apertadinho!...

— Dá-se-lhe um jeito! Arranja-se! Contanto que o nosso homem não deixe de vir; porque, Loló, lembra-te de que é "um filho único, com muito dinheiro e tolo!". Hoje não se encontra disso a cada passo!... Se perdermos a ocasião, duvido que apareça outra tão boa! Enfim — resumiu ele —, eu já fiz o que tinha a fazer; o resto é contigo! Fala à Amelinha, mas fala-lhe com jeito, tu sabes! — pinta-lhe a coisa como ela é e não te esqueças de arranjar o gabinete. Até logo, tenho ainda que ir à rua, mas volto daqui a pouco.

* * *

Nessa mesma tarde Mme. Brizard entendeu-se com a cunhada. Falou-lhe sutilmente no "futuro", disse-lhe que "uma menina pobre, fosse quanto fosse bonita, só com muita habilidade e alguma esperteza poderia apanhar um marido rico".

E tocando-lhe intencionalmente no queixo:

— Anda lá, minha sonsa, que sabes disso tão bem como eu!...

Amélia riu, concentrou-se um instante e prometeu fazer o que estivesse no seu alcance para agradar ao tal sujeitinho.

Ardia, com efeito, por achar marido, por se tornar dona de casa. A posição subordinada de menina solteira não se compadecia com a sua idade e com as desenvolturas do seu espírito. Graças ao meio em que se desenvolveu, sabia perfeitamente o que era pão e o que era queijo; por conseguinte, as precauções e as reservas, que o irmão tomava para com ela, faziam-na sorrir.

Às vezes tinha vontade de acabar com isso. "Que diabo significavam tais cautelas?... Se a supunham uma toleirona, enganavam-se — ela era muito capaz de os enfiar a todos pelo ouvido de uma agulha!"

Agora, por exemplo, neste caso do tal Amâncio, que custava ao Coqueiro explicar-se com ela francamente?... Por que razão, se ele precisava de seu auxílio, não a procurou e não lhe disse às claras: "Fulana, domingo vem aqui um rapaz, nestas e nestas condições: vê se o cativas, porque ali está o noivo que te convém!". Mas, não senhor! — meteu-se nas encolhas e entregou tudo nas mãos da mulher!

— Ora! — disse consigo a rapariga. — Isto até nem sei que me parece! Ou bem que somos, ou bem que não somos!... Se Janjão queria alguma coisa de mim, era falar com franqueza e deixar-se de recadinhos por detrás da cortina!

E Amélia, quanto mais refletia no caso, tanto mais se revoltava contra a reserva do irmão.

Ele já a devia conhecer melhor! Pelo menos já devia saber que aquela que ali estava era incapaz de cair em qualquer asneira; aquela não "dava ponto sem nó". Outra, que fosse, quanto mais ela, que conhecia os homens, como quem conhece a palma das próprias mãos! Ela, que viu de perto, com os seus olhos de virgem, toda a sorte de tipos! — Ela, que lhes conhecia as manhas, que sabia das lábias empregadas pelos velhacos para obter o que desejam e o modo pelo qual se portam depois de servidos! — Ela! Tinha graça!

Ela, que até ali dera as melhores provas de sagacidade e de esperteza; já "convencendo" tal freguês remisso que não queria pagar, nem à mão de Deus Padre, o aluguel do quarto pelo preço cobrado; já respondendo a tal credor, que em tal época, veio receber tal conta; já sofismando tal compromisso; já resolvendo tal aperto, uma vez que nem a própria Mme. Brizard sabia que fazer! E ainda a suporiam criança?... Ainda teriam medo de qualquer asneira de sua parte?... Pois então que se lembrassem da questão do Pereirinha!

O Pereirinha foi um dos primeiros hóspedes do Coqueiro. Rapaz bonito, perfumado, muito prosa. Amélia representava para ele a mesma inocência em pessoa, só lhe falava de olhos baixos, voz sumida, o ar todo candura e vexame. Pereirinha jurava-lhe uma paixão sem bordas, fazia-lhe versos, tocava-lhe nos pés por baixo da mesa, e, depois do jantar, quando os demais se alheavam no egoísmo da saciedade, ele a fitava tristemente, pedindo, com os olhos, fosse lá o que fosse. Pois bem, ela a tudo isso correspondia com muito agrado, submetia-se resignadamente a todos esses requisitos do namoro vulgar, mas... um belo dia, em que o pedaço de asno do Pereirinha quis ir adiante, Amélia aconselhou-o sorrindo a que primeiro a fosse pedir em casamento ao irmão.

E, quando se convenceu de que o tipo não queria casar, disse-lhe abertamente: "Ora, meu amigo, outro ofício!".

E Coqueiro sabia de tudo isso, tão bem como a própria Amélia — para que, pois, aqueles escrúpulos ridículos e amoladores?...

* * *

Só à noite, à costumada palestra em torno da mesa de jantar, lembraram-se de que o dia seguinte era de grande gala.

— Ó diabo — considerou Coqueiro. — E eu que podia ter dito ao Amâncio para vir amanhã! Escusávamos de esperar até domingo. — Ora, senhores! Onde diabo tinha eu a cabeça!...

— Queres saber de uma coisa? — disse, tomando a mulher de parte. — Vai tu e mais Amelinha arranjar o gabinete, que eu escrevo uma carta ao nosso homem; pode ser que amanhã mesmo o tenhamos por cá. Anda, vai! O segredo das grandes coisas está às vezes nestas pequenas deliberações!

E enquanto Mme. Brizard aprontava com Amélia o gabinete, escreveu ele a carta que Amâncio encontrou sobre a cômoda.

Não descansaram mais um instante. Desde pela manhã do dia seguinte andava a casa em grande alvoroço. Foi preciso varrer, escovar, remover do gabinete os móveis que o atravancavam. Preparou-se uma bela caminha, coberta de lençóis claros e cheirosos; estendeu-se um tapete no chão; colocou-se a um canto o lavatório, encheu-se o jarro que ficou dentro da bacia, ao lado da toalha. E, feito isso, puseram-se todos à espera de Amâncio.

Ele, até aquelas horas, não havia declarado por escrito se iria ou não logo, era provável que fosse.

E, com efeito, pela volta do meio dia, um tílburi parou à porta, e Amâncio, muito intrigado com a numeração das casas, entrou no corredor, a olhar para todos os lados.

Um moleque, que ficara de alcateia à espera dele, correu logo ao primeiro andar, gritando que "o moço já estava aí".

— Cala a boca, diabo! — respondeu Mme. Brizard em voz abafada e discreta.

Coqueiro ergueu-se prontamente do lugar onde se achava e atirou-se com espalhafato para o corredor, alegre e expansivo, como se recebera, depois de longa ausência, um velho amigo da infância.

— Bravo! — exclamava, sacudindo os braços e correndo ao encontro de Amâncio. — Bravo! Assim é que entendo os amigos! Não te perdoaria se faltasses!

E com muita festa, a apressá-lo:

— Vem entrando para a sala de jantar! Estás em tua casa! Entra! Entra!

Amâncio deixava-se conduzir, em silêncio. Já não tinha o mesmo tipo mal-ajeitado com que se apresentara ao Campos; agora, um terno de casimira cinzenta, comprado nessa mesma manhã a um alfaiate da rua do Ouvidor, dava-lhe ares domingueiros de janotismo. Vinha de barba feita, as unhas limpas, os dentes cintilantes, o cabelo dividido ao meio, formando sobre a testa duas grandes pastas lustrosas e do feitio de uma borboleta de asas abertas. Os olhos não denunciavam os incômodos da véspera, e de todo, ele respirava um cheiro ativo de sândalo.

— Estimei bem que me escrevesses — disse atravessando o corredor, ao lado do Coqueiro. — Não tinha para onde ir hoje. O Campos está de passeio com a família lá para o tal Jardim Botânico.

— Pois eu estimei ainda mais que viesses. Entra!

Penetraram na sala de jantar. Estava tudo muito bem arrumado e muito limpo; não se podia desejar melhor aspecto de felicidade caseira; em tudo — a mesma aparência austera e calma de uma velha paz inquebrantável e honesta. Mme. Brizard, assentada à cabeceira da mesa, parecia ler atentamente um livro que tinha aberto defronte dos olhos; mais adiante trabalhava Amelinha em uma máquina de costura, a cabeça vergada, os olhos baixos, numa expressão tranquila de inocência.

Logo que Amâncio apareceu na varanda, Mme. Brizard desviou os olhos do livro, deixou cair as lunetas do nariz e foi recebê-lo solicitamente; a outra limitou-se a cumprimentá-lo com um modesto e gracioso movimento de cabeça.

— O Dr. Amâncio de Vasconcelos! — gritou o Coqueiro, empurrando o colega para junto das senhoras. E acrescentou, designando-as: — Minha mulher e minha irmã... O amigo já sabe que são duas criadas que aqui tem às suas ordens!

Amâncio agradecia, desfazendo-se em reverências e apertando as mãos de ambas, todo vergado para a frente, as faces incendiadas pela comoção daquela primeira visita.

— Põe-te à vontade, filho! — disse-lhe o Coqueiro, em ar quase de censura. — Olha uma cadeira. Senta-te!

E tirando-lhe a bengala e o chapéu das mãos: — Aqui estás em tua casa! Minha gente não é de cerimônias!

Entretanto Mme. Brizard o tomava a si com perguntas: — Há quanto tempo havia chegado; de que província era filho; se tinha saudades da família; se gostava do Rio de Janeiro; que tal achava as fluminenses, e se já estava embeiçado por alguma?

E vinham os risos exagerados e sem pretexto, de quando se deseja agradar visitas.

O provinciano respondia a tudo, inclinando a cabeça, procurando armar bem a frase e fazendo esforços para se mostrar de boa educação. Ia-lhe já fugindo o primitivo acanhamento e as palavras acudiam-lhe à ponta da língua, sonoras e fáceis.

— Não tenho desgostado da Corte — dizia a brincar com a sua medalha da corrente —, mas, confesso, esperava melhor... Lá de fora, sabe V. Exa., a coisa parece outra. Fala-se tanto do Rio!... Pintam-no tão grande, tão bonito, que o pobre provinciano, ao chegar aqui, logo sofre uma terrível decepção!... Pelo menos comigo foi assim!

— O Sr. Vasconcelos já visitou os arrabaldes?... — perguntou Mme. Brizard muito delicadamente.

— Ainda não, minha senhora. Apenas fui a Botafogo, de passagem, para entregar uma carta; mas, tenciono percorrê-los, todos, na primeira ocasião.

E Amâncio olhava a espaços para Amélia, que parecia muito preocupada com o trabalho.

— Pois suspenda esse juízo a respeito do Rio até que conheça os arrabaldes, acrescentou a dona da casa. — Só por eles se poderá julgar do quanto é bela e grandiosa esta cidade! Oh! A natureza do Brasil! Não há coisa nenhuma que se lhe possa comparar!...

E fitando-o, depois de um gesto de entusiasmo:

— Para um espírito contemplativo e apaixonado, essa esplêndida natureza vale por todas as maravilhas da velha Europa!

— V. Exa. parece gostar muito do Brasil.

— Habituei-me a isso com o meu segundo marido... ele era louco por este país! Quantas vezes, depois que caiu doente e que os médicos lhe recomendaram que viajasse, quantas vezes não o aconselhei a que liquidasse aqui os seus negócios e fossemos viver para a Europa... Já não havia sombra de perseguição política (porque foi uma perseguição política que o atirou no Brasil), não havia razões por conseguinte para não voltar à pátria, não havia razões para se deixar morrer aqui, como morreu!... Pois bem; sabe o senhor o que ele me respondia sempre? Dizia-me: "Bebê." (Era assim que me tratava). "Bebê, compreendes um homem apaixonado por uma mulher, a ponto de não a poder deixar um só instante? Compreendes um escravo, um cão?... Assim sou por esta natureza. Não a posso abandonar! Estou apaixonado, louco!" — Entretanto, veja o doutor! — Hipólito, aqui nunca foi devidamente apreciado e compreendido; nunca recebeu a mais insignificante prova de gratidão do governo deste país, que ele idolatrava daquele modo! Trabalhou muito para o Brasil, e de graça! Estão aí as empresas, os jornais, as sociedades que fundou! Pois o governo — nem uma palavra, nem uma consideração, nem um "muito obrigado!". Se o pobre homem não tivesse posto de parte algum dinheiro, ficava eu na miséria, perfeitamente na miséria!

Amâncio principiava a desconfiar que aquela francesa era nada menos que um formidável "cacete".

— Uma verdadeira paixão! — insistiu ela. — Uma paixão que o prendia aqui! Porque, senhores, Hipólito, se quisesse, podia representar um invejável papel na Europa! Tinha lá o seu lugar seguro, e... Foi interrompida pelo César que entrara de carreira, mas estacara de repente ao dar com Amâncio. Coqueiro havia se afastado para mandar servir alguma coisa.

— Este é o meu César, meu último filho — elucidou Mme. Brizard, e gritou logo: — Vem cá, César! Vem falar com este moço!

César aproximou-se, vagarosamente, com o silêncio de quem observa um estranho.

— Lindo menino! — considerou Amâncio, puxando-o para junto de si.

— E não calcula o senhor que talento! — afirmou a mãe, em voz baixa e grave, estendendo a cabeça para o lado da visita. — Uma coisa extraordinária!

— Já fez uma poesia! — acrescentou João Coqueiro que, nessa ocasião, junto ao aparador, enchia copos de cerveja.

— Mas, coitado! — prosseguiu Mme. Brizard — não se pode puxar por ele; sofre muito do peito! O médico recomendou que não o fatigassem por ora; é preciso esperar que ele se desenvolva mais um pouco.

— É pena! — disse Amâncio com tristeza, afagando a cabeça de César.

— Nunca vi uma criatura para aprender as coisas com tanta facilidade! Nada vê, nada ouve que não decore logo! Que não repita — tintim por tintim!

— Sim? — perguntou Amâncio, com um gesto cerimonioso de pasmo.

— E então para a música?... Aprendeu a escala em um dia! E já toca variações ao piano... tudo de ouvido!

— É admirável! — repetia Amâncio, para dizer alguma coisa. — Deve estar muito adiantado nos estudos!...

— Ah! estaria decerto, se pudesse estudar, mas, coitado, ainda não sabe ler!

— Ah! — fez Amâncio, sem achar uma palavra.

— Mas, também, quando principiar...

— Irá longe! — concluiu Amâncio, satisfeito por ter enfim uma frase. — Deve ir muito longe!

E afiançava que, pela fisionomia do César, logo se lhe adivinhava a inteligência.

— Esta fronte não engana! — dizia a suspender-lhe o cabelo da testa. — E é travesso?...

Mme. Brizard soltou uma exclamação: Não lhe falasse nisso! Só ela sabia o capetinha que ali estava!

César abaixou o rosto com uma risada, e Amâncio declarou que "a travessura era própria daquela idade!".

E, porque o moleque se aproximava com uma bandeja na mão, cheia de copos, ergueu-se para oferecer um a Mme. Brizard e outro a Amélia.

— Muito agradecida — disse esta, sorrindo. — Sou um pouco nervosa; a cerveja faz-me mal.

— Ah! V. Exa. é nervosa?

— Um pouco. E quem neste mundo não sofre mais ou menos dos nervos?...

E riu de todo, mostrando a sua dentadura provocadora.

Amâncio considerou intimamente que a achava deliciosa. — Um mimo!

E, de fato, Amélia nesse dia estava encantadora. Vestia fustão branco, sarapintado de pequenas flores cor-de-rosa. O cabelo, denso e castanho, prendia-se-lhe no toutiço por um laço de seda azul, formando um grande molho flutuante, que lhe caía elegantemente sobre as costas. O vestido curto, muito cosido ao corpo, enluvava-lhe as formas, dando-lhe um ar esperto de menina que volta do colégio a passar férias com a família.

Era muito bem feita de quadris e de ombros. Espartilhada, como estava naquele momento, a volta enérgica da cintura e a suave protuberância dos seios, produziam nos sentidos de quem a contemplava de perto uma deliciosa impressão artística.

Sentia-se-lhe dentro das mangas do vestido a trêmula carnadura dos braços; e os pulsos apareciam nus, muito brancos, chamalotados de veiazinhas sutis, que se prolongavam serpeando. Tinha as mãos finas e bem tratadas, os dedos longos e roliços, a palma cor-de-rosa e as unhas curvas como o bico de um papagaio.

Sem ser verdadeiramente bonita de rosto, era muito simpática e graciosa. Tez macia, de uma palidez fresca de camélia; olhos escuros, um pouco preguiçosos, bem guarnecidos e penetrantes; nariz curto, um nadinha arrebitado, beiços polpudos e viçosos, à maneira de uma fruta que provoca o apetite e dá vontade de morder. Usava o cabelo cofiado em franjas sobre a testa, e, quando queria ver ao longe, tinha de costume apertar as pálpebras e abrir ligeiramente a boca.

Amâncio, bebendo aos goles distraídos a sua cerveja nacional, via e sentia tudo isso, e, sem perceber, deixava-se tomar de graças de Amélia. Já lhe preava a carne o mordente calor daquele corpo; já o invadiam o perfume sombroso daquele cabelo e a luz embriagadora daqueles olhos; já o enleava e cingia a doce sensibilidade elástica daquela voz, quebrada, curva, cheia de ondulações, como a cauda crespa de uma cobra.

E, enquanto palavreava abstraído com Mme. Brizard e com o Coqueiro, percebia que alguma coisa se apoderava dele, que alguma coisa lhe penetrava familiarmente pelos sentidos e aí se derramava e estendia, à semelhança de um polvo que alonga sensualmente os seus langorosos tentáculos. E, sempre dominado pelos encantos da rapariga, alheava-se de tudo que não fosse ela; queria ouvir o que lhe diziam os outros, prestar-lhes atenção, mas o pensamento libertava-se à força e corria a lançar-se aos pés de Amélia, procurando enroscar-se por ela, à feição do tênue vapor do incenso, quando vai subindo e espiralando, abraçado a uma coluna de mármore.

Coqueiro fazia não dar por isso e, ao topar com os olhos da mulher, entre eles corria um raio de satisfação, mais ligeiro que um telegrama.

Amâncio, entretanto, quase nada conversou com Amélia; apenas trocaram palavras frias de assuntos sem interesse. Mas seus olhares também se encontravam no ar, e logo se entrelaçavam, prendiam-se e confundiam-se no calor do mesmo desejo.

Naquela mulher havia incontestavelmente o que quer que fosse difícil de determinar, que não obstante se entranhava pela gente e, uma vez dentro, crescia e se alastrava. O seu modo de falar, as reticências de seus sorrisos, o langor pudico e ao mesmo tempo voluptuoso de seus olhos que espiavam, inquietos, através do franjado das pestanas; a doçura dos seus movimentos ofídicos e preguiçosos; o cheiro de seu corpo; tudo que vinha dela zumbia em torno dos sentidos, como uma revoada de cantáridas.

Os instintos mal-educados de Amâncio latejavam.

Vinham-lhe preocupações. Começava a imaginar como seria a sua existência naquela casa, se ele, porventura, resolvesse a mudança; calculava situações; encontros inesperados com Amélia nos corredores desertos; manhãs frias, de chuva, em que fosse preciso gazear as aulas e deixar-se ficar ali a "prosar" naquela varanda, ao lado dela, a encher o tempo, a dizer "tolices".

Que tal seria tudo isso?... Seria tão bom que valera a pena suportar as caceteações de Mme. Brizard e sofrer a convivência do tal Coqueiro?... Seria tão bom que merecera a renúncia de sua liberdade, tão sacrificada ali quanto em casa do Campos? Não! Não valia a pena! Mas... Amélia?... quem sabe lá o que daria de si aquele ladrãozinho?...

E pensando deste modo, ergueu-se disposto a acompanhar Coqueiro, que insistia em lhe mostrar a casa.

Principiaram pela chácara.

— Olha. Isto aqui é como vês! — dizia o proprietário.

— Boa sombra, caramanchões de maracujá, flores, sossego!... Bom lugar para estudo! E vai até o fundo. Vem ver!

Amâncio obedecia calado.

— Parece que está na roça! — acrescentou o outro. — De manhã é um chilrear de passarinhos, que até aborrece! Quando aqui não houver fresco, não o encontrarás também em parte alguma! Cá está o terraço. Sobe!

Subiram três degraus de pedra e cal.

— Vês?! — exclamou Coqueiro, parando em meio do pequeno quadrado de velhos tijolos. E, depois com as pernas abertas e um braço estendido:

— Creio que não se pode desejar melhor!

Desceram, em seguida, para visitar o banheiro, o tanque, o repuxo e outras comodidades que havia no quintal, e a cada uma dessas coisas — novas exclamações e novos elogios.

Subiram outra vez ao primeiro andar, pela cozinha. Um preto, de avental e boné de linho branco, à moda dos cozinheiros franceses, trabalhava ao fogão. Coqueiro exigiu que o amigo olhasse para aquele asseio; atentasse para a nitidez das caçarolas de metal arcado, para a limpeza das panelas, para a fartura de água na pia.

— A madame — dizia ele a rir-se, com ar interessado de quem deseja convencer —, a madame traz isto num brinco! Pode-se comer no chão!

E continuaram a revista da casa. Amâncio, porém, ia distraído, tinha a cabeça cheia de Amélia.

— Que dentes! — pensava — e que cintura! que olhos!...

— É excelente! — segredou-lhe o Coqueiro, pondo mistério na voz. — Um serviço admirável!

— Hein?! — exclamou o provinciano, voltando-se rapidamente para o colega.

— Cozinheiros daquela ordem encontram-se poucos no Rio! — respondeu este ainda em segredo.

— Ah! o cozinheiro... — disse Amâncio.

— Divino! — acrescentou o outro.

E, mudando logo de tom:

— Cá está a despensa. Compramos tudo em porção do mais caro, mas também podes ver a fazenda! Tudo de primeira! Ah! Eu cá sou assim — mostro! Meus hóspedes não se podem queixar!

E destapava vivamente a lata das farinhas e dos feijões, mostrava o vinho engarrafado em casa, as mantas de carne-seca ressumbrando sal, o arroz, o café, e o resto.

— Tudo de primeira! — repetia com entonação mercantil, a passar ao colega um punhado de feijões. — Tudo de primeira!

— É exato — resmungou Amâncio, sem ver.

— Isto agora são quartos de hóspedes — enunciou Coqueiro seguindo adiante. — Aqui embaixo só temos três. Neste — disse mostrando o nº 1 — está o Dr. Tavares, um advogado de mão-cheia; caráter muito sério!

No segundo declarou que morava Fontes:

— Não era mau sujeito, coitado! Fora infeliz nos negócios: quebrara havia dois anos e ainda não tinha conseguido levantar a cabeça.

E abafando a voz:

— Dizem que está ficando arranjado... não sei!... Paga pontualmente as suas despesas, mas é um "unha de fome", regateia muito, chora — vintém por vintém — o dinheiro que lhe sai das mãos! Está sempre com uma cara muito agoniada, sempre se queixando. E agora, vão ver: furão como ele só; especula com tudo; tem o quarto cheio de fazendas, fitas e teteias de armarinho; vende essas miudezas pelas casas particulares, e dizem que faz negócio. A mulher, uma francesa coxa, é empregada na *Notre Dame* e só vem a casa para dormir.

E, indicando o nº 3:

— Aqui é o Piloto.

— Que Piloto? — perguntou logo Amâncio.

— O Piloto, homem! Aquele repórter da *Gazeta*!

Amâncio não conhecia.

— Ora, quem não conhece o Piloto! Um rapaz tão popular. Um que anda sempre muito ligeiro, olhando para os lados, aos pulinhos, como um calango. Não conheces?!

Amâncio disse que sabia quem era — para acabar com aquilo.

— Bom hóspede! — acrescentou o outro. — Também só aparece à noite: não incomoda pessoa alguma.

— Bem... — disse Amâncio com um bocejo. — São horas de ir-me chegando.

— Quê?! — bradou Coqueiro. — Tu jantas conosco! Minha gente conta contigo... não te dispensamos. E demais, quero mostrar-te o resto da casa. Vem cá ao segundo andar.

O provinciano lembrou nitidamente que isso podia ficar para outra ocasião; mas o Coqueiro respondeu puxando-o pelo braço na direção da escada:

— Venha para cá! Não seja preguiçoso!

Depois de subir, acharam-se em corredor estreito e oprimido pelo teto. Ao fundo uma janela de grades verdes coava tristemente a luz que vinha de fora. Lia-se nas portas, em algarismos azuis, pintados sobre um pequeno círculo branco, os números de 4 a 11.

Aquilo tinha aspecto de casa de saúde — pensou Amâncio, com tédio. — Não devia ser muito agradável morar ali. Todos os quartos, entretanto, estavam tomados.

Coqueiro principiou logo, em voz soturna, a denunciar os competentes moradores: — Nº 4 — o Campelo, um esquisitão, porém bom sujeito, do comércio; não comia em casa senão aos domingos e isso mesmo só de manhã. Nº 5 — o Paula Mendes e a mulher; casal de artistas, davam lições e concertos de piano e rabeca; muito conhecidos na Corte. Nº 6 — um guarda-livros; bom moço; tinha o quarto sempre muito asseadinho e à noite, quando voltava do trabalho, estudava clarineta. O nº 7 era de um pobre rapaz português; doente: vivia embrulhado em uma manta de lã, por cima do sobretudo, e saía todas as manhãs a passeio para as bandas da Tijuca.

A porta do nº 8 estava aberta e Amâncio viu, de relance, a cauda de uma saia que fugia para o interior do quarto. E logo uma voz aflautada, de mulher, gritou:

— Cora! Fecha essa porta!

— É uma tal Lúcia Pereira — segredou o Coqueiro —; mora aí com o marido, um tipo!

Estavam na casa há muito pouco tempo. Coqueiro não podia dizer ainda que tais seriam, porque só formava o seu juízo depois de paga a primeira conta.

O nº 9 era o Melinho — uma pérola! Empregado na Caixa de Amortização; não comia em casa, mas, às vezes, trazia frutas cristalizadas para Mme. Brizard e Amelinha. Belo moço!

Coqueiro não se lembrava como era ao certo o nome do sujeito que ocupava o nº 10: "*Lamentosa* ou *Latembrosa*, uma coisa por aí assim!". Ele tinha o nome escrito lá embaixo. — Mas que homem fino! Delicadíssimo! Um verdadeiro *gentleman*! E tocava violão com muito talento.

O nº 11, que ficava justamente encostado à janela do corredor, pertencia a um excelente médico, o Dr. Correia; estava, porém, quase sempre fechado, visto que o doutor só se utilizava do quarto para certos trabalhos e certos estudos, que, por causa das crianças, não podia fazer em casa de família. Vinha às vezes com frequência e às vezes não aparecia durante um mês inteiro; mas pagava sempre, e bem.

Esse quarto, como o outro que ficava na extremidade oposta do corredor, tinha saída para a chácara.

Amâncio propôs ao Coqueiro que descessem por aí.

— De sorte que — foi-lhe dizendo este pela escada — à mesa só temos diariamente os seguintes: Dr. Tavares, o Paula Mendes e a mulher, a Lúcia e o marido, e o tal sujeito do nome esquisito. Só! Aos domingos, então, fica-se em completa liberdade, porque jantam fora quase todos. Vês, pois, que em parte alguma estarias melhor do que aqui!...

— Mas, filho — observou Amâncio —, teus quartos estão todos ocupados!...

O outro respondeu com um risinho. E, depois de ligeiro silêncio, passando-lhe um braço nas costas:

— Tu, aqui, não quero que sejas um hóspede, mas um amigo, um colega, um filho da família, uma espécie de meu irmão, compreendes? São dessas coisas que se não explicam — questão de simpatia! Conhecemo-nos de ontem e é como se tivéssemos sido criados juntos; em mim podes contar com um amigo para a vida e para a morte!

E, estacando defronte de Amâncio, olhou para ele muito sério, dizendo em tom grave:

— E acredita que isso em mim é raro! Pergunta aí aos meus colegas se sou de muitas amizades; todos eles te dirão que ninguém há mais concentrado e metido consigo. Mas, quando simpatizo deveras com uma pessoa, é assim, como vês, trago-a para o seio de minha família e trato-a como irmão!

E, descaindo no tom primitivo da conversa:

— Se ficares aqui, como espero, verás com o tempo a sinceridade do que te estou dizendo! É que gostei de ti, acabou-se.

Amâncio jurava corresponder àquela amizade, mas no íntimo, ria-se do Coqueiro, que agora lhe parecia tolo, e cujo casamento com a francesa velhusca o tornava, a seus olhos, cada vez mais ridículo.

Ao passarem pelo salão concordaram que aquilo era um excelente lugar para uma "boa prosa".

Amâncio teria tudo isso às suas ordens; podia dispor!... — acrescentou o outro. E, abrindo cuidadosamente a porta do gabinete que ficava ao lado, disse, com a entonação de um guarda de museu que vai mostrar uma raridade:

— Eis o ninho que te destino! É o lugar mais catito de toda a casa; isto, porém, não quer dizer que os outros cômodos não estejam à tua disposição!... Se, mais tarde, te apetecer trocar de quarto...

E, logo que entraram, foi-lhe mostrando a caminha cheirosa, o pequeno lavatório de pedra-mármore; fê-lo notar o bom estado da cômoda, a elegância do velador, o artístico das escavadeiras.

— E ali, o grande mestre! — exclamou com ênfase, apontando para a gravura da parede.

— Victor Hugo — leu Amâncio debaixo do retrato. — Bom poeta! — acrescentou.

— Creio que não ficarás mal, hein? — disse o outro.

— Ah! não! — respondeu o provinciano, assentando-se fatigado em uma cadeira. — E o preço?

— Ah! Isso depois... minha mulher é quem sabe dessas coisas, mas não haveremos de brigar!...

E riu.

— Ficas aqui muito bem! Serás tratado como um filho; quando precisares de qualquer cuidado, numa moléstia, numa dor de cabeça, hás de ver que te não faltará nada! Além disso — podes entrar e sair à vontade, livremente, às horas que entenderes; se gostas de teu chazinho à noite, com torradas, hás de encontrá-lo, abafado, à tua espera sobre aquela mesa... De manhã, se quiseres o café na cama, também terás o teu café e, quando estiveres aborrecido do quarto, tens o salão, tens a sala de jantar, a chácara, o jardim; finalmente, tens tudo às tuas ordens!

— Agora, quanto a certas visitas... — concluiu João Coqueiro, fazendo-se muito sisudo e abaixando a voz — isso, filho, tem paciência... Lá fora o que quiseres, mas daquela porta para dentro...

— Decerto! — apressou-se a declarar o outro, com escrúpulo.

— Sim! Sabes que isto é uma casa de família e, para a boa moral...

— Mas certamente, certamente! — repetiu Amâncio.

E acendeu um cigarro.

VII

Dos hóspedes de cama e mesa só três compareceram ao jantar — Lúcia, o marido e o tal *gentleman* de nome difícil. Paula Mendes estava de passeio, com a mulher, em casa de um artista.

Amâncio foi apresentado àqueles três pelo João Coqueiro. Trocaram-se bonitas palavras de etiqueta; fizeram-se os mentirosos protestos da cortesia e cada um tomou à mesa o seu lugar competente. Mme. Brizard, como era de costume, ocupou a cabeceira, defronte de uma pilha enorme de pratos fundos, os quais ia enchendo de sopa, um a um, paulatinamente, depois de rodar a concha três vezes no fundo da terrina; e, à proporção que os enchia, passava-os ao marido, que nesse dia lhe ficara à esquerda, visto que a direita, seu lugar favorito, cedera-o ele ao novo hóspede.

Na ocasião de conferir-lhe semelhante honra, bateu-lhe carinhosamente no ombro e disse-lhe baixinho: — Ficas bem! Ficas junto a Loló!

Mme. Brizard, que ouvira estas palavras, acrescentou sorrindo:

— O Sr. Vasconcelos preferia talvez ficar entre as moças...

— Ó minha senhora! — balbuciou Amâncio, vergando-se para o lado da francesa. — Estou muito bem aqui; não podia desejar melhor vizinhança!...

E voltou o olhar para a sua direita, onde Lúcia acabava de tomar assento.

Examinou-a logo, à primeira vista, sem o dar a conhecer, e a impressão recebida não foi das melhores. Achou-a esquisita, um tanto feia, um ar pretensioso, de doutora.

Era de estatura regular, tinha as costas arqueadas e os ombros levemente contraídos, braços moles, cintura pouco abaixo dos seios, desenhando muito a barriga. Quando andava, principalmente em ocasiões de cerimônia, sacudia o corpo na cadência dos passos e bamboleava a cabeça com um movimento de afetada languidez. Muito pálida, olhos grandes e bonitos, repuxados para os cantos exteriores, em um feitio acentuado de folhas de roseira; lábios descorados e cheios, mas graciosos. Nunca se despregava das lunetas, e a forte miopia dava-lhe aos olhos uma expressão úmida de choro.

Em seguida via-se o marido. Um homenzinho gordo, de barba por fazer e pequeno bigode castanho, em parte lourejado pelo fumo. A fronte abria-lhe para o crânio em dois semicírculos constituídos na ausência do cabelo. Fisionomia inalterável, de uma tranquilidade irracional e covarde. Fechava de vez em quando os olhos, por um sestro antigo, e então parecia dormir profundamente.

Percebia-se que ele e a mulher estiveram, antes de vir para a mesa, empenhados em alguma discussão desagradável, porque, mal se furtaram às apresentações e aos cumprimentos da chegada, Lúcia pôs-se a falar-lhe em voz baixa, com azedume disfarçado. Ele, porém, não dava resposta, e, quando a mulher insistia, cerrava os olhos como se fugira para dentro de si mesmo.

César, ao lado, acompanhava-lhe os movimentos com persistência tão grosseira que a outro qualquer constrangeria.

Defronte perfilava-se o *gentleman*. Teso, o pescoço imobilizado no rigor de uns grandes colarinhos; as sobrancelhas franzidas diplomaticamente; o olhar grave, de quem medita coisa de alta importância; a boca engolida por um farto bigode grisalho; o queixo escanhoado, formando largas pregas, sempre que Lambertosa voltava o rosto com amabilidade para responder ao que lhe diziam da direita ou da esquerda. Bonita figura, bem apessoado, fronte espaçosa, cabelo branco, puxado de trás sobre as orelhas.

Entre ele e o Coqueiro, Amelinha, cheia de piscos de olhos e de gestozinhos passarinheiros, recebia do irmão os pratos de sopa e passava-os adiante.

— E Nini? — perguntou Mme. Brizard com interesse.

E, como Amâncio a fitasse, quando lhe ouviu aquela pergunta, ela explicou que Nini era uma filha sua, "muito doente, coitadinha!"... E contou logo toda a história da pobre menina — viuvez, a dolorosa morte do filhinho "que lhe havia ficado como extrema consolação", e, afinal, falou daquela "maldita moléstia que sobreviera a tantas calamidades e que parecia disposta a não abandonar mais a infeliz".

— Não dá ideia do que foi! — disse após um suspiro. — Era uma beleza e tinha o gênio mais alegre deste mundo! Ah! Está muito mudada! Muito mudada! Impressiona-se com tudo, tem exigências pueris, caprichos, coisas de uma verdadeira criança! E ninguém a contraria, que aparecem as crises, os ataques! Uma campanha! Ainda outro dia porque não lhe deixaram ver um desenho que meu marido achou na chácara...

E, voltando-se rapidamente para Amâncio:

— O Sr. Vasconcelos não se serve de vinho?... Um desenho indecente; pois ficou prostrada e eu tive sérios receios de a ver perdida para sempre! Desde então está nervosa que se lhe não pode dizer nada! É preciso não insistir com ela em coisa alguma: se a chamam duas vezes para a mesa, começa a chorar e não vem; se a querem constranger a pôr um vestido melhor, um penteado mais decente, são gritos, soluços, repelões, e agarra-se à cama, que não há meio de tirá-la! Eu já não sei que faça!...

— Por que, madame, não experimenta os banhos de mar? — perguntou o *gentleman*, limpando energicamente o seu grosso bigode no guardanapo que atara ao pescoço.

— Qual! Não produzem efeito nenhum! Ela já tomou quarenta seguidos. Acho até que ficou pior.

— É estranho! — volveu o *gentleman*, franzindo o sobrolho e passando a Lúcia a corbelha de farinha. — É estranho, porque, segundo Durand Fardel, não há enfermidades nervosas que resistam a um bom regime de banhos marítimos; mas aconselha também o uso interno de água salgada, e prova que a mineralização desta é muito mais rica em cloreto de sódio do que a das águas minerais da fonte.

— Não sei, Sr. Lamber...

Mme. Brizard não se lembrava do nome dele.

— Lambertosa, madame, Lambertosa!

— Não sei, Sr. Lambertosa, não sei... O caso é que Nini não consegue melhorar. Temos experimentado tudo, tudo!

E, mudando de tom, bateu no braço de Amâncio, segredando-lhe com um sorriso:

— Não se esqueça de provar daqueles camarões. São especiais!... E descreveu uma olhadela entre ele e Amélia.

— O casamento talvez a restabelecesse! — observou o provinciano, servindo-se dos afamados camarões. — Dizem que há muitos exemplos de...

Amélia afetou um sobressaltozinho, e olhou para ele, que, procurando disfarçar o mau efeito de sua proposição, citou Le Bon.

— O doutor acha então que o histerismo se pode curar com o casamento?... — perguntou Lúcia, da direita.

— Parece, minha senhora, a dar crédito aos fisiologistas...

A sonoridade desta palavra consolou-o.

— E é exato!... — confirmou o Pereira, marido de Lúcia.

— Tu mesmo entendes disto!... — respondeu-lhe a mulher desdenhosamente.

O Pereira fechou os olhos e não deu mais palavra.

Lambertosa havia já limpado o bigode para emitir a sua conceituada opinião, mas teve de renunciar a essa ideia, porque Nini acabava de assomar à porta do quarto, arrastando-se dificilmente ao peso de suas inchações.

Vestia uma bata de lã parda, enxovalhada e sem cinta. A gordura balofa e anêmica tirava-lhe o feitio do corpo; as suas costas formavam-se de uma só curva e os quadris pareciam duas grandes almofadas.

Contudo, ainda se lhe reconhecia a mocidade e ainda se alcançavam vestígios desbotados dos encantos, que a moléstia foi pouco a pouco devastando.

Só depois de assentada, Nini desmanchou o ar aflito que fazia, pelo esforço de andar.

— Ah! — respirou, quase sem fôlego. E correu os olhos em torno de si, abstratamente, como se despertasse de um desmaio. Ao dar com Amâncio, ficou a encará-lo com insistência de criança; depois, contraiu os músculos do rosto e espalhou a vista, vagarosamente, a tomar longos sorvos de ar.

Um silêncio formou-se em torno de sua chegada; percebia-se que pensavam nela.

— Queres sopa, Nini? — perguntou afinal Mme. Brizard, com ternura. E, como a filha fizesse um movimento afirmativo de cabeça, passou-lhe um prato cheio.

Nini sorveu-o todo, a colheradas e pediu mais.

A mãe aconselhou-a a que comesse antes outra qualquer coisa.

Nini largou a colher no prato, sem dizer palavra, e pôs-se, de novo, a encarar para Amâncio, com um olhar tão dolorido e tão persistente, que o rapaz ficou impressionado.

E não lhe tirou mais a vista de cima. O estudante remexia na cadeira, importunado por aqueles dois olhos grandes, rasos, de um azul duvidoso, que se fixavam sobre ele, imóveis e esquecidos.

Disfarçava, procurava nada dar por isso, nada porém, conseguia. Os dois importunos lá estavam, sempre, assentados sobre ele a lhe queimar a paciência, como se fossem dois vidros de aumento colocados contra o sol.

— Que embirrância! — dizia o provinciano.

Entretanto o jantar esquentava. A conversa explodia já de vários pontos da mesa com mais frequência; ouviam-se tinir os garfos de encontro a louça, e os copos esvaziavam-se e de novo se enchiam, sem ninguém dar por isso.

Mme. Brizard não se descuidava um segundo de Amâncio. Apontava-lhe os pratos preferíveis, puxava as garrafas para junto dele, sempre a falar da salubridade da casa, do bem que se ficava ali, da simpatia que toda a família parecia lhe dedicar, desde o primeiro momento em que o viu.

— Pois se até a pobre Nini não se fartava de olhar para o Sr. Vasconcelos!...

Amâncio sorriu.

O Lambertosa atirou-lhe diretamente a palavra sobre o Maranhão. Tratou com respeito dessa "judiciosa província, a qual merecia de justiça o honroso título que lhe fora conferido de — *Atenas Brasileira!*". E, depois de citar nomes ilustres, dispôs-se a contar as façanhas de um tal *Maranhense,* célebre pelas suas espertezas.

— Perdão! — acudiu Amâncio. — Esse cavalheiro de indústria, além do nome, nada tem de comum com a minha província!

— Ah! — fez o *gentleman.* — Pois eu o julgava filho de lá...

— Felizmente não é — respondeu o outro, ferido no seu bairrismo.

— E ainda que fosse! — observou Lúcia — que mal havia nisso?

— Certamente! — confirmou Coqueiro, a encher o prato.

— Pois meu amigo — volveu o Lambertosa, dirigindo-se a Amâncio —, eu o felicito! — E levou o copo à boca. — Eu o felicito, porque, francamente, considero um padrão de glória ver a luz do dia em uma província tão...

Faltou-lhe o termo.

— Tão, tão gigantesca! Estude, caminhe, caminhe, que tem uma grande estrada aberta defronte de si!

E engrossando a voz:

— Assiste-lhe uma responsabilidade enorme! É caminhar e caminhar firme! Ah! — terminou ele com um gesto lamentoso. — Quem me dera a sua idade, meu amigo! Quem me dera a sua idade!

Continuou-se a falar sobre o Maranhão. Lúcia quis informações; Amâncio voltou-se logo para ela, solicitamente, e na febre de falar de sua terra, começou, sem reparar que mentia, a pintar coisas extraordinárias. O Maranhão, segundo o que ele dizia, era um viveiro de talentos; os grêmios e os jornais literários brotavam ali de toda parte; cada indivíduo representava um gramático de pulso; as senhoras, ilustradíssimas; os homens, poços de instrução; as crianças saíam da escola bons poetas e prosadores.

Coqueiro afetava acompanhá-lo naquele entusiasmo, mas ria-se por dentro. O outro lhe parecia cada vez mais tolo.

Lúcia perguntou se Amâncio tinha algumas produções dos seus comprovincianos, que lhe pudesse emprestar. Ele prometeu que traria as que tivesse em casa. E recomendou *Entre o Céu e a Terra,* de Flávio Reymar.

— Há em sua província um poeta que eu adoro — disse ela, cortando em pedacinhos uma fatia de carne assada que tinha no prato.

— O Franco de Sá? — perguntou o maranhense.

— Não, refiro-me ao Dias Carneiro.

Amâncio sentiu um calafrio percorrer-lhe a espinha. Nunca em sua vida ouvira falar semelhante nome.

— É — disse, entretanto. — É um grande poeta!

— Enorme! — corrigiu Lúcia, levando à boca uma garfada. — Enorme! Conhece aquela poesia dele, o...

Novo calafrio, desta vez, porém, acompanhado de suores. E não lhe acudia um título para apresentar, um título qualquer, ainda que não fosse verdadeiro.

— Ora, como é mesmo? — insistia a senhora. — Tenho o nome debaixo da língua!

E, voltando com superioridade para o marido:

— Como se chama aquela poesia, que está no álbum de capa escura, escrita à tinta azul?

O Pereira abriu os olhos e disse lentamente:

— *O Cântico do Calvário!*

— És um idiota! — respondeu a mulher.

A resposta do Pereira provocou hilaridade. Amâncio consultou logo a opinião de Lúcia sobre o Varela. Mme. Brizard falou então dos versos do marido, prometeu que os mostraria depois do jantar.

Amâncio soltou uma exclamação de espanto:

— Ignorava que o Coqueiro também fizesse versos!

— Faço-os — confirmou este —, mas só para mim. Publiquei já alguns com pseudônimo. Receio a convivência dos literatos que formigam por aí, esfarrapados e bêbedos. Não me quero misturar com eles. Faço versos, é verdade, mas tenho a presunção de escrevê-los como devem ser e não acumulando extravagâncias e disparates para armar efeito! Faço versos, mas não tomo parte nessas panelinhas de elogio mútuo e nesses grupos de imbecis escrevinhadores!

E, com muito azedume, com durezas de inveja, principiou a dizer mal dos rapazes que no Rio de Janeiro se tornavam mais conhecidos pelas letras.

— Pedantes! — resmungava. — Súcia de idiotas! Hoje, todos querem ser escritores; sujeitinhos que não sabem ligar duas ideias, arrogam-se, da noite para o dia, os foros de literatos! Uma cambada!

E ria-se com um gesto amargo de desgosto.

Lúcia e Lambertosa defendiam timidamente alguns nomes.

— Ora o quê, senhores! — replicava Coqueiro furioso e pálido. — Qual é aí o tipo da tal "geração moderna" que se possa aproveitar?... Não me apontam nenhum! São todos umas bestas"!

— Coqueiro!... — repreendeu Mme. Brizard em voz baixa.

— São todos umas nulidades, uns zeros!...

Era a primeira vez que Amâncio via o colega sair de si. Não o supunha capaz daquelas explosões.

Mme. Brizard compreendeu o pensamento do provinciano e apressou-se a dizer-lhe ao ouvido:

— Também é só o que o faz sair do sério... a literatura!

Amélia indagou se Amâncio também escrevia. Ele disse que sim, a desculpar-se com os outros.

— Quem neste mundo não rabiscava mais ou menos?...

Ela mostrou logo empenho em lhe conhecer as produções.

— Não vale a pena! — disse o moço. — Não vale a pena!

— Ai, ai! — suspirou Nini, que parecia adormecida com os olhos abertos.

Mme. Brizard, que já conhecia o alcance daquele suspiro, perguntou à filha o que desejava. Nini apontou melancolicamente para um prato, onde fatias transparentes de abacaxi nadavam em calda de vinho.

— Não senhora — volveu a mãe — isso não pode ser; faz-te mal.

Nini suspirou de novo e ficou a olhar para Amâncio, resignadamente, o semblante muito pesaroso, a cabeça vergada para o lado.

— Serve-te antes de doce — aconselhou Mme. Brizard.

O Lambertosa apressou-se a passar a Nini a compoteira.

— Pouco, Sr. Lambertosa, dê-lhe pouco!

* * *

Veio o café. César levantou-se da mesa e foi brincar a um canto da sala. Mme. Brizard queria saber se estavam todos satisfeitos; ela, quanto a si, jantara perfeitamente, confessava.

E, com um aspecto regalado, deixava-se ficar prostrada na cadeira, entorpecida no bem-estar do seu estômago.

O copeiro, um preto alto de pernas compridas, levantou a toalha, acendeu o gás e trouxe curaçau e conhaque. Amélia bebericou o seu cálice de licor e levantou-se logo para ir à janela. Afastaram-se as cadeiras da mesa, e a conversa reapareceu com mais força.

O Lambertosa, Mme. Brizard e Coqueiro formaram grupo, a discutir o preço excessivo e a falsificação dos gêneros alimentícios. O *gentleman* reclamava uma junta de higiene, rigorosa, que mandasse lançar à praia todos os gêneros deteriorados que encontrasse. "Era assim que se fazia na Europa!"

Lúcia, do outro lado da mesa, continuava a falar com Amâncio sobre literatura. Já estavam em Theophile Gautier, Theodore de Banville e Baudelaire, depois de haverem tocado de passagem em alguns escritores de Portugal. Agora sentia-se mais eloquente o provinciano; acudiam-lhe opiniões e juízos perfeitamente armados; percebia que as suas palavras causavam bom efeito; ia bem.

Pereira e Nini conservavam-se um defronte do outro, igualmente concentrados e mudos; ela, porém, com os olhos muito abertos sobre Amâncio. O outro afinal ergueu-se, atravessou, lentamente, como um sonâmbulo, a sala de jantar, e foi estender-se em uma preguiçosa que ficava junto à janela.

Vibrou então o piano no salão de visitas.

— É melhor irmos todos para lá — alvitrou a dona da casa.

O marido e o Lambertosa aceitaram logo a ideia, e Amâncio, sem interromper a sua conversa com a mulher do Pereira, a esta deu o braço e seguiu o exemplo daqueles.

Lúcia caminhava toda reclinada sobre ele, falando-lhe em tom mui vagaroso, com acentuações finas de boa educação.

A sala iluminada tinha um caráter imponente. O *gentleman* encaminhou a conversa geral para a música, aconselhou a Amâncio a que solicitasse da Sra. D. Lúcia um pouco do *Guarani,* que ela tocava admiravelmente.

Lúcia queixou-se de que ultimamente sofria de certa fraqueza nos dedos e não tocava com a mesma expressão, mas foi, pelo braço do Lambertosa, tomar ao piano o lugar que Amélia deixara nesse instante. E logo as primeiras notas da introdução do *Guarani* encheram a sala com a sua corajosa e dominadora solenidade.

Fizeram silêncio.

Ela tocava bem, com muita energia e destreza. Amâncio encostara-se sozinho ao canto de uma janela e sentia-se ir a pouco e pouco arrastando pela irresistível corrente daquelas frases musicais. Seu estômago, perfeitamente confortado, dava-lhe ao corpo um bem--estar beatífico e predispunha-lhe o espírito para as vagas concentrações e para os místicos arrebatamentos da fantasia. Um profundo langor, muito voluptuoso, apoderava-se de todo ele, e os vapores duvidosos de um princípio de embriaguez acamavam-se em torno de sua cabeça, anuviando-lhe os objetos exteriores.

E ali, da janela, suspenso ainda pelas novas impressões que lhe deparavam os novos aspectos de sua existência, abstrato e perdido em cismas indefinidas, enxergava, por entre as névoas de seu enlevo, o vulto melancólico de Lúcia, assentado defronte do piano, a picar o teclado com os dedos, num frenesi delicioso.

Depois da música, principiou a simpatizar com ela; já gostava de a ver, misteriosa e pálida, arrastando a vida com a languidez de uma convalescente.

Estava todo embevecido a pensar nesta simpatia, quando voltou por acaso o rosto e deu com os olhos de Nini, que o fitavam sem pestanejar.

— É birra, não tem que ver! — pensou ele aborrecido.

* * *

Duas horas depois tornavam à sala de jantar. Serviam-se as torradas. Pereira, com o César adormecido sobre as pernas, ressonava profundamente na mesma preguiçosa em que o tinham deixado.

Mme. Brizard chamou o copeiro e ordenou-lhe que recolhesse o menino. Pereira espreguiçou-se, abriu vagarosamente os olhos, mas tornou a fechá-los, bocejando.

Já estavam à mesa, quando os hóspedes principiaram a chegar.

Veio o Paula Mendes e mais a mulher. Ele de pequena estatura, grosso, os movimentos acanhados, a voz branda e a fisionomia triste; ela muito alta, cheia de corpo, despejada de maneiras e com feições de homem.

Chamava-se Catarina, estava sempre a implicar com as coisas e tinha muita força de gênio. Entrou na sala como uma fúria; o marido atrás. Cumprimentou a todos com um "boas noites" terrível, e, atirando-se a uma cadeira, declarou, a bater com a mão na mesa, que vinha desesperada! Pois, se em vez de piano, lhe haviam dado um tacho, um verdadeiro tacho, para executar um noturno de Chopin, dificílimo!

— Pouca-vergonha! — exclamava ela, rangendo os dentes. — Canalhas!

E, voltando-se para o marido com um furor ardente:

— Mas o culpado foste tu, lesma de uma figa! Já devias conhecer melhor aquela súcia!

— Mas... — ia responder o marido.

— Cale-se — berrou ela. — Não me dê uma palavra, que não estou disposta a lhe ouvir a voz! Diabo de basbaque!

Fez uma pausa, estava arquejante, mas continuou logo:

— Também ali, acabou-se! Cruz na porta! Nunca mais! Nunca mais! Nem admito que me falem na rua! Corja!

E, levantando-se com ímpeto, cumprimentou a todos com um arremesso, e subiu para o segundo andar, levando o marido na frente, aos empurrões.

— Safa — disse Amâncio consigo.

O Dr. Tavares é que vinha satisfeito. Estivera em casa de um amigo, pessoa de muita consideração, onde se reunia a mais fina sociedade.

E, necessitado de expandir o seu bom humor, entabulou conversa com Amâncio. Falou-lhe a um só tempo de mil coisas diferentes; tratou muito de si; das suas pretensões na Corte que apenas conhecia de alguns meses; das suas esperanças de obter o que desejava; do que lhe dissera tal ministro; do que lhe prometera tal conselheiro, e, afinal, da sua profissão de advogado, profissão que ele exercia com entusiasmo, com delírio, porque, desde pequeno, toda a sua queda fora sempre para falar em público, para dominar as massas.

E, esquentando-se ao calor de suas próprias palavras, discursava, como se já estivesse no tribunal. Armava posições; recorria aos efeitos da tribuna; vergava para trás a cabeça, ameaçando espetar o auditório com a ponta de sua barba triangular.

Sentia-se radiante por ver que todos os mais não abriam a boca, enquanto ele estivesse com a palavra.

Seu tipo indeciso, de cearense do interior, uma dessas fisionomias confusas e duvidosas, nas quais o fulvo castanho dos cabelos quase que não se distingue do moreno da pele e do pardo verdoengo dos olhos, seu tipo transformava-se na febre da eloquência e parecia acentuar-se por instantes.

E, já de pé, com uma das mãos apoiadas nas costas da cadeira, jogava freneticamente com a outra, ora espalmando-a em cheio sobre o peito, ora apontando terrível para o teto, ora indicando o chão, horrorizado, como se aí estivesse um abismo, ora dando com o indicador ligeiras e repetidas facadinhas no ar; ao passo que a voz, pelo contrário, se lhe arrastava em trêmulos prolongados, como as notas graves de um *harmonium*.

Enquanto ele parolava, outros hóspedes se recolhiam aos competentes quartos, atravessando a varanda pelo fundo na ponta dos pés, com medo da "caceteação".

Aquele homem era o terror da casa. Às vezes, depois do jantar, quando ele abria as torneiras da loquacidade, iam todos, um por um, fugindo sorrateiramente, até deixá-lo a sós com o Pereira que, afinal, adormecia.

Amâncio principiava a sentir cansaço. Quis retirar-se, não lho consentiram.

Passava já da meia-noite, a casa do Campos devia estar fechada aquela hora. — O melhor seria ficar — observou a francesa.

— Que diabo! — acudiu Coqueiro. — Fica, não incomodarás ninguém... Está tudo providenciado; a cama feita... Além disso, olha! — e mostrando o céu pela janela: — Vamos ter chuva!

Com efeito, sopravam os ventos do sul. Amâncio ainda opôs algumas razões, mas finalmente cedeu.

* * *

Era mais de uma hora quando se dispersou a roda e cada um, depois de novos protestos e oferecimentos, se recolheu à competente alcova.

Mme. Brizard recomendou muito a Amâncio que ficasse à vontade; que não tivesse escrúpulos em reclamar qualquer coisa de que sentisse falta. Supunha, porém, não haver ocasião disso, porque fora ela própria e mais a Amelinha quem lhe arranjara o quarto.

Coqueiro acompanhou-o até à cama, examinou rapidamente se estava tudo no seu lugar e depois, dando mais luz ao bico do gás, e tirando um folheto da algibeira disse-lhe com um sorriso:

— Sempre te vou mostrar os versos...

Amâncio, já meio despido, estremeceu, mas não opôs a menor consideração, e meteu-se debaixo dos lençóis.

O outro, em pé, ao lado da cama, folheava amorosamente o seu caderno de versos, à procura do que deveria ler em primeiro lugar.

Descobriu afinal e, com a voz clara e sonora, principiou:

"Estamos em plena Roma. Os Césares devassos..."

VIII

Amâncio sentiu um grande alívio quando se achou afinal inteiramente só; a porta do quarto bem fechada e a luz do bico de gás quase extinta.

Estava morto de fadiga. As enfadonhas conversas de Coqueiro e Mme. Brizard, o jugo inquisitorial das cerimônias, a pândega da véspera, tudo isso dava àquela caminha fresca, de lençóis limpos, um encanto superior ao que houvesse de melhor no mundo. Seu corpo, quebrado de impressões diversas e na maior parte consumidoras e lascivas, bebia aquele repouso por todos os poros, voluptuosamente, como um sequioso que se metesse dentro da água.

Aninhou-se, encolheu-se, abraçado aos travesseiros, ouvindo com uma certa delícia esfuziar o vento nas portas e, lá fora, desencadear-se o temporal, arremessando água aos punhados contra telhas e paredes.

E deixava-se arrebatar pelo sono, como se deslizasse por uma ladeira interminável de algodão em rama.

Os acontecimentos do dia começaram a desfilar em torno de sua cabeça, em procissões fantásticas de sombras duvidosas e fugitivas. Dentre estas, era o vulto de Lúcia o que melhor se destacava, com o seu andar quebrado e voluptuoso, a remexer os quadris, atirando a barriga para a frente. Chegava a distinguir-lhe perfeitamente os grandes olhos amortecidos e a sentir-lhe o perfume que ela trazia essa tarde no lenço e nos cabelos. Em seguida vinha a outra, Amelinha, mas não com a lucidez da primeira. E, logo depois, Mme. Brizard, com o seu todo pretensioso; Nini, a fitá-lo muito aflita, as mãos inchadas e sem tato, o cabelo escorrido sobre a cabeça, cheirando a pomada, alvíssima, bata de lã escura e sinistra como um burel. E, depois, numa confusão vertiginosa, o Coqueiro, a berrar versos, dançando no ar e a sacudir em uma das mãos um punhado de feijões pretos; e o Paula Mendes a jogar os murros com a mulher; e o Dr. Tavares a discursar com os braços erguidos para o ar; e o César, o menino prodígio, a escarafunchar o nariz freneticamente; e o Pereira, de olhos fechados, a andar como um sonâmbulo; e o...

Mas os vultos de todos se confundiam e desfibravam, como nuvens que o vento enxota. Amâncio já os não distinguia.

Acordou às oito horas do dia seguinte, meio inconsciente do lugar onde se achava. Logo, porém, que caiu em si, levantou-se de um pulo e abriu a janela de par em par. Um jato de luz dourada invadiu-lhe a alcova.

Olhou a manhã, que estava de uma transparência admirável. A chuva da véspera limpara a atmosfera; corria fresco. Os bondes passavam cheios de empregados públicos; viam-se amas de leite acompanhando os bebês; senhoras que voltavam do banho de mar, o cabelo solto, uma toalha ao ombro.

Aquele movimento era comunicativo. Amâncio sentiu vontade de sair e andar à toa pelas ruas. Todo ele reclamava longos passeios ao campo, por debaixo de árvores, em companhia de amigos.

Foi para o lavatório cantarolando; o sono completo da noite fazia-o bem disposto e animado.

Mal acabava de preparar-se quando bateram de leve na porta. Era uma mucamazinha, que já na véspera lhe chamara por várias vezes a atenção durante o jantar.

Teria quinze anos, forte, cheia de corpo, um sorriso alvar mostrando dentes largos e curtos, de uma brancura sem brilho.

Vinha saber se o Dr. Amâncio queria o café antes ou depois do banho.

Amâncio, em vez de responder, agarrou-lhe o braço com um agrado violento e grosseiro.

Ela pôs-se a rir aparvalhadamente.

* * *

Às dez horas, ao terminar o almoço, estava já resolvido que o rapaz, naquele mesmo dia, se mudaria definitivamente para a casa de pensão.

Com efeito, pouco depois, no escritório do Campos, dizia a este, cheio de maneiras de pessoa ajuizada, "que afinal descobrira em casa de família de um amigo o cômodo que procurava". Agradeceu muito os obséquios recebidos das mãos do negociante, desculpou-se pelas maçadas que causara naturalmente e pediu licença para despedir-se de D. Maria Hortênsia.

O Campos, logo que soube qual era a casa de pensão de que se tratava, aprovou a escolha, citou pessoas distintas que lá estiveram morando por muito tempo, e recomendou ao estudante que lhe aparecesse de vez em quando; que não se acanhasse de bater àquela porta nas ocasiões de apuro, porque seria atendido, e, afinal, perguntou se Amâncio queria receber a mesada, já ou mais tarde.

— Como quiser — respondeu o provinciano, sem ter, aliás, a menor necessidade de dinheiro. E foi embolsando a quantia.

D. Maria Hortênsia recebeu-o com muito agrado. A irmã não estava em casa.

Conversaram.

Ela sentia que Amâncio se retirasse assim tão depressa; mas, quem sabe? Talvez não se desse bem ali; não fosse tratado como merecia...

O estudante protestava, jurando que não podia ambicionar melhor tratamento do que lhe dispensaram; reconhecia, porém, que já causara muito incômodo, e por conseguinte devia retirar-se. Não queria abusar.

Hortênsia afiançava e repetia que ele não dera incômodo de espécie alguma. Tudo aquilo era feito com muito gosto!

Agora parecia mais familiarizada com o provinciano. Chegou a dirigir-lhe gracejos; disse, com um sorriso de intenção, que "sabia perfeitamente o que aquilo era! O que eram rapazes! Não se queriam sujeitar a certo regime; só lhes servia pagodear à solta! Enfim!... tinham lá a sua razão... Se ela fosse rapaz faria o mesmo, naturalmente!".

Amâncio estranhou que tais palavras viessem de quem vinham, e, não querendo perder a vaza, retorquiu com febre: "Que Hortênsia estava enganada a respeito dele, que não o conhecia! Se, à primeira vista, ele parecia um pândego ou um sujeito mau, não o era todavia no fundo! Ninguém amava tanto a família; ninguém desejava o lar com tanto ardor e com tanto desespero! Oh! que inveja não tinha do Campos!... que inveja não tinha de todo homem, a cujo lado enxergava uma esposa bonita e carinhosa!...".

Hortênsia agradeceu com um sorriso.

— Oh! Quanto fora injusta!... — prosseguiu Amâncio, com o rosto esfogueado de comoção. — Quanto fora injusta! O seu ideal, dele, era justamente o casamento; era possuir uma mulherzinha, cheirosa e meiga, com quem passasse a existência, ditosos e obscuros no seu canto, vivendo um para o outro, ignorados, egoístas, não cedendo nenhum dos dois, a mais ninguém, a menor particulazinha de si, um sorriso que fosse, um olhar amigo, um aperto de mão!

— Que rigor! — exclamou Hortênsia, tomando certo interesse pelo que dizia o estudante. — Que rigor! Não o supunha assim, *seu* Amâncio!...

— Oh! Era assim que ele entendia o verdadeiro amor!...

E, cada vez mais quente:

— Era assim que ele amaria! Era assim que ele cercaria de beijos o anjo estremecido que o quisesse recolher à tepidez consoladora de suas asas! Era assim que ele sonhava a existência de duas almas gêmeas, soltas no azul, gozando a voluptuosidade do mesmo voo.

— Pois é casar-se, meu amigo — aconselhou a mulher do Campos, pasmada de ouvir Amâncio falar daquele modo. — Não o fazia tão *prosa*!...

E, como era preciso dizer qualquer coisa, acrescentou muito amável:

— Quem sabe se alguma fluminense já não lhe voltou o miolo!...

Ele confessou que sim, sacudindo tristemente a cabeça. E, de tal modo exprimiu o seu amor por "essa fluminense", tão ardente e tão apaixonado se mostrou, que Hortênsia instintivamente se ergueu, a olhar para os lados, sobressaltada como se tivesse cometido uma falta.

Não quis saber de quem se tratava.

Deu uma volta pela sala, foi ao aparador, tomou alguns goles de água e, procurando mudar de conversa, falou do baile que havia essa noite em casa do Melo. Devia ser muito bom, constava que havia quinze dias se preparavam para a festa. Era no Botafogo. O Campos, logo que recebeu o convite, lembrou-se levar Amâncio consigo, este porém, tão raramente aparecia em casa, e agora, com esta mudança...

— Não. O Campos falou-me — disse o estudante.

— Ah! sempre chegou a lhe falar?

— Há três ou quatro dias; mas eu não tencionava ir...

— Por quê? O senhor é moço, deve divertir-se.

— A senhora vai?

— Sim, vou.

— Nesse caso irei também.

E Amâncio ligou tão expressiva entonação àquelas palavras, que Hortênsia abaixou os olhos, já impaciente, sem mais vontade de conversar.

Seria possível — pensava ela — que aquele estudante lhe quisesse fazer a corte?... Não! não seria capaz disso, e, se fosse, ela saberia desenganá-lo! Ah! com certeza que o desenganava!

Campos subiu daí a um instante, e Amâncio, depois de combinar com ele que voltaria à noite para irem juntos à casa do Melo, entregou as suas malas a um carregador e saiu.

Sentia-se alegre; a nova atitude de Hortênsia dava-lhe um vago antegosto de prazeres; previa com delícia os bons momentos que o esperavam.

E agora é que vou deixar a casa! — pensava ele já na rua. — Que tolo fui! Abandonar a empresa, justamente quando me sorri a primeira esperança! "Mas pedaço de asno — argumentava com seus botões — não calculaste logo que aquela mulher mais dia menos dia havia de escorregar? Por que diabo então não esperaste um pouco?..." Ora! mas que caiporismo, o meu! Sair nesta ocasião! Perder uma conquista tão boa! Agora também que remédio lhe hei de dar? O que está feito, está feito! A este momento minhas malas talvez já tenham chegado à casa do Coqueiro! E com este nome assaltaram-lhe logo o espírito as imagens de Lúcia e de Amelinha.

Bem me dizia o Simões — pensou ele. — Bem me dizia o Simões: "Quando te começarem as aventuras, hás de ver o que vai por esta sociedade!".

E Amâncio, que não conseguia reter na cabeça as palavras dos seus professores, Amâncio, que era incapaz de guardar na memória um fato, um algarismo, uma fórmula científica, conservava, entretanto, com toda a inteireza aquela frase banal, pronunciada por um pândego em um almoço de hotel, depois de dúzia de garrafas de vinho.

O Simões tinha toda a razão... principiavam as aventuras! Diabo era aquela asneira de abandonar tão intempestivamente a casa do Campos! Fora uma triste ideia, que dúvida! Mas ele também não podia adivinhar quais seriam as intenções de Hortênsia!... O melhor por conseguinte era não se apoquentar — o que lhe estivesse destinado havia de chegar-lhe às mãos!...

E já nem pensava nisso quando subiu as escadas da casa de pensão. Sorrisos amáveis de Amelinha e Mme. Brizard o receberam desde a entrada. Coqueiro estava na rua.

Veio à conversa o baile dessa noite. Amâncio, pela primeira vez, ia conhecer uma sala da Corte. As duas senhoras profetizavam que ele voltaria cativo por alguma carioca.

— Duvido! — respondeu o estudante, a rir.

— É! — disse a francesa — vocês do Norte são todos uns santinhos! Eu já os conheço! Nunca vi gente tão assanhada.

Amelinha abaixou os olhos, depois de lançar à outra um gesto repreensivo.

Mme. Brizard não fez caso e acrescentou:

— Os demônios não podem ver rabo de saia!

— Loló! — censurou Amelinha em voz baixa.

— Também não é tanto assim! — contradisse o provinciano.

Mme. Brizard citou logo os exemplos de casa, até ali entre todos os seus hóspedes, só os nortistas davam sorte em questão de amor. Um deles, um tal Benfica Duarte, chegara a raptar com escândalo uma crioula, e crioula feia!

Amelinha, bem contra a vontade, soltou uma risada, que lhe desfez por instantes o ar inocente da fisionomia; mas recuperou-o logo, e lembrou à cunhada "que não deviam estar ali a roubar o tempo a *seu* Amâncio. Ele tinha que cuidar das malas que já o esperavam no quarto".

— Nós podemos ajudá-lo nesse trabalho — acudiu a velha. — Certas coisas só ficam bem feitas por mão de mulher!

O estudante aceitou o oferecimento, e os três seguiram para o gabinete, sempre a rir e a conversar.

Amelinha, enquanto Amâncio entrava no quarto, observou, em voz baixa a Mme. Brizard, que não achava conveniente que esta arriscasse em sua presença pilhérias como as de ainda há pouco. — O rapaz, por muito ingênuo que fosse, podia desconfiar com aquilo e persuadir-se de que ela, Amelinha, não daria uma noiva bastante séria e digna para ele! Que, às vezes, por estas e outras indiscrições, desmanchavam-se casamentos!

— Como te enganas! — respondeu a velha — Já compreendi bem esse sujeito: a sua corda sensível são as mulheres! Gosta que lhe falem nisso! Tu, do que precisas, é opor-lhe dificuldades, sem que o desenganes por uma vez; nega, mas promete, que obterás a vitória. Quando ele te pedir um beijo, dá-lhe um sorriso; e, quando quiser muito mais, dá-lhe então o beijo, contanto que te mostres logo arrependida, envergonhada, chorosa, inconsolável, disposta a não lhe ceder mais nada, e disposta a nunca lhe pertenceres, a nunca lhe perdoares aquele atrevimento. E, se ele insistir, repele-o, insulta-o, jura que o desprezas e fá-lo acreditar que amas a outro. É dessa forma que o hás de agarrar, percebes? Lá quanto às minhas chalaças de ainda há pouco, descansa que por aí não irá o gato aos filhoses.

Nesse momento, o rapaz acabava de abrir as malas. As duas senhoras apareceram no quarto.

Ele tinha muita roupa branca, e tudo bom. Camisas finas de linho, ricas toalhas de renda marcadas cuidadosamente por sua mãe, fronhas bordadas, mostrando o seu nome entre labirintos e desenhos caprichosos.

Sentia-se o amor, o desvelo, com que tudo aquilo fora arrumado; cada objeto parecia conservar ainda a marca da mão carinhosa que o acondicionara a um canto da arca. Alguns denunciavam o trabalho paciente de longos tempos, traziam à ideia calmos serões à luz do candeeiro. Adivinhava-se, pelo completo daquele enxoval, a previdência de um coração materno; nada faltava.

À proporção que se iam tirando as peças de roupa, uma tepidez embalsamada respirava dentre elas; parecia que um perfume ideal de beijos se exalava ao desdobrar dos brancos lençóis de linho; percebia-se que muita lágrima e muito soluço ficaram abafados no fundo daquelas arcas.

Vieram ao provinciano novas e mais vivas saudades de Ângela. Uma vaga tristeza apoderou-se dele; ficou distraído, a olhar silenciosamente para as roupas que as duas mulheres empilhavam no chão e sobre a cama. Sentiu, compreendeu, que ele próprio, à semelhança daquelas arcas, havia também de ir perdendo, pouco a pouco, todas as ilusões, todos os perfumes, com que saíra impregnado dos braços de sua mãe.

E afastou-se do quarto para limpar as lágrimas. As lágrimas, sim, que o fato de sua primeira viagem, as impressões da Corte, a saudade, as aventuras amorosas, as ceatas pelos hotéis, davam-lhe ultimamente uma sensibilidade muito nervosa e feminil. Elas acudiam-lhe agora com extrema facilidade, chorava sempre que se comovia. Às vezes no teatro, assistindo à representação de qualquer drama de efeitos, ficava envergonhado por não poder impedir que os olhos se lhe enchessem de água; a simples descrição de uma desgraça perturbava-o todo; a música italiana o entristecia; a ideia de um feito heroico ou de um rasgo de perversidade era o bastante para lhe agitar a circulação do sangue e formar-lhe godilhões na garganta.

Quando voltou ao quarto, já os baús estavam despejados.

Mme. Brizard não se fartava de elogiar a boa qualidade das fazendas, o bem cosido das roupas, a pachorra e asseio com que tudo fora feito. Apreciava o trabalho das marcas; chamava a atenção de Amélia para os bordados, para os labirintos e para as rendas.

— Olha! — disse-lhe, mostrando um pano de crochê — o desenho é justamente como aquele da toalha do oratório. Só faltam aqui as duas borboletas do canto.

E arrumava tudo, com muito cuidado, nas gavetas da cômoda. Tomava religiosamente sobre os braços os pesados lençóis, os maços de ceroulas em folha, os pacotes intactos de meias listradas, os de lenços barrados de seda, os colarinhos de todos os feitios, as gravatas de todas as cores. E não acondicionava uma peça sem afagá-la, sem lhe passar por cima as mãos abertas.

— O rapaz estava provido de tudo! — disse em voz baixa. E, depois, acrescentou alto, rindo: — Podia até casar se quisesse!

— Falta o principal — respondeu ele.

— Que é? — acudiu logo Amélia.

— A noiva — explicou o moço, olhando intencionalmente para a rapariga.

— Deve estar à sua espera no Maranhão... — volveu ela.

E abaixou os olhos com um movimento de inocência, muito bem feito.

— Não vê! — exclamou a velha. — Então um rapaz desta ordem deixava as meninas da Corte para amarrar-se a uma provinciana?... Seria de mau gosto!

— Não sei por que — retorquiu Amâncio, ligeiramente escandalizado. — Na província há senhoras bem-educadas, muito chiques!

— Sei, sei, perfeitamente — disse Mme. Brizard, evitando contrariá-lo. — Sei que as há... mas é que o sr. Vasconcelos tem elementos para desejar muito melhor! Seria pena que um rapaz tão perfeito não escolhesse uma noivazinha *comme il faut*. Bonita, instruída, que soubesse entrar e sair numa sala, conversar, fazer música, recitar, servir um almoço, dirigir uma *soirée*. Além de que, meu caro senhor, as provincianas, em geral, saem muito mais exigentes do que as filhas da Corte.

E, como Amâncio fizesse um ar de espanto:

— Sim, porque a fluminense, habituada como está na capital, é familiarizada com os bailes, com os espetáculos do lírico, com os passeios, já se não preocupa com essas coisas e, uma vez casada, dedica-se exclusivamente ao lar, ao marido e aos filhinhos; ao passo que com as outras, as provincianas, sucede justamente o contrário, visto que ainda não conhecem aqueles gozos e só desejam o casamento para conhecê-los. Daí as suas exigências; nada as satisfaz, porque tudo fica aquém dos seus sonhos da província; o que para as outras é tudo, para elas não é nada. Bailes e teatros toda noite, carruagens, lacaios, vestidos de seda, dez ou vinte criados, nada as contenta, nada corresponde ao que elas ambicionam. E o marido, o pobre marido de semelhante gente, depois de arruinado e depois de passar uma existência sem amor e sem conchegos de família, ainda terá de suportar as queixas e os ressentimentos de uma mulher desiludida e *blasé*.

— Perdão! — replicou o estudante. — Isso prova simplesmente que toda a mulher, seja da província ou da Corte, apresenta sempre certa dose de ambições. Com a diferença, porém, de que a provinciana, por isso mesmo que o Rio de Janeiro é o seu ideal, é o seu sonho dourado, contenta-se com ele; enquanto a outra, visto que o supradito Rio de Janeiro para ela nada mais é que o comum, estende naturalmente a sua ambição — e quer Paris. O Passeio Público já não a satisfaz, é preciso dar-lhe *Bois de Boulogne;* já não lhe chegam carruagens, criados e teatros; quer tudo isso e mais um título, de baronesa pelo menos!

E, encantado com a clareza do seu argumento, continuou a discutir, chegando à conclusão de que seria loucura desejar uma mulher isenta de ambições e caprichos, e que ele já se daria por muito satisfeito se encontrasse alguma, cujo ideal não fosse além do Rio de Janeiro.

Amélia era precisamente dessa opinião, mas entendia que, mesmo na Corte, se encontravam meninas bem-educadas e, aliás, muito modestas.

Amâncio declarou que não argumentava com exceções. — Sabia perfeitamente que nem todas as fluminenses calçavam pela mesma forma, e não tinha a pretensão de dizer "desta água não beberei, deste pão não comerei!", apenas não admitia aquela razão, que apresentava Mme. Brizard, para provar que as provincianas eram mais dispendiosas do que as filhas da Corte. Isso não! Que o desculpassem, mas não podia admitir!

— Sempre queria vê-lo casado com uma provinciana! — observou a francesa, tomando a roupa que lhe passava a outra. — Então sim! Aposto que não teria a mesma opinião!

Amâncio não respondeu logo, porque estava muito ocupado a apanhar do chão uma grande pilha de camisas engomadas, que Amelinha deixara cair. Mme. Brizard acudiu também a ajudá-los, e, na precipitação com que todos três, agachados um defronte dos outros, queriam ao mesmo tempo recolher a roupa espalhada no soalho, as mãos do estudante encontravam-se com umas mãozinhas finas que não eram certamente as de Mme. Brizard.

Mas todas as vezes que ele tentou retê-las entre as suas, as tais mãozinhas fugiam tão ligeiras, como se lhes houvessem chegado uma brasa.

IX

O baile em casa do Melo esteve bom. Este, muito magro, de suíças negras, olhos fundos e movimentos rápidos, não descansava um instante; tão depressa o viam conduzindo senhoras pela escada, como a receber apresentações na sala de jantar, como a formar quadrilhas; voltando-se para todos os lados e atendendo a todas as pessoas.

O Melo tinha boas relações e alguns bens adquiridos no comércio; nunca se envolveu diretamente com a política, mas prezava o monarca e esperava, com resignação, um hábito que há dez anos lhe haviam prometido pingar sobre a lapela da casaca. A mulher, que já não era criança, ainda metia muita vista e passava por bonita; homens, que envelheceram com ela, citavam-na como um tipo de formosura.

Amâncio foi recebido com especial agrado, graças ao Luís Campos que era íntimo do dono da casa.

A circunstância de que ali se achava só, no meio de tanta gente estranha, como que apertava o círculo de suas relações com a família do correspondente. Fazia-se muito deles, muito aparentado; não dispunha de mais ninguém para desabafar as suas impressões e para conversar um pouco mais à vontade.

Assim, quando saltamos em um porto pela primeira vez, sentimos estreitarem-se de repente nossas relações com os companheiros de bordo, ainda mesmo que os conheçamos de poucos dias.

Até Carlotinha parecia mais expansiva, principalmente depois que Amâncio se revelou insigne dançador de valsa. Ela era louca pela dança. Maria Hortênsia notara igualmente que o provinciano tinha um certo talento coreográfico muito peculiar, e não ficou isolada nesse juízo, porque várias senhoras se declararam da mesma opinião.

Não tardou muito a que semelhante julgamento se estendesse pelas outras salas, e em breve estavam todas as damas de acordo em que Amâncio era o melhor par daquela noite.

Com efeito, se ele em outra qualquer coisa não conseguiu a perfeição, na dança ao menos nada se lhe tinha a desejar; dançava admiravelmente, por vocação, por índole, por um jeito especial do corpo, e com um amaneirado gracioso que sabia dar aos braços, à cabeça e às pernas. Pode-se dizer que na valsa dispunha de um estilo próprio, original.

Quando, sacudido pela música, os olhos meios cerrados, a boca meio aberta, arremessava-se com a dama no turbilhão da sala, tinha alguma coisa de pássaro que desprende o voo. Ficava até mais bonito; os cabelos crespos tremiam-lhe romanticamente sobre a testa; o cansaço dava ao moreno de suas faces uma palidez misteriosa e doce. E, com o braço direito engranzado à cintura do par, o esquerdo repuxando nervosamente a mão que a dama estendia sobre a sua, ele empertigava-se todo com delícia, a fechar os olhos e a rodar extasiado, embevecido, como se fora arrebatado por entre nuvens de arminho.

No seu temperamento, excessivamente lascivo, gozava com sentir ligado ao corpo o corpo precioso de uma mulher de estimação; comprazia-lhe em beber-lhe o hálito acelerado pela dança, embebedava-se com respirar-lhe os perfumes agudos do cabelo e o infiltrante cheiro animal da carne.

Afinal, depois de uma valsa, estonteado e ofegante atirou-se ao canto do divã em que estava Hortênsia.

Confessava-se prostrado, a limpar o suor do pescoço e da fronte. Fora imensa a valsa e ele cansara três pares, que se abateram inúteis, como as espadas de Ney na batalha de Waterloo.

— Apre! — disse.

As senhoras olhavam-no com respeito, acompanhavam-lhe os menores movimentos com enorme interesse.

— Muito bem! muito bem! — cochichou-lhe a mulher do Campos. — Ignorava que o senhor fosse tão forte na valsa!

E começaram a conversar sobre o mal que se dançava ultimamente. Ela declarou que uma das coisas que mais apreciava era a boa valsa. Isso desde criança; no colégio, às vezes, as meninas passavam a hora do recreio dançando umas com as outras.

— Ninguém o diria — considerou Amâncio, fazendo-se muito seu camarada. — A senhora hoje só tem querido dançar quadrilhas.

Ela respondeu com um risinho significativo.

— Quer uma valsa comigo? — perguntou o rapaz, em segredo, requebrando os olhos.

— Não posso! — disse ela, quase com um suspiro. — Aceitaria de bom grado, mas não posso...

— Valha-me Deus! Por quê?

— Porque...

Hortênsia sorriu de novo, sem ânimo de confessar a verdade — o marido não gostava de a ver valsar. Também não se podia desculpar, dizendo que não sabia, porque ainda há pouco dissera justamente o contrário; afinal, sem fazer empenho de ser acreditada acrescentou gracejando:

— Porque... porque me faz mal...

Amâncio prometeu que a conduziria devagar e que não dançaria longo tempo seguido; aceitava todas as condições, contanto que desfrutasse a suprema ventura de lhe merecer uma valsa.

Hortênsia não respondeu; tinha o olhar esquecido sobre um grande quadro que lhe ficava defronte, suspenso da parede. E abanava-se, lentamente, como seguindo o voo de um vago pensamento voluptuoso.

O quadro representava uma cena de *Fausto e Margarida,* no jardim (um longo beijo apaixonado que parecia soluçar entre a folhagem misteriosa do painel. O encantado filósofo tomava nas mãos brancas a loura cabeça de sua amante, e sorvia-lhe a alma pelos lábios. O sol morria ao longe, dourando a paisagem, e um casal de pombos arrulhava à sombra azulada de uma planta).

Hortênsia olhava para isso, enquanto, ao gemer das rabecas, cruzavam-se na sala os pares, marcando contradanças. O aroma das flores, que se fanavam em grandes vasos japoneses, misturava-se ao cheiro das mulheres, e penetrava a carne com a sutilidade de um veneno lento e delicioso como o fumo do charuto. Os membros lácteos das senhoras expunham-se nus à grande claridade artificial do gás; as joias faiscavam; os olhos desfaleciam, e um calor gostoso ia infirmando os sentidos e entontecendo a alma.

— Então? — pediu Amâncio, pondo muita doçura na voz — Dance comigo, sim? Faça-me a vontade. Eu sentiria nisso tanto gosto...

E todo ele suplicava aquele obséquio, com o empenho apaixonado de quem pede uma concessão de amor.

Ela dizia que não, meneando a cabeça, mas, um sorriso, que lhe escapava dos lábios, dizia o contrário.

— Então!... sim?... sim?... um bocadinho só! — insistia o estudante, a devorá-la com os olhos.

Estava ainda cansado; a voz não lhe vinha inteira, mas quebrada, como por um espasmo; os olhos dele arqueavam-se luxuriosamente; as pernas principiavam-lhe a tremer.

— O que lhe custa, à senhora, dançar um pouquinho comigo?...

E, vendo que ela não respondia, balbuciou em tom magoado, de criança ressentida:

— Bem, bem, não lhe peço mais nada, não a importunarei de hoje em diante. Desculpe!

Hortênsia voltou-se para ele, ia talvez desenganá-lo; mas a orquestra, que havia emudecido depois da quadrilha, deu sinal para a "valsa". Era o *Danúbio,* de Strauss.

O rapaz ergueu-se como um soldado que ouvisse tocar o rebate.

Ela não resistiu, levantou-se de um salto e entregou-lhe a cintura.

Dançaram. A princípio vagarosamente; depois, como a música acelerasse, Amâncio arrebatou-a. Ela deixou-se levar, a cabeça descansada nos ombros dele, as mãos frias, a respiração doida.

A música redobrou de carreira.

Foi então um rodar convulso, frenético: a casa, os móveis, as paredes, tudo girava em torno deles.

Hortênsia dançava tão bem como o rapaz. Os dois pareciam não tocar no chão; os passos casavam-se como por encanto; as pernas gravitavam em volta uma das outras com precisão mecânica.

Encheu-se a sala de pares. Amâncio fugiu com Hortênsia, sem interromper a valsa; pareciam empenhados numa conjuntura amorosa. Ela arfava, sacudindo o colo com a respiração; os seus braços nus tinham uma frescura úmida; os olhos amorteciam-se defronte dos dele; não podia fechar a boca, e o seu hálito misturava-se ao hálito fogoso do estudante.

De repente, Amâncio parou, exausto. Ouvia-se-lhe de longe a respiração.

— Não! não! — balbuciava ela, quase sem poder falar. — Ainda! mais um pouco... E abraçaram-se de novo, freneticamente.

Quando parou a música, Hortênsia caiu sobre um divã pelos braços de Amâncio.

Não podia dar uma palavra; não podia abrir os olhos. Sua respiração parecia longos suspiros contínuos e estalados.

Vários cavalheiros se aproximaram.

— Ficou muito fatigada?... — perguntou Amâncio, inclinando-se sobre ela, a mão apoiada nas costas do divã.

Hortênsia não respondeu. Cobriu o rosto com o lenço de rendas e continuou recostada. Foi a voz do marido que a despertou.

— Que loucura é esta, Neném?... — perguntou ele, sorrindo com o seu bom ar de homem honesto.

Ela sorriu também, e pediu desculpa com o olhar.

— Sabes que te faz mal, para que valsas?...

Hortênsia soltou uma risadinha de intenção e disse baixinho: — Não é o mal que me faz que te dá cuidado...

— Como assim?

— Ora, é que tu não gostas muito de me ver valsar...

— Porque te faz mal, filha!...

— É só por isso? Afianças que não tens outro motivo?

Campos respondeu com um movimento de ombros.

— Olha lá! — ameaçou a bonita senhora, sacudindo um dedinho da mão direita. — Olha! que sou muito capaz de, hoje em diante, não perder mais uma só valsa!...

Ele repetiu o movimento de ombros, e acrescentou:

— Isso é lá contigo filha; a saúde é tua, faze o que entenderes, ora essa!

Algumas pessoas perceberam o seu mau humor e riram com disfarce.

Nessa ocasião, Amâncio, encostado ao bufete, pedia que lhe servisse um grogue à americana.

* * *

— Está retemperando a fibra? — perguntou-lhe um sujeito magrinho, elegante, meio calvo, a bater-lhe amigavelmente no ombro.

O estudante voltou-se apressado e, logo que viu o outro, exclamou:

— Oh! O Dr. Freitas! Como passou? Não sabia que estava também por cá!

Freitas respondeu com a sua vozinha gasta — que chegara havia pouco; não lhe fora possível vir antes; tivera que acompanhar o enterro de um parente! Coitado! cacete até depois de morto, três necrológios de hora e meia cada um!... Ah! os parentes! Os parentes eram uma desgraçada invenção, principalmente se não deixavam alguma coisa!

E, depois de retesar o peito da camisa e puxar a gola da casaca:

— Mas então como ia o Sr. Amâncio de Vasconcelos?...

— Pela fisionomia jurava-se que tinha saúde para dar e vender, e, pelos atos, não parecia menos disposto, porque o Freitas presenciara a conversa do amigo com Hortênsia.

E rindo:

— Homem, faz você muito bem! Aproveite enquanto está no tempo! Se eu tivesse a sua idade, com a experiência de que disponho, não havia de proceder como procedi! Oh! aquele aforismo tem muito fundo! *"Si jeunesse savait..."*

E a olhar para os pés, com um gesto cheio de tédio:

— Gostei de o ver na valsa, gostei seriamente! Ah! Eu é que já não sou homem para estas coisas! Aceito tudo, menos o que me obrigue à fadiga!

Amâncio fez-se modesto; negava que dançasse bem; mas o outro, em vez de insistir nos elogios, como esperava ele, perguntou-lhe muito descansadamente por que razão não lhe apareceu depois da primeira visita.

O estudante desculpou-se com a falta de tempo e excesso de estudo. Havia, porém, de aparecer, mais, tarde.

As suas relações com o Dr. Freitas procediam de uma carta de recomendação, que um amigo do velho Vasconcelos lhe arranjara. Freitas era uma excelente amizade para qualquer estudante pouco escrupuloso; dispunha de ótimas relações, que podiam servir de empenho nas épocas apertadas de exame.

Tinha alguma coisa, gostava de ir à Europa de vez em quando, e os seus quarenta e tantos anos não espantavam a ninguém; ao contrário, ainda havia muito olho esperto de mulher que se arregalava para o ver. Isso sem falar nas senhoras que se foram aposentando, enquanto ele parecia eternamente empalhado nos seus fraques irrepreensíveis, nos seus chapéus à moda e nos seus enormes sapatos à inglesa de um elegantismo feroz. Em consciência, ninguém o poderia qualificar senão de rapaz. As mulheres eram o seu fraco, o seu vício mais acentuado; várias anedotas suas, inspiradas neste assunto, corriam de boca em boca há vinte anos.

Amâncio ficou muito seu camarada, desde a primeira visita. Em menos de uma hora de conversação, falavam já sobre as cocotes mais conhecidas na Corte; e, alguns dias depois, quando se encontraram na Fênix, o Freitas apresentou-lhe uma espanholona de buço louro, a qual, nessa ocasião, passava pelo corpo mais bonito do mundo equívoco.

— Pois você já está um fluminense acabado! — disse o elegante, a medir Amâncio de alto a baixo. Não imaginei que andasse tão depressa...

E, porque voltasse à conversa sobre mulheres, continuou o que dizia há pouco:

— Infelizmente só chegamos a conhecê-las quando vamos caindo na idade; de sorte que é preciso aproveitar o espaço que medeia dos trinta aos quarenta anos; antes disso não sabemos, depois não podemos. Ah! se aos vinte já se conhecesse a mulher... se então já se soubesse quais são os seus gostos e suas preferências... se tal acontecesse, nem uma só se conservaria virtuosa!... Mas, nesse período dos sonhos e das ilusões, no período em que está o senhor, meu amigo, ninguém é capaz de uma audácia! Para chegar a fazer qualquer coisa é preciso ser provocado, mas muito provocado!

Amâncio protestava com um sorriso pretensioso.

— Oh! oh! — exclamou o outro, cheio de experiência, a calcar o monóculo sobre o olho. — Já tive a sua idade, meu amigo, já tive a sua idade! Pensava então que, para agradar mulheres, era indispensável fazer-me bonito, meigo, romântico, atencioso, que sei eu!... Engano! puro engano! Elas se aborrecem com tudo isso, e só exigem três coisas num homem: a primeira, muita audácia; a segunda, um pouco de inteligência; a terceira, algumas relações na boa sociedade! E... ainda temos uma de que me esquecia e que, entretanto, é a base de todas as outras: Não ser seu marido! Com estas quatro qualidades, desde que se tenha mocidade e boa disposição, não há mulher que resista! Quanto à beleza, boas maneiras e bom caráter histórias, homem! Histórias! Elas, ao contrário, detestam os tipos afeminados e não morrem de amores pelos sujeitos rigorosamente honestos e bem comportados. Qual! Querem o seu bocado de vício; o belo do deboche de vez em quando, para variar!...

E, metendo as mãos nos bolsos da calça, e jogando o corpo com um ar canalha:

— Lá para a seriedade basta-lhe o marido! É boa!

Amâncio ria-se, abarrotado de intenções. O Freitinhas foi nesse momento apreendido pelo dono da casa: "As damas reclamavam a sua presença, dele, nas salas! Era preciso não se meter pelos cantos!"

O Dr. Freitas deixou-se levar, sempre muito enfastiado; mas, antes de ir, bateu no ombro de Amâncio e segredou-lhe com a sua voz de tuberculoso:

— Aproveita, menino, aproveita! Não mandes nada ao bispo!

* * *

Iam já desaparecendo os convidados. Os pais de família toscanejavam encostados às ombreiras das portas, esperando, com os braços carregados de capas e mantas, que as mulheres e as filhas se resolvessem a seguir para casa. Havia um vago tom de cansaço nas fisionomias; entretanto, alguns cavalheiros jogavam ainda, em um quarto próximo, à luz trêmula das velas de estearina. O Melo conduzia as senhoras pelo braço à porta da rua, agradecendo-lhes muito o obséquio de aceitarem o seu convite.

Foi Amâncio quem ajudou Hortênsia a entrar na carruagem. O Campos parecia contrariado com a demora — há duas horas que desejava retirar-se.

Encurtaram-se as despedidas. O horizonte principiava a franjar-se com os galões prateados da aurora, e, do lado das montanhas, desciam tons matutinos de natureza que desperta.

Hortênsia, muito embrulhada na sua capa de casimira branca e guarnecida de arminhos, atirou-se com impaciência sobre as almofadas do carro, levantando um luxuoso farfalhar de sedas que se amarrotam. Logo, porém, que o cocheiro sacudiu as rédeas, ela chegou o rosto à portinhola, e gritou para fora:

— Aparece domingo! Vá jantar conosco. Adeus!

Amâncio, perfilado na calçada, o chapéu suspenso na mão direita, em atitude de quem faz um cumprimento respeitoso, disse, agitando o braço:

— Adeus, minha senhora. Hei de ir.

O carro do Campos tomou a direção da praia de Botafogo; o rapaz ainda o acompanhou com a vista; depois, levantando os ombros e abotoando melhor o sobretudo, meteu-se num tílburi que se aproximava lentamente e mandou tocar para a casa de pensão.

O animal disparou, sacudindo as crinas ao vento fresco da manhã.

* * *

Amâncio acendeu um charuto e, com os olhos meio cerrados, derreou-se para o fundo do tílburi.

Naquele momento sentia gosto em se fazer muito farto, muito cansado de amores. Suas últimas impressões enchiam-lhe o cérebro de uma espécie de vapor azotado, que asfixiava todos os outros pensamentos.

A continuarem as coisas daquele modo — dizia ele consigo, chupando o charuto aos solavancos do carro — em breve o tempo será pouco para tratar só de namoros!...

A cada passo que dera na sua inútil existência, rasgara com o pé uma página do livro das ilusões. Mas a presença deste raciocínio, longe de afligi-lo, dava-lhe à vaidade um certo prazer doentio e picante.

— Como poderia acreditar agora nas tais virtudes femininas?... Pois se até falhara a própria mulher do Campos!...

Quando poderia ele imaginar que Hortênsia, tão severa e tão grave ainda há pouco, uma criatura por quem todos "metiam a mão no fogo", fosse assim leviana e fácil, como as outras?...

E Amâncio saboreava esta convicção, porque, a despeito do que dissera aos amigos no *Hotel dos Príncipes,* sua consciência, por conta própria, tomara sempre a defesa de Hortênsia e insistia em mostrá-la cercada de um grande prestígio venerando e respeitável.

A consciência agora que falasse!

E refocilava-se todo com o seu triunfo. Agora é que ele queria saber quem tinha razão; sim, porque, enquanto procurava convencer-se de que devia esperar de Hortênsia aquilo mesmo, a rezingueira da consciência saltava-lhe em cima com um nunca terminar de razões e apresentava-lhe a "excelente senhora", cada vez mais pura e menos acessível! E eis que, de supetão, quando menos se esperava, erguiam-se os fatos brutalmente para desmentir uma impostura.

E ele sorria, vendo as asas do anjo baquearem a seus pés, murchas e retraídas, como os galhos de uma árvore arrancados pelo nordeste.

Bem dizia o Simões: "Quando te começarem as aventuras..." E melhor ainda o Dr. Freitas: "Para conquistar as mulheres são apenas quatro coisas necessárias: audácia, boas relações, um pouco de inteligência e não ser seu marido!".

E os fatos, como disciplinados por estas palavras, formavam ala e começavam a cantar as vitórias do estudante. Na sua lógica indiscutível afirmavam eles que Hortênsia, o tal modelo de severidade e pureza, morria de amores por Amâncio, que o desejava ardentemente, que se entregaria na primeira ocasião, fazendo loucuras, dando escândalos, que nem uma heroína de romance!

— Está segura! — exclamou o rapaz, sacudido por estas ideias. O sangue saltava-lhe no corpo; aquela aventura se lhe afigurava a melhor de sua vida; seu orgulho pueril, de namorador vulgar, espinoteava qual potro que se pilha às soltas no prado verdejante e proibido. As outras conquistas vinham logo chamadas por aquelas, e todas as vítimas de sua sensibilidade, ou as cúmplices do seu temperamento e da sua má educação, enfileiravam-se defronte dele, como um submisso batalhão de prisioneiros.

Chegou a casa ao amanhecer e não dormiu logo. Os pensamentos revoavam-lhe no cérebro com o frenesi de folhas secas redemoinhadas pelo vento.

X

Dormiu mal; os sonhos não o deixaram em paz.

A princípio, todavia, foram agradáveis; ternos episódios de amores fáceis que se encadeavam confusamente, e nos quais as sensações vinham e fugiam de um modo incerto e deleitoso; depois os sonhos maus, os pesadelos.

Nestes, as mulheres entravam por incidente, sempre duvidosas; vultos sinistros, de cabelos desgrenhados, rostos lívidos, surgiam em torno dele e iam-se aproximando, até lhe ficarem cara a cara, num contato frio e incômodo de carne morta. Depois sonhava-se em casa da família, voltando, porém, justamente do baile do Melo: tinha muita necessidade de repouso, queria continuar a dormir, mas a voz ríspida do pai berrava por ele da porta do quarto: "Anda daí, mandrião! Basta de cama! Vê se queres que eu te vá buscar!". E aquela voz terrível dava-lhe a todo o corpo o tremor de medo, e, ao estrondo que ela fazia, vultos cor-de-rosa, de cabelos louros, fugiam espavoridos, como rãs que se atiram na água, assustadas pela presença de um boi.

Amâncio queria também fugir, mas suas pernas pareciam troncos de árvores seguros ao chão; queria gritar, mas a língua inchava-lhe na boca.

Acordou muito fatigado e aborrecido às duas horas da tarde.

Logo que apareceu na sala de jantar, Mme. Brizard fez-lhe entrega de um belo ramalhete, que lhe haviam remetido, a ele, com um cartão. Amâncio apressou-se a ler. O escrito dizia simplesmente: "Ao Dr. Amâncio de Vasconcelos — uma sua amiga".

Cruzaram-se os penetrantes risos adequados ao fato. O rapaz, intimamente lisonjeado, fingiu não se impressionar com aquela manifestação; leu, porém, o bilhete mais duas, três, quatro vezes.

Era letra de mulher, de Hortênsia sem dúvida. Estava ali a sua alma, o fogo dos seus olhos. Ele cheirou o pequeno pedaço de papel, e pensou sentir o mesmo perfume que, na véspera, durante a valsa, o tinha penetrado até a medula.

Achavam-se presentes o Dr. Tavares, o Pereira, o *gentleman* e Lúcia. Disseram alguma coisa sobre aquelas flores, menos a última, que, junto à janela, parecia preocupada com um livro de capa roxa. O *gentleman* falou de botânica a propósito de uma dália vermelha que havia no ramo. Afiançou que esta flor possuía em si tantas outras flores quantas eram as pétalas de que constava.

— Flores perfeitas, com todos os órgãos, Sr. Amâncio — estames, cálice, tudo!

Amâncio, enquanto o Lambertosa discorria sobre a dália, leu ainda uma vez o cartão, e, ao levantar a vista, reparou que Nini o fixava, cada vez mais insistente.

Amélia dera-se por incomodada e não veio à mesa.

O jantar correu, pois, muito frio e constrangido ao princípio; pouco se conversava e quase ninguém tinha vontade de rir. Dir-se-ia que Amâncio a todos comunicava o seu fastio e o seu cansaço.

Só pela sobremesa o Dr. Tavares narrou, como de costume, algumas anedotas jurídicas que presenciara na província. Uma delas tinha referência a uma certa velha que fora aos tribunais por haver desancado as costelas do genro.

Mme. Brizard tomou a defesa das sogras, e aproveitou a ocasião para falar no marido de sua filha mais velha.

— Vai muito da educação e também um pouco do costume em que a gente os põe! — acrescentou ela autoritariamente. — Mas, genro, não queria que houvesse outro como o defunto marido de Nini. Era perfeito cavalheiro! Mme. Brizard nunca lhe vira a cara fechada, nem lhe surpreendera um gesto mais arrevesado. Ele só a chamava, a ela, de "mãezinha"; sempre lhe trazia guloseimas da rua, e, aos domingos, pela manhã, dava-lhe um beijo na testa, impreterivelmente! Ah! Era uma santa criatura!

Nini suspirou e pôs-se a chorar em silêncio.

Agora temos choro! — pensou Amâncio com tédio.

Nini, como se adivinhara tal pensamento, olhou para ele e pediu perdão com um sorriso, ainda mais triste que o choro.

— Eu sou aqui da opinião do Sr. Amâncio de Vasconcelos... — disse o *gentleman* a Mme. Brizard, em tom discreto.

Mme. Brizard não sabia, porém, do que tratava o Lambertosa.

— Ah! — volveu este. — Refiro-me ao que avançou anteontem o nosso ilustre companheiro — e indicou Amâncio com um gesto —, que avançou a respeito da vantagem que um novo casamento traria, sem dúvida, à senhora sua filha.

— Ah! — fez Mme. Brizard — já não me lembrava disso. O Sr. ...

— Lambertosa, minha senhora, Lambertosa...

— O Sr. Lambertosa é então de opinião que o casamento convém às enfermidades nervosas?...

O *gentleman* concentrou a fisionomia, limpou o bigode ao guardanapo, ergueu uma faca, e principiou a emitir o seu judicioso e meditado parecer.

Surgiram logo as contendas. Lúcia marcou a página do livro de capa roxa e olhou muito séria para os outros, pronta a dar a sua réplica. Mme. Brizard, enquanto os mais discutiam, tamborilava com os dedos sobre a mesa, a fitar um queijo de Minas, com um gesto profundo e repassado de filosofismo. O Pereira comia consecutivos pedaços de pão, sem abrir os olhos, e Amâncio procurava uma evasiva para se escafeder.

Afinal, o Coqueiro, que havia já formado um grupo à parte com o Dr. Tavares, quis fechar a discussão; mas o advogado ergueu-se de súbito, segurou as costas da cadeira, arregalou os olhos, e desencadeou a sua eloquência.

Em pouco, só ele falava, esquecido, como de costume, do lugar e da situação. Imaginava-se já num tribunal, em pleno exercício de suas funções.

Pintou floreadamente o lamentável estado de Nini. Qualificou-a de "vítima inocente dos impenetráveis caprichos de Deus"; descreveu a dolorosa expressão do semblante da "infeliz moça"; disse que os olhos dela falavam a misteriosa linguagem do amor, e, quando se dispunha a dar afinal a sua esperada opinião sobre o casamento, a pobre enferma, muito vendida com o que vociferava o tagarela a seu respeito, abriu a soluçar estrepitosamente.

A francesa ergueu-se, de mau humor, para pedir ao Dr. Tavares que se deixasse daquilo "por amor de Deus!". Doutro lado o Coqueiro também lhe suplicava que se calasse.

Mas o demônio do homem já se não podia conter. As palavras borbotavam-lhe da língua, como o sangue de uma facada. Fez imagens poéticas sobre o casamento, citou nomes, históricos, e jurou, à fé de suas convicções, "que aquela desventurada criatura precisava de um esposo, mais do que as flores carecem do orvalho, mais do que as aves carecem do ar; mais do que os cérebros carecem de luz!".

E, erguendo as mãos trêmulas, recuou dois passos e foi dar de encontro ao copeiro que, por detrás dele, embasbacado, o escutava atentamente, com a bandeja do café nos braços, à espera de uma ocasião para apresentar as xícaras.

Mme. Brizard assustou-se, o *gentleman* deu um salto para não sujar as calças; rolou no chão uma garrafa, e

César, o menino sublime, vendo que os mais velhos faziam tanta bulha, também se pôs a berrar.

Coqueiro gritava que se acomodassem por piedade.

— Aquilo não tinha jeito! Parecia haver ali uma súcia de doidos! oh!

A mucama acudiu da cozinha, e Amélia, com um lenço amarrado na cabeça, apareceu na porta de seu quarto, muito intrigada com o motim. Só o Pereira continuava, inalteravelmente, a comer pedaços de pão; é verdade que abriu os olhos duas vezes, mas tornou logo a fechá-los e, segundo todas as probabilidades, adormeceu.

Amâncio tratou de aproveitar a confusão para fugir da varanda.

— Que espécie de gente tão esquisita! — dizia ele em caminho do quarto. — Nada! Aqui ainda estou pior do que na casa do Campos!

Antes de chegar ao gabinete, percebeu que alguém o seguia com dificuldade. A sala de visitas estava já totalmente às escuras. Voltou-se, e, sem ter tempo de dizer palavra, sentiu cair sobre ele um corpo gordo e mole.

Era Nini.

Amâncio, surpreso e contrariado, quis arredá-la, mas a histérica passou-lhe os braços em volta do pescoço e desatou a chorar, com o rosto escondido no seu colo.

— Hein?! — disse Amâncio. — Que história é esta?!

Mas lembrou-se logo das recomendações de Mme. Brizard: "Qualquer contrariedade poderia provocar à infeliz rapariga uma crise perigosa!".

Ora esta! — pensou ele aborrecido. — Ora esta!...

E procurou afastar Nini, brandamente. E, como a teimosa não quisesse obedecer e continuasse a chorar, ele disse-lhe palavras amigas; pediu-lhe, quase com ternura, que voltasse à varanda; lembrou que não era prudente ficarem ali, sozinhos no escuro. Podiam ser surpreendidos! Esta ideia o aterrava mais pelo ridículo do que pela responsabilidade daquela situação.

Nini, entretanto, parecia não ouvir coisa alguma e continuava a abraçá-lo freneticamente, com ímpetos nervosos.

Amâncio perdeu de todo a paciência e arrancou-se violentamente dos braços dela.

— Deixe-me! — gritou, e correu para o quarto.

Nini acompanhou-o chorando, e conseguiu agarrá-lo de novo, pelo paletó.

Estava muito nervosa e dispunha agora de uma força extraordinária.

— Isto não será um inferno?! — exclamou o rapaz, puxando a roupa das mãos de Nini. E, vendo que ela não o largava: — Solte-me, com a breca! Ora essa! Que diabo quer a senhora de mim?! Solte-me! Arre!

A enferma não fez caso e apertou-lhe os pulsos; seus dedos pareciam tenazes. Amâncio debatia-se brutalmente, ouvindo-a bufar, muito agoniada, e sentindo-lhe de vez em quando o suar frio do pescoço e do rosto.

Na sala de jantar serenara a discussão; só a voz do Tavares ainda se destacava. De repente, puseram-se todos a chamar por Nini.

— Olhe — disse-lhe Amâncio. — Lá dentro a estão chamando! Vá! Vá!

Ela, nem assim.

— Ora pílulas! — resmungou o estudante, desprendendo-se com um empurrão. E ganhou o quarto, puxando a porta sobre si.

Ouviu-se então o baque surdo do corpo pesado de Nini, que foi por terra; em seguida gritos muito agudos.

Correram todos para a sala de visitas; acenderam-se os candeeiros. Nini escabujava no chão, a gritar, esfrangalhando as roupas e mordendo os punhos.

Coqueiro e Mme. Brizard apoderaram-se logo da infeliz. Amâncio apareceu com o seu frasquinho de vinagre; o Lambertosa receitou uma dose homeopática e correu ao quarto em busca da botica (a homeopatia era uma de suas paixões); Lúcia voltou para a varanda. "Que a desculpassem, mas não podia assistir, a sangue frio, a cenas daquela ordem... Não estava mais em suas mãos!"

* * *

O Pereira já se havia levantado da mesa e ressonava na costumada preguiçosa.

Lúcia, ao passar por ele, atirou-lhe um olhar de tédio e disse consigo:

— Olha que estafermo!...

Ela às vezes tomava-lhe grande nojo, não o podia ver com aquele ar mole, de mulher grávida, com aquelas pálpebras descaídas, a comerem-lhe os olhos, com aquele sorriso apalermado, aquela voz derramada pelos cantos da boca, que nem um caldo frio e seboso.

De quando em quando sofria de insônias, e, justamente nessas ocasiões, nas horas compridas da noite em claro, é que mais detestava o Pereira. Punha-se a contemplá-lo longamente, com asco, fartando-se de olhar para aquele "pamonha", aquele "coisa inútil", que, ali ao seu lado, dormia todo encolhido, com as mãos entre as coxas. Vinham-lhe frenesis de enchê-lo de pescoções. Já lhe não podia suportar o cheiro doentio do corpo; não lhe podia sentir a umidade pegajosa do suor e a morna fedentina do hálito.

A sua ligação àquele mono era uma história muito triste e muito sensaborona. Poucos, bem poucos a sabiam, porque Lúcia se esforçava quanto lhe era possível por escondê-la, como quem esconde uma chaga vergonhosa.

Ela, "a mísera senhora", vinha, entretanto, de gente honesta e bem-conceituada, se bem que muito pouco escrupulosa em pontos de educação. Deram-lhe professores de francês, de música, de desenho; entregaram-lhe enfiadas de romances banais e livros de maus versos; e, todavia, não lhe deram moral, nem trataram de lhe formar o caráter. A desgraçada percorreu bailes desde pequena; ouviu o primeiro galanteio aos dez anos de idade; teve a primeira paixão aos doze; aos quinze julgava-se desiludida e sonhava com o túmulo; aos vinte, como é natural, sucumbiu ao palavreado de um primo em segundo grau e bacharel pelo Pedro II.

O primo, assim que a viu pejada, azulou para o Rio Grande do Sul, onde tinha a família, e nunca mais lhe deu sinal de si.

Foi então que surgiu em Lúcia a ideia de utilizar-se do Pereira. Entre as pessoas que frequentavam a casa de seus pais, era ele o único aproveitável para o casamento. Nesse tempo vivia o dorminhoco às sopas de um tio suspeito de riqueza aferrolhada, e de quem mais tarde, diziam, havia de herdar o dinheiro. Lúcia meteu as mãos à obra, mas, por pouco que não desanimou; Pereira não dava de si coisa alguma, parecia não compreender as provocações. Era quase impossível tirar algum partido daquele animalejo! Ela, porém, não se quis dar por vencida, e lutou.

Lutou, empregando os meios mais ardilosos para injetar nos nervos daquele sonâmbulo uma faísca magnética de amor. Trabalho inútil! Afinal, vendo que o pedaço de asno era incapaz de qualquer ação ou reação, tomou ela a parte agressiva; e a coisa resolveu-se no mesmo instante.

Depois, como não havia tempo a perder e porque já conhecia bem a pachorra do seu homem, foi pessoalmente ao encontro dele, meteu-se-lhe em casa e protestou que faria um escândalo dos diabos, se o "sedutor" não tratasse, quanto antes, de tomar uma resolução muito séria a respeito do casamento.

Pereira não tratou de tomar coisa alguma desta vida e nem se abalou com a presença de Lúcia. Aceitou-a, como aceitaria outra qualquer imposição, porque ele era dos tais que, às maçadas da cura, preferem os incômodos da moléstia. Só no fim de quatro dias de lua de mel, como Lúcia insistisse nas suas ideias matrimoniais, o pachorrento declarou, com toda a calma, que lhe não podia fazer a vontade nesse ponto, em virtude de que, desde os dezoito anos, o haviam casado com uma velha, uma fúria, que o Pereira não sabia, nem queria saber, por onde andava.

Lúcia perdeu os sentidos; esteve à morte. Os pais, envergonhados com o procedimento indigno da filha, tinham-se ido refugiar na cidade de Campos. Foi o tio do Pereira, o tal das riquezas aferrolhadas, quem a salvou; era um velho ainda bem forte e muito mais esperto que o sobrinho. Deu-lhe casa, comida, roupa e dinheiro.

Uma irmã dele, senhora de inveterado amor a crianças, solteirona, de quarenta a cinquenta anos e que, com o olho no testamento, desejava a todo o transe ser agradável ao mano, encarregou-se do filho do bacharel.

Correram quatro anos. Lúcia não viu mais a família; apenas visitava o filho, de quando em quando.

O Pereira continuava às sopas do tio, indiferentemente, como se tudo aquilo não lhe dissesse respeito. Acordava, quer dizer, levantava-se às dez horas, tomava no quarto o seu banho morno, depois um copo de leite fervido, almoçava às onze, fazia a digestão estendido no sofá da sala; às duas horas dormia, depois passeava pela chácara à espera do jantar, cujo quilo era de rigor ser feito a sono solto em uma rede que ele tinha no quarto.

À noite, quando conseguia levantar-se, jogava o gamão com o tio. Cochilavam ambos, até que se servia o chá, e cada um se retirava para a cama.

— A noite fez-se para dormir! — sentenciava um deles.

— E o dia para se descansar — resmungava o outro, espreguiçando-se.

E recolhiam-se.

O velho morreu de repente; uma congestão que lhe sobreveio ao encontrar Lúcia no fundo do jardim às voltas com um estudante da vizinhança.

— Bom! — dissera Lúcia, alijada afinal daquela obrigação que já lhe ia pesando demais. E fariscou o testamento. Mas o velhaco apenas deixava algumas dívidas à praça e dois terrenos hipotecados ao Banco Predial. A coisa única que ela aproveitou foi Cora, mulatinha de criação, cuja matrícula e cuja escritura de compra estavam em seu nome.

Era preciso, pois, deixar a casa; os credores reclamavam tudo que pudesse dar dinheiro. Pereira sacudia os ombros; dir-se-ia que não houvera a menor alteração na sua vida. Continuava a dormir tranquilamente, como se as sopas do tio ainda o fossem procurar às horas da refeição.

Lúcia compreendeu que não devia contar com ele; tratou em pessoa um cômodo para os dois, num hotel de arrabalde. Sentia-se resoluta e forte: era ela agora o cabeça do casal; tinha belos projetos de trabalho: daria lições de piano, de desenho e de francês, até que aparecesse um homem para substituir o estafermo do Pereira.

O homem, porém, não aparecia, como não apareciam os discípulos.

Principiou então para eles um viver perfeitamente de boêmios. Sem trastes, nem dinheiro, nem futuro, nem relações constituídas, andavam aquelas duas almas perdidas e mais a Cora, que adorava a senhora, a percorrer as casas de pensão: sempre sobressaltados, sempre perseguidos pelos credores que iam deixando atrás de si.

Em cada lugar se demoravam o maior tempo que podiam, dois, três, quando muito quatro meses; até que lhe suspendiam o crédito e os dois levantavam novamente voo, deixando a dívida em aberto e o dono da casa lívido, colérico, sem saber ao menos que direção tomavam os vagabundos.

Nesse peregrinar, Lúcia teve uma contrariedade mais profunda — achou-se grávida de novo. Cora deu-lhe conselho, trouxe-lhe remédios para fazer abortar; nada, entretanto, produziu efeito. O demônio da criança parecia disputar o seu quinhão de vida com uma resistência desesperadora.

Nasceu afinal, no quarto de um português, na *Fábrica das Chitas,* entre cuidados mercenários do locandeiro e o obséquio de alguns amigos, que Lúcia fora conquistando com as simpatias de seu talento musical.

O diabinho pouco durou, felizmente. Desapareceu uns trinta dias depois de ter vindo ao mundo. Morreu mesmo na rua, quando os pais, dentro de um carro de aluguel, fugiam aflitos da *Fábrica das Chitas* para uma casa de pensão na rua do Catete.

Cora encarregou-se de atirá-lo ao mar. Ninguém viu. Seriam duas horas da madrugada e as brisas marinhas pulverizavam no ar um chuvisco miúdo, de fevereiro.

O menino fora muito franzino e muito mole; saíra ao pai, o Pereira. Durante o seu pobre mês de vida só abriu os olhos uma vez, ao expirar.

A casa de pensão do Coqueiro era a sexta que Lúcia percorria com o suposto marido. Apresentavam-se sempre como casados; ele muito tranquilo de sua vida, feliz; ela inquieta, sôfrega pelo tal sujeito, que com tanto empenho procurava.

Quando constou a Lúcia que Amâncio era rico e atoleimado, uma nova esperança radiou-lhe no coração.

— É agora! — disse.

E preparou-se para o combate.

* * *

Foi por isso que o estudante recebeu, no dia seguinte ao baile do Melo, aquele ramilhete, tão falsamente atribuído a Hortênsia, e porque, uma semana depois outro ramo, bastante parecido com o primeiro, se achava às onze horas da noite no quarto do rapaz, sobre a cômoda.

— Olé! — disse ele.

E, satisfeito com a intriga, principiou a fazer conjeturas.

— De quem viriam aquelas flores!... Ah! — exclamou, descobrindo um bilhetinho, escondido entre duas rosas.

E leu:

"Não saibam nunca espíritos indiferentes, nem mesmo tu, adorado fantasista, quem te envia estas pobres flores. Não o procures descobrir; deixa que o meu segredo viceje e cresça na tepidez do mistério, à semelhança das plantas melancólicas que reverdecem nas sombras ignoradas dos rochedos. Eu te amo!"

— Seria de Amélia, seria de Lúcia, ou seria de Hortênsia?... De Nini é claro que não podia ser, porque a desgraçada, com certeza, não sabia escrever coisas daquela ordem!

Não dormiu essa noite; as palavras do ramilhete voejavam-lhe dentro da cabeça como um bando de mariposas.

— De quem seria?... De Amélia não, não era de supor; pois que a bonita menina, longe de o provocar, fugia sempre que ele por qualquer modo tentava abrir-se com ela em questões de amor; de Hortênsia também não, não era natural que fosse, porque, em tal caso, Mme. Brizard, ou qualquer outra pessoa de casa, teria visto o portador. Além disso, a mulher do Campos não seria capaz daquilo; estava caidinha — é certo! mas não levaria a leviandade a ponto de escrever e enviar-lhe semelhante declaração. O que, porém, não sofria dúvida é que os ramos tinham a mesma procedência.

E Lúcia?... É verdade! E Lúcia? Com certeza não era de outra! Sim, tudo estava a dizer que o tal bilhetinho saíra de suas mãos!... aquelas frases poéticas, aquele mistério, aquela franqueza de confessar o seu amor em duas palavras... Não tinha que ver! Era da mulher do Pereira!

E um apetite brutal, inadiável, substituiu logo a calma simpatia que lhe inspirara Lúcia.

Desde que se capacitou de que eram dela os ramilhetes, desejou-a com urgência; queria que ela surgisse ali, naquele mesmo instante, na silenciosa escuridão daquele quarto.

E voltava-se de um para outro lado da cama, sem conseguir pegar no sono.

Esperar até o dia seguinte o momento de estar com ela afigurava-se-lhe um sacrifício enorme, quase invencível. Como podia lá descansar, dormir, com semelhante preocupação a remexer-se-lhe por dentro, como um feto doido que lhe mordesse as entranhas?

Definitivamente não conseguia adormecer. Levantou-se, acendeu um cigarro, abriu a janela, e pôs-se a olhar para a lua que estava boa essa noite. Vieram-lhe as conjeturas sobre como seria a situação, no caso que Lúcia aparecesse ali, naquele instante. "Que sucederia?... Que fariam eles?..."

Duas horas bateram na sala de jantar.

— Diabo! — resmungou Amâncio, sentindo arrepios por todo o corpo. Desta forma perco a noite inteira, e amanhã estou impossibilitado de ir à academia!...

A ideia do estudo apresentava-se-lhe sempre com um sabor muito amargo de sacrifício. Lembrou-se, todavia, de aproveitar a insônia para correr uma vista de olhos pela lição; acendeu a vela, corajosamente, assentou-se à mesinha que havia no quarto e abriu um compêndio. Mas não conseguia prestar atenção à leitura; percorreu distraído duas ou três páginas e ficou a olhar a chama trêmula da vela, cada vez mais abstrato e mais febril.

Sentiu vontade de beber. Se não estava enganado, a garrafa de conhaque ficara sobre o aparador, na varanda.

Ergueu-se, enfiou o sobretudo e saiu da alcova.

O sangue não lhe queria ficar quieto. A continuar daquele modo, o remédio que tinha era pôr-se ao fresco e vagar pelas ruas, até encontrar sossego.

O conhaque não estava no aparador. Amâncio, contrariado, desceu à chácara, e foi assentar-se a um banco de pedra. — Naquele momento comeria alguma coisa, se houvesse, pensou ele, resolvido a organizar no dia seguinte um bufete no seu próprio quarto.

A lua escondia-se agora entre nuvens; as árvores rumorejavam; tudo parecia concentrado e adormecido.

Debaixo viam-se as janelas dos quatro cômodos do segundo andar, que davam para a chácara. Lá estava o nº 8, o 9, o 10 e o 11. Começou a pensar nos hóspedes daqueles quartos: o 11 era do tal Corrêa, o médico que só aparecia ali de quando em quando, "para fazer uns trabalhos que os filhos não lhe permitiam em casa da família"; o 10 era do *gentleman*. Bom maçante! Amâncio lembrou-se de que lhe prometera acompanhá-lo uma qualquer noite ao *Passeio Público*. Havia de ir, disseram-lhe que às vezes se encontravam aí bem boas coisas!...

O 9 é que ele não se lembrava a quem pertencia... Ah! era do tal Melinho, "a pérola", como o qualificava João Coqueiro constantemente.

E o 8 de Lúcia, da misteriosa Lúcia!

Ela estava ali... fazendo o quê... pensando nele talvez... talvez dormindo... talvez até nem dela fosse o bilhetinho amoroso e os dois ramilhetes!... Quem sabia lá!...

E esta dúvida o apoquentava.

— Ora adeus! — disse. — A ocasião havia de chegar!...

Veio-lhe, porém, uma tentação aguda de subir ao n.º 8.

— Que mal podia vir daí?... O marido com certeza estava dormindo!... Que poderia acontecer?...

Levantou-se resolvido; mas as vidraças do quarto do tal médico, que só aparecia de quando em quando, acabavam de iluminar-se.

— Olá!... — considerou Amâncio, detendo-se. — É o nº 11!

Por detrás dos vidros havia cortinas de cassa; nada se podia ver para dentro, apenas duas sombras difusas projetavam-se na cambraia, ora aumentando, ora diminuindo. Amâncio deixou-se ficar onde estava, mordido já de curiosidade.

Daí a uns dez minutos, pela escadinha do fundo, desciam, cautelosamente, um sujeito alto, todo de escuro e mais uma mulher gorda, de enorme chapéu, cujas abas lhe caíam sobre os olhos, ensombrando-lhe o rosto.

Vinha um atrás do outro, porque a escada era estreita. Atravessaram a chácara, falando em voz baixa, e entraram no corredor.

Amâncio acompanhou-os, de longe, e tripetrepe.

A porta da rua estava aberta, como de costume; um carro esperava pelos dois lá fora; o cocheiro dormia na boleia. O sujeito do nº 11 deu a mão à mulher das grandes abas, ajudou-a a entrar na carruagem e, em seguida, entrou também. O cocheiro fechou sobre eles a portinhola, sem lhes dar palavra, depois saltou para o seu posto e tocou os animais.

— E que tal? — interrogou Amâncio de si para si, quando os viu partir.

Lembrou-se então do que lhe dissera o velhaco do Coqueiro por ocasião de mostrar-lhe a casa: "Quanto a certas visitas... isso tem paciência... lá fora o que quiseres, mas, daquela porta para dentro...".

— Hipócritas! — pluralizou o estudante.

E encaminhou-se para o segundo andar.

* * *

Subiu pela escadinha do fundo, não a do médico, mas pela outra do lado oposto; porque havia duas.

O primeiro andar continuava em completo silêncio; no segundo apenas se ouvia, de espaço a espaço, um tossir seco e agoniado, que vinha naturalmente do nº 7, onde morava o tal moço doente. O pobre diabo piorava à falta absoluta de meios.

Amâncio entrou às apalpadelas no corredor que dividia os oito quartos. O luar filtrava-se a custo pelas venezianas e pelas vidraças da janela e sarapintava o chão de pequeninos pontos brancos.

O nº 5, onde residia o Paula Mendes com a mulher, era o único que tinha luz; uma forte claridade rebentava por cima da porta fechada e ia projetar-se na parede do nº 10 que lhe ficava fronteiro. Mas ainda assim o corredor estava bem escuro.

Amâncio parou defronte do nº 8. — Era ali!

Encostou o ouvido na fechadura; nem sinal de vida. Lúcia com certeza dormia profundamente.

Dormia! — pensou o estudante. — Dormia, sem preocupações nem cuidados; ao passo que ele, por não encontrar descanso, errava pelos corredores desertos, como uma alma penada! Para que então se lembrara aquela mulher de ir mexer com ele?!... Se a sua intenção era dormir, para que o foi provocar? Para que lhe foi bulir com o sangue? Oh! aquele silêncio do nº 8 o irritava! Aquela indiferença afigurava-se-lhe uma afronta ao seu amor próprio, um atentado contra o seu orgulho!

E, quanto mais se convencia da impossibilidade de falar essa noite a Lúcia, mais e mais os seus sentidos se assanhavam! Afinal, já não fazia grande questão de ser com ela própria; aceitaria qualquer outra que o arrancasse daquela ansiedade em que se via entalado, como se estivesse dentro de uma armadura em brasa.

Que inferno! — dizia ele consigo, rangendo os dentes. — Que inferno!

E, sem ânimo de ir embora, permanecia encostado à porta do nº 8, deixando-se comer aos bocadinhos pela febre do seu desejo; ao passo que o corpo inteiro lhe arfava com o resfolegar aflitivo dos pulmões.

Todavia — pensou ele —, quantas mulheres não o desejariam ter junto de si naquele momento?... Donzelas até, quantas, naquele instante, não estorceriam no leito e não morderiam os travesseiros, desvairadas pela isolação?

E saborosas lembranças de amores extintos, que o tempo e a ausência tornavam mais perfeitos e mais desejáveis, acudiam-lhe simultaneamente ao espírito, para lhe aumentar as torturas da carne. As suas amantes do passado eram agora ainda mais atraentes e formosas; em todas elas não havia um lábio sem sorriso, um olhar sem fogo; era tudo opulento de graças e de meiguices; era tudo encantador e completo.

Pôs-se a arranhar devagarinho a porta, dizendo quase em segredo o nome de Lúcia. Nada, porém, respondia; o mesmo silêncio compacto enchia as trevas do corredor.

Seu desejo estimulado e tonto evocava então todos os meios de saciar-se; descobria hipóteses absurdas, inventava possibilidades que não existiam. Amâncio chegou a pensar em Amélia, em Mme. Brizard, na mucama, e até, que horror! em Nini!

— Ai, meu Deus! — gemeu nesse instante o doente do nº 7.

O estudante deixou a porta de Lúcia e seguiu em ponta de pés pelo corredor. Ao passar defronte do quarto do Paula Mendes, suspendeu o passo; a luz continuava com a mesma intensidade; o curioso não resistiu a uma tentação e espiou pela fechadura.

O pobre homem trabalhava, vergado sobre uma mesinha estreita e toda coberta de papéis de música. Ao lado, pelas cadeiras e sobre um sofá de couro negro encostado a um biombo, havia folhas esparsas e cadernetas empilhadas.

Recebera nessa tarde a encomenda de organizar uma sinfonia, que tinha de ser executada daí a quatro dias em uma festa fora da cidade. O Imperador prometeu que iria.

Mendes estava ainda organizando as partes cavadas. Ouviam-se o ranger da pena no papel grosso de Holanda, o tique-taque de um despertador de metal branco, pousado sobre a cômoda, e o grosso ressonar da mulher, que dormia por detrás do biombo. O rabequista parecia menos triste aquela ocasião do que nas outras em que o vira Amâncio.

É porque a mulher está dormindo — calculou este, lembrando-se do mau gênio de Catarina. E considerou sobre a existência ordinária que levariam ali, encurraladas no mesmo cubículo aquelas criaturas tão opostas.

Mendes, sem desprender a pena do papel, começou a solfejar em voz baixa o que escrevia; mas, como lá dentro cessassem os roncos da mulher e esta se remexesse na cama, resmungando, ele incontinente, calou a boca e prosseguiu em silêncio no seu trabalho.

— Ainda estás com isso?! — perguntou ela, afinal, depois de uma pausa.

O marido respondeu afirmativamente.

— Pois, homem, vê se acabas com essa porcaria! Bem sabes que, enquanto houver luz no quarto, não posso pregar olho!

E, fazendo ranger as tábuas da cama, virou-se de um lado para outro, acrescentando com a sua voz de homem:

— Deixa isso! Anda! E apaga o diabo dessa luz!

— Não, filha — respondeu o artista brandamente. — É preciso que este serviço fique pronto amanhã...

E depois de um muxoxo da mulher:

— Sabes o quanto precisamos deste dinheiro... A diretora do colégio ainda ontem protestou que despediria a pequena, se eu não lhe arranjasse alguma coisa por conta do que devemos; o Joãozinho, coitado, há quase dois meses pediu-me que lhe levasse um sobretudo, porque lá no trapiche onde ele agora está trabalhando, faz pela manhã um frio de rachar; Mme. Brizard, você não ignora, tem-nos apoquentado e...

— É isto! — interrompeu a mulher. — É sempre a mesma cantiga! De tudo você se lembra, menos do que eu preciso!

— Ah! se me lembro, filha! Mas é que nem sempre a gente pode fazer o que deseja... Descansa, porém, que as coisas hão de endireitar e tu possuirás de novo o teu piano de cauda! Tem um pouco de paciência...

— Já me tardava essa música! Já me tardava a "paciência"! A paciência inventou-se para consolar os tolos! Farte-se você com ela! De conselhos estou cheia, meu amigo! Quero obras e não palavras!

Mendes não respondeu e continuou a trabalhar, meneando a cabeça resignadamente. Catarina remexeu-se com mais agitação e rangidos de cama, e, daí a pouco, levantou-se de um salto, gritando:

— Arre, com os diabos! que nem se pode dormir!

— Olha os vizinhos, filha! — arriscou o marido. — Lembra-te de que são três horas da madrugada...

— Os vizinhos que se fomentem! — berrou ela, embrulhando-se na colcha e fazendo tremer o soalho com seus passos de granadeiro. — Não como em casa deles, não preciso deles para nada!

E, depois de ir beber um copo de água ao fundo do quarto:

— Tinha graça! Que eu, além de tudo, não pudesse falar à minha vontade! Melhor seria, nesse caso, que me amarrassem uma bala aos pés e mandassem atirar comigo ao mar!

— Estás de mau humor, filha! Vê se descansas.

— Não é de espantar, levando a vida que eu levo! Sempre numas porcarias de quartos! Se se precisa de qualquer coisa, é um "ai Jesus!". Nunca há dinheiro! O almoço é aquilo que se sabe; o jantar pior um pouco! Se fico doente, se tenho uma debilidade, não há quem me traga um caldo! Não há quem me dê um remédio! Arrenego de tal vida, diabo!

— Ó Catarina! — disse o Mendes ressentindo-se. — Pois eu não estou aqui?... Algum dia já me afastei de teu lado, ao te sentires incomodada?

— E antes se afastasse, creia! Porque já me custa suportá-lo quando estou com saúde, quanto mais doente. Casca! Atirar-me em rosto uns miseráveis serviços que qualquer um faria!... Pois não os faça, que até é favor! Passo muito melhor sem eles!

— Está bom, senhora, está bom! Não precisa arreliar-se! Veja se descansa, que eu agora tenho que fazer!

— Descansada queria você me ver, mas era no Caju, por uma vez, seu malvado! Pensa que encontraria o demônio de alguma tola que caísse na asneira em que eu caí de amarrar-se a um homem de sua laia? Um pingas que anda sempre com a sela na barriga!

E avançando para o marido de olhos arregalados e um punho no ar:

— Mas, podes perder as esperanças, que eu não morro, antes de ti, Mané Bocó! Primeiro hás de ir tu, entendes? Ah! Supunhas que eu levaria a roer uma vida de chifre e depois rebentava por aí, enquanto ficavas por cá a te lamberes de contente! Um sebo! Hei de ir, sim, mas depois de te haver feito amargar também um bocado, meu burro velho!

— Ó mulher! Cala essa boca do diabo! — gritou, afinal, o Mendes, arrojando a pena e empurrando os papéis que tinha defronte de si. — Arre! É muito! Arre!

O moço doente do nº 7 expectorou com mais força e pôs-se a gemer.

— Ora, com um milhão de demônios! — gritou o guarda-livros, que morava no nº 6. — Não é possível sossegar neste inferno! Quando não é a tosse e o gemido da direita, é a rezinga e a briga da esquerda! Arre! Antes morar num hospital de doidos!

Mendes levantou-se, segurando a cabeça com ambas as mãos e começou a passear agitado pelo quarto.

Catarina continuava a se arrazinar, atirando com os pés o que topava no meio da casa. O marido parou de súbito, sacudiu a cabeça; depois foi-se chegando para a mulher e correu-lhe a mão pela espádua nua e lustrosa, timidamente, como se afagasse a anca de uma égua bravia.

— Então, filha?... — disse com ternura. — Vai deitar, vai!... Estamos aqui a incomodar os outros... Anda vai!

— Os incomodados são os que se mudam! — gritou ela.

— E é o que vou tratar de fazer amanhã mesmo! — berrou o guarda-livros. — Estou farto! Quem trabalha durante o dia, precisa da noite para descansar! Arre!

— Não faça caso, senhor! — disse o Mendes, e encaminhou-se para a porta.

Amâncio, assim que o sentiu aproximar-se, fugiu pé ante pé, com ligeireza.

Nesse momento, o Campelo, o tal esquisitão do nº 4, que até aí não dera sinal de si, levantou-se tranquilamente, tomou o seu clarinete, e começou por acinte, a tirar do instrumento as notas mais estranhas e atormentadoras que se podem imaginar. O guarda-livros respondeu-lhe batendo com a bengala nas paredes de tabique e berrando, como um doido, o *Zé Pereira*.

— Ai, meu Deus! Ai, meu Deus! — continuava a gemer arrastadamente o pobre sujeito do nº 7.

Já pelas escadas, Amâncio ouviu as vozes do *gentleman*, do Melinho e de Lúcia, que acordaram espantados, e em gritos reclamavam contra semelhante abuso.

No andar de baixo, o Piloto, o Dr. Tavares, o Fontes e a mulher, abriam as portas dos competentes quartos para indagar que diabo queria aquilo dizer. Só o dorminhoco do Pereira não se deu por achado.

Amâncio já estava entre os lençóis, quando o Coqueiro percorreu toda a casa, de *robe de chambre* e um castiçal na mão.

XI

O guarda-livros, no dia seguinte pela manhã, declarou a Mme. Brizard que se retirava da casa de pensão.

— Oh! — disse. — Não estava disposto a suportar por mais tempo aquele zungu! Os seus vizinhos eram uma gente impossível! Não se passava uma noite em que não houvesse chinfrinada!... Não! Definitivamente não podia ficar! De mais o tísico do nº 7 não lhe dava um momento de descanso com o diabo de uma tosse, que parecia aumentar todos os dias! Nada! Antes tomar um quarto no inferno!

Mme. Brizard e o marido procuravam dissuadi-lo de tal resolução. Não lhes convinha perder um hóspede tão bom.

O guarda-livros, com efeito, era muito pontual nos pagamentos e não incomodava pessoa alguma, porque só queria o quarto para dormir; verdade é que não fazia o gasto de comida, mas em compensação estava sempre a encomendar ceiatas e jantares que deixavam bem bom lucro.

A ter por conseguinte, de sair alguém, antes fosse o tal rabequista, o tal Paula Mendes, que, sobre possuir uma mulher insuportável, achava-se já atrasado nas suas contas, e os donos da casa não viam muito certo o recebimento.

Catarina, assim que soube de semelhantes considerações, desceu em três pulos ao primeiro andar e, atravessando-se defronte do Coqueiro, com as mãos nas ilhargas, gritou-lhe, refilando as presas:

— Repita você o que teve o atrevimento de dizer a meu respeito e a respeito de meu marido! Repita aí, se for capaz, que lhe mostro já para quanto presto, seu cara de fome!

João Coqueiro, muito pálido e com o lábio superior a tremer, exclamou que "sua casa não era Praia do Peixe"; que ele não estava habituado "àqueles banzés"! Quem quisesse dar escândalos que fosse lá para o meio da rua, que se fosse entender com as regateiras!

— Regateiras e regateiros são vocês, corja de gatunos! — replicou a outra.

Mme. Brizard, que por essa ocasião, ainda no quarto, enfiava as botinas, acudiu logo, um pé calçado e outro não, e, com tal fúria avançou contra a mulher do Paula Mendes, que Amélia, o Coqueiro e Nini não a puderam conter.

As duas atracaram-se.

Os hóspedes, que estavam em casa, acudiram todos igualmente. Houve bordoada, gritos, palavrões. Nini teve um ataque de nervos.

O ilustre Lambertosa levou vários empurrões e caiu contra uma cesta de ovos, que o copeiro acabava de pousar no chão, para socorrer às senhoras.

E, no meio de toda esta desordem, destacava-se a voz sibilante do advogado Tavares.

— Calma, senhores! Calma! — bradava ele. — Calma por quem sois! Esquecei-vos de que a única arma do homem civilizado deve ser a palavra, escrita ou falada, mas a palavra, a ideia enfim?!... Esquecei-vos de que cada um de vós possui um cérebro, onde reside uma partícula da sabedoria divina, e que só com esse cabedal podeis cruzar as vossas opiniões, sem que seja necessário vos agatanhardes como animais ferozes?!... Virgílio, meus senhores, o imortal Virgílio, o verdadeiro fundador da eloquência, diz muito acertadamente na sua *Eneida*, livro IV, com referência à desditosa Dido — *Pendet que iteram narrantis ab ore*! Se podemos, pois, convencer com palavras, para que havemos de recorrer aos murros?!...

E, louco do costumado entusiasmo, dava punhadas frenéticas na mesa e perguntava em torno com os olhos enviesados e as cordoveias intumescidas:

— E o que dizia Salomão?! E o que dizia Salomão, na sua inquebrantável sabedoria?! Salomão, meus senhores...

Mas o orador foi interrompido violentamente pelo Coqueiro, que desejava saber se ele podia dispensar o seu quarto ao guarda-livros e mudar-se para o nº 6 do segundo andar.

Haviam combinado essa mudança enquanto o tagarela discursava.

— Salomão! Sr. Dr. Coqueiro, Salomão foi um prodígio!

— Pois bem, já sabemos disso, e agora o que nos convém saber é se V. Sa. cede ou não o seu quarto...

Mas não foi necessário tal assentimento, porque Amâncio, depois de um sinal de Lúcia, declarou que cederia o seu gabinete por qualquer um dos quartos do segundo andar.

Coqueiro espantou-se. Querer trocar o gabinete por um quarto do segundo andar!... Ora, *seu* Amâncio! — Faz-me conta — respondeu secamente o provinciano. E, chegando-se para o locandeiro, acrescentou-lhe ao ouvido: — Logo mais te direi a razão por que...

Ficou resolvido que o guarda-livros passaria a ocupar o gabinete de Amâncio; este iria para o nº 6, e o Paula Mendes e mais a mulher deixariam de comer à mesa de Mme. Brizard, continuando, porém, no nº 5, até que liquidassem as suas contas.

* * *

Na tarde desse mesmo dia, como fizesse bom tempo, as senhoras combinaram em tomar o café na chácara. Mme. Brizard, Amelinha, Lúcia e Nini, mal acabaram de jantar, desceram ao terraço. Coqueiro e Amâncio já iriam também para o cavaco. — Tinham primeiro que dar dois dedos de conversa.

Os dois rapazes meteram-se no vão de uma janela da sala de visitas, e Amâncio, com acentuações de quem detesta imoralidades, disse ao outro, sem transição:

— Coqueiro, estou aqui há pouco tempo, mas estimo tua família, como se fosse a minha própria, e, por conseguinte, entendo que é do meu dever abrir-me contigo sempre que nesta casa descobrir qualquer coisa que possa ter consequências graves...

— Mas que há? — perguntou o outro a fitá-lo, com muito empenho.

— Trata-se de Nini — disse o provinciano em voz soturna.

Coqueiro remexeu-se no canto da janela.

— Sabes — continuou aquele — que a pobre da menina sofre horrivelmente dos nervos, e creio até que tem qualquer desarranjo na cabeça...

— Sim, por quê?

— É uma enferma, que, se não tivermos muito cuidado com ela, pode vir a dar sérios desgostos a ti e a tua família...

— Mas desembucha, o que é que houve?...

— É que ela, naturalmente em consequência da moléstia, coitada, às vezes faz certas coisas que... para mim ou qualquer outro rapaz de bons princípios não valem nada, mas, que, se caírem nas mãos de um desalmado... sim! Tu bem sabes que há homens para tudo neste mundo!...

E Amâncio, inflamado pelos princípios morais que ele só cultivava teoricamente, parecia mais que ninguém preocupado com a pureza dos costumes.

— Mas afinal, que fez ela? — perguntou o Coqueiro, impacientando-se.

— Ora — disse o colega, desgostosamente —, tem feito o diabo... Ainda ontem, quando me levantei da mesa, seguiu-me até a sala e...

— E...

— Principiou a fazer tolices. A pobrezinha estava como não calculas!... Tive que recorrer à violência para contê-la; o resultado foi aquele ataque!...

E vendo o ar de espanto que fazia o Coqueiro:

— Digo-te isto, porque me parece que tenho obrigação de te dizer; se, porém, faço mal, desculpa!...

— Mal? Ao contrário! Decerto que ao contrário! Fico-lhe muito grato!

E abraçando-o:

— Acabas de provar que és homem de bem! A tua ação é de um verdadeiro amigo: não imaginas o quanto eu a aprecio.

— Cumpri com o meu dever — observou o provinciano modestamente.

— Obrigado! Muito obrigado! Fico prevenido. De hoje em diante não acontecerá outra!

— E agora, compreendes a razão por que não me convinha ficar embaixo, no gabinete? — concluiu Amâncio.

— Oh!... Isso, porém, não era motivo para que deixasse o teu gabinetezinho... Eu daria as providências necessárias!...

— Não, filho, nestas questões de família sou muito rigoroso. E agora, o que está feito, está feito! Vou para o segundo andar; é até mais fresco!...

E, depois de ainda algumas ligeiras considerações sobre o mesmo assunto, os dois rapazes trocaram comovidos um enérgico aperto de mão e desceram juntos à chácara, onde, debaixo das latadas de maracujá, os esperavam as senhoras, palestrando em familiar camaradagem.

* * *

Dias depois, quando Amâncio já estava transferido para o n.º 6, do segundo andar, chegaram às mãos duas cartas, uma de sua mãe, outra de seu pai.

Era a primeira vez que o velho Vasconcelos se dirigia ao filho em carta especial.

Abriu logo a de Ângela, sofregamente, e a imagem da santa, que as últimas agitações da vida do rapaz haviam nublado por instantes, como nuvens que escondem uma estrela guiadora, mal começou a leitura, ressurgiu inteira e lúcida à memória dele.

A boa mãe queixava-se de que o filho, ultimamente, já lhe não escrevia com a mesma assiduidade e com a mesma expansão: "Que significava semelhante mudança? Donde vinha aquela reserva? Por que aqueles bilhetes tão apressados, quase telegráficos?", perguntava ela com a sua letra redonda e um pouco trêmula. "Por que não me escreves mais amiúde e mais extensamente?", insistia a carta, "por que, meu querido filho, não me contas toda a tua vida; não me dizes como passas, e em que te ocupas? Desejo saber se o Campos continua a ser teu amigo, se na casa dele continuas tratado como dantes. Quero que me relates tudo, tudo que te diga respeito, meu Amâncio. Se soubesses a falta que tu me fazes, os cuidados que me dá a tua ausência, com certeza serias melhor para tua mãe."

E, sempre a mesma, sempre extremosa, sempre com o filho na ideia, enviava-lhe conselhos, recomendava-lhe certas precauçõezinhas; as medidas que devia tomar contra tais e tais perigos; o modo pelo qual devia proceder em tais e tais situações.

Amâncio releu várias vezes o que lhe dizia Ângela e respirou largamente como quem sai de um quarto apertado para um grande ar livre. Mas se a carta materna o impressionou, a outra o surpreendeu porque de tão afável e condescendente não parecia derivar daquele terrível Vasconcelos que, até em sonhos, o aterrava e sim das mãos amigas de um velho camarada dos bons tempos da infância.

Estranhou-o logo, desde as primeiras palavras.

"Meu filho."

Até então, nunca recebera de seu pai esse carinhoso tratamento. O Vasconcelos nem ao menos o tratara por tu; nunca lhe dera a beijar a mão ou a face, nunca lhe abrira, enfim, o coração quando este se achava ainda brando e maleável, para depor aí as sementes de ternura, que desabrochariam mais tarde produzindo os bons sentimentos do homem.

Como exigir de Amâncio, que tivesse agora as virtudes que, em estação propícia, lhe não plantaram na alma? Como exigir-lhe dedicação, heroísmo, coragem, energia, entusiasmo e honra, se de nenhuma dessas coisas lhe inocularam em tempo o germe necessário?

Ele, coitado, havia fatalmente de ser mau, covarde e traiçoeiro. Na ramificação de seu caráter a sensualidade era o gamo único desenvolvido e enfolhado, porque de todos só esse podia crescer e medrar sem auxílios exteriores.

Vasconcelos, por conseguinte, chegou tarde; encontrou já enrijado e duro o coração do filho.

E, no entanto, toda a sua carta vinha afinada por aquelas primeiras palavras. Agora, de longe, fazia o que, por inépcia, nunca fizera de perto — dirigia-se amorosamente ao rapaz. Contava-lhe novidades da província, comentava certos fatos escandalosos, falava sem reservas de umas tantas coisas, das quais até aí nunca se permitira tratar na presença de Amâncio.

O tópico seguinte levou o provinciano ao cúmulo da admiração:

> *"Não digo que te faças santo, mas também não te afogues no torvelinho dos prazeres. Goza, meu filho, por isso que és moço, goza, porém, com prudência e com juízo; diverte-te, mas evitando sempre tudo aquilo que te possa prejudicar. Lembra-te de que saúde só tens uma, e moléstias há muitas. O mundo não se acaba! Adeus. Nunca deixes de me escrever e, quando te vires aí em qualquer apuro, fala-me com franqueza."*

Tudo isso vinha tarde. Muita coisa, à semelhança do leite materno, só nos aproveitam até certa época. Depois, em vez de fazerem bem, fazem mal.

As palavras de Vasconcelos que, aplicadas no tempo competente, dariam ótimos resultados em benefício do filho, eram agora para este um simples pretexto de galhofa. Amâncio sorriu à aparente transformação de seu pai.

— Ora para que havia de dar o velho!...

Não obstante, um vago sentimento, ao mesmo tempo amargo e agradável, apoderou-se dele. Desfrutava certo gosto em merecer aquela intimidade paterna; mas, por outro lado, doía-lhe a consciência por não ter sido melhor filho; como se o pobre rapaz de qualquer forma contribuíra para semelhante falta.

E, então, acudiu-lhe à memória uma circunstância de que jamais se havia lembrado — a despedida do pai. Vasconcelos estava bastante comovido nesse momento e abraçava-o chorando. Amâncio nunca lhe tinha visto o rosto com aquela simpática expressão de sofrimento; mas, bem pouco se impressionou na ocasião; os olhos conservavam-se-lhe enxutos e o coração quase alegre com a ideia da liberdade que ia principiar.

Só agora, depois da carta, depois que soube que era amado pelo velho, uma grande tristeza invadiu-o todo, e as lágrimas rebentaram-lhe com explosão.

Assim sucede sempre aos filhos educados à portuguesa, cujos pais sentem vexame de lhes patentear o seu amor.

Pobres pais! Quantas vezes não estarão morrendo por afagar o filho, e todavia, em vez de lhe darem um sorriso carinhoso, um beijo, uma palavra de doçura, fingem-se indiferentes e afastam-se para que o pequeno não lhes perceba a comoção.

Néscios! Julgam que com isso estabelecem uma corrente de respeito entre eles e os filhos; julgam que isso é indispensável para o bom êxito da educação; quando toda essa anomalia só pode servir para lhes roubar a confiança e a estima dos entes predestinados a lhes dedicar todas as primícias de sua ternura.

Os pais dessa espécie levam a tal exagero a sua convencional rispidez, que, se acham graça em alguma coisa feita pelo filho, sufocam o riso, medrosos de que qualquer expansão acarrete uma quebra ao respeito filial.

Foi tudo isso, ao justo, que se deu com Vasconcelos a respeito de Amâncio. Amou-o, mas com disfarce; fingiu-se diretor inflexível, quando era simplesmente um pai como qualquer outro. Muita vez chorou de ternura, mas sempre às escondidas; muita vez sentiu o coração saltar para o filho, mas sempre se conteve, receoso de cair no ridículo.

E não se lembrava, o imprudente, de que o amor de pai é bem contrário ao amor de filho; não se lembrava de que aquele nasce e subsiste por si e que este precisa ser criado; que aquele é um princípio e que este é uma consequência; que um vem de dentro para fora e que o outro vem de fora para dentro. Não se lembrava, o infeliz, de que o primeiro existirá fatalmente por uma lei indefectível da natureza; ao passo que o segundo só aparecerá se lhe derem elementos de vida.

Foi desses elementos que Amâncio nunca dispôs para poder amar o pai.

* * *

O fato é que, depois da leitura da carta, o estudante sentiu, pela primeira vez, algum desejo de dar notícias suas a Vasconcelos; até aí só o fazia por honra da firma.

Campos, que lhe apareceu em seguida, veio transformar esse desejo em vontade, falando-lhe da correspondência extraordinária que, pelo mesmo paquete, recebera do Maranhão. O velho Vasconcelos também lhe havia escrito e, com tanto interesse lhe falara de Amâncio, tão inconsolável se mostrara e tão saudoso pelo filho, e com tal insistência pedira ao negociante para olhar pelo rapaz, que o bom homem não hesitou em correr logo à casa de pensão de Mme. Brizard.

O estudante carregou com ele para o quarto. — Aí conversariam mais à vontade.

— Pois, meu nobre amigo — disse o marido de Hortênsia, assentando-se defronte de Amâncio e batendo-lhe uma palmada na coxa —, seu pai não se cansa de falar a seu respeito. São as saudades, coitado!

E tirando uma carta do bolso para a entregar ao outro:

— Leia, leia e veja como está triste o pobre velho! Ah, meu amigo, acredite que possuir um pai é a maior fortuna que se pode ambicionar neste mundo!

Amâncio, entre outras coisas, leu o seguinte:

"Não imagina o Sr. Campos os cuidados em que eu e a minha boa Ângela nos temos visto por cá com a ausência do rapaz. Nunca pensei que nos fizesse tanta falta. Ela, coitada, leva a chorar desde que amanhece, e à noite é aquela certeza dos sonhos ruins a mais não ser! Acho-a muito magra e abatida de tempos a esta parte. Então quando não recebe cartas do filho, o que já se observa há três vapores consecutivos, fica prostrada de tal modo que se não pode levantar da cama.

Veja, por conseguinte, se alcança que o nosso estudante nunca nos deixe de escrever; duas palavras que sejam, dizendo como está de saúde e que vai bem nos seus estudos. Isso, que a ele não custará muito, poupa todavia cá por casa muitas horas de sofrimento e de desgosto.

Até já me lembrou providenciar no sentido de fazê-lo vir no fim do ano passar as férias conosco, não sei, porém, se tal coisa será conveniente ainda tão no princípio da carreira. O amigo dispensar-me-á o obséquio de escrever a esse respeito.

Em todo caso, a ideia de que o senhor está aí, perto dele, e que, pelo que tem mostrado, é deveras nosso amigo, tranquiliza-nos em grande parte. Conto, pois, que olhará sempre por Amâncio. Tenha paciência, sei que o importuno com estas coisas, mas que hei de fazer? Dizem tanto dessa Corte; falam de tal forma do clima e dos mil perigos a que aí está sujeita a mocidade, que, só a lembrança de uma tísica galopante ou de um desses desvios, uma dessas loucuras que às vezes acometem aos rapazes e inutiliza-os para o resto da vida; uma dessas desgraças, Sr. Campos, que lhes sucedem facilmente quando eles não dispõem de um bom amigo que os encaminhe e aconselhe; só a lembrança de tudo isso, meu caro senhor, é o bastante para me tirar o sossego do espírito.

Tenha a bondade, sempre que falar ao meu rapaz, de lembrar-lhe as obrigações e dizer-lhe com franqueza a responsabilidade que agora lhe assiste. Ele está se fazendo homem e precisa preparar futuro. Sirva-lhe de pai; acompanhe-o e proteja-o com o mesmo desvelo de que usou meu irmão para guiar a sua mocidade."

— Vê? — disse o Campos, abalado com as palavras do irmão de seu protetor. — São estes os desejos de seu pai; ao senhor compete agora, como bom filho, fazer-lhe o gosto, e dar-lhe a felicidade de que ele precisa para o resto da vida. O que estiver em minhas forças está à sua disposição; mas o senhor também deve fazer por si, já não é tão criança para não ver o que lhe fica bem e o que lhe fica mal! Enfim, tenho toda a confiança no senhor, *seu* Amâncio, e estou convencido de que não me desmentirá!

Amâncio, que até aí ouvia o Campos em silêncio e com os olhos presos a um ponto, agradeceu-lhe muito aquele interesse e jurou que todo o seu empenho era corresponder à expectativa de seus pais e ser agradável o mais possível aos verdadeiros amigos de sua família.

E a conversa, tomando novas direções, descaiu em assuntos menos circunspectos. Veio então à baila o baile do Melo, e Campos queixou-se de que Amâncio, depois disso, nunca mais lhe aparecera em casa.

— Já tinha a intenção de lá ir, domingo...

— Não — contradisse o negociante. — Vá antes, sábado, amanhã, que é aniversário de meu casamento. Não há festa, mas reúnem-se alguns camaradas e toca-se um bocado de piano. Adeus. Não deixe de ir. Olhe, se quiser pode levar seus amigos. Adeusinho.

Amâncio acompanhou-o até à porta da rua e voltou ao quarto.

Estava preocupado; não mais com as cartas da família, mas com a deliciosa intenção de reatar no dia seguinte o namoro de Hortênsia. Só uma pequena circunstância lhe mareava o antegozo desses sonhados momentos de ventura: era a ideia dos seus compromissos como estudante; sentia-os agravados perante a confiança que lhe depositavam, e agora, mais que nunca, a consciência do seu relaxamento, a lembrança de haver faltado às aulas tantas vezes e de não ter aberto livro durante a última semana, azoinavam-no desabridamente.

— Oh! os estudos! Os estudos eram o ponto negro de sua vida, o seu desgosto, o terrível espectro de todos os seus sonhos! As regalias que daí viessem mais tarde, fossem elas quais fossem, nunca poderiam compensar aquela profunda tristeza, aquele aborrecimento invencível, que o devoravam.

Semelhante preocupação tirava-lhe o gosto para tudo, azedava-lhe todos os melhores instantes de sua vida. Cada minuto, que se escoava na ociosidade, era mais uma gota de remorso caída no sombrio pélago de seu tédio.

E, contudo, os minutos, os dias e as semanas iam escapando, sem que Amâncio lograsse vencer a sua antipatia pelo trabalho. Olhava com repugnância para os melancólicos compêndios da faculdade, e, quando teimava muito em os conservar abertos defronte dos olhos, quase sempre adormecia.

Um verdadeiro tormento!

* * *

Amâncio obteve de João Coqueiro que o acompanhasse à *soirée* do Campos.

Foi uma noite cheia para ambos; se bem que Hortênsia, de tão preocupada com os arranjos da casa, muito pouco se dera às visitas.

Carlotinha, sim, mostrava-se alegre e comunicativa que nem parecia a mesma. Chegou-se muito para Amâncio, meteu-se com ele de palestra, a fazer pilhéria, a criticar das outras senhoras, com visagens disfarçadas e pequeninos risos estalados por detrás do leque.

O estudante ficou pasmo, quando descobriu que toda essa intimidade procedia do namoro dele com Hortênsia. À primeira indireta da rapariga, o rapaz corou e respondeu titubeando. Carlotinha, porém, o tranquilizou, dando a entender que era discreta e interessada nos segredos da irmã.

E, já sem indícios de gracejo, aconselhou-o que frequentasse a casa com mais assiduidade; um domingo sim, outro não, para jantar. Seria muito bem recebido, *alguém* fazia questão dessas visitas...

Amâncio, no seu papel de inocente, quis saber quem era esse *alguém*, mas a rapariga negou os esclarecimentos e pediu-lhe em segredo que se calasse, piscando o olho para o lado esquerdo, onde acabava de assentar-se um sujeito gordo, de barba toda raspada.

— É o Costa! Nada lhe escapa!... — soprou ao estudante por debaixo do leque. E depois, em voz alta, disfarçando:

— Pois o baile do Melo esteve muito bom!...

— Muito — confirmou Amâncio. — Há longo tempo não me divirto assim!... Mas, para a senhora creio que ainda seria melhor, se lá estivesse certa pessoa!...

— Quem? O guarda-livros?... Ora!...

E, com ar desdenhoso, declarou que há quinze dias ficara tudo acabado.

— Seriamente? — perguntou o estudante.

— Sério! E não me sinto com isso, até estimo! No fim de contas aquilo é um tipo impossível; tão depressa está para o norte como para o sul!

— Mas a senhora parecia gostar dele tanto...

— Pensei que fosse outra coisa — respondeu Carlotinha, franzindo os lábios. — Quando, porém, descobri o que ali estava, dei tudo por acabado! Foi muito bom; antes assim do que depois do casamento!...

E, para mostrar a sinceridade daquela indiferença, ria com exagero e dava a sua palavra de honra em como não tinha paixão por homem nenhum deste mundo. Havia de casar, sim, porque isso era necessário, mas não que preferisse este ou aquele, não. Todos eles eram a mesma coisa — uns tipos!

Amâncio defendia o seu sexo, experimentando já pela rapariga uma nascente repugnância instintiva.

Quando, às três horas da madrugada, os dois estudantes se despediram, Campos, entre muitos oferecimentos, pediu ao "Sr. Dr. João Coqueiro" que voltasse qualquer dia, mas com a família. Ele tinha nisso muito gosto.

Coqueiro prometeu fazer-lhe a vontade e retirou-se com o amigo.

* * *

Quase nada conversaram pelo caminho. Amâncio parecia aflito por se meter na cama; uma vez, porém, recolhido ao seu novo quartinho do segundo andar, não sentia a menor disposição para dormir.

A circunstância de saber que Lúcia estava ali tão perto, a quatro ou cinco passos, mas inteiramente fora do seu alcance, o indispunha como se fosse uma pirraça levantada com o fim único de o afligir.

Não resistiu o desejo de ir, como da outra vez, espreitar pela fechadura do quarto em que ela morava, e encaminhou-se sorrateiramente para o nº 8. Nesta tentativa, porém, foi ainda mais infeliz do que da primeira, porque a janela do corredor ficara aberta, e Amâncio principiou a espirrar, constipado.

O doente do nº 7 tossicava, de vez em quando.

Amâncio voltou ao quarto, muito aborrecido. Abriu um livro, mas repeliu-o logo, com tédio. Lembrou-se de fazer café. (Na véspera comprara uma maquinazinha e os apetrechos necessários para isso.) — O melhor, porém, seria tomar o café depois de um banho. Deu lume à máquina e desceu ao primeiro andar, já despido e rebuçado no lençol.

Queria passar pelo quarto da mucama, que ele agora sabia ao certo onde era; mas, na ocasião em que entrava na sala de jantar, deteve-se cautelosamente com a presença de um vulto que acabava de aparecer do lado oposto. A custo reconheceu Coqueiro; do lugar onde se achava podia observar sem ser visto. O dono da casa atravessou pé ante pé a varanda e, encaminhando-se para o fundo do corredor, sumiu-se no tal sítio, por onde justamente queria passar o outro.

Será possível? — considerou Amâncio, que se adiantara precatamente para certificar-se do que vira.

— Que grande velhaco!

E era aquele tipo que, "por moralidade não admitia em casa certas visitas!"...

— Ah! meu pulha! — pensou o estudante.

Como podia agora tomar a sério a casa de Mme. Brizard?... Que juízo devia fazer de toda aquela gente? E Amelinha? O que vinha a ser aquela Amelinha?...

Dois espirros cortaram-lhe a teia dos raciocínios, e em seguida um calafrio muito penetrante lhe percorreu o lombo. Sentiu-se indisposto; não obstante, desceu ao banheiro. Aquilo desapareceria com um pouco de água pela cabeça.

Mas, quando voltou ao quarto, já lhe doía o corpo e tinha as pernas entorpecidas levemente.

Tomou uma chávena de café, bebeu um gole de conhaque, e meteu-se na cama, tiritando.

Não se pôde erguer no dia seguinte. Coqueiro apresentou-se-lhe no quarto, logo pela manhã, muito sobressaltado com os incômodos do querido hóspede. Estava mais inquieto do que se tratasse de salvar a vida de um parente insubstituível.

Perguntou se Amâncio queria médico; se precisava de alguma coisa. — Que diabo! dispusesse com franqueza. Ele estava ali às suas ordens!...

O doente apenas desejava que o amigo desse um pulo à agência dos vapores e trouxesse o constante de um conhecimento, que lhe pediu para procurar nas algibeiras do fraque.

Coqueiro obedeceu prontamente.

Era um pacote de doces que lhe enviava a mãe. Havia frascos de bacuris em calda, muricis, cajus cristalizados e buritis em massa para refresco. Amâncio, logo que o colega voltou com o presente, fez acondicionar tudo sobre a mesa, defronte de sua cama.

Nesse instante, Mme. Brizard e Amelinha invadiam-lhe o quarto, ávidas de informações.

Que tinha o Sr. Vasconcelos? Que sentia? Como lhe aparecera a febre?

E a francesa, depois de consultar o pulso do rapaz, afiançou que aquilo não valia nada. Ele que tomasse um suadouro, que se deixasse ficar na cama e havia de ver que no dia seguinte estava pronto.

Lambertosa, chegando logo em seguida, pediu ao doente que aceitasse uma dose de acônito e deixasse o resto por sua conta.

Mas a febre recrudesceu depois do almoço. Amâncio queixava-se de dores na cabeça, na espinha e nos quadris.

— Tudo isto é ar! — afirmou o *gentleman* autoritariamente.

— Acônito! Dê-lhe com o acônito!

Foi a Amelinha a encarregada de ministrar ao doente, de hora em hora, um colher do remédio.

Mme. Brizard falou muito da inconstância do clima do Rio de Janeiro, das preocupações que se deviam tomar contra as umidades; do risco que havia em comer certas frutas e, afinal, retirou-se, tendo apalpado ainda uma vez o pulso e a testa do hóspede.

Amelinha revelava-se extremamente solícita. Andava no bico dos pés, a borboletar pelo quarto, arrumando os livros sobre a mesa, apanhando a roupa espalhada pelo chão, acudindo a qualquer movimento do estudante, que dormia entanguecido debaixo dos lençóis.

Ele, coitado, parecia cada vez pior. Ardiam-lhe os olhos desabridamente; o hálito queimava; não podia suportar o cheiro do fumo e queixava-se de muita sede e comichão pelo corpo.

Amelinha, sempre irrequieta e passarinheira, preparava-lhe copos de água com açúcar. Agachava-se à borda da cama, mexia e remexia com a colher o sacarífero calmante e, depois de o provar com a pontinha da língua, passava-o às mãos de Amâncio. Este, porém, mal bebia, voltava-se de novo para a parede, gemendo de olhos fechados.

Pelas duas horas da tarde, Lúcia pediu licença para lhe fazer uma visita. Entrou cheia de cerimônia, e assentou-se gravemente em uma cadeira, à cabeceira do leito.

O doente voltou-se logo e agradeceu-lhe aquela fineza com um olhar muito triste e injetado de sangue.

Ela mostrava interessada; pedia informações a respeito da moléstia. Amâncio repostava com dificuldade. Parecia moribundo.

Mas, quando Amélia saiu e desceu ao primeiro andar, ele tomou rapidamente as mãos da outra e cobriu-as de beijos que a febre tornava mais ardentes e mais queimosos.

— Eu te amo! Eu te amo! — dizia ele.

— Bem, mas fique quieto! Isso pode fazer-lhe mal! — retrucava a suposta mulher do Pereira. — Nada de tolices! Deite-se! Deite-se!

Amâncio libertou os braços do cobertor, apoderou-se da cabeça de Lúcia, e começou a beijar-lhe os olhos, a boca e os cabelos, numa sofreguidão irracional.

As lunetas da "ilustrada senhora" haviam caído, e ela encarava o rapaz, sem dizer palavra, a lhe cravar os seus grandes olhos de míope, alterados pelo abuso do vidro de graduação.

Tiveram de disfarçar, porque alguém se aproximava.

O enfermo voltou logo aos lençóis e pôs-se novamente a gemer.

Era o Coqueiro quem vinha. Desde a entrada mostrou-se contrariado com a presença de Lúcia. Transpareciam-lhe no rosto os sintomas de desconfiança. Dir-se-ia um ciumento a penetrar de chofre nas recâmaras da amante.

Aquela mulher não podia estar ali com boas intenções!...

E foi de mau humor que o Coqueiro respondeu a uma pergunta dirigida por ela a respeito da moléstia.

Lúcia também não deu mais palavra e, logo depois, saiu muito enfiada.

* * *

À noite apresentou-se o Campos, a quem o Coqueiro, de passagem, prevenira dos incômodos de Amâncio; trazia consigo um médico.

Este declarou incontinente que o rapaz tinha bexigas; mas, antes que fizessem espalhafato, afiançou que eram benignas. "Bexigas doídas, cataporas, como vulgarmente chamavam por aí. Ficassem tranquilos, que o caso não era grave; convinha, porém, ter algum cuidado com o doente: evitar a ação do vento e muita limpeza com a roupa da cama."

Receitou e saiu, prometendo voltar no dia seguinte. Campos seguiu-o até à escada do corredor e tornou ao segundo andar.

A mulher do Paula Mendes, que abrira a porta do quarto para escutar o que dizia o médico, rompeu logo a falar sobre o abuso de consentirem ali "um bexigoso"!

Daquela forma, em breve a casa se transformava num hospital! Já lá tinham um tísico, que à noite não a deixava dormir com o gogo; agora era um bexiguento; amanhã seria a febre amarela e depois a lepra! Arre! Em chegando o marido, havia de mostrar o que faria!

Lambertosa, a pretexto de que sentia muito calor, empacotou o que tinha no quarto e lá se foi moscando à francesa.

— Nada! — segredou ele embaixo ao Fontes que jogava o dominó com a mulher na sala de jantar. — Tenho medo disto que me pelo; em pequeno vi morrer três sujeitos de pancada com as tais cataporas! Vou para a chácara de um amigo nas Laranjeiras! E, se a madame não tratar de pôr fora o doente, eu também aqui não porei mais os pés!

E, vendo que o Fontes parecia impressionado com as suas palavras:

— Pois não acha o amigo que tenho razão?... Pode-se lá admitir um varioloso dentro de uma casa como esta, cheia de hóspedes?...

— Está claro — disse a mulher do Fontes, empurrando as pedras de dominó. — Eu também aqui não fico! Ou o doente se muda ou então mudo-me eu! E logo o quê! Bexigas! Deus nos defenda! Até parece que já sinto um formigueiro por todo o corpo... Credo!

— Sim — disse o marido —, mas não acredito que Mme. Brizard esteja disposta a ficar com ele dentro de casa!

O *gentleman* havia já desaparecido, como se levasse uma fera atrás de si; os dois outros ergueram-se e conversavam assustados sobre o grande fato; enquanto Nini, que, desde as cinco horas jazia estendida em uma cadeira ao canto da varanda, com um lenço amarrado na cabeça, escutava-os silenciosamente, os olhos pendurados no vago.

Depois da cena violenta com Amâncio, a pobre criatura se quedara mais apreensiva e mais triste. Eram suspiros sobre suspiros e nem uma palavra durante o dia inteiro; às vezes dava-lhe para chorar e não havia meio de a conter.

Em cima o Campos tomou o chapéu e o guarda--chuva, mas, antes de sair, consultou a opinião do Coqueiro e de Mme. Brizard sobre o que melhor convinha fazer a respeito do varioloso. "Talvez fosse mais acertado levá-lo para uma boa casa de saúde!"... Eles que se não constrangessem: se era inconveniente ficar ali o rapaz, falassem com franqueza, porque tudo se podia arranjar perfeitamente.

Mas os locandeiros protestaram logo, com energia: longe de ficarem constrangidos, tinham muito gosto em ser úteis ao Dr. Amâncio. — Que já o estimavam tanto, que não teriam ânimo de o desamparar, justamente quando o pobre moço, longe da família, mais precisava de cuidados!

— Verdade é que as bexigas não são das más — considerou o negociante, alisando o pelo de seu chapéu alto. — Mas os outros hóspedes talvez não pensem como a senhora e seu marido... E daí, quem sabe?... queiram deixar a casa e...

Mme. Brizard declarou que por esse lado estava sossegada. "Os bons hóspedes não desertariam por tão pouco, e quanto aos maus, se se fossem não fariam falta."

Campos agradeceu pelo recomendado aquela boa vontade; tornou a dizer que não poupassem despesas com a moléstia e, quando porventura houvesse alguma dúvida ou alguma dificuldade, era mandar imediatamente um recadinho à rua Direita, que ele lá estava sempre às ordens.

E ainda voltou ao quarto do rapaz para lhe rogar mais uma vez que não tivesse receio de importuná-lo em qualquer ocasião e, outrossim, para saber se, por enquanto, ele não precisava de mais alguma coisa.

Amâncio desejava unicamente que o amigo procurasse descobrir por onde andava o Sabino, que agora lhe fazia muita falta; e, caso o encontrasse, tivesse a bondade de remeter-lho; seria um grande favor.

Veio à questão enquanto madraceavam os escravos ultimamente. Mme. Brizard jurou que não havia melhor vida do que a deles; disse que Amâncio fizera mal em consentir que um negro de sua propriedade andasse por aí tanto tempo, sem lhe prestar contas; quando, alugado, lhe podia dar de rendimento pelo menos quarenta mil-réis mensais. E, de sua parte, recomendou ao Campos que fizesse diligências para descobrir o tratante e o deixasse ali, que ela mostraria se o punha ou não a bom caminho.

O negociante retirou-se afinal, entre novos protestos e novos oferecimentos.

Mme. Brizard, o Coqueiro e Amelinha não abandonaram o quarto do doente até mais de meia-noite; ora um, ora outro, acompanhavam-no sempre. Lúcia também aparecia de quando em quando; ao passo que o marido, sem jamais acordar completamente, nem dera pelo rebuliço em que ia a casa.

Por toda a parte sentia-se já o cheiro da alfazema queimada. O esquisitão do nº 4, muito comprido no seu poncho de brim pardo, que lhe batia desairosamente nas tíbias mal compostas, espaceava no corredor, cantarolando, em voz soturna, o *De Profundis*.

— Olha que agouro — resmungou a mulher do Paula Mendes ao vê-lo passar e, já encolerizada pela demora do marido, fechou a porta do quarto com um pontapé. — Logo aquela noite é que o diabo do homem entendia de demorar-se mais tempo na rua! Raios o partissem, diabo!

O Melinho, a pérola do nº 9, também não aparecera; e o Piloto, ao saber, ainda na porta da rua, que havia um bexigoso no segundo andar, fez uma careta, benzeu-se comicamente, desgalgou pelo mesmo caminho que trazia, afetando trejeitos exagerados de medo. O guarda-livros é quem bem pouco se incomodou com a notícia; tinha lá o seu gabinete ao lado da sala de visitas, e aí com certeza não chegariam as miasmas.

Estava em cima o Coqueiro a discutir com a família sobre quem devia acompanhar o enfermo durante o resto da noite, quando entrou o Paula Mendes, estranhamente alegre, a cantar em voz alta. O dono da casa correu logo ao seu encontro e lhe pediu que não fizesse bulha. O hóspede do nº 6 estava de cama!

Mendes respondeu com descostumada grosseria, arrastando a voz. Catarina, ao vê-lo naquele estado, fechou bruscamente a porta do quarto, que nesse instante havia aberto, e gritou-lhe de dentro: "Que fosse cozinhar para longe a bebedeira! Que voltasse para onde se tinha emborrachado! Era só também o que faltava — que, além de tudo, tivesse de aturar bêbados! Estavam bem servidos!".

E todos, com grande espanto, se convenceram de que efetivamente o Paula Mendes vinha ébrio, logo que o viram principiar a bater, como um possesso, na porta do quarto, berrando pela mulher, sem se poder aguentar nas pernas.

— Pois senhores — disse Mme. Brizard, que acudira com o barulho — estou pasma! Desde que o rabequista mora aqui é a primeira vez que o vejo assim!...

— Naturalmente isto foi coisa que lhe fizeram... — opinou Coqueiro. — Ele, coitado, é até homem de bons costumes...

Todos concordaram nesse ponto, e o hoteleiro, uma vez capacitado de que a peste da Catarina não abria a porta ao marido, carregou com este para o quarto que o Lambertosa acabava de despejar.

— Diabo! — resmungou, deixando-o cair sobre a cama. — Hóspedes que só dão de lucro estas maçadas!

Resolveu-se que seria o copeiro quem acompanharia o enfermo durante o resto da noite. O médico recomendara que dessem o remédio de três em três horas. Lúcia lamentou que, justamente nessa ocasião, a sua Cora estivesse em Cascadura ajudando a uma amiga a morrer, porque ao contrário Amâncio não teria outra enfermeira. "Ah! não havia como aquela mulata para tratar de um doente!..."

Mas o copeiro assumiu o posto que lhe designaram, e cada um se recolheu ao competente dormitório. Catarina ainda rabujou sozinha por um tempo; o Paula Mendes caiu num sono de chumbo, e a casa foi a pouco e pouco se atufando nas brumas silenciosas da noite.

Só então, de tão fracos que eram, ouviam-se os bufidos cavernosos do tísico que, no triste abandono de sua miséria, continuava a gemer, sufocado pela dispneia.

O desgraçado já não tinha forças para sair à rua. A sua moléstia entrara no segundo período; cresciam-lhe as dores do peito e apareciam-lhe agora, pela madrugada, acessos febris, acompanhados de suores frios e gordurosos.

A magreza desnudara-lhe os ossos, e os alimentos faziam-lhe repugnância. Como era muito pobre, ninguém se interessava por ele; os criados serviam-no mal e a más horas. Traziam-lhe a comida e depunham-na sobre o velador. "O bodega lá que se arranjasse!"

Mme. Brizard, por mais de uma vez, dissera:

— Também aquele estafermo não ata nem desata!...

* * *

Por volta das quatro da madrugada, Amâncio sentiu passarem-lhe brandamente a mão pela testa, e despertou estremunhado.

Um candeeiro de azeite derramava no quarto a sua meia claridade trêmula e duvidosa. Era tudo silêncio e quietação.

— Lúcia! — disse ele, reconhecendo-a e tentando passar-lhe o braço na cintura.

— Psiu! — fez a ilustrada senhora com um dedo nos lábios. — Tenha modo! O copeiro está dormindo e, como o médico recomendou que não deixassem de lhe dar de hora em hora uma colherada do remédio, eu...

— Meu amor!

— Nada de bulha! Tome o remédio e trate de dormir, que você está doente.

Amâncio bebeu a tisana e com um gemido arrastado pousou de novo a cabeça nos travesseiros.

— Como se acha ensopada esta camisa! — observou Lúcia, apalpando-lhe as costas solicitamente. E perguntou logo onde estava a roupa branca.

O rapaz apontou com dificuldade para a gaveta inferior da cômoda, e acrescentou careteando:

— No fundo, ao lado esquerdo.

Ela foi abrir o gavetão, muito de mansinho, para não acordar o copeiro, que dormia a sono solto sobre um enxergão no soalho, e reveio, toda desvelos com uma camisa aberta nos braços.

— Vamos! Mude essa roupa. O remédio está produzindo efeito. É preciso não resfriar.

O estudante despiu a camisa suada e vestiu a outra.

— Agora, sente-se melhor? — perguntou a mulher do Pereira.

Estava assim, assim... Ainda lhe doía o corpo, e o comichão não tinha diminuído. Parecia que lhe passeavam formigas pelas pernas.

— Trate de repousar. Adeus. Eu voltarei de manhã, para lhe dar outra dose do remédio. Até logo.

Amâncio pediu-lhe que se demorasse mais um pouco, que se sentasse um instante ao seu lado; ela, porém, muito senhora de si, negou-se formalmente, dizendo com a cabeça que não e recomendando-lhe com um gesto que se acomodasse.

— Ao menos um beijinho — pediu ele.

A outra não respondeu e saiu na ponta dos pés.

Voltou pela manhã, como prometera, mas o copeiro já havia dado o remédio ao doente.

— Então! Como passou? — perguntou ela, indo apertar-lhe a mão.

— Ora, mais incomodado com a sua ausência do que com a minha moléstia — respondeu o moço, fazendo um ar infeliz.

— Impressões de momento — retorquiu Lúcia, sorrindo. — Daqui a pouco não se lembrará mais de mim...

E logo que viu sair o preto...

— Para só pensar na Amelinha...

Amâncio fez um gesto de repugnância.

— Tem toda a razão! — prosseguiu ela. — Amelinha é moça, é bonita, e pode casar!

— Comigo, nunca!... — afirmou o rapaz.

— Não poria a mão no fogo — insistiu Lúcia. — Agora eu, sim, já sou papel queimado, e estou velha...

— Velha? Dê-me então a sua bênção...

Lúcia sorriu e estendeu-lhe a mão, que ele beijou avidamente, ficando depois a examiná-la, como se contemplasse uma obra de arte.

— É feia — disse a senhora —, é comprida demais e magra.

— É adorável! — desmentiu o estudante. E tornou a beijar, com exagerado transporte, a mãozinha que conservava entre as suas.

— Está bom. Chega! Para bênção já basta! — E ela puxou o braço. — Deve estar a surgir o batalhão de seus enfermeiros! Adeus.

— Eu os trocaria a todos por ti, minha santa!

— Isso é o que havemos de ver! — replicou ela intencionalmente. E saiu do quarto.

O Coqueiro, que chegou logo depois, percebeu que Lúcia acabara de estar ali, mas não deixou transparecer a sua contrariedade.

— Então?! — perguntou.

O doente fez uma careta de desânimo.

— Tiveste alguma novidade durante a noite?

— Nenhuma. — respondeu Amâncio.

— O remédio, tomaste-o?

— Tomei.

Coqueiro deu uma volta pelo quarto, para demorar um pouco mais a visita, e disse frouxamente:

— Bem, tenho que ir para as aulas. Até já! Loló e Amelinha não tardam por aí.

E retirou-se a gritar desde cima pela mucama: Que viesse arrumar o quarto do Sr. Dr. Amâncio!

Mme. Brizard e Amelinha, com efeito, não tardaram a aparecer, falando muito sobre o terror que a moléstia de Amâncio produzia nos outros hóspedes, confessando as maçadas que tiveram as duas na véspera; e, por fim, a mais velha desceu para cuidar da casa e a menina ficou para tratar do enfermo.

* * *

João Coqueiro, à volta da academia, chamou a mulher ao quarto e perguntou-lhe, cruzando os braços e sacudindo a cabeça:

— E o que me dizes tu da Sra. D. Lúcia?...

Mme. Brizard respondeu com um movimento de ombros.

— Bem desconfiava eu!... — ajuntou o especulador, depois de uma pausa. — Acredita, Loló, que desde a chegada do Amâncio, tive cá um palpite de que aquela mulher seria um estorvo para os nossos projetos!

A francesa fez um esgar de dúvida. E o esposo acrescentou com raiva:

— Pois se ela não o larga um só instante! Leva a escorá-lo, o demônio!

— Não acreditas que Amelinha se deixe codilhar assim só! — observou a esperta locandeira.

— Ora, qual — volveu o outro, zangado. — Ninguém me tira da cabeça que essa mudança do rapaz para o segundo andar foi coisa arranjada por aquela sirigaita!

E, tendo percorrido três vezes o quarto, parou de repente, muito agitado:

— Mas comigo — bradou — está enganada! Tenho a faca e o queijo na mão! Posso despachá-los, quando bem entender, a ela e mais o bolas do tal marido! E nem preciso inventar pretextos para os pôr na rua, porque eles já devem aí perto de dois meses!

— Pois nós havemos de perder esse dinheiro?! — interrogou Mme. Brizard, assustando-se.

— Sim, mas é que eu não os deixo ir, sem ficar garantido! E se se quiserem fazer de espertos, confisco-lhes a mulatinha! Não! Aqui para o meu lado é que não se arranjam!

E, recaindo nos projetos a respeito de Amâncio:

— Uma ocasião tão boa para a Amelinha o cativar, se o diabo da intrusa não se metesse entre eles no melhor da coisa! Ah! peste!

Mme. Brizard, que se havia assentado, meditava de cabeça baixa.

— Eu até o acho agora mais reservado e mais frio! — prosseguiu o hoteleiro-estudante. — Já não me consulta quando quer dar algum passo... já não se abre comigo!

E aproximando-se da mulher, exemplificou em voz de mistério:

— Sabes, aquele doce que ele recebeu do Maranhão? Foi quase todo para ela! A mim deu unicamente um frasco do tal bacuri (por sinal que não acho graça); para si, creio que guardou uma latinha de geleia, e tudo mais lambeu a gata arrepiada!

— Quê! Pois ele lhe fez presente de todo o doce que recebeu do Norte?...

— Ora! Se te estou a dizer!

— Não! — exclamou a Brizard escandalizada. — Isso agora não lhe perdoo! A gente aqui a matar-se, a desfazer-se em carinhos e ele a socar no bandulho daquela bicha os mimos que recebe da família! Não! Isso não se faz!

— Pois fez! — sustentou Coqueiro. — E, se não abrirmos os olhos, ela é capaz de arrancar-lhe até a última camisa!

— Dar todo o doce àquela criatura! — repisava a francesa. — É quanto pode ser!...

— Pois deu!

— Sempre o supunha outra espécie de gente!...

— Não é pelo doce — explanou o marido —, mas sim pelo alcance do fato! Nós, o que devemos fazer é, quanto antes, tomar medida muito séria a respeito de tudo isso!

E, fitando a mulher com resolução:

— Vamos a saber! Achas que os devemos pôr no olho da rua?!

— Mas, filho, sem pagarem?...

— Ainda que não paguem, ora essa! Dos males o menor! Lembra-te de que o Amâncio não inventou a pólvora e pode, muito bem, ser visgado por aquela lambisgoia!... A cabra não tem nada de tola!... Que achas tu?!

— Sim, mas também para deixá-los ir com o nosso cobre...

— Fica-se com um documento selado e podemos persegui-los a todo o tempo!

— Isso é asneira!

— Asneiras é perdermos o futuro de Amelinha por causa de alguns mil-réis!...

Mme. Brizard ainda hesitou.

— Então? — insistiu Coqueiro. — A termos de tomar esta resolução, deve ser já e já, que a oportunidade é magnífica; talvez até nunca mais pilhemos um ensejo tão favorável! — Minha filha, nem sempre há cataporas!...

A outra, afinal, consentiu, e ficou deliberado que o Pereira e Lúcia seriam postos na rua, se não saldassem imediatamente as suas contas.

— Estão ali, estão fora! — profetizou o locandeiro, esfregando as mãos.

* * *

Algumas horas depois, quando o Pereira descrevia tropegamente a sua órbita consuetudinária entre a mesa do jantar e a preguiçosa, Coqueiro, entrepondo-se-lhe no caminho, meteu-lhe na mão uma folha de papel dobrada sobre o comprido, e disse-lhe em tom seguro e repassado de urgências:

— É uma nova continha de suas despesas. O amigo desculpe, mas, se me pudesse pagar isto até amanhã, não seria mau, porque tenho de satisfazer aos fornecedores.

— Havemos de ver — balbuciou o hóspede, correndo pelo papel os olhos meio fechados.

O credor advertiu-o em voz baixa de que havia já esperado muito e que o Sr. Pereira, pelos modos, não se lembrara dele.

— Tem toda a razão — concordou o dorminhoco. — Juro-lhe, porém, que me não esqueci do senhor. Ainda não recebi dinheiro, sabe?

— Sim — retorquiu o outro —, mas o senhor também sabe que eu preciso fazer os gastos da casa e...

— Tenha paciência — bocejou o Pereira. — Tenha um pouco de paciência. Hei de cuidar disso.

— Mas é que não posso esperar mais, Sr. Pereira!

— Não há novidade! Pode ficar descansado, que não há novidade — respondeu aquele espreguiçando-se, já importunado com o transtorno de não se poder estirar na cadeira. E entregou a conta a Lúcia, que se aproximava em ar de curiosidade. Feito isso, deixou-se cair na preguiçosa, inalteravelmente, como nos outros dias. Daí a pouco ressonava.

A mulher leu a conta de princípio a fim, sem um gesto, nem uma palavra; depois, ainda em silêncio, dobrou-a de novo e meteu-a no seio.

No dia seguinte pela manhã o copeiro apresentava-se-lhe no quarto, exigindo em nome do patrão a resposta do pedido que este na véspera fizera ao Sr. Pereira.

Lúcia, molestada com semelhante pressa, respondeu de mau humor que — mais tarde daria uma resposta... O marido ia sair para buscar dinheiro!

O criado retirou-se, e ela foi logo, muito zangada, despertar o Pereira com um violento empuxão.

— Você é uma lesma! — exclamou. — Põe-se a dormir desse modo, e cá fico eu para me haver com as contas!

— Que contas? — perguntou o homem, esfregando os olhos pachorrentamente e escancarando a boca.

— Que contas! Você sempre é um traste muito inútil!

— Deixa disso, nhanhã...

— Que contas! A conta da casa! A conta do que você e eu comemos!

— Havemos de ver isso...

— Havemos de ver, não! Que é preciso resolver qualquer coisa! O homem quer dinheiro; não me larga a porta!

E, puxando-o por um braço: — Ande! Mexa-se!

Pereira não fez caso e tornou a aninhar-se na cama, encolhendo as pernas e os braços.

— Você não ouve?! — berrou a mulher, desfechando-lhe um murro nas costas. — É preciso que lhe dê com os pés para o acordar, *seu* burro?!

— Não me amole! — tartamudeou ele, sem voltar o rosto. Lúcia, que já se não podia conter, saltou-lhe ao gasganete e encheu-lhe a cara de bofetões.

Pereira ergueu-se num pulo, e, muito estremunhado, olhou sério para a mulher:

— Ora, vamos lá! — disse, e começou a espreguiçar-se, retesando os braços.

— Diabo do sem-préstimo! — resmungou a outra com desprezo, enviesando a boca e cuspindo o olhar por cima do ombro. — Não tem um vislumbre de brio naquela cara!

— Já trouxeram o café? — perguntou o sem-préstimo, cuidando de lavar o rosto e os dentes.

Lúcia respondeu-lhe com uma injúria e saiu do quarto arremessando a porta; mas reveio logo e gritou em tom de ordem:

— Vista-se já e ponha-se em caminho, que é preciso arranjar dinheiro!

Pereira vestiu-se demoradamente, sempre a abrir a boca, depois seguiu para o primeiro andar no seu passo miúdo, os braços a jogarem-lhe num movimento pendular, como se os tivesse seguros à omoplata apenas por um atilho. Tomou o seu café com leite e o seu pão com manteiga e foi espaçar para a chácara, à espera do almoço.

A mulher seguiu-o e, logo que o alcançou, bateu-lhe no ombro:

— Então você não se avia, criatura?! Você não vê que o homem quer dinheiro e que estamos ameaçados de ir para o olho da rua, *seu* Pereira?!

— Mas, que hei de eu fazer, nhanhã?...

— Ponha-se em movimento! Vá aos seus parentes, vá aos seus amigos, vá ao inferno! Contanto que arranje alguma coisa para tapar a boca daquele judeu! Não me volte de mãos abanando, porque não lhe abro a porta do quarto, percebe?! Você bem sabe que, se bem o digo, melhor o faço!

E, vendo que Pereira não se mexia:

— Então?

— Mas eu hei de sair sem almoçar, nhanhã?...

— Pois vá lá! Almoce. Mas é engolir e pôr-se a andar!

— E dinheiro para o bonde?

— Quê? Você já gastou os cinco mil-réis que lhe dei anteontem?!

Pereira explicou que os havia gasto contra a vontade, porque uns sujeitos o obrigaram a pagar cerveja e doces numa confeitaria.

— Você é um palerma! — disse a mulher. — Tome lá mil e quinhentos. Mas veja agora se também os vais comer de doce!

* * *

Desde a véspera, entretanto, que Amelinha não se despregava do lado de Amâncio, senão quando este dormia ou quando precisava ficar só; levou a costura para o segundo andar, e pôs-se a coser no corredor, assentada à porta do quarto do seu doente.

Uma esposa não se mostraria mais afetuosa; ao menor gemido do enfermo, corria logo para ele, sempre meiga, sempre desvelada. Procurava ajudá-lo a suportar a monotonia da moléstia; procurava animá-lo, distraí-lo, fazendo por ter graça, recorrendo, para o entreter, ao que sabia de mais espírito. Seu pezinho, leve e calçado de duraque, parecia não tocar no chão; seu rostinho, mimoso e fresco como um jambo, não se contraía ao fartum insalubre das varioloides.

E dir-se-ia que tudo aquilo não visava outro interesse que não fora a mesma caridade e a mesma dedicação. Nem uma queixa, nem um suspiro, nem um olhar, nem um gesto, que traíssem a esperança de recompensas futuras. Era o bem pelo bem.

O provinciano, muito desvigorizado com a moléstia, sentia perfeitamente que os lúbricos impulsos, que dantes lhe inspirava a graciosa rapariga, iam-se agora destecendo e dissipando à luz de um novo sentimento de gratidão e respeito. A primitiva Amélia desaparecia aos poucos, para dar lugar àquela extremosa criança, àquela irmãzinha venerável, que lhe enchia o quarto com o frescor balsâmico de sua virgindade e rociava-lhe o coração com a trêfega mimalhice de sua ternura.

Nos momentos da comida é que se podia ver. Amâncio tinha grande inapetência e torcia o nariz aos alimentos; mas a pequena metia-o em brios, chamando-lhe piegas, fracalhão, dizendo que ele "parecia um neném" e que precisava levar uns petelecos para tomar juízo.

E atava-lhe ao pescoço o guardanapo, esfriava-lhe a canja, soprando amorosamente as colheradas, e, para lhe provar o apetite, paparicava também o que vinha e, com estalinho de língua, dizia e repetia que estava tudo muito bom e muito gostoso.

Ele, às vezes, já se fazia mais doente e mais carecido de cuidados, só para desfrutar os mimos da enfermeira.

XII

Dias depois, o médico declarou que Amâncio estava livre do maior perigo. As bexigas foram boas e secariam prontamente, sem quase deixar sinal na pele.

Dentro em pouco abria-se a janela, do nº 6, recolhia-se a última roupa que servira à moléstia, defumava-se o quarto pela última vez, e o mimalho entrava afinal na convalescença.

Logo, porém, que deixou a cama, apareceram-lhe dores reumáticas na caixa do peito e nas articulações de uma das pernas. Era o sangue de sua ama de leite que principiava a rabear. Bem dizia outrora o médico a seu pai, quando este a encarregou de amamentar o filho.

E, pois, vieram os remédios para a nova enfermidade, e Amâncio, a despeito de sua impaciência por ganhar a rua, continuou encurralado na casa de pensão e submetido a uma dieta rigorosa. Sabino, que o Campos lhe remetera na véspera, tomou conta do lugar que o copeiro exercia durante a noite.

Nesses dias, Lúcia muito pouco se chegou para o estudante, receava com isso provocar da parte do Coqueiro alguma violência contra si. Ah! ela bem sabia que era guardada à vista; toda aquela família já nem ao menos disfarçava a vigilância em que a trazia; andavam todos eles, desde a velha até ao pequeno, a fariscar os passos, descaradamente empenhados em afastá-la o mais possível de Amâncio. — Súcia de bandidos!

Com efeito, nunca mais lhe foi possível até aí fazer ao rapaz uma outra visita noturna. Mas, justamente no dia em que se arejou o quarto, estava Amâncio estendido na cama, a reler um esfacelado volume do Alencar, quando de repente se abriu a porta e Lúcia surgiu, aflita e apressada, correndo para ele num formidável alvoroço.

Seriam mais de onze horas da noite e a família do Coqueiro já estava recolhida.

Amâncio assustou-se com a visita, mas nem por isso a estimou menos.

Quis, antes de tudo, saber que terrores eram aqueles.

— Que diabo havia acontecido? — Mas se alguma coisa ruim acabava de suceder, era, com certeza, por castigo, que ela estava uma ingrata muito grande; já não aparecia aos infelizes; naturalmente tinha medo das bexigas!

— Oh! não! não! — vozeou a ilustrada senhora, agarrando-lhe ambas as mãos com transporte. — Não! Tudo que vier de ti, Amâncio! Tudo que te pertence e diz respeito é bom e sublime para mim!

E correu de novo à porta, certificou-se de que a casa estava bem sossegada, e tomou para junto do estudante, apalpando dos lados e circunvagando olhares inquietos.

Sabino já se havia esgueirado discretamente pelo corredor; enquanto o senhor-moço, ainda meio aturdido com a agressão melodramática de que fora vítima, apanhava, uma por uma, as folhas do Alencar, que se tinham espalhado aos pés da cama.

— Pois olhe, ninguém o acreditaria! — disse ele voltando, afinal, do seu espanto e pousando o livro sobre o velador.

— Por quê? — interrogou Lúcia muito séria e muito dura defronte do rapaz.

— Ora, porquê!... Porque já não há quem a veja! Porque a senhora arribou deste quarto, como se aqui alguém lhe quisesse fazer mal!

Ela respondeu com um sorriso de tristeza e um resignado sacudimento de cabeça.

— Os fatos, pelo menos, assim o afirmam — acrescentou o doente.

— Mas, valha-me Deus! — tornou a outra. — Pois não vês a perseguição que sofro aqui por tua causa?! Não vês como sou espiada, seguida e vigiada a todos os instantes! Não vês o ciúme que Mme. Brizard, o Coqueiro, a tal Amélia, Nini, o diabo! afetam por ti?!

— O ciúme?... — perguntou Amâncio, deveras espantado. — Mas o ciúme, como? Por quê?

— Criança! — disse ela. E passou a mão na testa. — Estás na aldeia e não vês as casas!

— Eu?!

— Sim, tu!

E, assentando-se à beira da cama, para lhe ficar mais perto, continuou, diminuindo o tom da voz:

— Pois não percebes, filho, que toda esta gente quer fazer de ti uma propriedade sua; que toda esta gente te considera um tesouro precioso e teme que lho furtem? Não percebes, meu Amâncio, que há aqui um plano velho, tramado para te fazer casar com Amelinha, isso porque és rico e, na qualidade de homem de espírito, pouca importância ligas ao dinheiro?!...

— Não! Dou-te a minha palavra em como, até aqui, nada percebia de tudo isso!...

— Pois fica, então, sabendo que há uma grande conspiração contra ti ou, por outra, contra os teus bens!

— Ora essa! — disse ele em voz baixa.

— Todos esses carinhos que eles ostentam, todos esses cuidados e desvelos, artísticos, são laços armados à tua ingenuidade!

— Estão bem arranjados! — respondeu Amâncio — se esperam que eu case com Amelinha!

— Não sejas hipócrita! — acudiu a outra. — Tu gostas dela; não negues!

— Ah! gosto, não nego. Mas gosto, sem intenção de espécie alguma; gosto, coitada, porque ela nunca me fez mal, porque até lhe sou grato aos seus obséquios! Mas daí para casar!...

E, depois de um assobio de grande esperteza:

— Não é o meu tipo, o meu ideal. Demais, ainda não penso em casamento, nem sei se algum dia pensarei nisso!

— Por quê?

— Ora — respondeu ele —, não vale a pena a gente se casar! Há por aí tanta desgraça, tanta decepção que, para falar com franqueza, não tenho ânimo...

— Julgas assim tão mal as mulheres?...

— Com franqueza, é exato, filha! Não digo que não haja mulheres virtuosas; isto, porém, é tão raro!... Prefiro não arriscar!...

— Desconfio de tanto ceticismo na tua idade!

Ele agitou os ombros.

— Um homem com esses princípios é incapaz de amar... — ajuntou ela.

— Tens em mim a prova do contrário... — retorquiu Amâncio sorrindo.

— Em ti?...

— Sim, e sabes disso perfeitamente!

— Disso, o quê?

— Que te amo...

— Não creio...

— Nesse caso, o cético não sou eu!

— Se me amasses, já mo terias provado...

— Provado?

— Está claro. Não acredito nesse amor cauteloso e metódico, que de tudo se arreceia, que se não quer expor, que tem calma para medir todas as conveniências, que teme os olhares, os ditos, as considerações de todo o mundo, que vem finalmente muito mais da cabeça que do coração!

— Não acreditas, então, que eu te ame?...

— Não, decerto! Não te crimino por isso!... És ainda muito criança, para sentires o verdadeiro amor, a verdadeira paixão. Essa que não conhece obstáculos; que tudo pode e tudo vence; que é capaz de todos os sacrifícios, sejam do bem ou sejam do mal; essa que levanta os grandes crimes ou os grandes heroísmos! Amar, tu! E porventura saberás ao menos o que é o amor?! Algum dia experimentou, por acaso, o ciúme, o desespero, a loucura, a que nos conduz o objeto amado! Não! Não queiras amesquinhar o único sentimento que até hoje se tem conservado puro! Não queiras amesquinhar a coisa única respeitável que resta sobre a Terra! Para que possas falar a esse respeito, primeiro é necessário que ames! É preciso que dês alma, vida, futuro, esperanças, tudo, a uma mulher! É preciso primeiro que te esqueças de teus sonhos mais queridos, de tuas melhores aspirações, para só cuidares nela, viveres dela e para ela! Então, sim! eu acreditaria em ti!

E Lúcia apoderou-se novamente das mãos de Amâncio, e as palavras borbulharam-lhe com mais febre:

— Amor é o que sinto por ti, entendes?! Amor é o que me faz esquecer a minha responsabilidade, o meu destino, o meu dever, para estar aqui a teus pés, alheia a tudo, esquecida do passado, descuidosa do futuro; só para te ver, só para te ouvir, só para me saturar toda de tua presença!...

— Entretanto — disse Amâncio, procurando afinar a voz pelo tom enfático com que falava a outra —, entretanto, nunca me permitiste fruir contigo os verdadeiros e mais saborosos proveitos do amor! Tiveste a cruel habilidade de transformar um manancial de gozos em fonte perene de tormentos e dissabores! Se me amas, digo-te eu agora, por que evitas a todo transe que eu vá além dos nossos beijos?... Se me amas, por que impões o suplício do teu rigor? Ah! eu só acreditaria na sinceridade de tais protestos se fosses mais generosa comigo...

— Não! não! — contrapôs ela, abraçando-o. — Nunca faltarei aos meus deveres! Nunca trairei meu marido! Sou capaz de uma loucura; não, porém, de uma infâmia! Seria capaz de fugir contigo, abandonar tudo por tua causa; mas introduzir-te covardemente na minha alcova, nunca! Aceitaria um crime, sim! Mas havia de aceitá-lo sob as tuas responsabilidades, com todas as consequências que ele viesse a produzir! Seria tua, mas não enganando a outro; seria tua, mas toda, inteira, lealmente! Abandonaria por tua causa meu marido; antes, porém, de o fazer, dir-lhe-ia com franqueza: "Fulano! Amo um outro! Não posso continuar ao teu lado, sem que te engane todos os dias e a todos os instantes! Por isso — vou! Amaldiçoa-me, se quiseres, mas não perturbes a minha felicidade!" Deixaria de ser esposa, para ser concubina! Trocaria meu nome, minha posição, por algumas horas de delírio, por algumas horas de sonho; mas, em todo o caso, a consciência nunca me acusaria, o coração jamais se teria de maldizer!

— Vês?! — disse ela, esfolegando cansada de falar. — É por isso que até hoje me tenho portado deste modo contigo; e por isso que domo os meus impulsos e os meus arrebatamentos! Sou de outro, não me possuo, não posso dispor disto!

E sacudia todo o corpo, com uma obstinação provocadora e canalha.

Amâncio olhava para ela, mordendo os beiços.

— Se é verdade que me queres possuir... — disse a "intransigente", depois de uma pausa em que se ouvia a respiração dos dois. — Arranca-me das mãos de meu marido e leva-me para onde bem quiseres, faze de mim o que entenderes! Serei tua amante, tua companheira, tua escrava; serei tudo que ordenares, contanto que eu tenha comprado com o risco de minha vida a felicidade de nós ambos!

E Lúcia, agitando romanticamente os cabelos, que ela por cálculo trazia soltos essas noites, perguntou com ímpeto:

— Compreendes agora a minha reserva?! Compreendes que, apesar das minhas recusas, eu te adoro, meu Amâncio, meu amor, minha vida?!

— Entretanto — acrescentou ela, quando se convenceu de que Amâncio não queria cair no laço — tenho fatalmente de abafar todos os meus sentimentos, tenho de calcar todos os meus desejos, porque amanhã nos separamos.

Amâncio ergueu-se, pasmado.

— Como nos separamos? — interrogou.

— Eu amanhã retiro-me desta casa — esclareceu Lúcia, sem erguer os olhos. — Vou, e ainda nem sei para onde! Mas não posso deixar de ir: manda-me a dignidade que aqui não fique nem mais um instante!

— Como assim? Explica-te!

— Oh! não me perguntes nada! Não me perguntes nada, porque só o que te posso afirmar é que esta súcia... — E indicava o andar debaixo com um gesto trágico. — Esta súcia, receosa de que eu te dispute à Amelinha, obriga-me a sair, obriga-me a separar-me de ti! Ah! os miseráveis sabem o quanto eu te amo, meu Amâncio! Temem que eu seja um estorvo ao teu casamento com ela.

— Mas, filha, como te podem eles constranger a sair?...

— Não me obrigues a falar, por amor de Deus! Eu não quero, não devo dizer mais nada!

— Ora! Isso não é generoso de tua parte! Se não podes usar de franqueza, para que então me excitas deste modo a curiosidade?

— Não! Não te posso dizer mais nada! Repele-me, se assim entendes, manda-me embora, mas, por piedade, não me obrigues a corar em tua presença!...

— Corar em minha presença?... Não te entendo, filha! Fala por uma vez. Abre o coração!

— Nunca! Nunca!

— Mas é que tu me torturas, Lúcia!

E acarinhando-a:

— Vamos! Não sejas criança, fala com franqueza... Dize o que te fizeram! Não acreditas então que sou teu amigo? Teu amiguinho? Não crês que representas em minha vida uma preocupação constante, um sonho, uma esperança?...

— Sim, sim, acredito, meu amor, mas não me obrigues a tratar de coisas nas quais ainda não tenho o direito de te falar!...

— Ora! Que segredo pode ser esse, tão negro, tão repugnante, que não mo queiras dizer?... É preciso que eu mereça muito pouco da tua confiança!...

— Não, não é isso, mas é que me falta o ânimo para confessá-lo... Mudemos de conversa...

— Não queres dizer? Bem! Acabou-se!

— Oh! Não me fales desse modo, meu querido!

— Então dize o que é.

— E prometes que não me acharás ridícula?... Prometes que a revelação do que te vou dizer não me amesquinhará aos teus olhos?...

— Juro!

Lúcia tirou uma carta do seio e entregou-a ao estudante.

Logo que este principiou a leitura, ela cobriu o rosto com as mãos, como para esconder a vergonha.

Amâncio leu o seguinte em voz baixa:

> *"Sra. D. Lúcia Pereira. Há quatro dias que entreguei a seu marido uma segunda conta do mês passado e deste mês, e, visto que até agora não tenho recebido senão desculpas e promessas, tomo a liberdade de participar-lhes que, de hoje em diante, não posso continuar a lhes oferecer comida e que preciso urgentemente do cômodo ocupado pela senhora e seu marido. Espero, pois, que até amanhã esteja o quarto nº 8 desembaraçado e a minha conta selada e assinada pelo Sr. Pereira; sem o que, pesa-me dizê-lo, não consinto que V. Sas. levem consigo a sua mulata, que é o único bem de que posso lançar mão para garantir a dívida."*

Estava assinado por extenso o nome de João Coqueiro. Amâncio dobrou a carta silenciosamente, ao passo que Lúcia continuava a esconder o rosto.

— Em quanto importa? — perguntou ele depois.

Ela, conservando uma das mãos nos olhos, tirou com a outra a conta do seio, e passou-lhe, sem dizer nada.

"Quatrocentos e sessenta mil-réis", leu o moço para si. E fez um trejeito com os olhos.

Lúcia, ao lado, soluçava, sempre de rosto coberto.

Amâncio pensou um instante, e disse:

— Não te aflijas... Eu posso, se quiseres, arranjar o dinheiro para amanhã...

Ela, então, descobriu a cara e, sem uma palavra, abraçou-se ao rapaz e começou a chorar.

— E hoje — perguntou ele, quando Lúcia já se dispunha a sair — hoje mereço um beijo?...

Ela correu para Amâncio, sorrindo, e com os olhos fechados, estendeu-lhe os lábios.

O estudante, com as duas mãos abertas, segurou-lhe a nuca e principiou a sorver o "seu beijo", demoradamente, voluptuosamente, como se estivesse bebendo por um canjirão.

Lúcia, porém, ao perceber que a coisa se demorava muito, arrancou a cabeça das mãos do rapaz e fugiu.

* * *

Às nove horas da manhã subsequente, voltava o Sabino da casa de Campos com a resposta de uma carta em que o senhor-moço pedia o dinheiro necessário para satisfazer as dívidas de Lúcia.

João Coqueiro ficou assombrado quando recebeu a quantia; correu logo em busca da mulher.

— Sabes? — disse, assim que a viu. — Pagaram!

— Hein?! — fez Mme. Brizard, com espanto. — Pagaram?! Tudo?!...

— Integralmente! Cá está o cobre!

E, depois do silêncio da admiração:

— E que te parece, a ti, hein, Loló?!...

— Parece-me bom... A metade está feita; agora já não se trata de receber-lhe a conta, é só de os pôr fora de casa!

— Sim... — mastigou o marido — mas agora também é mais difícil fazê-los desarvorar! Já não temos um pretexto para isso!...

— Pretextos não faltarão — respondeu a francesa, e acrescentou: — O que me faz cismar é este dinheiro arranjado assim à última hora... porque eles, ainda ontem, estavam bem apertados e o Pereira não arredou pé de casa durante o dia!

O marido refletiu um instante, e depois exclamou, com vislumbres de quem se sente roubado:

— Ora, querem ver que aquela raposa arrancou estes cobres ao Amâncio?!...

Mme. Brizard confirmou o alvitre com um gesto de cabeça.

— E olha que não é outra coisa! — repetiu o Coqueiro. — Que hoje o Sabino, desde muito cedo, tinha já que fazer à rua!

— Ora essa! — resmungou a Brizard, indignada e ressentida, como se aquele desfalque na carteira do estudante lhe trouxesse um prejuízo imediato. — Ora essa!...

— Mas deixa estar que hei de saber de tudo! — prometeu o locandeiro.

E, com efeito, daí a pouco o próprio Sabino lhe confessava que fora pela manhã à casa do Campos levar uma carta e que voltara com outra, recheadinha de dinheiro em papel.

O locandeiro revoltou-se, mas a sua indignação subiu verdadeiramente ao cúmulo, foi quando lhe constou que o bom do Amâncio, para ter ocasião de estar mais tempo com Lúcia, recorria a todos os meios e modos de afastar Amélia do quarto.

— Diz que não quer ser importuno — contou a rapariga —, que já bastam os incômodos que me tem dado, que não se acha com o direito de fazer de mim uma irmã de caridade, e de obrigar-me a suportar as suas amolações! E que eu viesse aqui para baixo, rir e conversar com os outros, que ele teria nisso muito mais prazer!

— E tu, que lhe disseste? — perguntou o irmão.

— Eu disse que sentia o maior gosto em prestar ao Sr. Amâncio aquela insignificância de serviço; que, se os fazia, era por *motu* próprio!

— E ele?

— Ele disse que não, que não admitia, e que ficava até muito contrariado, se eu não me viesse embora!

— Vês?! — perguntou o João Coqueiro à esposa, apontando para a irmã. — Vês?! Tudo isto é obra da Sra. D. Lúcia!

E depois de uma pausa, aflita:

— Aquela mulher não nos pode ficar em casa! Haja o que houver preciso que ela se vá daqui quanto antes!

E deu a sua palavra de honra em como havia de pôr cobro a semelhante patifaria.

Não sossegou essa noite. Enquanto os mais dormiam, andava ele lá por cima, a farejar nas trevas, grudando-se contra as paredes e escondendo-se pelos cantos.

Passou assim algumas horas; mas, afinal, viu Lúcia sair do quarto, pé ante pé, atravessar a medo o corredor e sumir-se, às apalpadelas, na porta do nº 6.

A sua primeira ideia foi a de chamar o Pereira e mostrar-lhe a mulher no latíbulo do amante, mas considerou que o homem seria capaz de romper com ela e, nesse caso, a ligação de Lúcia com o provinciano tornar-se-ia inevitável! — Nada! — pensou ele. — Deixemo-nos disso.

Mas também não convinha desperdiçar uma questão tão boa para desmascarar a velhaca.

Encaminhou-se, pois, na direção do quarto do estudante. Lúcia, ao sentir que alguém se aproximava, correu a fechar a porta por dentro, e fez sinal de silêncio ao enfermo.

Coqueiro parou defronte do nº 6 e bateu.

— Quem é? — perguntou Amâncio, no fim de pequena pausa, com a voz levemente alterada.

— Sou eu — disse o outro. — Precisava dar-te duas palavras... como vi luz no quarto...

— Desculpa! — respondeu o doente. — Mas agora não me posso levantar. Até logo!

— Boa noite! — resmungou o dono da casa, e afastou-se.

Lúcia fingiu-se muito assustada com aquilo: O Coqueiro, se veio ali, foi para mostrar que sabia de tudo! Naturalmente espiara pela fechadura!

E pendurou logo uma toalha na chave.

— É o que se chama ter fama sem proveito! — observou Amâncio, a quem as negaças da mulher do Pereira já impacientavam.

— Está em tuas mãos! — volveu ela. — Já te expus com franqueza as circunstâncias...

— Tirar-te do marido...

— Está claro!

— Isso por ora é impossível!... Mais tarde, não digo que não, mas por enquanto...

— É porque não me amas — disse a ilustrada senhora, abaixando os olhos.

— Se te amo, minha vida! Se te amo!...

E ameigava-a, procurando beijá-la.

Ela fugia com o rosto, dizendo aflitivamente que preferia nunca o ter visto. "Antes de conhecê-lo, ainda conseguia suportar o marido abominável a que a prendera o destino, mas, depois que fantasiara a possibilidade de viver com Amâncio, de possuí-lo, todo, sem que outra o disputasse, não mais podia entestar com a miserável existência que levava e com os dilacerantes sacrifícios que lhe cumpriam!"

Dito este fraseado, foi-se do quarto, como das outras vezes, a fazer-se rogada, a medir os beijos que dava, a prometer que não voltaria mais, se Amâncio persistisse nas costumadas exigências.

— Ora bolas! — praguejou este, quando se achou só. — Desta forma é melhor mesmo que não venha! Põe-me neste estado e afinal musca-se, ainda por cima emburrada! Gaitas!

Mas a ideia de que aquela resistência talvez não durasse mais do que o tempo da moléstia o consolava em parte. Sim, porque, em ficando bom, as coisas seriam de outro feitio! Tinha graça que ele estivesse a pagar contas de quatrocentos e tantos mil-réis só para desfrutar a certeza de que a Sra. D. Lúcia o amava com todo o ardor de que é capaz uma alma pura e apaixonada! Qual! Por semelhante preço preferia não ser amado!

E adormeceu, impaciente por sair da moléstia e entrar no gozo da felicidade que ele acabava de pagar adiantado, como se abrisse para todo o ano uma assinatura de amor.

A ilustrada senhora conseguira o que esperava: as suas negaças faziam-na mais desejada pelo rapaz e davam-lhe, aos olhos deste, irresistíveis fascinações de coisa proibida.

Certas mulheres, quando se negam, estão como a onça recuando para melhor armar o salto sobre a presa.

* * *

Logo pela manhã do dia seguinte, já o Coqueiro se apresentava no quarto do provinciano, mas com aspecto muito ressentido, os gestos duros, o olhar cheio de recriminações.

— Então, ontem à noite, tinhas aqui a Lúcia? — inquiriu de chofre, depois de cumprimentar Amâncio secamente.

O interrogado fez uma cara de espanto.

— Não podes negar! Eu a vi sair!

— É exato — respondeu o doente, franzindo as sobrancelhas.

— Hás, porém, de permitir que eu te diga que andaste muito mal! — repontou o Coqueiro. — Tens de concordar que eu não posso, nem devo consentir em casa semelhante coisa!

E foi até a janela, olhou a rua pelas vidraças. Amâncio não dava uma palavra.

O outro voltou, muito comprometido:

— Isto aqui é uma casa de família! Sabes perfeitamente que temos conosco uma menina solteira — uma virgem! Não é por mim, nem por ti, nem tampouco pela

Lúcia; mas é por ela, sebo! Por minha irmã! A quem sirvo de pai! É por minha mulher, é por minha enteada e pelo menino, é pelos hóspedes enfim!...

— Pois acredita que não houve nada demais! — balbuciou Amâncio.

— Não, filho, tem paciência! Lá fora o que quiseres, mas daquela porta para dentro, não admito, nem posso admitir!... E passeando pelo quarto com as mãos nas algibeiras: — Que diabo! Eu te preveni!...

— Ora o quê! — resmungou Amâncio, indignado com a hipocrisia do colega, mas sem coragem para dizer o que sabia a respeito dele e dos costumes da casa. — Não abro o exemplo!... acrescentou.

— O que queres dizer com isso?

— Quero dizer que sei, tão bem como tu, que aqui nem todos são santos!...

— Não te percebo...

— E é melhor justamente que não percebas...

Mas, como o outro ainda se quisesse fazer de desentendido, ele declarou, frisando as palavras, que nem sempre ficava a dormir no quarto durante a noite e que então enxergava, às vezes, melhor do que mesmo de dia... E falou indiretamente nas entrevistas do médico do nº 11 e no que sabia do próprio Coqueiro com referência à mucama.

— Olha! — concluiu — O que te posso afiançar é que a mulher do Pereira só vem aqui ao quarto depois que me acho doente, e, longe de ser com mau fim, coitada, é até com muito boa intenção! — Entra, cavaqueia um pouco, dá-me a tomar o remédio e assim como veio se vai embora, entendes tu?!

— Não há dúvida — gaguejou o hoteleiro, cuja fúria se esvaziara de repente às bicadas do outro, que nem um balãozinho de borracha. — Não há dúvida que tu és incapaz de cometer qualquer leviandade dentro de uma casa de família; mas, a questão são as aparências, são as más-línguas, são os outros hóspedes. Não os conheces, filho! Nenhum deles acreditará que Lúcia venha ao teu quarto só para te dar o remédio e meio dedo da palestra!... Sei perfeitamente que isso é exato, basta que o digas; eles, porém, não terão a mesma fé! Muito mais sabendo, como sabem, de quanto é capaz aquela sujeita! Logo quem!...

— Oh! — interjeicionou Amâncio. — Uma senhora casada!...

— Casada o quê!... Da missa não sabes nem a metade!

— Ela, então, não é casada com o Pereira?...

— Nunca o foi! Com ele, nem com pessoa alguma! Conheço até a mulher do Pereira, a legítima, uma velhusca, de óculos, gorda, com um olho agachado, cheio de água. Mora na rua da Pedreira.

Amâncio estava tão pasmo quanto indignado; aquela denúncia do colega produzia-lhe o mau efeito que experimentamos ao dar por falta do relógio. Pois o demônio da mulher nem ao menos era casada?!... Ele, então, que diabo de papel representara?!...

— Cínica! — disse em voz alta.

— Ora! — fez o outro. — Não trates de abrir os olhos e dir-me-ás depois as consequências!...

No Rio de Janeiro, prosseguiu, havia muito "artista" daquela força! Amâncio precisava acautelar-se, se não queria ser esfolado completamente. Lúcia o que desejava era agarrá-lo para amante: farejava-lhe os cobres! Ele, porém, que não fosse tolo! Que se não deixasse fisgar por uma "tipa" de tão baixa espécie!

O provinciano jurava que, até ali, jamais conseguira coisa alguma das mãos dela.

— Isso sei eu! — tornou o Coqueiro, com um riso de velha experiência. — Isso não é necessário que me digas, porque já conheço a tática das Lúcias! Negam-se, fingem-se difíceis, para valer mais! Quer obrigar-te a cair, toleirão!

— Está bem aviada! — exclamou Amâncio, justamente como ainda na véspera havia respondido à Lúcia, quando esta lhe falou a respeito de Amélia.

* * *

Ainda nesse dia o Coqueiro aproveitou a ocasião em que o Pereira fazia a sesta e foi se entender com a Lúcia.

Disse-lhe o que sabia a respeito das visitas noturnas ao quarto de Amâncio e declarou terminantemente que não estava disposto a consentir em casa semelhantes escândalos. Ela que tivesse paciência, mas fosse tratando de fazer as malas e cuidando de pôr-se ao fresco, se não queria sofrer alguma decepção maior!

A ilustrada senhora ficou lívida, e disparou sobre o locandeiro o mais terrível dos seus olhares. Uma cólera massuda principiou a entupir-lhe a garganta. Não queria acreditar em tamanho atrevimento!

— É! — gritou por fim, trincando as palavras. — Você põe-me fora de casa, porque tem medo que eu lhe tome o amante da irmã!

— Insolente! — bradou o Coqueiro, avançando um passo.

— Não te tenho medo, ordinário! — retrucou Lúcia empinando o peito contra ele. — Sairei daqui se bem quiser! Não te devo nada, entendes tu?! Nada!

— Ah! Não deve nada porque ele pagou!

— E que tem você com isso?! Que tem você com o dinheiro dos outros?! Ou, quem sabe se a donzela da irmã passou-lhe procuração!...

— Seja lá pelo que for! Eu é que não a quero aqui, nem mais um instante. É fazer a trouxa e rua!

— Também não preciso ficar nesse bordel! — exclamou ela, e rabanou com direção ao segundo andar.

— Que diz você, *sua* aquela?! — assistiu Mme. Brizard, cortando-lhe o caminho.

— É isso mesmo! — respondeu Lúcia, escarrando no chão com desdém. E as duas mulheres ficaram alguns segundos a olhar em silêncio uma para a outra, de mãos nas cadeiras.

Coqueiro e o Dr. Tavares meteram-se entre elas.

Lúcia subiu ao nº 8, aprontou as malas num abrir e fechar de olhos; em seguida vestiu-se para sair, e já de chapéu, a sombrinha na mão, o indispensável enfiado no braço, correu ao quarto de Amâncio.

— Sabes? — bradou logo ao entrar, empurrando a porta com fúria. — Aquela bêbada e o marido acabam de me enxotar daqui por tua causa! Têm medo que eu te coma! Não posso ficar nem mais um instante! Desejo que me emprestes o Sabino!

O Sabino estava às ordens, mas para onde se atirava ela com tanta precipitação?

Não sabia! Havia, porém, de encontrar um canto, onde se metesse! Havia de descobrir um buraco, ainda que fosse no cemitério!

E Lúcia levantou os punhos até às fontes, como para se esmurrar, mas cobriu o rosto com as mãos e abriu num pranto muito nervoso. Era a reação que chegava.

Amâncio saltou da cama e correu para ela. Desembaraçou-a do chapéu, da bolsa e da sombrinha e puxou-a depois sobre si.

— Não te consumas... — disse — não te mortifiques desse modo.

— Sou uma desgraçada! — respondeu a mulher, assoando as lágrimas. — Nada se cumpre do que eu desejo! Nada! O melhor é dar cabo desta vida miserável!

E soluçava com o peito escondido no peito do rapaz.

Na febre daquele choro agitado, os seus movimentos transformavam-se em carícias. Amâncio sentia-lhe as lágrimas quentes e o contato carnal dos lábios, que elas ensopavam. Os desejos assanhavam-se-lhe de novo pelo corpo, como insetos que voltam com o calor.

E tornava a cobiçá-la com os mesmos ardores primitivos.

— Não me queria separar de ti — queixou-se ela, afinal, virgulando as suas frases com soluços suspirados. — Em ti havia firmado todas as minhas esperanças de ventura, todos os sonhos de minha vida! Amava agora a existência, só porque alguma coisa me fazia acreditar que ainda um dia seríamos felizes!...

— E por que não havemos de ser? — perguntou Amâncio condolentemente.

— Ora! — prosseguiu ela — tudo me persegue, tudo me sai contrário... Foi bastante que eu te amasse, foi bastante pensar que poderíamos ser um do outro, para que aqui se levantassem todos contra mim e ferissem a guerra que tens visto!

E, desagarrando-se de Amâncio, para segurar de novo a cabeça, num movimento de embaraço doloroso:

— Mas, imagina tu, que estou inteiramente sem recursos!... Tenho que fazer a mudança e ainda não sei como pagar o carreto das malas!... Vê tu que situação, que triste situação!

Amâncio beijou-a na boca e perguntou se ela não lhe dava uma esperançazinha para depois que se mudasse.

Lúcia respondeu que dava, não uma esperança, mas "uma certeza". E, sem desprender os lábios dos lábios do rapaz, afiançou que lhe mandaria dizer por escrito o lugar onde seria encontrada; e que ele fosse por lá as vezes que entendesse. — Aí ao menos estariam livres do Coqueiro e das outras pestes!

— Prometes então? — insistiu ele, procurando garantir o compromisso.

— Prometo, prometo o que quiseres, tudo! — disse ela, ainda chorosa.

Amâncio foi à algibeira do fraque, abriu a carteira. Havia trezentos mil-réis, tomou uma nota de cem e entregou-a a Lúcia, dizendo com pesar que era o único dinheiro que possuía na ocasião.

— Talvez te façam falta — considerou ela escrupulosamente, sem querer tocar na cédula.

— Não! não! — apressou-se a declarar o rapaz. — Desculpa não te poder ser mais agradável.

Lúcia beijou-o de novo, e desceu enfim ao primeiro andar, acompanhada pelo Sabino que já estava à sua disposição.

Ordenou ao moleque de buscar, num pulo, uma carrocinha, e logo que esta chegou fez embarcar as malas e mandou chamar uma carruagem.

Enquanto esperava, reclamou a sua conta, atirou com o dinheiro sem olhar para quem o recebia, embolsou o troco e, em seguida, foi acordar o Pereira.

— Onde vamos? — perguntou este entre dois bocejos, assim que a viu em trajes de sair.

— Venha daí, homem! E deixe-se de perguntas!

Pereira levantou-se espreguiçando-se e acompanhou a mulher.

Esta o fez entrar na carruagem que já havia chegado, assentou-se junto dele e disse ao cocheiro que tocasse para a Tijuca. Deu-lhe o número.

Era o número de uma outra hospedaria nas mesmas condições da que deixavam. Lúcia, que já pressupunha aquelas rápidas mudanças, tinha por cautela uma lista das principais casas de pensão da Corte e, à medida que se servia de cada uma, riscava-a da coleção. A do Coqueiro era no rol a sexta inutilizada com o traço enérgico de seu lápis.

Entretanto, ia o Pereira silenciosamente se atufando nas almofadas e, aos balanços monótonos do carro, procurava reatar o sono interrompido.

XIII

A casa de pensão de Mme. Brizard sofreu muito com as varioloides de Amâncio. Desmanavam-se hóspedes que era uma coisa por demais.

O *gentleman*, o Piloto e a pérola do nº 9, "o cstimável Melinho", desde a fatal noite das cataporas, não davam notícias. Fontes e a mulher sumiram-se logo no dia imediato, e, por conseguinte, não metendo o tal médico do nº 11, que já não aparecia há bastante tempo, apenas seis hóspedes restavam dos quatorze primitivos.

E ainda mesmo destes seis nem todos eram aproveitáveis; porque o Paula Mendes e mais a mulher levantariam o voo, assim que lhes chegassem uma aragenzinha de dinheiro, e o estafermo do nº 7 também estava a despedir-se por um daqueles dias, não da casa, mas do mundo.

Certos, só Amâncio, o guarda-livros e o esquisitão do Campelo que, fugindo ao pigarro de tísico, mudara-se para o andar de baixo, mal pilhara um cômodo desocupado.

Mme. Brizard estava, pois, inconsolável. Em sua vida de hospedeira jamais tivera um mês tão ruim!

E azoinada por essas contrariedades e já de natureza um tanto supersticiosa, agora em tudo descobria sinais de mau agouro e motivos para desconfiança. Pois se até o ilustre Sr. Lambertosa, "o respeitável *gentleman*, a flor dos homens finos, uma criatura tão cheia de circunspecção", quem o diria?... aproveitar o ensejo das bexigas para lhe passar a perna!

E o Melinho? "O estimável Melinho! A pérola do nº 9, o homem das frutas cristalizadas!" Também não deixara as suas contas em aberto?...

Só o Piloto, o estúrdio, aquele de quem menos se esperava, aparecera três dias depois da fuga, perguntando, ainda muito escabreado, de quanto era a sua dívida.

— É mesmo caiporismo! — gemia a francesa.

O marido, porém, soprava-lhe a coragem: Ela que não desanimasse por tão pouco! Nem tudo se perdera! Enquanto tivessem o Amâncio não se podiam queixar da sorte; este valia por todos os outros!

Mas o precioso Amâncio não estava também muito satisfeito com a casa, talvez desconfiando que a esta coubesse em parte a responsabilidade daquele maldito reumatismo que ora parecia extinto e ora o obrigava a guardar a cama, tolhido de dores.

À noite, quando lhe permitiam as pernas, descia a cavaquear na varanda com os senhorios. Agora os serões tinham um caráter mais íntimo e eram frequentemente animados com a presença de uma família, que voltara às relações de Mme. Brizard depois de seis meses de inimizade.

Tocava-se piano, jogava-se víspora, quase todos os dias e, às vezes, se dançava.

A casa de pensão nunca ofereceu aos seus hóspedes um aspecto tão divertido; menos para o rabequista, o Paula Mendes, que parecia cada vez mais triste e apoquentado da vida. A circunstância de já não comer à mesa do Coqueiro obrigava-o a desperdiçar muito tempo com o restaurante e dificultava-lhe a subsistência da mulher, cujo mau humor ia se azedando ao peso de tanta necessidade e de tanta humilhação. O infeliz marido conseguiu afinal que ela fosse passar alguns meses na companhia dos parentes em Niterói.

Mme. Brizard, ao vê-la partir, receou a premeditação de uma fuga e exigiu logo que o Mendes, para garantir a dívida, hipotecasse o piano que tinha no quarto.

O pobre homem consentiu, sem dizer palavra, mas, de envergonhado, deixou de aparecer nos serões da sala de jantar.

E, desde então, por alta noite, quando toda a casa era silêncio, Amâncio ouvia no corredor o som de passos trôpegos e um vozear confuso de alguém que monologava.

* * *

A casa de pensão, definitivamente, ia se tornando insuportável ao estudante.

Não podia sair à rua; o médico, havia quase um mês, jurara pô-lo pronto em quatro dias, se Amâncio não fizesse alguma extravagância; a conversa de toda a família Coqueiro, à exceção de Amelinha, o enfastiava; a leitura muito pouco o distraía, e, para complemento do enjoo, o maldito tossegoso do nº 7, o qual por caridade entregara ele ultimamente ao seu médico, parecia morrer de cinco em cinco minutos e não lhe dava um momento de sossego.

Mas a causa principal desse tédio era, sem dúvida, a ausência de Lúcia. Desde que ela se foi, o coração do rapaz turgia de saudade; longe de esquecê-la, cada vez a desejava com mais sofreguidão.

As trevas da ausência faziam-na destacar melhor e mais linda como um fundo negro a uma estátua de mármore.

Sentiu sobressaltos deliciosos quando recebeu a primeira carta das mãos dela. Era extensa, cheia de imagens poéticas e figuras de grande alcance amoroso; terminava dizendo "que Amâncio, logo que pusesse os pés na rua, a fosse procurar". O endereço vinha à parte, num pedacinho de papel.

— E não poder ir quanto antes!... Que espiga! — considerou ele, sinceramente penalizado.

E cresciam-lhe os enjoos.

Só Amélia, com os estiletes da sua perceptibilidade feminina, conseguiu penetrar no âmago daquelas tristezas, mas não se deu por achada e redobrou os desvelos e meiguices para com ele.

Amâncio, por mais de uma vez beijou-lhe as mãos, suspirando que ela era o seu bom anjo, a sua consolação única no meio de "tantos dissabores"!

Assim se passaram quinze dias. O apaixonado já a tratava por tu, por você, raras vezes por senhora.

Era a piedosa Amelinha quem lhe arrumava o quarto, quem lhe cuidava da roupa, e já por fim, era até quem lhe levava o cafezinho pela manhã. Mas não entrava, apenas metia o braço pela abertura da porta que ficava sempre encostada, depunha cautelosamente a xícara sobre o soalho, e, se Amâncio ainda dormia, gritava-lhe no seu falsete aprazível:

— Preguiçoso, acorde! São horas!

Depois, apanhava novamente as saias e descia a escada, ligeira e sem rumor.

Outras vezes, ao anoitecer, subia para lhe pedir um livro emprestado, para saber se ele queria o chá no quarto ou se preferia descer à sala de jantar. Sempre havia um pretexto para lá ir e, depois de lá estar, sempre arranjava um motivo de demora. Entretinha-se a ver o que se achava sobre a mesa examinando tudo; lia a lombada dos livros, e brincava com um esqueleto que jazia pendurado a um canto do quarto.

Amâncio, de uma feita, não pôde deixar de rir quando a encontrou muito espantada a examinar as gravuras de um tratado fisiológico de Vernier.

Estava, porém, mais e mais convencido de que toda aquela familiaridade e toda aquela confiança da rapariga procediam do modo e das maneiras respeitosas e fraternais com que ele, até ali, a tratara. E, então, fazia por domar os seus impulsos luxuriosos, receoso de cair-lhe em desagrado.

Verdade é que, em grande parte, contribuía para esse estranho heroísmo do garanhão, não só a moléstia, como a ilimitada confiança que, muito propositadamente depositavam nele o Coqueiro e a mulher.

Se Amélia e Lúcia trocassem os papéis, isto é, se aquela se negasse e esta se oferecesse, é de supor que

Amâncio desdenhasse a última e ambicionasse a primeira.

Mas o Sr. João Coqueiro, apesar de tão fino, não calculou que, em naturezas viciadas como a de Amâncio, o mais forte estímulo para o amor é a proibição.

Embalde deixavam o rapaz horas e horas no salão, às voltas com a menina; embalde Mme. Brizard lhe dava a perceber o quanto era ele amado pela cunhada; embalde lhe chamava "coração de gelo"; embalde lhe preparava todos os laços. — Nada produzia o efeito desejado; Amâncio tornava-se cada vez mais respeitoso e mais frio em presença de Amélia.

Era para desesperar!

Uma ocasião, todavia, estava ele no quarto, de costas para a porta e muito entretido a ler defronte do gás, quando Amélia, pé ante pé, entrou sem ser sentida e, encaminhando-se contra o moço, tomou-lhe a cabeça nas mãos e cobriu-lhe o rosto de beijos.

Amâncio quis prendê-la, mas a rapariga não se deixou enlear, e fugiu, como um pássaro assustado.

* * *

O rapaz, então, nunca mais receou cair-lhe em desagrado. Mas o demônio do reumatismo lá estava erguido entre ele e a provocadora menina. A despeito do tratamento, as dores recrudesciam-lhe de vez em quando e assanhavam-lhe a bílis. Amâncio principiou a emagrecer, tomado de uma estranha prostração, muito assustadora. O médico aconselhou-o logo a que se mudasse para um arrabalde de bons ares, como Santa Teresa, por exemplo, e esta notícia produziu enormes sobressaltos na família dos locandeiros.

Mme. Brizard parecia ter um filho em risco de vida; Coqueiro declarou, cheio de dedicação, que não deixaria o "pobre amigo" ir assim desamparado para uma casa de saúde ou para um hotel; Amelinha choramingava ao lado da cama do enfermo, e, quando se achava a sós com este, beijava-lhe as mãos, afagava-lhe os cabelos e soluçava palavras de ternura.

Nesses dias Amâncio era o assunto obrigado das conversas da casa. À mesa e durante os serões não se falava noutra coisa. Lembravam-se todos os expedientes: uma mudança geral da família; alugar fora uma casinha e levá-lo de passeio até que se restabelecesse; abandonar a casa de pensão ou entregá-la aos cuidados de alguma pessoa de confiança.

Nada, porém, ficava resolvido. A conversa turbinava em volta do mesmo assunto, sem descobrir uma saída.

Nini era a única que parecia não ligar a mínima importância a tudo aquilo; de olhos muito abertos, sonâmbula, ouvia em silêncio as conversas da família, apenas suspirando de espaço a espaço.

Não obstante, já uma noite estava a casa recolhida, quando despertaram alarmados com o baque de um corpo que, entre medonhos gritos, rolava pela escada do segundo andar.

Acudiram todos, num levante.

— Que era?! Que acontecera?

Nini, coberta de sangue, jazia estendida sem sentidos ao sopé da escada. Rolara vinte degraus e partira a cabeça em dois lugares.

Ia fazer uma visita ao seu esquivoso enfermo, mas no patamar da maldita escada perdera o equilíbrio e baqueara desastradamente.

Tomaram-lhe as feridas a pontos falsos, fricciona-ram-lhe o corpo inteiro com aguardente canforada e deram-lhe a beber cerveja preta.

Supunham, todavia, que amanhecesse morta. Foi o contrário: Nini melhorou muito de seus antigos padecimentos e apresentou uma inesperada lucidez de ideias, como há muito não possuía. O choque fizera-lhe bem e não menos o sangue que derramou da cabeça, afiançou o médico.

Aquele trambolhão era uma providência!

À noite, conversou-se bastante a esse respeito; vieram as amigas de Mme. Brizard; choveram os comentários sobre Nini; citaram-se as anedotas correlativas ao fato, e Amâncio, que se achava então mais desembaraçado das pernas, entendeu de sua obrigação fazer uma visita à pobre criatura.

Nini estava melhor que nunca: tranquila; havia comido regularmente e mostrava-se até mais satisfeita e mais comunicativa; ao dar, porém, com Amâncio, que entrara no quarto com o seu risinho de boa amizade, abriu de repente a estrebuchar na cama, bramindo impropérios e atassalhando as roupas.

Para sossegar um pouco foi preciso que o rapaz fugisse o mais depressa de sua presença. E, desde então, a desgraçada não o podia ver, que lhe não voltasse logo as insânias e os frenesis.

Estabeleceu-se um cuidado enorme para evitar que os dois se encontrassem. Já não era permitido a Amâncio dar um passo fora do quarto, sem se precaver e indagar se Nini estava por ali perto.

O médico declarou que um novo encontro exacerbaria os padecimentos da enferma e talvez lhe produzisse a loucura absoluta.

Mme. Brizard pranteava-se toda, quando lhe falavam na filha. Era uma desgraça, dizia, com os olhos espipados pelo esforço que faziam — era uma grande desgraça! Antes Deus a levasse logo para si, coitada!

Um encontro, que Amâncio não pudera evitar, a despeito de suas precauções, deixou Nini em tal excitação nervosa, que o doutor proibiu que a consentissem fora do quarto. Ficou presa desde esse dia.

Malgrado a felicidade prevista ao lado de Amélia, o provinciano sentia já bastante desejo de se tirar dali. — Assim que estivesse bom!

Campos, em uma visita que lhe fez por essa ocasião, falou muito na generosidade com que se portara a família Coqueiro durante a moléstia do rapaz. — Que aquilo era uma fortuna que nem todos abichavam! Citou principalmente as canseiras de Amelinha e concluiu declarando que, segundo o seu fraco modo de pensar, Amâncio tinha obrigação de fazer à menina um qualquer presente de valor.

Sim! porque, no fim de contas, era muito difícil encontrar aquilo nas casas de pensão! Outros foram eles, que Amâncio teria de pôr os quartos na rua! — Não. Inquestionavelmente, era preciso dar o presente!

E, depois de concentrar numa pausa:

— Aí uma joia de uns cem mil-réis... Que diabo! Esse dinheiro não o faria pobre...

Mas o estudante, em voz discreta e abafada, confessou ao Campos que a brincadeira não lhe havia saído tão de graça, como parecia à primeira vista: só o mês passado gastara perto de seiscentos mil-réis, sem contar que o Sabino vivia numa dobadoura, de casa para a botica e da botica para casa, e eram remédios para Nini, remédios para o tísico do nº 7, água de flor de laranja para Mme. Brizard, xaropes para o Coqueiro; um inferno!... E toda essa droga caía na sua conta! — E os dinheiros emprestados?... E as fitas, os botões, as linhas, as tiras bordadas, que Amelinha estava sempre a lhe pedir que mandassem buscar nos armarinhos sem nunca dar dinheiro para isso?... Não! O Sr. Luís Campos não podia calcular o que havia! — Hoje cinco mil-réis, amanhã vinte! E, no tirar das contas, parecia que tudo isso, em vez de ser descontado, era aumentado nas suas despesas!... Que tal?! Recebera obséquios, sim senhor! mas também puxara muito pela bolsa!

Campos ignorava aquelas particularidades... mas entendia que Amâncio nem por isso devia menos obrigações à família do Coqueiro.

E ofereceu a "sua modesta choupana", caso o estudante não quisesse continuar ali.

Amâncio rejeitou, um tanto por se lembrar das esperanças que embalava a respeito de Amélia, um tanto por se não querer sujeitar ao regime do negociante e um tanto por mera cerimônia.

— Enfim — disse o marido de Hortênsia, despedindo-se — acho que o senhor deve fazer o presente e tratar logo de sair daqui; já não digo pela questão da despesa, mas porque lhe convém à saúde. Escolha um arrabalde de bons ares ou então dê um passeio a Petrópolis; o médico afiançou-me que o senhor tem ameaços de uma febre paludosa, e isso é o diabo na época que atravessamos: a febre amarela grassa por aí que não é brinquedo!

* * *

Logo que constaram as novas disposições de Amâncio a respeito da mudança, houve uma grande consternação por toda a casa.

— Deixar-nos? — exclamou Mme. Brizard em sobressalto. — Não consentimos! Se para o seu completo restabelecimento é necessário um arrabalde, vamos todos para o arrabalde! Só isso é que não! Seria até uma falta de humanidade, coitado!

E formou-se um zunzum de opiniões. Cochichava-se pelos cantos, em magotes discretando-se projetos em voz de mistério, como se tratasse de um moribundo. O Coqueiro andava de um lado para outro, coçando desesperadamente a cabeça, gesticulando, à procura de um meio de conciliar os seus interesses.

Amélia, afinal, subiu ao quarto do doente, e, com uma aflição a quebrar-lhe a voz, toda a tremer, os olhos úmidos, perguntou se ele tencionava deixar a casa.

Amâncio, ignorando o que ia por baixo a seu respeito, trejeitou uns momos de indiferença e respondeu: "que não sabia ainda ao certo... havia de ver!... mas que o médico lhe ordenara que fosse"...

Como se só esperasse por aquelas palavras, o pranto da menina interrompeu violentamente.

Ele, meio surpreso, a tomou nos braços, indagando com ternura "o que significava aquilo?"...

Amélia não respondeu logo, mas depois, levantando a cabeça, que lhe havia pousado no colo, exclamou entre soluços angustiados:

— Não! Não! Não hás de ir! Peço-te que não vás!

O provinciano quis saber por quê.

— Eu te amo! — disse ela, escondendo de novo o rosto. — Eu te amo e não posso me separar de ti! Vejo a tua indiferença! Percebo que me detestas, mas que hei de eu fazer?! Adoro-te, meu amor!

— Ah! Se eu não estivesse tão doente! — suspirou Amâncio.

XIV

O tísico do nº 7 há dias esperava o seu momento de morrer, estendido na cama, os olhos cravados no ar, a boca muito aberta, porque já lhe ia faltando o fôlego.

Não tossia; apenas, de quando em quando, o esforço convulsivo para arrevessar os pulmões desfeitos sacudia-lhe todo o corpo e arrancava-lhe da garganta uma ronqueira lúgubre, que lembrava o arrulhar ominoso dos pombos.

Contava que expirasse a todo o instante. Amâncio cedera o seu moleque para lhe fazer companhia, e dos braços de casa era o único que lhe aparecia lá uma vez por outra.

Não é que o espetáculo daquele aniquilamento lhe tocasse o coração, mas porque lhe mordiscava a curiosidade com esse frívolo interesse de pavor, que nos espíritos românticos provocam os loucos e os defuntos.

Uma noite, seriam duas horas da madrugada, o tísico gemeu com tal insistência que acordou o estudante. Amâncio levantou-se, tomou uma vela e foi até ao quarto dele.

Ficou impressionado. O homem estava muito aflito, debatendo-se contra os lençóis, no desespero da sua ortopneia. A cabeça vergada para trás, o magro pescoço estirado em curva, a barba tesa, piramidal, apontando para o teto; sentiam-se-lhe por detrás da pele empobrecida do rosto os ângulos da caveira; acusavam-se-lhe os ossos por todo o corpo; os olhos, extremamente vivos e esbugalhados, de uma fixidez inconsciente, pareciam saltar das órbitas, e, pelo esvaziamento da boca toda aberta, via-se-lhe a língua dura e seca, de papagaio, e divisavam-se-lhe as duas filas da dentadura.

Não podia sossegar. O seu corpo, chupado lentamente pela tísica, nu e esquelético, virava-se de uma para outra banda, entre manchas excrementícias, a porejar um suor gorduroso e frio, que umedecia as roupas da cama e dava-lhe à pele, cor de osso velho, um brilho repugnante.

Faltava-lhe o ar e, todavia, pela janela aberta para o nascente, os ventos frescos da noite entravam impregnados da música de um baile distante, e punham no triste abandono daquele quarto uma melancolia dura, um áspero sentimento de egoísmo; alguma coisa da indiferença dos que vivem pelos que se vão meter silenciosamente dentro da terra.

O médico recomendara que lhe dessem todo ar possível e lhe fizessem beber de espaço em espaço uma porção do calmante que receitara. Uma lamparina de azeite fazia tremer a sua miserável chama e cuspia o óleo quente. Havia um cheiro enjoativo de moléstia e desasseio.

Sabino dormia a sono solto no corredor. Amâncio acordou-o com o pé.

— É dessa forma que velas pelo homem? — perguntou.

O moleque ergueu-se estremunhado e deu alguns passos, esbarrando pelas paredes, sem cair em si.

— Vamos! Desperta por uma vez e dá-lhe o remédio! Ele parece que tem sede!

O tísico, ao ouvir a voz de Amâncio, principiou a agitar os braços, como se o chamasse, grugulejando sons roucos e ininteligíveis.

O estudante não quis atender, mas o doente insistia com tamanho desespero, que ele, afinal, vencendo a repugnância, se aproximou, a conchear a mão contra a língua trêmula da vela.

Apesar de seus fracos estudos de medicina, fazia-lhe mal aos nervos aquela figura descarnada, que se exinania na impudência aterradora da morte: faziam-lhe mal aqueles membros despojados de vida, aquele esqueleto animado, que, na sua distanásia, parecia convidá-lo para um passeio ao cemitério.

E o tísico rouquejava sempre, agitando os braços.

O moleque, ao lado, derramava-lhe colheradas de remédio na boca; mas o líquido voltava em fios pelo canto dos lábios do moribundo e escorria-lhe ao comprido pescoço e pela aridez escalavrada do peito.

Amâncio tomou-lhe um dos pulsos. O contato pegajoso e úmido fez-lhe retirar logo a mão com um arrepio.

— Creio que não deita esta noite! — disse ao moleque, afetando tranquilidade, mas com a voz sumida e alterada.

— Qual, nhô, ele está assim a um ror de dias! Leva nisto e não decide!...

— Não! Creio que agora está morrendo...

E olhou para o doente.

Este espichou a cabeça e respondeu que não, com um movimento demorado.

— Ele ouviu? — perguntou Amâncio, impressionado com a intervenção inesperada do moribundo.

A caveira tornou a agitar-se nos travesseiros para dizer que sim.

— Olha! — fez o estudante arregalando os olhos. E aproximou-se da porta, recomendando ao Sabino que se não descuidasse da pobre criatura; que se não pusesse a dormir como ainda há pouco!

O tísico, que havia serenado alguma coisa com a presença do rapaz, principiou de novo a espolinhar-se, rilhando os dentes e agitando os braços e as pernas.

Amâncio, porém, não atendeu desta vez e saiu. O tísico rosnou com ânsia, procurando lançar-se fora do leito, numa aflição crescente.

— Fica quieto! — gritou Sabino, obrigando-o a deitar-se.

* * *

Logo que o estudante se afastou com a vela, o quarto recaiu na sua dúbia claridade modorrenta. Os ventos frios da madrugada continuavam a soprar. O moleque foi até a janela, olhou a rua em silêncio, acendeu um cigarro, e quando viu que o seu homem parecia serenado, tratou de reassumir o sono.

O senhor é que não podia sossegar, com a ideia naquele pobre rapaz, que ali morria aos poucos, sem família, nem carinhos de espécie alguma; sem ter ao menos quem o tratasse, nem dispor de um amigo que se compadecesse dele.

— Infeliz criatura! — pensava. — Além do mais, longe da pátria, longe de tudo que lhe podia ser caro!

E, sacudido de estranhas condolências, imaginava o pobre desterrado saindo de sua aldeia em Portugal, atravessando os mares, atirado ao convés de um navio, afinal no Brasil, neste país-sonho, a trabalhar dia a dia durante uma mocidade, economizar, e sofrer privações; depois falir, perder tudo de repente, achar-se em plena miséria e com a ladra da tísica a comer-lhe os pulmões! Oh! cortava a alma!

Não se podia esquecer do desespero com que o desgraçado o chamava, como se lhe quisesse pedir alguma coisa, fazer alguma revelação. — Talvez, quem sabe? Até o tomasse, no seu delírio, por algum amigo; porque Amâncio se se não enganava, chegara a distinguir-lhe balbuciar o nome de alguém. — Não podia ser outra coisa, o mísero chamava por um amigo!

Mas, também, que ideia a sua, de andar por aquelas horas a visitar moribundos? Que diabo tinha ele, no fim de contas, com o tal tísico?... Ora essa!

O vulto esquelético não lhe saía, porém, de defronte dos olhos, com a sua ronqueira lúgubre, sempre a lhe estender os longos braços sem músculos e a rolar nas órbitas, convulsivamente, aqueles dois bugalhos luminosos.

Fechou a porta do quarto, despiu o sobretudo que havia enfiado, apagou a vela e assentou-se à mesinha diante de um livro.

O tísico gemia.

— Que maçada! — resmungou Amâncio, sem se safar da impressão que trouxera do quarto "daquele diabo"! E cansava os olhos contra as páginas do livro, lendo sem compreender.

Vinham-lhe bocejos repetidos, ardiam-lhe os olhos. Agora talvez dormisse. O importuno parecia sossegado, pelo menos não se lhe ouvia gemer.

Amâncio voltou à cama, sem ânimo de apagar a vela.

Quando estava quase adormecido, passos agitados no corredor o despertaram em sobressalto e uma pancada em cheio na porta fê-lo erguer-se de pulo e precipitar-se para ela.

Sabino e o tísico vieram-lhe à memória. Ouriçaram--se-lhe os cabelos, enlixou-se-lhe a pele, e o coração bateu-lhe com mais força. Que teria sucedido? A mão tremia-lhe ao forçar o trinco.

A porta afinal cedeu, e Amâncio sentiu cair desamparadamente no chão o corpo comprido e nu do tísico.

Estava horrível. Queria erguer-se, e em vão agitava as pernas e os braços. Amâncio tentou ajudá-lo, gritando ao mesmo tempo pelo Sabino. Os membros do tísico pareciam quebrar-se-lhe nas mãos, que escorregavam com a gordura fria do suor, e no soalho manchas de umidade desenhavam-lhe já o feitio do corpo.

O estudante desejava chamar por alguém. O Sabino dormia com certeza! Peste! Fez um movimento para sair; mas o esqueleto agarrou-lhe violentamente os pulsos e pediu-lhe com uns vagidos dolorosos que ficasse.

De seus olhos corriam duas lágrimas compridas.

Depois de um esforço terrível, conseguiu falar. Eram sons apenas murmurados, fracos, quase imperceptíveis.

Amâncio tinha razão: o desgraçado, no delírio de sua fraqueza, o tomara por algum bom amigo. Suas palavras vinham-lhe aos lábios roxos impregnadas de confiança e de amor. Falava de coisas estranhas ao outro; perguntava-lhe por indivíduos desconhecidos para Amâncio e reprovava-lhe a culpa de não ter vindo mais cedo.

Depois referiu-se dolentemente à sua terra; tratou da infância, rindo, com os olhos cheios de água. Pediu que Amâncio, logo que lá voltasse, fosse à procura do senhor padre, e encomendasse-lhe três missas.

Em seguida, fez um esforço para chegar ao ouvido do rapaz e começou, em ar de mistério, a ensinar-lhe um caminho longo, muito longo... Explicava-lhe ruas, as voltas que era necessário fazer para chegar lá; afinal, dava-se com uma choupana. Uma velhinha entrevada fazia meia a um canto da casa. Amâncio que se aproximasse dela e lhe dissesse em segredo que o seu João, o seu querido filho...

Uma agonia violenta tolheu-lhe a fala. Ele ainda tentou dizer alguma coisa, mas o sangue purulento já lhe golfejava da boca e caía-lhe em jorro pelo corpo. Estirou-se todo, dobrou a cabeça para trás e, depois de entesar num estremecimento os membros rechupados, foi pouco a pouco cerrando os lábios e empenando com um gemido longo e sentidíssimo.

Lá fora, a música duvidosa continuava, ao longe, entristecendo.

Amâncio teve um assomo de cólera; seu temperamento nervoso e egoísta revolucionava-se com o choque daquele incidente desagradável, que não lhe dizia respeito e vinha-lhe todavia roubar despoticamente o sossego.

Logo que o tísico expirou, correu a acordar Sabino com um murro. O moleque levantou-se como da primeira vez, e correu à cama do tísico. A lamparina bruxuleava sobre o velador, projetando em volta, pelas paredes, sombras que se iam dobrar no teto.

Sabino abismou-se ao dar com o leito vazio, olhou em torno, muito pasmo, chegou a levantar a colcha e a espiar para baixo da cama; depois correu à janela e interrogou a solidão fria da rua.

— Ué! — disse.

— És uma peste! — gritou-lhe Amâncio. — Por tua causa o tísico foi morrer no meu quarto! Ande! Vá chamar o Dr. Coqueiro ou alguém que trate do corpo! Aqui em cima, creio que não há ninguém, nem sequer o Paula Mendes.

O rabequista, com efeito, havia ficado essa noite em companhia da mulher em Niterói.

A notícia levantou embaixo um rebuliço. À exceção do Campelo e do guarda-livros, ninguém mais se conservou na cama.

Mme. Brizard arrepelava-se, praguejando contra o maldito caiporismo que a perseguia ultimamente. — Até já lhe vinham os tísicos morrer em casa! Era demais!

Causou grande impressão a narrativa de Amâncio sobre os últimos momentos do homem. O Dr. Tavares desfez-se em altas considerações a esse respeito. Coqueiro proibiu à irmã que subisse ao segundo andar, enquanto o cadáver não estivesse convenientemente amortalhado e deposto no sofá que às pressas se carregou para cima. Por toda a casa distribuíram-se fogareiros de incenso e alfazema. Sabino fora, de um pulo, buscar à botica uma garrafa de labarraque, e o copeiro saíra para lançar à primeira praia o colchão, os lençóis e os travesseiros que serviam ao defunto.

Descarregou-se o quarto. A francesa quis abrir um velho baú de folha, que jazia a um canto e que era o único objeto deixado pelo morto; mas o Dr. Tavares opôs-se-lhe energicamente, citando artigos do Código Criminal e dizendo em tom de autoridade que o falecido era um súdito português e, por conseguinte, só ao cônsul de sua nação competia fazer-lhe o espólio dos bens!

— E o que nos ficou ele a dever?! E mais a despesa dos lençóis, do colchão e do diabo?! — perguntou Mme. Brizard.

— Recebe-se do consulado português ou não se recebe de pessoa alguma — apressou-se a explicar o Coqueiro, que já sabia perfeitamente não haver dentro do tal baú coisa alguma de valor.

* * *

O corpo saiu no dia seguinte, em um carro da misericórdia. E Amâncio declarou positivamente que não estava disposto a ficar na casa de pensão nem mais um dia.

— Pois então vamos todos para um arrabalde! — deliberou Mme. Brizard, em consequência dos repetidos conchavos que fizera com o marido.

Diabo era o estado de Nini, a pobrezita achava-se agora completamente desarranjada. Comia encostando a boca no prato, como um bicho; não trocava palavra com pessoa alguma e nem mais podia ficar em liberdade, porque de vez em quando lhe acometiam frenesis, que lhe davam para morder os outros e espatifar as roupas até ficar nua.

O médico entendia, porém, que, com um bom regime hidroterápico, ela ainda podia restabelecer-se. Citou exemplos animadores, "bonitos casos", disse os belos resultados que ultimamente se obtinham por meio de duchas de água fria no tratamento das enfermidades nervosas, e terminou declarando que, só por esse meio, havia esperança de uma cura radical.

E o doutor, logo que esteve a sós com Amâncio, confidenciou-lhe, rindo:

— Já toquei à velha sobre aquilo que falamos; creio que desta vez fica o senhor livre da histérica!

Venceram-se, com efeito, os escrúpulos de Mme. Brizard e Nini foi para a casa de saúde do Dr. Eiras. A mãe teria notícias dela todos os dias e havia de lhe aparecer em pessoa duas vezes por semana.

Aquela rapariga era o tormento de sua vida! Antes Deus a tivesse chamado para si! Agora, o que não seria necessário gastar com a tal casa de saúde?... Talvez uns vinte mil-réis diários, se não fosse mais! Onde iria tudo aquilo parar? Era caiporismo, definitivamente!

Como desejavam, descobriu-se uma casa em Santa Teresa. O Dr. Tavares e o guarda-livros acompanhariam a família; Campelo, o esquisitão, é que não estava pela mudança. Logo que lhe falaram nisso, pediu secamente a nota de suas despesas, pagou-a, e retirou-se muito calmo, assoviando, de mão no bolso, cabeça erguida, na mesma fleuma inalterável com que costumava sair todas as manhãs para o trabalho.

Todo ele ia como a dizer no seu silêncio indiferente e egoísta: "A mim tanto se me dá seis como meia dúzia... morar com Pedro ou morar com Paulo, tudo para mim é a mesma coisa, desde que, em troca do meu dinheiro, me apresentem um quarto limpo e a comida a horas certas. Se dez anos continuasse aqui, Mme. Brizard, dez anos ficaria eu na rua do Resende; mas, uma vez que se muda para Santa Teresa — adeus! Vou bater a outra freguesia... o que por aí não faltam são casas de pensão".

O Paula Mendes, ao entrar pouco depois, recebeu em cheio a notícia de que a família Coqueiro ia deixar a casa e que, por conseguinte, era preciso que ele saldasse as suas contas.

Mas o rabequista não tinha dinheiro na ocasião. — Logo que o tivesse havia de pagar integralmente.

Os locandeiros não estavam por isso, já lhes bastavam os calos do *gentleman* e do Melinho! E, depois de uma troca agitada de palavras, Mendes propôs deixar o piano, ficando-lhe o direito de resgatá-lo mais tarde com a devida importância.

Mme. Brizard queria dinheiro e não instrumentos de música! O Sr. Paula Mendes que vendesse o piano e liquidasse depois as suas contas!

Assim foi. O rabequista saiu, e, quando à tarde voltou à casa de pensão, trazia consigo um homenzinho de barbas compridas, que fechou negócio por quatrocentos mil-réis. Mendes pagou o que devia, fez tristemente as suas malas, e afinal se retirou de cabeça baixa e mãos cruzadas para trás.

César, que o fora espreitar ao corredor, voltou à varanda, dizendo espantado que ele chorava ao descer as escadas.

— Deixá-lo lá, menino! — resmungou a locandeira, e tocou a sineta, chamando para a mesa.

* * *

O jantar já não tinha o caráter de uma refeição de hotel, em mesa-redonda. Agora compareciam apenas cinco pessoas: Amâncio, Amelinha, Mme. Brizard, Coqueiro, César e o Dr. Tavares. O guarda-livros, esse continuava a não comer em casa.

Mme. Brizard suspirava à vista dos lugares vazios. — Oh! Que aperto no coração lhe fazia aquilo! Não podia resistir a tanta contrariedade ao mesmo tempo!

Pelo correr do jantar, falou a respeito de Nini, queixou-se de saudades. Já à sobremesa, recrudesceram-lhe as ternuras maternais, vieram-lhe nostalgias, uma lágrima saltou-lhe do olho esquerdo. Chamou César para junto de si, abraçou-o e beijou-o repetidas vezes e ficou a passar-lhe a mão pela cabeça. Um silencioso constrangimento se apoderou das pessoas presentes; depois, ainda com a voz quebrada de comoção, ela pediu ao Coqueiro que se não descuidasse de cobrar o que o Lambertosa e o Melinho ficaram a dever. — Agora precisavam muito e muito de dinheiro!...

Mudaram-se no dia seguinte. Amâncio ia muito incomodado; amanhecera pior, quase que não podia mexer com as pernas; todos, lhe profetizavam, entretanto, rápidas melhoras em Santa Teresa. O cômodo que lhe destinaram era da casa o mais espaçoso e arejado.

Amelinha não o desamparava, já não escondia até os seus carinhos, chegava-se abertamente para o rapaz, como se fora casada com ele. Às vezes dizia-lhe segredos na presença do irmão ou da francesa; prestava-lhe pequeninos serviços amorosos: levantar-lhe, por exemplo, a gola do fraque, se fazia frio; abotoar-lhe o colarinho, se estava desabotoado; atar-lhe a gravata, se o laço se desmanchava; chegar-lhe, para junto a escarradeira, se Amâncio queria fumar.

Em Santa Teresa esses desvelos multiplicaram-se. Aí já era a menina quem lhe metia os botões na camisa e as fivelas no colete, quem lhe escovava a roupa e o chapéu, quem lhe punha o perfume no lenço e lhe dava corda ao relógio, e, quando fazia bom tempo e o rapaz tentava um passeio pelo morro, era ela quem corria a lhe trazer a bengala ou o chapéu de sol, perguntando muito solícita se ele não se esquecera dos charutos e dos fósforos, se já tinha lenço, se levava dinheiro.

Mas, às vezes, rezingava, quase que ralhava com o estudante. Fazia-lhe censuras, tomava-lhe de umas muitas coisas: se Amâncio passara por tal rua, se estivera durante a ausência a passear sempre ou se encontrara alguém porventura em alguma parte; quando lhe sentia cheiro de álcool queria saber o que o rapaz bebera.

Amélia, enfim, se derramava por todo ele, sem Amâncio dar por isso; invadia-o sutilmente, como um bicho que entra na carne.

A nova residência punha-os muito mais juntos, muito mais unidos do que a da rua Resende. Os quartos eram pequenos, chegados uns dos outros; havia um sótão com escadaria para a sala de jantar. Amâncio morava aí, sozinho.

Tinha de seu uma alcova e um pequeno gabinete de trabalho; janelas para o nascente e para o ocaso, despejando sobre o jardim.

Embaixo, então, era a sala de visitas, a de jantar e mais quatro cômodos, sem meter os quartos da criadagem, a cozinha, a despensa e o banheiro. Num daqueles cômodos ficou o João Coqueiro com a mulher; noutro Amelinha, noutro o guarda-livros, e o Dr. Tavares no último.

A respeito de mobília, só se carregou da rua do Resende a que era de todo indispensável. Não se vendeu sequer um objeto; o casarão renderia muito mais com os trastes e, além disso, Mme. Brizard contava, mais dia, menos dia, reabilitar a sua antiga e afamada casa de pensão. Porque, dizia ela, era impossível que as coisas não voltassem ao estado primitivo!...

Coqueiro é que parecia, como nunca, satisfeito de sua vida. Cuidava da nova casa com muito interesse;

falava em melhoramentos e aconselhava a Amâncio a que comprasse uma mobiliazinha catita para ver como "ficava então naquele sótão melhor que um príncipe no seu castelo".

A casa, de fato, convidava às fantasias do gosto, porque era perfeitamente nova e bem-feita; o papel das paredes estava imaculado, o chão limpo e os tetos virgens ainda de moscaria.

Amâncio experimentou rápidas melhoras; quis logo descer à cidade, mas o Coqueiro não lhe permitiu ir só.

Aproveitaram o passeio para comprar a mobília. O provinciano recebera nesse mês dinheiro do Norte e retirara mais algum da casa do Campos; João Coqueiro levou-o a uma loja de trastes e escolheu ele próprio o que podia convir ao outro, isto é, uma cômoda, um lavatório, uma boa cama de casados, uma secretária, duas estantes, um velador, e seis cadeiras; tudo de mogno e trabalhado a gosto moderno.

Estes arranjos pediam outras coisas; escolheram-se também dois quadros para o intervalo das portas, um belo espelho de parede, um relógio de pêndulo, tapetes, capachos e escarradeiras.

* * *

O Coqueiro, muito empenhado na condução dos trastes, havia-se afastado alguns passos de Amâncio, quando este sentiu baterem-lhe no ombro.

Era o Paiva Rocha.

— Oh! — exclamou, satisfeito com o encontro. — Como vais tu? Há quanto tempo não nos vemos!... Que é feito de ti?

— Ai, filho, apoquentado! — respondeu o Paiva. — Ultimamente tem sido uma enfiada de coisas más!... Há dois meses que não recebo dinheiro do correspondente; tinha aí um lugar de revisor numa folha e os ladrões passaram-me a perna em mais de duzentos mil-réis; além de que, a besta do diretor lá da escola lembrou-se de exigir uma infinidade de maçadas e obrigar-nos a despesas impossíveis! O diabo!

E, mudando de tom, perguntou como ia Amâncio; onde se metera, que ninguém o via?

O outro prestou contas de sua vida, expôs os pormenores de sua moléstia, falou nos incômodos que dera à família do Coqueiro, principalmente a D. Amélia, que, por sinal, era uma excelente menina.

— Maganão! — disse o comprovinciano, esbarrando-lhe intencionalmente no braço.

Amâncio repeliu com febre aquela insinuação. O colega fazia uma tremenda injustiça, tanto a ele, Amâncio, como à pobre rapariga!

— Ora, filho! Queres tu agora dizer a mim o que é a gente do Coqueiro!...

Amâncio abriu grandes olhos.

— Morde aqui! — acrescentou o outro, apresentando-lhe o dedo.

E em troca de um gesto negativo do amigo:

— Não queres falar por ora, e fazes tu muito bem! Mas é impossível que a tua ingenuidade chegue ao ponto de tomares a sério a irmã do Coqueiro — a Amélia dos camarões!...

— Juro-te que, até aqui, só a tenho tratado com todo o respeito!

O outro soltou uma risada.

— É fato! — insistiu Amâncio, aborrecido já com aquela troça do companheiro, mas ao mesmo tempo feliz por imaginar que as suas esperanças sobre a rapariga eram perfeitamente justificáveis.

— Pois, se é fato, acredita que tens representado um papel de tolo! Fazem-te a barba, filho!

Amâncio, então, para provar a pureza de sua conduta, pintou o estado em que se achara ultimamente — entrevecido de reumatismo, sem préstimo para nada. E contou o que sofrera com as bexigas.

— Ora, dize-me cá — volveu o outro em tom de segredo. — O Coqueiro já te não tem dado algumas facadinhas... Confessa...

Amâncio, nem só confessou, como disse até o dinheiro que por várias vezes emprestara ao senhorio.

— Hein?! — bradou o Paiva, fazendo-se muito fino. — Queres mais claro?... E ainda tens escrúpulos, criança! Pois olha que te não fazem nenhum favor — tu pagas, filho, e pagas bem!

E lembrou que não seria mau tomarem alguma coisa num botequim próximo.

O outro declarou que estava ali à espera do Coqueiro.

— Deixa lá o Coqueiro, homem! Tens medo de ir só para casa?...

— Mas é que não sei se me fará mal beber alguma coisa. Ainda estou em uso de remédios.

— Não sejas idiota! — exclamou o Paiva, puxando-o pelo braço.

Amâncio deixou-se levar, não tanto pelo prazer da companhia, como pela circunstância de se livrar do Coqueiro, o que lhe dava esperanças de ver Lúcia ainda essa tarde.

No café, defronte dos copos, a conversa voltou de novo à gente de Mme. Brizard.

— Gentinha! — qualificou o Paiva, atirando a palavra com o desprezo de quem lança fora o sobejo de um copo.

E, depois, entortando os lábios, numa obstinação torpe:

— A questão está no pagamento!

Amâncio riu. Sentia-se feliz; aquele dia de liberdade, depois de tamanho recolhimento, os cálices de xerez, as palavras degotadas do Rocha; tudo isso lhe picava o espírito com uma pontinha de alegria devassa. Seus gostos, suas tendências luxuriosas, volviam-lhe em revoada, como pássaro de arribação. Ficou expansivo, disposto aos desabamentos da vaidade. Em breve, contava tudo o que se passara com ele na casa de Mme. Brizard, descrevia as maneiras de Amelinha com sua pessoa, os pequenos cuidados amorosos, as pequeninas frases significativas; narrou minuciosamente as cenas com Lúcia e disse que, ao sair do café, iria visitá-la à Tijuca.

— Está claro! — trejeitou o outro, cuspilhando a areia branca do chão de pedra e batendo com a ponta da bengala sobre os pés cruzados. — Eu, no teu caso, já teria desforrado melhor os cobres!

— Achas então que eu devo?...

— Ora, filho, é o que se leva deste mundo! A respeito de virtudes temos conversado! Eu cá só acredito numa castidade — a da velhice!... Tirando daí...

E concluiu a sua ideia com um gesto feio.

Amâncio já recorria à moléstia para justificar aos olhos do amigo a atitude respeitosa que ocupara ao lado de Amélia — o colega que não o julgasse um tolo!...

Mas que diabo havia ele de fazer, tolhido de dores, como estava, numa cama?...

Quando se despediram, o Paiva deu a entender que precisava de dinheiro; mas Amâncio negou-o, apesar de bem provido, dizendo com a voz triste que "sentia muito não o poder servir naquela ocasião".

O outro, sem mais querer ouvir coisa alguma, retirou-se logo.

* * *

Amâncio, assim que se viu livre, correu a tomar um tílburi e bateu para a casa de pensão, onde estava Lúcia.

Era um palacete, com magnífica aparência. Janelas de sacada, grande corredor ladrilhado de mármore e velhas escadarias encentradas de tapete de oleado, preso a cada degrau por um fio de metal amarelo.

Foi recebido cerimoniosamente no salão por uma mulheraça muito gorda, de lunetas, extremamente degotada, mostrando entre as almofadas do peito ramificações de veiazinhas escarlates, que pareciam miniaturas de árvores secas desenhadas a bico de pena. Em um dos braços luzia-lhe uma joia e, por debaixo do vestido de cambraia, aparecia-lhe o pé quase redondo e empantufado de veludo azul.

Tinha a voz grossa, cheia de *uu*, e o lóbulo do queixo coberto de penugem negra.

Ao saber que Amâncio não ia com a intenção de tomar algum cômodo, mas sim falar à Lúcia, retirou-se sacudindo os rins; e da sala o estudante lhe ouviu gritar ao criado "que fosse prevenir à senhora do Sr. Pereira de que aí estava um cavalheiro que lhe desejava falar".

Lúcia mostrou-se no fim de meia hora, a pedir mil perdões por se haver demorado mais um pouco. Fizera toalete especial para recebê-lo e parecia muito lisonjeada com a visita.

Declarou, logo, que o achava mais gordo, de melhor fisionomia. — Abençoada moléstia, a dele!

E, em resposta ao que o rapaz lhe perguntava sobre aquela nova residência, elogiou muito a casa, o serviço. "Sempre era outra coisa! Nem havia termo de comparação entre esta e a de Mme. Brizard!"

Amâncio voltou-se todo na cadeira, considerando a sala. Uma rica sala, apesar de velha — grande, espelhada, cortinas de ramagem, consolos cobertos de jarras com flores artificiais de pena. A um dos cantos um piano antigo e no centro do teto de estuque, no lugar donde espipava o lustre, um grande escudo de cores, rebentando em cabecinhas de anjos.

Falaram logo sobre as novidades da casa de pensão do Coqueiro, a saída dos hóspedes, a morte do tísico, a mudança para Santa Teresa.

— Você ali está seguro — disse Lúcia.

O estudante protestou com um gesto, em que já havia alguma coisa das revelações que pouco antes lhe fizera o Paiva Rocha.

E, discutindo os amores de Amelinha, foram pouco a pouco empurrando a conversa para o verdadeiro motivo da visita, até que Amâncio conseguiu tratar de si, das suas saudades, do quanto desejava Lúcia, do quanto sofria por causa daquela ingrata que ali estava!

— Mais baixo! Olha que te podem ouvir!...

Ele então chegou-se mais para a ilustrada senhora, tomando-lhe as mãos que cobria de beijos, e, no seu ardor, com a voz abafada, os olhos acendidos, procurava arrancar-lhe uma resposta definitiva, uma palavra qualquer que o restituísse por uma vez à tranquilidade.

— Está quieto! — respondeu a tirana. — Está quieto!

E, vendo que o demônio não a escutava, em risco de comprometê-la aos olhos de quem por acaso entrasse na sala, propôs mostrar-lhe a chácara enquanto esperavam pelo jantar. Que ela já o não deixava sair sem ter jantado!...

Havia duas descidas; uma pelo corredor e outra pela varanda. Tomaram por esta.

Lúcia, muito disfarçada, ia-lhe apontando os cômodos e as benfeitorias da casa, com tanto empenho e gosto como se fora mesmo proprietária; mostrou-lhe o banheiro, os tanques para a lavagem de roupa, o coradouro, o cercado das galinhas e, por último, o jardim.

Colheu logo uma rosa e, por suas próprias mãos, enfiou-a na gola do fraque de Amâncio.

Em seguida atravessaram a horta. Canteiros grandes, cobertos de verdura, saturavam o ar de um cheiro de hortaliças. As alfaces brilhavam ao sol dourado de julho. Mais para adiante havia um sombrejar melancólico e delicioso de árvores grandes; era a chácara; viam-se no ar as folhas largas e recortadas da fruta-pão faíscarem, como lâminas de metal brunido; ao passo que as bojudas mangueiras se debruçavam sobre a terra numa concentração pesada de sono.

Os dois prosseguiram de braço dado por entre o murmurejar tristonho daquelas sombras. E lentamente, e sem trocarem uma palavra, se deixaram ir até a espalda de um morro que servia de limite à chácara.

Havia um grosseiro banco de pau meio escondido entre bambus e trepadeiras. Assentaram-se. Um fio de água corria da montanha e os passarinhos remigiavam trilando na mole embalsamada das estevas.

Amâncio passou um braço na cintura de Lúcia e chamou-lhe o corpo para junto do seu. Ela deixou-se arrebatar, bambeando a cabeça, num encontro apaixonado de lábios.

O rapaz parecia louco no seu desejo.

— Não! Isso não! — dizia a outra. — Mostre que é um homem de espírito! Não se queira confundir com esses materialões que há por aí!

Ele opunha as razões que lhe vinham à cabeça para justificar os seus rogos: "Lúcia que não quisesse desvirtuar o amor, o verdadeiro amor, fazendo de um sentimento real e fecundo uma pieguice romântica e desenxabida". Lembrou-lhe o que ela própria dissera, quando pela primeira vez estiveram juntos.

E, num esfolegar febril e ruidoso, suplicava-lhe um pouco de compaixão, ao menos; que não o torturasse daquele modo; que não o obrigasse a sucumbir ao desespero de sua paixão!

Lúcia não atendeu. Ele que deixasse a casa de Mme. Brizard e viesse tomar um cômodo ali na Tijuca. Assim... bem! Mas, naquele momento e naquelas circunstâncias... Não! não! e não!

Apesar da enérgica recusa, Amâncio insistia sempre.

— Não seja teimoso — repreendeu ela, arrancando-lhe as saias da mão. — Oh!

Ele, porém, não se desenganava e até já recorria à violência.

— Pior! — disse a mulher, notando que o estudante lhe desgrenhava os cabelos e machucava-lhe as roupas. — Já não vou gostando muito da brincadeira!

E, a um movimento desabrido do rapaz:

— Ora pílulas! Isso agora também já é estupidez!

Amâncio ao seu lado bufava, imóvel, emitindo sobre ela olhares de cólera.

— O senhor faz-se desentendido! — exclamou Lúcia, afinal, endireitando o penteado e armando as lunetas. — Há muito devia compreender que nada alcançará de mim, enquanto eu estiver com meu marido!

— Marido o quê! — desmentiu o provinciano, com a voz sufocada. — Tão marido como eu!

Lúcia olhou para ele, apertando os olhos.

— É isso! — sustentou aquele. — Sei de tudo! A senhora quer fazer de mim um tolo, pois fique sabendo que não faz! Trate de arranjar outro, porque comigo perde o seu tempo!

Ela o mediu de alto a baixo, levantou desdenhosamente o lábio superior, e afastou-se com um grande ar emproado e senhoril, murmurando entre dentes:

— Ordinário!

Amâncio calcou o chapéu sobre os olhos, e, de cabeça baixa a passos lentos, retomou pelo caminho andando a fustigar com a bengala as ervículas da estrada. Saiu pelo portão da chácara.

Já na rua, sacudia os ombros e disse a meia voz:

— Que a leve o diabo!

XV

O rapaz acordou muito bem disposto no outro dia; estava, ou pelo menos parecia, restabelecido completamente. Os ares tonificantes de Santa Teresa produziram-lhe efeitos miraculosos.

— Até que enfim podia mandar ao diabo os xaropes e as tisanas que, de tempos à essa parte, lhe melancolizavam a vida e relaxavam o estômago. E, ainda metido entre os lençóis, na matinal preguiça das sete e meia, dispunha-se a filosofar sobre o ridículo episódio da véspera, quando um leve rumor na porta do quarto lhe desviou o curso das ideias. Era a menina que trazia o café.

Viu-lhe a pálida mãozinha medrosamente surdir por entre a fisga da porta mal cerrada, para depor no chão, como era de costume, a chávena de porcelana. Amâncio, porém, desta vez saltou da cama e, correndo de gatinhas, a empolgou nas suas.

A mãozinha quis fugir, ele não consentiu, e com ela veio um braço que as folhas da porta arremangavam.

Começou a beijá-lo sofregamente, desde a ponta dos dedos até os bíceps; enquanto Amélia, sempre escondida, ia consentindo, toda ela arrepiada em cócegas.

— Um beijinho... — pediu ele, mostrando o rosto.

— Logo!

— Com certeza?...

— Com certeza!

E a pequena desapareceu muito ligeira — tique, tique, tique, pela escada.

Pouco depois combinaram a primeira entrevista. Ela subiria ao sótão, logo que a casa estivesse completamente recolhida. Amâncio que a esperasse no escuro e com a porta do quarto apenas cerrada.

O rapaz não pôde ficar tranquilo mais um instante. As horas nunca lhe pareceram tão longas e as conversas tão intermináveis. Um sobressalto feliz perturbava-o todo, tirava-lhe o apetite e não lhe permitia um pensamento que não fosse cair aos pés de Amélia.

Por maior caiporismo, o Dr. Tavares tinha essa noite uma visita que parecia disposta a não largá-lo. Era um velho de sua província, muito falador de política, apaixonado pelas eleições, pelos conservadores, mas que, nem à mão de Deus Padre, pronunciava os *rr* e os *ss* e dizia: "*Os partido liberá*, *os senadô*", e outras barbaridades.

— Quando se irá este cacete? — pensava Amâncio, trêmulo de impaciência.

E o Tavares a puxar pelo demônio do homem, a fazer-lhe perguntas sobre perguntas e a desejar contra ele a sua retórica inexaurível.

Até o guarda-livros, que às vezes passava dias e dias sem dar uma palavra, estava essa noite disposto a falar pelos cotovelos. Ainda o pilharia o chá e, repimpado na cadeira, com um brilhante a luzir num dedo, o ar satisfeito, os punhos bem engomados, taramelava a respeito dos seus projetos de casamentos. "Sim, que ele, havia coisa de ano e meio, estava para desposar uma linda menina e de educação esmeradíssima. Já há que tempos a pedira!... Só esperava que a casa, onde trabalhava desde os seus quinze anos, lhe desse sociedade, como, aliás, havia já prometido. Ah! Toda a sua ambição era fazer família! Que vidinha melhor que a do casado?... O matrimônio era um complemento do homem... A gente enquanto moço não sentia a falta da esposa, mas depois... quando chegasse a velhice?... Aí é que seriam elas! Não! Não podia admitir um eterno celibato!... A vida do solteiro tinha seus encantos, tinha, para que negar?... Os espinhos, porém, eram em maior número; se eram!..."

E citava os casos.

Amâncio retirou-se da varanda, sufocado de raiva. Preferia esperar no quarto.

Deram doze horas. Amelinha pediu licença e também se recolheu. Mme. Brizard, à cabeceira da mesa, já bocejava, entretendo os dedos a fazer pílulas das migalhas de pão que ficaram do chá; o marido, ao lado dela, estudava mecânica racional.

Veio finalmente o copeiro levantar a mesa e buscar o César para a cama. O guarda-livros apertou as mãos de todos e sumiu-se; o sujeito do *partido liberá*, a despeito das insistências do amigo, despediu-se igualmente e, quando o advogado, que o fora acompanhar até o portão da chácara, voltou à varanda, já não encontrou ninguém.

Em pouco a casa era toda silêncio e trevas. Então, Amelinha deixou o quarto sorrateiramente, tirou as botinas, apanhou as saias e galgou a escada do sótão.

Amâncio, que a esperava na porta, logo que a teve ao alcance da mão, puxou-a para dentro, e deu uma volta à fechadura.

* * *

Desde esse momento, a vida em casa de Mme. Brizard tornou-se para ele uma coisa muito agradável. Ninguém mostrava desconfiar, ao menos, de suas intimidades com Amélia, que, pelo seu lado, parecia satisfeita com o estado de coisas.

Só uma ligeira circunstância covardemente o arreceava: é que a pequena não lhe exibira amor em quarta ou quinta edição, como dizia o Paiva, mas em comprometedoras primícias, com todos os cruentos requisitos de uma estreia.

Fugiu o primeiro mês da lua de mel, sem o menor eclipse. Contudo, ele agora puxava um pouco mais pela bolsa: a família estava em crise; a pensão de Nini absorvia os proventos que se obtinham do Tavares e do guarda-livros; o casarão da rua do Resende apenas se conseguira alugar em parte; os gêneros de primeira necessidade eram mais caros em Santa Teresa.

Mas que valia tudo isso posto em confronto aos gozos que lhe proporcionava a deliciosa rapariga?

Ela parecia viver exclusivamente para lhe dar carinhos e afagos. Era como se fora sua esposa; deixava tudo de mão para só cuidar do amante. Ele estava em primeiro lugar! Agora a pequena lhe fazia a cama; levava-lhe ao quarto o moringue de água, penteava-lhe os cabelos, e exigia que o rapaz lhe dissesse os passos que dava, por onde estivera, com quem falara e o dinheiro que gastara. Revistava-lhe conjugalmente as algibeiras, lia-lhe as cartas e, sempre desconfiada, cheirava-lhe as roupas.

Amâncio sorria de tais ciúmes, com o ar seguro de quem desfruta em paz uma felicidade legítima e abençoada por todos. Já não furtava beijinhos assustados por detrás das portas; não roçavam os joelhos por debaixo da mesa, e não se serviam das mãos como instrumento de amor; aguardavam-se para as liberdades da noite, para a independência do quarto. Na ocasião, porém, em que ele saía para as aulas ou à noite para o passeio, beijocavam-se, sempre, como dois bons casados.

Entretanto, as épocas de exame batiam à porta. Amâncio vivia em desassossego com os seus estudos tão mal-apercebidos; mas o Coqueiro dava-lhe coragem, ensinando-lhe como devia proceder, dizendo-lhe o que devia estudar de preferência, aconselhando-o a que não tivesse medo. "Amâncio que se apresentasse de cabeça erguida: o bom êxito nos exames dependia quase sempre do desembaraço mais ou menos atrevido do concorrente!" E citava exemplos: "Fulano, que apenas conhecia dois pontos de tal matéria, chimpara distinção, só porque era de um descaramento imperturbável; ao passo que sicrano, apesar de muito bem preparado, não conseguira passar com a sua vozinha trêmula e o seu todo raquítico e assustado!".

Um novo acontecimento veio, porém, desviar Amâncio daquela preocupação: por telegrama de sua província, constou-lhe que o velho Vasconcelos morrera de beribéri fulminante.

Os pormenores chegaram no primeiro vapor: "Vasconcelos fora atacado como hoje e morrera como depois de amanhã. Ia pela rua, muito senhor de si, quando, de repente, sentiu afrouxarem-se-lhe as pernas e teria desabado no chão, se dois homens que passavam não o socorressem prontamente.

Foi recolhido à primeira casa, que era felizmente de um amigo. Meia hora depois já lhe principiava a faltar a respiração: a moléstia subia, ameaçando-lhe o estômago. Fez-se uma junta de médicos; ficou resolvido que o doente devia seguir, sem perda de tempo, para qualquer parte — Caxias, Rosário, mesmo Alcântara, a Vila do Paço, que fosse, contanto que saísse da cidade, quanto antes, até aparecer um vapor que o levasse para mais longe.

Partiu nesse mesmo dia, dentro de uma rede, com direção à Vila do Paço. Mas o terrível beribéri subia sempre; os membros por onde ele atravessava iam ficando paralisados e frios como os membros de defunto. A onda maldita galgara finalmente a caixa torácica, Vasconcelos não pôde respirar de todo e morreu".

Amélia, ao receber a inesperada notícia, rebentou num berreiro e tratou de cobrir-se de luto fechado.

O irmão também se vestiu de preto, fez cerrar as portas e as janelas de casa por sete dias e, durante esse tempo, andou tristonho e anojado.

* * *

Amâncio perturbou-se deveras com a morte do pai. Há bastante tempo mentalizava projetos de, em voltando à província, tratá-lo de modo tão carinhoso e tão amigo, que sua consciência ficasse, por uma vez, tranquila a esse respeito. Havia no segredo de tal intenção o sabor inefável de um voto religioso. E seus planos, assim malogrados de repente, enchiam-lhe agora o coração de tristeza e as noites de sonhos tormentosos.

Mas Amelinha lá estava para o consolar, para lhe reprimir os gemidos com a polpa vermelha de seus lábios e espantar-lhe os negrumes do desgosto com a luz voluptuosa de seus olhos e com a doçura cristalina de suas palavras.

Veio o Campos. Trataram longamente do "triste acontecimento": Amâncio queria dar um pulo ao Norte; a mãe com certeza precisava dele ao seu lado, quando mais não fosse para tratar do inventário.

O negociante já não compreendia assim: "Estavam a chegar os exames; Amâncio, se saísse da Corte naquele momento, perderia o ano; o melhor, por conseguinte, seria esperar pelas férias. Pois então! Eram mais alguns dias de demora que não prejudicavam a ninguém!..."

Coqueiro pensava do mesmo modo. "Nem o colega encontraria alguém com um bocadinho de juízo que lhe aconselhasse uma semelhante viagem antes do ato. Era até loucura pensar nisso."

Cruzaram-se cartas entre o Rio de Janeiro e Maranhão. Amâncio foi considerado maior pelo juiz de órfãos: podia receber o que lhe tocava na herança. Mas a firma liquidante ofereceu-lhe sociedade em comandita; ele aceitou, a conselho do Campos, e instituiu na província um advogado de confiança para lhe curar dos bens. Escolheu-se o Dr. Silveira, o dos cabelos pintados, aquele mesmo que, no dia do exame de português, se mostrara tão entusiasmado pelo rapaz.

Até que enfim estava Amâncio livre e senhor de sua bolsa; podia gastar à farta, sem sofrer daí em diante as peias da mesada. E não o amedrontava igualmente o risco de cair na penúria, porque ainda havia para reserva o que tinha a herdar da mãe e da avó.

Os carinhos e as solicitudes da família Coqueiro inflamaram-se, já se vê, com os últimos acontecimentos. O estudante era cada vez mais adulado e, em compensação, mais explorado. Agora o irmão de Amélia não punha o menor escrúpulo em lhe aceitar os obséquios, e a casa ia ficando a pouco e pouco às costas do provinciano.

Era sempre por intermédio de Amélia que ele sofria a cardadura. Hoje tratava-se do aluguel da casa, amanhã seria a conta do Eiras, depois a dos fornecedores; se entrava um barril de vinho para a despensa, ou um saco de feijão, se aparecia um novo aparelho de porcelana à mesa do almoço ou do jantar, Amâncio ficava à espera da fatura que, à noite, impreterivelmente, passava das mãos da rapariga para as suas.

Amelinha, essa então, já não procurava rodeios para lhe arrancar as coisas. Quando precisava de um vestido, de uma joia, de um chapéu, dizia-lhe secamente: "Deixa-me tanto, que amanhã tenho de fazer compras".

E as despesas da casa recrudesciam à proporção que minguavam os lucros. O guarda-livros despedira-se, porque afinal chegara a época do seu casamento, e ninguém o substituiu; só ficou o advogado que deixaria por mês, quando muito, uns duzentos mil-réis.

Amâncio ia suportando a carga silenciosamente, certo de que não encontraria dificuldade em despejá-la, assim que a coisa lhe cheirasse mal.

Todavia, o dinheiro era já o único recurso de que dispunha para fazer calar a amante, quando esta lhe falava em casamento. Em tais ocasiões, a rapariga chorava quase sempre; dizia-se infeliz; queixava-se da sorte. "Que Amâncio fora a sua perdição! Que ela cedera aos rogos dele na persuasão de que era amada e de que mais tarde seria sua esposa!"

— Ora, filha! Nós, antes de cairmos na asneira em que caímos, não tocamos uma só vez em casamento! E, se queres que te diga com franqueza, eu até nem supunha ser o primeiro com quem tivesses relações!...

Ela irritava-se a ponto de ameaçá-lo com um escândalo. Amâncio que se não enganasse, pois que havia um João Coqueiro sobre a terra! Ele que não caísse no descoco de querer desampará-la, porque então as coisas lhe sairiam mais atravessadas!

Estas rezingas terminavam sempre por uma nova exigência de Amélia. E já se não contentava com um chapéu ou com um par de botinas; queria vestidos de seda, joias de valor e dinheiro para gastar.

Uma noite, Amâncio ficou abismado por lhe ouvir falar na compra de um chalé nas Laranjeiras.

— Sim! — reforçou ela, ao perceber que o rapaz não tomava a sério suas palavras. — Despedia-se o Tavares e ficaríamos à vontade por uma vez! Eu não estou satisfeita aqui!...

Ele tornou a sorrir. Amélia com certeza estava gracejando...

Mas a rapariga jurou que não, recorrendo a todos os segredos de sua ternura. Afinal, vendo que o amante não cedia, zangou-se como de costume.

— Tu assim o queres — disse, arrancando-se dos braços dele — pois bem, tu assim o terás! Amanhã hás de ver o que sai nesta casa!

Amâncio encolheu os ombros.

— Não te importas?! Pois veremos quem tem razão!

E limpando os olhos:

— Ingrato! Porque sabe que a gente o estima, abusa deste modo! Tola fui eu em me deixar seduzir!...

— Eu não a seduzi! Ora essa!

— Até fez mais — replicou ela — desonrou-me!

— Pois desonrada ou seduzida, não tenho dinheiro para comprar casas!

Amélia saiu essa noite do quarto do estudante ameaçando fazer estourar a bomba no dia seguinte.

E, pela manhã, quando Amâncio, ao seguir para as aulas, lhe foi dar um beijo favorito, ela, muito amuada, voltou o rosto, resmungando "que a deixasse".

O rapaz prometeu que "ia pensar" e à noite daria uma resposta.

Mas nessa noite, Amélia, pela primeira vez, depois do seu novo estado, não se apresentou às horas habituais no quarto do estudante.

Amâncio, sem perder as esperanças de a ver surgir de um momento para outro e precipitar-se-lhe nos braços, não conseguira ficar tranquilo. Aquele procedimento, vindo de quem vinha, o revoltava como a mais infame das ingratidões!

Ouviu dar três horas, quatro, cinco. Não se conteve, levantou-se, pisando forte, desceu à varanda e foi bater à porta de Amélia.

Nada.

Bateu mais rijo.

— Que é? — perguntou ela asperamente.

— Preciso falar-lhe.

— Não são horas próprias para isso!

— Ouça! Quero dizer-lhe uma coisa...

— Não tenho negócios! Entenda-se com meu irmão!

Amâncio voltou ao quarto, desesperado. Não que o acovardassem as ameaças da rapariga; bem percebia que as suas relações com ela não eram em casa nenhum segredo e, além disso, desde que aceitavam o pagamento — ora adeus! Nada podiam dizer! Mas apoquentava-se com a falta que já lhe fazia o diabrete da pequena. Habituara-se a dormir ao calor perfumado daquele corpinho branco, ajeitara-se ao cômodo amor daquela mulherzinha nova e palpitante e, agora, não podia voltar, assim sem mais nem menos, às suas tristes noites desacompanhadas de outro tempo.

Acordou muito tarde no dia seguinte. Amélia, quando ele saiu do quarto, não lhe deu palavra; estava arrumando uma caixa de retalhos, e arrumando ficou.

Mme. Brizard havia saído para ver Nini. O Coqueiro e os hóspedes achavam-se também na rua.

— Então a senhora não me quer falar? — perguntou Amâncio, fitando-lhe as costas.

Ela interrompeu o que cantarolava e, sem se voltar, disse friamente:

— A culpa é sua...

E continuou a cantarejar, muito embebida nos seus retalhos de fazenda.

Aquele desdém, namorador e artístico, a tornava ainda mais desejável aos olhos do rapaz.

Parecia-lhe até mais bela esse dia; como se os seus encantos, intervindo na perrice, florejassem caprichosamente durante aquela noite de soledade.

Amâncio nunca lhe achou a pele tão fina, os dentes tão brancos, os olhos tão vivos e tão formosos. O pálido e ondulante pescoço da menina jamais lhe pareceu tão misterioso: a sua garganta, macia e doce, jamais o cativara tão despoticamente. Ele, enfim, nunca a sentira tão necessário, tão indispensável.

E as cenas venturosas dos seus primeiros dias de amor lhe perpassaram vertiginosamente diante dos olhos, derramando-lhe por todo o corpo um apetite brutal que lhe fugia por entre os dedos, como um vinho precioso que se derrama.

— Então a culpa é minha? — disse ele, afinal, apalpando com a vista a carne esperta dos quadris e dos braços da amante.

— Pois você não vê — respondeu ela, voltando-se espevitada — que as coisas não podem continuar como até aqui?! É uma canseira insuportável! Quase que já não durmo! Preciso esperar de olho aberto que toda a casa se recolha e recolher-me ao quarto antes que os mais se levantem! O resultado é que não descanso; ando tresnoitada; estou enfraquecendo! Já tenho até uma dor do lado. Quem pode com esta vida?! Ah! Você não sente, bem certo! Porque muita vez o encontro a dormir, e dormindo o deixo quando saio! Mas eu?! Se quero que nem aconteça como outro dia (que nem sei como não deram pela coisa!), o remédio que tenho é ficar alerta e não deixar que o dia me surpreenda a dormir no seu quarto! Vê você?!

— Mas daí? — perguntou Amâncio, no fundo compenetrado de que "a pobre menina" não deixava de ter o seu bocadinho de razão.

— Daí — esclareceu Amélia — é que nessa tal casa de que lhe falei, e que está para se vender muito em conta, há, além dos cômodos necessários para Loló e Janjão, dois quartos magníficos, com entradas independentes e comunicáveis entre si por uma pequena alcova. Ora, um dos quartos dá para a sala de visitas e o outro para a sala de jantar; no caso que arranjássemos o negócio, você ficaria com um e eu ficaria com o outro, e dessa forma acabavam-se os sustos e as canseiras; porque durante o dia abriam-se as do lado de fora e fechavam-se as de dentro, mas à noite praticava-se justamente o contrário, e ficávamos nós em completa liberdade! Compreende você agora?...

— Sim — Amâncio compreendia e até achava o plano muito bem lembrado, mas a questão é que não via necessidade de comprar a casa, era bastante alugá-la...

— Sim, sim! Mas é que o dono não a aluga, quer vendê-la. E onde você encontra outra casa nessas condições?...

— Hei de passar por lá...

— Não. Vamos hoje mesmo, à tarde. Loló já prometeu que nos acompanha.

— Pois sim.

E Amâncio puxou Amélia pelo braço, para lhe dar um beijo.

— Deixe-me — rezingou ela, ainda com um restinho do arrufo. — Você só cuida de si e das suas comodidades... Egoísta!

— Não digas isso, meu bem!

— Pois não é assim?! Qual foi a vontade séria que você já me fez? É bastante que eu mostre gosto numa coisa, para você fazer justamente o contrário... Entretanto, eu, por sua causa, sacrifiquei tudo que possuía!

E começou a chorar, muito infeliz, a dizer que Amâncio tinha razão! — Ninguém lhe mandara ser tola! Ela nunca deveria ter-se entregado senão depois do casamento!

E as suas lágrimas enxugavam-se nos lábios dele.

E assim ficaram alguns minutos, até que Amélia, de repente, se lhe tirou dos braços e, abrindo distância, declarou de longe, em plena atração de seus encantos, que "não faria nenhum caso de Amâncio enquanto não possuísse o chalé".

Nessa mesma noite ficou assentado que o rapaz, em nome da amante, compraria a casa das Laranjeiras.

* * *

Com efeito, uma semana depois, tratava-se da escritura de compra. O negócio correu a galope, visto que a propriedade era de um pândego sequioso por dinheiro.

Podiam cuidar logo da nova mudança; Amélia, porém, não consentiu em tal, sem que se realizasse umas tantas benfeitorias que a "sua" casa reclamava; substituir, por exemplo, o papel da sala de visitas, que era de mau gosto; meter-lhe água, que não havia, e fazer esteirar os aposentos destinados para si junto com seu homem.

Mas Amâncio não podia distrair tempo com essas coisas: andava muito absorvido pela ideia dos exames que se aproximavam.

Ultimamente viera-lhe uma febre de formatura, queria a todo o custo "passar" no primeiro ano. — Também era só do que fazia questão, "passar no primeiro", porque quanto aos outros, tinha certeza de preparar-se melhor e com mais antecedência. Agora, lamentava o tempo perdido na preguiça e na moléstia, dava aos diabos os seus amores, e vivia numa dobadoura a arranjar empenhos e cartas de proteção. Agarrou-se ao Campos; agarrou-se àquele Dr. Freitinhas (do baile do Melo) que era unha com carne de um dos examinadores. E furou, e virou, e percorreu amigos e desconhecidos, até se julgar "garantido". Então, pagou a segunda matrícula e entregou-se de olhos fechados ao destino. "Seria o que Deus quisesse."

Era, pois, o Coqueiro quem dirigia as obras da casa da irmã. O metódico rapaz sempre tivera paixão por esse gênero de trabalho.

— Se fosse rico — afirmava ele — muito prédio havia de fazer, só pelo gostinho de acompanhar as obras!

XVI

Chegou, finalmente, a véspera do amaldiçoado exame.

Que ansiedade! Que dia de angústias para o pobre Amâncio! E que noite, a sua! Não descansou um segundo; apenas, já quase ao amanhecer, conseguir passar pelo sono; antes, porém, não dormisse, tais eram os pesadelos e bárbaros sonhos que o perseguiam.

Via-se entalado num enorme rosário de vértebras que se enroscava por ele, como uma cobra de ossos; grandes tíbias dançavam-lhe em derredor, atirando-lhe pancadas nas pernas; as fórmulas mais difíceis da química e da física individualizavam-se para o torturar com a sua presença; os examinadores surgiam-lhe terríveis, ríspidos, armados de palmatória, todos com aquela feia catadura do seu ex-professor de português no Maranhão.

Pelo incoerente prisma do sonho, o concurso acadêmico amesquinhava-se às ridículas proporções do exame de primeiras letras. Era a mesma salinha do mestre-escola, a mesma banca de paparaúba manchada de tinta, o mesmo fanhoso Sotero dos Reis presidindo a mesa, João Coqueiro, o Paiva e o Simões, vestidos de menino, fitavam o examinando com um petulante riso de escárnio. Amâncio sentia correr-lhe o suor por todo o corpo e agulhas invisíveis penetravam-no até a medula. O professor, transformado em juiz e ostentando as feições do falecido Vasconcelos, inquiria-o com asperezas de senhor; mas as suas perguntas, em vez de concernirem às matérias do ato, só se referiam à Amélia.

— Por que matou você a pobre menina?! — bramia o pai cravando-lhe olhares de fogo. — Responda, *seu* canalha! Responda! Ah! Pensa que ainda não sei que você, para melhor a seduzir, lhe havia prometido casamento e jurado olhar sempre por ela, *seu* cachorro?!

O Coqueiro, lá do canto, sacudia a cabeça afirmativamente e enviava a Amâncio caretas de vingança. Ao lado deste, o cadáver de Amélia fazia-se todo vermelho com o sangue que lhe golpeava de um dos seios rasgados de alto a baixo.

O réu queria responder, justificar-se, expor a verdade; eram, porém, baldados os seus esforços: não conseguia articular uma palavra; gelatinava-se-lhe a voz na garganta, empacando-lhe a fala.

— Bem! — gritou o velho Vasconcelos à meia dúzia de soldados que escoltavam Amâncio. — Conduzam esse miserável ao cepo e cortem-lhe a cabeça!

O estudante atirou-se de joelhos, com as mãos postas, chorando, suplicando que o não matassem. Mas os soldados apoderaram-se dele com violência e ataram-lhe os braços. O juiz, Coqueiro, Simões, o Paiva, sumiram-se de repente, soltando gargalhadas. Amâncio foi conduzido por um corredor muito escuro e apertado; os soldados, quando o viam vacilar, batiam-lhe no ombro com a coronha das espingardas. Chegou a um pátio lajeado e úmido, onde milhares de homens armados formavam alas; no centro, sobre um toro de madeira conspurcada de sangue, reluzia um machado à sua espera; e, de joelhos, abraçado a um crucifixo, um padre velho, de longos cabelos brancos, engrolava latins.

Fizeram silêncio.

No meio das respirações abafadas, só se ouviam os passos trôpegos e o aflitivo resfolegar do condenado que, à ponta da baioneta, subia os degraus do cadafalso.

Veio o carrasco, despiu-lhe a camisa, tosou-lhe os cabelos, e empunhou o ferro.

Amâncio não se resolvia a entregar o pescoço, mas o velho Vasconcelos, que surgira por detrás dele, atirou-lhe um murro à nuca e fê-lo cair de bruços contra o cepo.

Então, para lhe abafar os gemidos, romperam todos os soldados num rufo estridente de tambores.

Amâncio sentiu o aço frio entrar-lhe na carne de toutiço, espipar o sangue, e o corpo, de um salto, arrojar-se às lajes

* * *

Havia saltado, com efeito, mas da cama. E o despertador, que ficara de véspera com toda a corda para as seis da manhã, continuava o rufo penetrante dos tambores.

O estudante abriu os olhos e passou em sobressalto a mão pela testa; os dedos voltavam ensopados de suor.

Com a perceptibilidade das coisas foi aos poucos saindo daquele estado de excitação, mas voltando lentamente à taciturna agonia da véspera.

Vestiu-se quase sem consciência do que fazia: esqueceu-se até de escovar os dentes, porque, mal voltou a si, correu aos livros, sem aliás conseguir firmar a atenção sobre coisa alguma.

E Amâncio tremia todo só com a ideia de sua inabilidade. À medida que as horas se esgotavam e o momento fatal se lhe antepunha, um langor covarde e mulheril crescia dentro dele, produzindo-lhe arrepios que principiavam na ponta dos pés e iam-se estendendo pela espinha dorsal, até lhe interessar a cabeça, depois de percorrer as regiões abdominais.

Mas embaixo, na varanda, em presença de Amélia e Mme. Brizard, fazia-se forte, a despeito da palidez que lhe alterava as feições. Nem de leve falou nos sonhos dessa noite, e o Coqueiro, a título de metê-lo em brios, contou várias anedotas de examinandos ridículos.

Os dois tomaram café e por fim saíram. O trajeto de casa à escola foi um martírio para Amâncio; afigurava-se-lhe, como no sonho, que se dirigia ao patíbulo.

Chegou às dez horas. Alguns companheiros de ato já lá estacionavam em magotes de quatro e cinco pelos corredores ou à porta da secretaria; fumavam-se cigarros consecutivos, discreteavam-se os assuntos da ocasião. Amâncio cumprimentou os conhecidos, parando aqui e ali falando sobre os pontos do exames; qual preferia que saísse, em qual se presumia menos fraco e capaz de fazer figura.

Agora, sim, estava mais animado; a presença dos colegas o robustecia com um vago espírito de coletividade. Sentia-se mais forte e resoluto ao lado dos companheiros de perigo, como se a vitória dependesse do número de combatentes.

Entretanto, faziam-se horas. Os examinadores estavam já reunidos na sala de exames, em torno da sua mesa forrada de pano verde. Amâncio lobrigava-os pela frincha da porta entreaberta e ouvia-lhes o murmurar descuidoso da conversa, intercalada de risotas e baforadas de charuto.

À vista daqueles homens resfriaram-lhe de novo as mãos e voltaram-lhe os calafrios do terror; algum resto de confiança, que ainda teria em si, evaporou-se de todo.

E, para não sucumbir, procurava acreditar na eficácia dos empenhos que arranjara; seu espírito, como o 'náufrago que bracejava na agonia da morte, já não escolhia os pontos a que se agarrava; tudo servia naqueles apuros, tudo era um pretexto de esperança; mas a consciência da verdadeira situação vinha meter-se de permeio, arrancando, uma por uma, todas as tábuas de salvação.

E Amâncio arquejava, desorientado, perdido.

— Que diabo viera fazer ali?! Para que se apresentara? Por que não se guardou para o ano seguinte ou quando menos para março? Antes não tivesse pago a segunda matrícula! Oh! Se o arrependimento salvasse!...

E, à proporção que se avizinhava o momento supremo, mais e mais imprudente lhe parecia a sua temeridade.

Naquela ocasião — pensava ele — bem podia estar na província, à testa dos seus negócios, ao lado de sua querida mãe, passeando, rindo, gozando, como nos outros tempos!... Era rico, era já tão estimado antes da academia, para que então sofrer semelhantes torturas, passar por aqueles maus quartos de hora, que ali estava curtindo?...

E vinham-lhe venetas de fugir, abandonar tudo aquilo, sem dar satisfações a ninguém, correr à casa do Campos, encher-se de dinheiro e arribar para a Europa, para o inferno! Contanto que se livrasse da obrigação de expor uma ciência que não tinha, escrever ideias de que não dispunha!

Mas o bedel havia surgido e principiava a "chamada", e, a cada nome, recitado pausadamente, o seu olhar mórbido, de funcionário público no cumprimento de um velho dever enfadonho, consultava a multidão de estudantes, que em sussurros se apinhava pelo esvazamento das portas, empurrando-se uns aos outros, impacientes, curiosos, o pescoço espichado, a boca aberta, o calcanhar suspenso.

— Amâncio da Silva Bastos e Vasconcelos — disse aquele arrastando a voz.

Amâncio sentiu uma pontada no coração e tartamudeou:

— Presente.

Os companheiros, que lhe ficavam por diante, arredaram-se logo, dando-lhe passagem, e ele foi ocupar uma das banquinhas que havia na sala.

A chamada ainda durou algum tempo, porque Amâncio era dos primeiros; afinal, o bedel mastigou o último nome; fechou-se a porta da sala; e um silêncio formalista espalhou-se entre a turma dos estudantes e o grupo dos examinadores.

O presidente da mesa tomou a lista dos examinandos, arranjou os óculos, tossicou e, com um bocejo, chamou pelo que estava em primeiro lugar.

Um rapazote louro, de buço, ergueu-se e foi ter com ele. O presidente, com um segundo bocejo e um gesto de cabeça, ordenou-lhe que tomasse um dos pontos da urna.

Amâncio ofegava. — Ia decretar-se o ponto!

— Qual seria?... E se, por caiporismo, fosse justamente um dos mais crus?

E o sangue trepava-lhe à cabeça, pondo-lhe latejos nas fontes.

O rapazote louro meteu enfim a mão na urna e tirou com a ponta dos dedos trêmulos uma pequena torcida de papel, que passou ao presidente.

Este desenrolou-a e leu: "hidrogênio".

Amâncio respirou: o ponto não podia ser melhor para ele do qual era! Talvez fosse até entre todos o menos mal sabido; ainda essa manhã lhe passara uma vista de olhos. Contudo, uma vez imposto o hidrogênio, quis lhe parecer vagamente que havia outros pontos preferíveis.

Estava, porém, mais tranquilo, que era o principal; já quase nada lhe tremia a mão ao receber das do bedel uma folha de papel-almaço, rubricada pelos lentes, das que ia aquele distribuindo por todas as banquinhas dos examinandos.

Ali, naqueles miseráveis dois vinténs de papel, tinha ele de determinar o seu futuro, a sua posição na sociedade, talvez a própria vida de sua mãe, dizendo o que sabia a respeito do tal hidrogênio!...

Experimentou a pena, endireitou-se na cadeira, e escreveu, caprichando na letra e procurando obter estilo.

A areia da ampulheta esgotava-se defronte da calva e dos bocejos do senhor presidente. Correu meia hora; Amâncio ergueu-se afinal, entregou a sua prova e saiu da sala, a esfregar, muito preocupado, os dedos da mão direita contra a palma da esquerda.

À porta, mal acendera sofregadamente o cigarro, contava já aos amigos o que havia exposto pouco mais ou menos. Ah! com certeza pilhava uma nota boa! Não era por querer falar, mas a sua prova saíra limpa. "Assim não fosse o ponto tão ingrato!..."

E ficara a prosar sobre o caso, se o Coqueiro, aguilhoado pela ausência do almoço, não o arrancasse dali.

* * *

A nota foi boa, efetivamente.

Soube Amâncio no dia seguinte, logo que correu à secretaria. Não contava, porém, ficar tranquilo, senão depois do resultado de sua prova oral.

Novos sobressaltos foram se agravando durante os dias que era preciso esperar. Voltavam-lhe as aflições; no fim de algum tempo já não podia comer, não podia ligar duas ideias sobre qualquer coisa e não conseguia repousar duas horas seguidas. Ficou ainda mais desnorteado que da primeira vez.

Amelinha, então, o estimulava com as suas garrulices de pomba que já fez ninho. Puxava por ele, tentando arrancá-lo daquele estado, mas não conseguia despertar-lhe um só dos antigos momentos de bom humor, nem lhe merecer uma de suas primitivas carícias.

O rapaz andava tonto, cheio de pressentimentos e de sustos. Tornou-se até supersticioso. Não podia ver entrar no quarto uma borboleta de cor mais escura; não podia suportar o uivar dos cães, nem queria que a amante prognosticasse "um bom resultado nos exames".

— É melhor não falar! — dizia ele, muito esmalmado.

Mas que prazer o seu ao voltar pronto da escola! Jamais tivera um contentamento tão agudo. Ria sem motivo, sentia ímpetos de abraçar a toda gente, pulava, cantava, parecia doido.

Soubera do resultado no mesmo dia da prova oral, por intermédio de um dos professores. Saíra aprovado plenamente.

Vencera!

Colegas o acompanharam até a casa. Lá ia o Paiva, sempre com o seu olhinho irrequieto e mexeriqueiro, o seu todo enfrenesiado e farto "desta porcaria de mundo". Lá ia o triste Salustiano Simões, encasmurrado no seu ar incrédulo e bamba, a mascar o cigarro, a aba do chapéu encostada à gola sebosa do fraque.

Abriram-se garrafas de champanhas; fizeram-se brindes. João Coqueiro desmanchava-se em sorrisos, como se partilhasse diretamente de todas aquelas manifestações.

Foi muito elogiado o exame de Amâncio, tocaram-se os copos, entre fervorosas palavras de animação: falou-se em "filhos diletos da ciência", em "liberdade", em "geração nova", em "mineiros do progresso".

Todavia, Amâncio, em ar feliz e pretensioso, confessava o pouco que estudara e gabava-se de sua fortuna. — Podia dar a palavra de honra em como mal havia tocado nos livros durante o ano. O Coqueiro e a família estavam ali, que dissessem!...

E bazofiava a respeito de sua presença de espírito particularizando circunstâncias comprobativas de uma sagacidade a toda a prova.

— Cá o menino não se aperta! — dizia ele, muito satisfeito consigo.

Expediu-se um telegrama para o Maranhão, dando notícia do grande "acontecimento". O Simões e o Paiva ficaram para jantar. Já estavam todos à mesa, quando apareceu o copeiro com uma carta que um portuguesito acabava de trazer.

Era do Campos. O bom negociante queria festejar o êxito feliz do jovem acadêmico com "uma pequena reunião familiar. Pena era que o Dr. Amâncio estivesse de luto".

"Não há festa", explanava a carta, "apenas se reúnem alguns amigos para lhe beber à saúde; e o doutor bem pode trazer em sua companhia mais alguns."

Amâncio declarou logo que não dispensava o Simões e o Paiva Rocha e exigiu que o Coqueiro levasse consigo a família.

Pois iriam, iriam todos, até o César. Mas o festejado teve de franquear o seu guarda-roupa àqueles dois colegas que não queriam apresentar-se mal-amanhados em uma casa, onde entravam pela primeira vez.

O Coqueiro, em particular, explorou-lhe essa franqueza:

— Foge da boêmia! — disse-lhe, no seu diapasão de homem sério. — Foge da boêmia, rapaz! Esses tipos não merecem que se lhes faça a menor coisa!... Metem os pés — sempre! Já os conheço; não seria eu quem os convidaria para a casa de ninguém! É gentinha que só está habituada a cafés e botequins, não respeitam família! Para eles as mulheres são todas iguais!...

Amâncio sorriu.

— Ora Deus queira que não tenhamos de nos arrepender! — acrescentou o outro. — E, quanto àquela roupa, podes rezar-lhe por alma... o que ali cai, fica!

O provinciano afastou-se sem responder e lamentando interiormente que, logo nessa tarde, não estivesse em casa o eloquente Dr. Tavares, que seria uma excelente perna dos brindes da sobremesa.

Mandar-se vir dois carros. Num iria o Coqueiro mais a família e no outro Amâncio com os dois amigos.

Partiram às oito horas, alegremente, num alvoroço gárrulo de festa. Mme. Brizard dera toda força à sua elegância: atirou-se ao decote, pôs a pedraria ainda do tempo do primeiro marido, e exibiu aquele rico pescoço, "que ela não trocava pelo de ninguém!".

Amelinha estreou um belo vestido de escumilha azul que lhe dera o amante. No seu colo, cor de camélia fanada, assentavam muito bem as pérolas e os rubis; seus braços, levemente dourados de penugem, sabiam, no meio da confusão caprichosa das rendas valencianas, fazer tilintar com graça os braceletes que se enroscavam nas compridas e transparentes luvas de retrós.

A cunhada, ao vê-la sair do quarto, dissera:

— Não parece uma brasileira!... Tão linda está!

* * *

Foram recebidos com transportes de júbilo por toda a família do negociante. Campos entregou a casa ao festejado, "que a este competia, naquela noite, obsequiar às pessoas presentes; fazer as honras da copa e da mesa; promover quadrilhas e prender as moças até pela manhã. Era o dono da festa, que se arranjasse!".

Amâncio tomou posse do cargo, sem caber em si de contente. Muito o sensibilizava tudo aquilo que, de qualquer modo, lhe pudesse afagar o amor-próprio.

E em suas mãos a festa tomou um caráter assustador: o pianista não tinha tempo para fumar um cigarro; os convidados eram constrangidos a beber nos intervalos da dança e a dançar no intervalos das libações. Paiva Rocha e o Salustiano, a despeito de todas as suas garantias de filósofos, intransigentes e péssimos dançadores, tiveram de entrar, por mais de uma vez, nas intermináveis contradanças.

Ao inverso do que pressagiara o Coqueiro a respeito destes dois, tanto um como o outro se houveram admiravelmente. Ninguém melhor que eles para respeitar senhoras; um espesso acanhamento os encascava e tolhia, que nem a concha ao molusco. Salustiano, principalmente, estava mais tenro e inofensivo que uma criança; na quadrilha, mal ousava erguer os olhos para a sua dama e, querendo ser muito delicado, apenas lograva, com os exageros da cortesia, trair a sua nenhuma frequência nas salas.

Para o intimidar bastava a cerimoniosa presença de senhoras de boa sociedade. Aqueles dois pândegos, tão céticos em teoria a respeito da mulher, ali governados pelo meio, eram os homens mais tolerantes deste mundo; seriam capazes de defender a existência de Deus ou do diabo, se elas o entendessem. Fato é que o dono da casa gostou deles em extremo e pediu-lhes que aparecessem aos domingos, uma vez por outra, para jantar.

A festa correu sempre animada até às três horas da manhã, quando Amâncio convidou as senhoras a tomarem lugar na mesa. Ao desrolhar do champanha ergueu-se este resolutamente e exigiu que o acompanhassem num brinde.

Abstiveram-se da bulha, e o estudante grupou em torno do nome inteiro do Campos todo o velho arsenal de retórica aplicável à situação. Em substância nada afirmou, mas a sua palavra era sonora e cheia; as frases gorgolhavam-lhe dos lábios com essa verbosidade oca e retumbante que se observa nos filhos do Norte do Brasil, e que, aliás, tem valido a muitos posição eminente na política. Aquela voz, estalada e aberta, ferindo as vogais, tinha um sabor picante de ironia, vibrava no ar como uma flecha selvagem e feria os tímpanos como um insulto em verso.

As damas interessaram-se pelo discurso e alguns homens o ouviram sem pestanejar. E todos eram de acordo que Amâncio estava talhado para o Direito e que havia de fazer "uma brilhante figura", quer na advocacia, quer na política, se por acaso abraçasse uma dessas carreiras.

— É rapaz de talento! — diziam já as senhoras cochichando.

— A mim comoveu tanto o demônio do moço, que chorei! — segredou uma quarentona de chinó, que passava entre os conhecidos por mulher de maus bofes.

E principiaram a olhar com certa submissão para o esperançoso Amâncio.

E, com efeito, o seu tipo nervoso e moreno de nortista, o seu modo sem-cerimônia de abrir muito a boca, mostrando num gesto de pasmo a dentadura, o desembaraço de sua gesticulação, sempre que entornava para dentro um pouco mais de vinho, e principalmente, o metal daquela voz enfática e encrespada pelo tal sotaque da província; tudo isso, sem dúvida alguma, agradava depois de uma boa ceia, quando cada um não exige de ninguém senão que lhe deixe tomar em paz o seu café e lhe permita acender o seu charuto.

O caso é que Amâncio se converteu numa espécie de presidente da mesa. Era a ele que se dirigiam os que propunham novos brindes; era para ele que mais se voltavam durante o discurso, e, tal e qual no jantar de seu pai por ocasião do célebre exame de primeiras letras, ainda era ele o alvo das melhores felicitações; com a diferença de que, neste agora, em vez de consultar de instante a instante o famoso relógio alcançado naquele dia, o que Amâncio consultava eram os olhos de Hortênsia, nele igualmente presos, mas por uma cadeia doutra espécie.

E ainda como na primeira festa, o estudante abusou um pouco dos licores; mas, agora, em vez de pegar no sono, deu-lhe a bebedeira para abrir às francas com a dona da casa, logo que a pilhou sozinha no terraço, ao fundo do segundo andar.

Hortênsia não se indignou com isso, mas também não se mostrou satisfeita; não repeliu com energia as palavras do sedutor, mas não se pode dizer que as acolhesse de boa cara; não deu, enfim, os beijos que ele pedia, mas por outro lado não retirou a mão que o rapaz agarrara entre as suas.

— Eu te adoro, meu amor, minha vida! — dizia-lhe o velhaco, cheirando-lhe os grossos braços revestidos de filó. — Não te disse há mais tempo por falta de coragem, juro-te, porém, que é verdade! Amo-te, minha Hortênsia, amo-te com todo o entusiasmo, com toda a paixão de que sou capaz.

Ela ouvia em silêncio, a pensar, os olhos ferrados a um ponto, o ar todo caído e acabrunhado como por uma espécie de desgosto; não se mexia, apenas quando Amâncio teimava muito em querer beijá-la, desviava o corpo, sem voltar a cabeça.

— Mas, então? — perguntou ele.

— Então, o quê? — fez a outra como interrompendo um longo pensamento.

— Não aceita o meu amor?...

— Não, decerto, não posso aceitar semelhante coisa!

— Por que, minha santa?...

— Não tenho esse direito; conheço os meus deveres e a minha responsabilidade. O mais que lhe posso dar é uma afeição de irmã, de amiga, uma afeição sagrada e pura!

Amâncio declarou que pensava desse modo justamente, mas agora queria um beijo, um só! O primeiro e último! Nada mais sagrado e puro do que um beijo!...

— Nunca! — disse ela, fugindo com o rosto.

Ele a tomou à força e a senhora ficou ressentida, chegou a ter um gesto de impaciência e teria fugido, se o estudante não a segurasse pela cintura.

— Solte-me!

— Perdoa, perdoa, meu amor! — segredava ele, quase ajoelhado. — Bem quisera ser para contigo o mais respeitoso dos homens, mas não me pude conter, não me pude dominar... Perdoa!

— E jura que, de hoje em diante, não cairá noutra?...

— Juro! Juro! Mas não te revoltes contra mim!

— E que nunca mais me faltará ao respeito?...

Amâncio fez um gesto afirmativo, no qual seus olhos, agora mais estrábicos sob a influência do vinho e do desejo, luziam suplicantes, como os olhos de um cão que tem fome.

— Pois bem — murmurou ela, meio compadecida. — Vá lá por esta vez! Está perdoado, mas fique prevenido de que, se repetir a graça, não respondo pelas consequências.

Amâncio ia fazer novos protestos, quando sentiu que alguém se aproximava; ergueram-se ambos, instintivamente, e, fugindo ao rumor, seguiram de braço dado para a sala.

Tocava-se uma valsa. Ele, sem consultar Hortênsia, enlaçou-lhe a cintura, e puseram-se os dois a rodar, a rodar, tão certos e tão leves, que prendiam a atenção de quantos lá se achavam. E o Coqueiro, encostado à ombreira de uma porta, acompanhava-os com um sorriso de felicidade, no qual havia alguma coisa de orgulho de pai que se revê num filho prodigioso.

Mas o querido estudante, para o fim da festa, já não parecia o mesmo: as bebidas e o cansaço davam-lhe um ar grosseiro e desalinhado; já se lhe não via o colarinho, nem os punhos; a roupa empastava-se-lhe com o suor e a cabeleira desguedelhava-se sobre a testa. E vinham-lhe então pilhérias de mau gosto; tratava Amelinha quase licenciosamente e regamboleava as pernas e os braços no meio da quadrilha, como se estivesse num baile público. Já não dava excelência a ninguém e queria, por força, que o Simões e o Paiva, depois da festa, o acompanhassem a um passeio ao alto da Tijuca.

— Que diabo! — rosnava ele, cuspilhando para os lados. — Ou bem que a gente se mete na pândega ou bem que se não mete!

Só se retiraram ao despontar da aurora. César, que adormecera desde as onze horas da noite, ficou para passar o dia com a família do Campos. Amâncio pôs um carro à disposição do Paiva e do Simões e seguiu no outro com as duas senhoras e o Coqueiro.

Este toscanejava durante a viagem, ao lado da mulher que se sumia na abundância de uma formidável capa de lã; enquanto Amâncio, a charutar derreado para um canto da carruagem, adormecia com a mão direita esquecida entre as de Amélia.

XVII

Recebeu no dia seguinte uma carta de Ângela; era a segunda que ela escrevia ao filho depois da morte do marido.

Já da primeira lhe suplicava que a fosse ver, logo ao entrar das férias, pois agora estava muito só e acabrunhada de desgostos; além disso, os seus padecimentos se agravavam. Amâncio que se não demorasse; a infeliz tinha para si que a presença do filho substituía com vantagem todos os remédios da botica.

Na segunda carta ainda se mostrava mais impaciente e mais aflita pelo rapaz. Falava até no receio de morrer sem abraçá-lo, caso Amâncio não se apressasse a ir em seu socorro. A presença dele tornava-se precisa, mesmo com referência aos interesses do inventário; porquanto D. Ângela começava a desconfiar do Silveira, que não fazia outra coisa senão lhe pedir dinheiro e mais dinheiro para as tais custas. Enfim, por todos os motivos, era urgente que Amâncio desse, quanto antes, um pulo ao Maranhão.

Amelinha, que já não ficara muito tranquila com a primeira carta, assustou-se deveras quando o amante lhe mostrou a segunda.

— Eu não consinto nessa viagem! — disse-lhe terminantemente.

— Mas não vês que se trata de um caso urgente, que se trata de defender meus interesses, que se trata de salvar a vida de minha mãe?... Ou queres tu que eu a mate, hein?...

Amélia não tinha nada que ver com isso!... A sua questão resumia-se no seguinte: "Dera-se a um homem, porque o amava e porque se supunha amada por ele; esse homem a possuiu como bem quis, gozou-a como muito bem entendeu, e, um belo dia, talvez por já estar farto, resolvia meter-lhe os pés e pôr-se ao fresco!"... Boas! Não havia de ser com ela! Amâncio que não caísse em semelhante asneira, porque então veria o bom e o bonito! Quem o afiançava era "a Amelinha dos camarões"!

— Mas, filha, que queres tu que eu faça?... Bem vês que esta viagem ao Norte é inevitável!

— Pois então vamos juntos... Casa-te primeiro comigo!

A ideia foi tão intempestiva que o estudante respondeu com uma gargalhada. Mas o demônio da rapariga, tornando às boas de repente, saltou-lhe ao pescoço e disse-lhe, entre beijos:

— E por que não?... Por que não te casas logo comigo, meu amor?...

— Porque era impossível — explicava ele. "Casar não é casaca!" Era ainda muito cedo para cuidar nisso!... Primeiro tinha de formar-se, praticar algum tempo em Paris, e depois então... sim senhor, não dizia o contrário e havia de ser o mais empenhado em que a coisa se realizasse! Mas por ora... "Deus nos acuda!", era até loucura pensar em semelhante história!...

Amélia fez-se logo de mau humor; vieram os remoques e os reviretes do costume; houve palavras duras de parte a parte e, afinal, como estabelecido imposto de reconciliação, ficou assentado que Amâncio arranjaria mobília nova para o chalezinho das Laranjeiras.

E o rapaz lá foi comprar os trastes.

Dois dias depois, realizava-se a terceira mudança. O Dr. Tavares, o último hóspede da famigerada Mme. Brizard, pagou a sua última conta e recebeu da francesa um abraço de despedida.

— Ah! — suspirou ela. — Até que enfim se podia descansar um pouco! Já não era sem tempo!

O chalezinho de Amélia ficou muito catita: parecia um ninho de noivos. Estava a pedir lua de mel!

A cachorra da pequena tinha gosto. Exigiu tapetes, espelhos, cortinas de chita indiana para a sala de jantar, cortinas de renda para a sala de visitas; quis moldura dourada nos quadros, estatuetas pelas paredes; não dispensou nos aparadores e nos consolos jarras de porcelana das mais à moda; jardineiras aqui e ali, vasos caprichosos com begônias e tinhorões sobre a mesa de jantar; cestinhas artísticas, com parasitas, para dependurar nas janelas; e ainda fez substituir na cozinha, nos arranjos da comida e no arranjo dos quartos, tudo aquilo que lhe parecia em condições de reforma.

E só com essas coisas e só com a satisfação de tanta exigência é que Amâncio conseguia paliar as revoltas da amante. O desgraçado já não tinha ânimo de contrariá-la, porque bem conhecia o preço das rezingas e, sem achar meio de reagir, via claramente que as reconciliações se tornavam mais caras de dia para dia.

* * *

Entretanto, depois da mudança, o amor dos dois tornou um caráter mais digno e decente. Já não era necessário que a rapariga andasse à noite em ponta de pés pela casa, tateando a escuridão, para ir ter com o seu homem. Agora dormiam à vontade, seguros de sua independência, com as portas bem fechadas por dentro.

E só se despregavam, do lado um do outro, quando tinham que abandonar o quarto. Então, cada um se servia da porta competente: Amélia tomava a da varanda e Amâncio a da sala de visitas!

Não podiam desejar melhor!

Melhor, bem certo, para o descanso do corpo e repouso do espírito; não, porém, para garantia do amor, essa estranha função psicológica que só alimenta as suas raízes nos sobressaltos e no perigo. Tamanha segurança e tamanha liberdade de ação deviam fatalmente levantar a ponta do tédio, cujo novelo existe, mais ou menos escondido, no fundo de todas as coisas.

Não vinha longe a saciedade; Amâncio já lhe ouvia o bocejar. Iam-se-lhe pouco a pouco amortecendo os primitivos arrebatamentos do desejo; os dois tinham-se já frouxamente, sem lumes de entusiasmo, sem os esforçadores auxílios da imaginação. Assuntos práticos, positivos, agora se lhes intercalavam nas carícias, puxando-os grosseiramente à calma realidade da vida.

Amelinha já lhe não surgia no quarto com aquele trêfego ruçar-se de pomba assustada, o que lhe enchia as feições e os movimentos de uma graça tão maliciosa e provocadora; agora se apresentava com um ar muito tranquilo, de casada, a arrastar os chinelos, o roupão desabotoado e solto, num farto abandono de alcova.

Despia-se defronte de Amâncio, coçando negligentemente as partes do corpo que estiveram comprimidas durante o dia, como a cinta, o lugar das ligas e dos canos da botinas. Despenteava-se ali mesmo, ao lado da cama do rapaz, sacudindo o cabelo com ambas as mãos, num movimento de traços erguidos que lhe mostrava a grenha das axilas; ele, também, parecia não dar por isso, era todo do livro que lia à luz de uma vela pousada no criado-mudo.

E os assuntos de suas conversas materializavam-se completamente. Já só discutiam interesses práticos, arranjos de vida e conveniências domésticas: "Era preciso arranjar um jardineiro, que viesse uma vez por semana cuidar das plantas e do limpar os tanques. Era preciso chamar o homem do gás para consertar tal candeeiro que não dava boa luz. Era conveniente alugar uma criada que soubesse lavar; porque a ladra da lavadeira trocava as camisas e encardia a roupa, que fazia lástima!"

E, às vezes, na intimidade dessas conversas, criticavam os atos de Mme. Brizard e do Coqueiro; censuravam-lhes umas tantas coisas, como, por exemplo, a negligência destes para com o César. "O pequeno ia por um tal caminho, que, se não abrissem os olhos, havia de amargar mais tarde! Que diabo custava ao Janjão arranjá-lo aí em qualquer casa de comércio ou, pelo menos, fazê-lo aprender um ofício?... Em casa mesmo já lhe podiam ter metido nas unhas a carta do ABC e já lhe podiam ter ensinado alguma coisa... Mas Loló não se queria incomodar! E senão, vissem o que se passava a respeito de Nini; outra fosse a boa da mãe, que a pobre rapariga não levaria semanas e semanas lá na casa de saúde, sem ter uma pessoa que olhasse por ela."

Eram sempre deste teor os motivos de sua conversa. Amélia, não obstante, fazia-se muito ligada aos menores interesses do amigo: queria saber o que ele gastava por fora, com quem estivera; reprovava-lhe certas relações, certas companhias "que não punham ninguém pra diante", e aconselhava-o a que se não descuidasse de outras que lhe podiam ainda vir a servir; pregava-lhe sermões a respeito de economias. "O mundo estava cheio de espertos: ele que desconfiasse de todos; cada um só procurava chamar a brasa para a sua sardinha!" Queria estar a par de como iam os negócios do amante na província. "Se o dinheiro ficara em boas mãos; se não havia risco de uma quebra ou de alguma ladroeira." E muito egoísta, muito mulher, muito agarrada ao que lhe pertencia, desde Amâncio até ao pó de suas gavetas, fazia justamente como fazem os sócios comerciais que, parecendo tratar dos intercsses abstratos de uma firma, estão mas é tratando dos próprios interesses.

Outras vezes boquejavam sobre os conhecidos, sobre as pessoas de amizade. Uma noite em que, durante o serão da varanda, se conversou muito a respeito de Hortênsia, Amélia, já no quarto, em fralda, com um joelho dobrado em cima da cama, enquanto tirava grampos da cabeça e os arremessava para o velador, disse, como se continuasse um pensamento:

— Ela, no fim de contas, não passa de uma mulher como as outras!... Loló e Janjão, é que quando gostam de uma pessoa, tiram tudo dos outros para enfeitá-la!

— Quem? D. Maria Hortênsia? — perguntou Amâncio, procurando num livro o lugar em que na véspera deixara a leitura. E, depois de um movimento afirmativo da rapariga:

— Não, o Coqueiro tem razão — a mulher do Campos é uma excelente senhora. Muito honesta!

— Ora! É uma mulher como as outras! — sustentou Amélia, galgando a cama por cima do amante, para se aninhar do lado da parede.

— Como as outras, como? Em que sentido?

— Não é lá essas purezas que a querem fazer! Não é nenhuma santa!

— Estás enganada, filha! A Hortênsia é uma mulher muito séria!...

— Quando não ri...

— Pelo menos até aqui, que me conste, ninguém ainda se animou a dizer nada de sua conduta!

Amélia, então, possuída de um rancor instintivo de classe, de uma surda antipatia de mulher suspeita por mulher honesta, desencadeou os seus argumentos e as suas razões. Trouxe a lume conversas inteiras, que bispara na tal noite do exame. "Amâncio via caras e não via corações!... Aquele meu bem pra cá, meu bem pra lá, que todos notavam entre o Campos e a mulher, era só dos dentes para fora! No íntimo, Hortênsia detestava o marido! Achava-o muito bom homem, é verdade, muito generoso, não podia se queixar de que lhe faltasse nada — boa mesa, boa casa, criados para servir, teatros, bailes, seu bom carro, seu vestido de preço — sim senhor! Mas só! Quanto a carinhos — nicles! A respeito de certos confortos de que uma mulher precisa — era uma miséria! Às vezes, passavam-se meses e meses sem que o marido a procurasse! O pobre homem andava lá com os seus negócios, coitado! E a doida, em lugar de conformar-se com a sorte, punha a boca no mundo e eram queixas e mais queixas para frente! Que ela, Amélia, não soubera de tudo isso por parte deste ou daquele — escutara com seus próprios ouvidos!"

— Pois bem, ainda me ajudas!... — volveu Amâncio, tomando extremo interesse pela conversa — Ainda me ajudas, porque, se é como dizes, o bom comportamento de D. Hortênsia torna-se muito mais digno de admiração!...

— Sim — retrucou a rapariga ironicamente. — Também acho bom, mas moro longe! — De um, quando mais não seja, sei eu, por quem o tal "anjo de pureza" seria capaz de dar uma perna ao diabo! E olha que, se ainda não a deu, foi porque ainda não teve ocasião para isso! Vontade não lhe falta! Ele que se apresentasse e veríamos!

Amâncio quis logo saber quem era o sujeito.

— Um tipo! Não o conheces.

— Mas como se chama?

Amélia, depois de alguma hesitação, confessou. Era o Sousa Antunes... Aí tinha!

— Que Antunes?! — interrogou Amâncio, já mordido.

— Antunes, homem! Aquele sujeito da Câmara. Alto, de cavanhaque, aquele de castor branco, que uma vez encontramos nas regatas, em Botafogo.

— Ah!... Já sei, já sei...

E Amâncio procurou disfarçar a sua contrariedade, fingindo que se abismava na leitura. E parecia muito preso à página, enquanto, aliás, o seu pensamento buscava descobrir no tipo de Sousa Antunes os atrativos que cativaram a mulher do Campos. Impossível! O tal Antunes era um viúvo talvez de quarenta anos, pai de filhos, e vulgar, sem talento de espécie alguma, vivendo de um ordenado oficial de secretaria, nem tendo, ao menos, qualidades físicas que inspirassem paixão a qualquer mulher, quanto mais àquela! Aquela que não pôs dúvida em lhe atirar com uma recusa pelas ventas!...

— Não! Isso deve ser história! — considerou ele em voz alta.

— Qual história, o quê! — retorquiu logo Amélia.— É louca por ele! Quando o avista, fica tonta! Eu vi! (E arregalou um dos olhos com o dedo.) Ainda outro dia, no São Pedro — que escândalo! Não lhe tirava o binóculo de cima! O que a cegou, sei eu...

— Mas como vieste tu a saber disto?...

— Ora! Loló é toda das Fonsecas, que estão agora de cama e mesa com a Hortênsia!...

— Fonsecas?...

— Aquelas moças esquisitas, aquelas que foram à *soirée*!... Lembras-te? Ó homem! As Fonsecas... as de Catumbi!...

A Amâncio pouco lhe importavam as Fonsecas, o que ele desejava eram mais algumas informações a respeito do escândalo. Não podia suportar a ideia de que Hortênsia, a mesma Hortênsia que lhe repelira os beijos, tivesse um fraco pelo Antunes, o Antunes do cavanhaque! — Que horror!

E, depois dessa conversa, principiou a frequentar a casa do Campos com mais assiduidade. Aparecia regularmente duas vezes por semana e quase se demorava até as horas do chá.

Mas Hortênsia — qual! Não atava, nem desatava. Era sempre a mesma criatura incompreensível; sempre aquela mesma ambiguidade, a mesma dúvida, o mesmo querer e não querer! Hoje — um sorriso de esperanças; amanhã — uma frieza esmagadora; depois — suspiros, meias palavras de ressentimento, olhares misteriosos, vagos, ora muito coloridos de ternura, ora pulados de orgulho; tão depressa altiva e sobranceira, como suplicante e humilde; tão depressa risonha como triste, generosa como sovina, dando com uma das mãos para tomar logo com a outra.

O rapaz impacientava-se: Fosse lá compreender semelhante mulher! Um dia — toda condescendência, toda interesse por ele, no outro — gestos desabridos, ameaças, palavras duras. Sebo! Já passava a debique! No fim de contas não valia a pena!

Mas o ladrão da mulher tinha uns olhos tão doces, uns dentes tão brancos, uma pele tão viçosa!... "Não! Não senhor! Era preciso acabar com aquilo! Ele estava fazendo um papel ridículo!"...

E deliberava não pensar mais na mulher do Campos. "Que diabo! Se se queria divertir, comprasse um boneco de engonços!"... Quando, porém, dava por si no dia imediato, já os passos o tinham conduzido para a casa do negociante.

"Entraria, mas lá dentro havia de ser forte, inabalável!" E trepava pelas escadas, imaginando o improvisar um namoro com a Carlotinha, estudando os assuntos de que teria de usar na conversa, calculando os efeitos que a sua afetada indiferença devia produzir no espírito da caprichosa. Bastava, porém, um sorriso de Hortênsia, uma palavra mais terna, um gesto mais amoroso para o fazer ficar caído, desarmado, seguro como nunca. — Era o diabo!

Voltava para casa furioso, atirando com as portas, respondendo de má vontade às perguntas que lhe dirigiam.

Amélia o estranhava, sem dar, contudo, a perceber coisa alguma. Apenas lhe perguntava, aliás, como sempre, onde estivera e, quando o rapaz dizia secamente: "Com o Campos", ela fazia:

— Ah!...

E não tocava mais em semelhante coisa.

Uma noite ele entrou ainda pior que das outras. Não quis ir à varanda, meteu-se no quarto, abriu um livro e aí ficou, junto à secretária, com a fisionomia fechada sobre a página.

Todavia, seu pensamento trabalhava: "Era preciso acabar com aquilo, custasse o que custasse! Era preciso definir as posições! — Ou a mulher do Campos se explicava, ou ele não poria lá mais os pés!".

E resolveu que o melhor seria escrever-lhe uma carta, uma carta enérgica, decisiva, exigindo um "sim" ou um "não". Fosse a resposta qual fosse, contanto que viesse, contanto que Hortênsia desembuchasse por uma vez!

Mas não queria escrever enquanto Amélia não pegasse no sono. — Ele bem sabia o quanto era a rapariga desconfiada e fina. Só quando a pilhou quieta e presumiu que já estivesse dormindo, foi que se animou a minutar a carta.

Frases e frases desesperadas e cheias de fogo acavalavam-se umas pelas outras, falando em martírios infernais, em suplícios dantescos e terríveis aniquilamentos. E Amâncio, no seu epicurismo estrepitoso e brutal, declarava que "já não podia suportar as meias promessas", os dúbios sorrisos e as lentas torturas que ao sangue recalcado lhe impunham as atitudes perplexas de Hortênsia. Preferia a dor por inteiro, completa, de um só golpe. Ela que tomasse uma resolução, que despachasse! Se lhe não convinha o amor que ele propunha, declarasse-o com franqueza: "ficaria o dito por não dito! E assim, escusavam de prosseguir naquele encarniçamento desabrido, de cujo oscilante resultado as dúvidas e incertezas o acabrunhavam e consumiam, mais dolorosamente do que tudo que pudesse haver de terrível e cruel em uma solução desfavorável!"

Quando deu por bem correto e limado o que escrevera, tirou a limpo uma cópia, sobrescritou-a e, para que Amélias não descobrisse nada, escondeu todos os corpos de delito no fundo de uma das gavetas da secretária. Depois, como se tivesse alijado um novelo da garganta, respirou desafrontadamente, amorteceu o bico de gás e, abafando os passos e desfazendo-se em cautelas, foi meter-se nos lençóis, muito empenhado em não acordar a amante.

Não levou dez minutos a cair no sono.

Então, Amélia ergueu-se, ainda com mais cuidado do que ele se recolhera, foi pé ante pé à secretária, tirou a carta e, depois de guardá-la em lugar seguro, tornou de novo à cama, e desta vez adormeceu deveras.

* * *

Leu-a precatamente no banho, às oito horas da manhã, enquanto esperava que o tanque de mármore se enchesse.

Amâncio ainda ficara no quarto.

Ela, já despida, encostada ao reborbo da banheira, os ombros curvos, uma perna sobre a outra, a cabeça descaída molemente para os ombros polposos do seio, tinha em uma das mãos a pequena folha de papel e, de tal modo a fitava, que parecia disposta a consumi-la com o brilho iracundo de seus olhos.

Aquela carta a revoltava muito; não por ele, mas por si mesma; não pelo afeto que teria ao estudante, mas pelo ressentimento de seu amor-próprio ofendido. Não lhe podia sofrer a vaidade que um homem, a quem, por merecer, ela fizera tudo que estava em suas mãos; um homem por quem lançara em jogo todos os recursos de sua feminilidade, um homem por quem barateara todo o valimento do seu corpo, tivesse ânimo de desprezá-la por outra mulher!

E, com o olhar imóvel sobre a nudez oriental de seus membros, a boca entreaberta, o colo palpitante, Amélia se concentrava toda na ideia de uma vingança completa, tão completa, tão grande que lhe atulhasse o rombo cavado no seu orgulho de mulher traída.

A água que escorria da torneira com um trapejar, monótono, punha no ambiente desagasalhado do banheiro uma impressão ainda mais fria da umidade e desconforto; e aquele corpo nu destacava-se ali como uma bela estátua desprezada. Sua carne tersa e maciça contraía-se, empinando os lóbulos do peito e enrijecendo a vermicular protuberância dos quadris.

Nisto, uma abelha voejou à roda da cabeça de Amélia, tentando pousar-lhe nos cabelos; ela agachou-se toda, fugindo logo num movimento medroso de caça que se assusta. Em seguida, puxou a toalha do cabide e pôs-se a dardejá-la contra o dourado importuno.

Foi uma luta. O inseto fugia; ela trepava-se à borda do tanque, equilibrando-se ora num pé, ora no outro, segurando-se à parede, vindo, recuando, a despedir para todos os lados golpes perdidos na toalha.

Mas a abelha não se deixava prender. Ia e revinha no ar, zumbindo, a sacudir as suas trêmulas asas de escumilha; até que o sol, por uma frincha do telhado, veio buscá-la numa aresta de luz, ainda mais dourada do que ela.

* * *

Nessa ocasião, Amâncio, no quarto, perdia a cabeça à procura da carta.

— Pois se eu a guardei aqui, com estas minutas!... resmungava ele sozinho, depois de ter já desarrumado toda a gaveta.

Imaginar que Amélia desse com ela, não! Não era possível! Não descobrira o lugar, onde Amâncio, tão previdentemente, sepultara a maldita carta; além disso, quando ele se meteu na cama, já a pequena dormia a bom dormir e, pela manhã, bem a viu acordar e escafeder-se para o banho... Que diabo teria então mexido ali?... As portas ficavam sempre fechadas por dentro!... Supor que tivesse guardado o demônio da carta em outra parte... mas como? Se a deixara justamente dentro das minutas, e as minutas lá estavam?

Mas Amélia vinha de entrar no quarto ao pé.

— Ó Amelinha! Viste por acaso por aí alguma carta?... — perguntou o rapaz indo ao seu encontro.

— Que carta? — fez ela com o ar mais calmo e mais natural deste mundo.

— Uma carta que nem é minha!... Guardei-a naquela gaveta, desapareceu!... Agora não sei que contas preste ao dono! É uma entalação! uma verdadeira entalação! — queixava-se o rapaz convictamente.

— Mas onde a puseste?

— Na gaveta da secretária; estou-te a dizer!

— Então deve estar lá. Procura bem.

— Já vi. Não está!

— Pois aqui não entra mais ninguém... Eu cá por mim, não mexo nunca nos teus papéis, e ainda nem abri, uma vez sequer, qualquer dessas gavetas... Se puseste a carta aí, aí deve estar por força!

— Qual está o quê! Já despejei a gaveta! Já remexi tudo.

E a desordem em que se achava o quarto dizia isso mesmo.

— Então não sei... concluiu Amélia, sacudindo os ombros. E continuou tranquilamente a enxugar os cabelos, cujo serviço havia interrompido para atender às perguntas do amante.

— Mas a carta também não podia voar! — declarou este em tom áspero.

— Sei lá! — replicou a outra. — Comigo que não a tenho... isso afianço!

— Diabo! — praguejou Amâncio, sem se poder dominar. — Pois, nem uma miserável carta posso ter nesta casa?! Arre! Que inferno!

— Inferno são esses modos que tens ultimamente! De certo tempo para cá é esta boniteza! Parece que falas ao Sabino! Ora quem sabe!... Quem sabe, se tenho aqui algum senhor?!...

— Está bom! Basta!

— Basta vá ele! *Seu* atrevido! Quero saber que culpa têm os mais com os sumiços que levam as cartas, para ouvir impropérios desta ordem!

— Eu não me dirigi a ninguém! Sebo! Falo cá comigo! Creio que ao menos tenho o direito de zangar-me quando entender!

— Sim, mas é que os outros também não estão dispostos a aturar desses repelões a todo o instante!

— Pois que não aturem!

— Malcriado! Agora, por qualquer coisinha é isso que se vê!

— Qualquer coisinha, não! — berrou Amâncio. — É que ontem pus aqui uma carta (soltou um murro na secretária) e a carta desapareceu! Irra!

— Mas quem é que te podia vir aqui tirar a carta, criatura de Deus?! — perguntou Amélia mais branda, encaminhando-se para o amante, a modos de querer chamá-lo à razão.

— Não sei! O fato é que a pus aqui, e ela cá não está!

— Há de estar, homem! Não a encontras agora porque já não tens cabeça, mas, logo que te acalmes, hás de descobri-la...

— Mas onde? Já corri tudo!

— Deixa estar; eu me encarrego de procurá-la assim que saíres.

— Mas é que eu precisava levá-la comigo! É negócio urgente!

Amélia, como em resposta à última frase do rapaz, abaixou-se sobre os papéis espalhados no chão e começou a examiná-los, um por um.

— Não está aí! — observou Amâncio zangado, a passear de um lado para outro. — Já revistei tudo isso mais de cem vezes! Furtaram a carta, não tem que ver!

Amélia já não respondia e continuava, muito afoita, a esquadrinhar o que havia pelo quarto.

— Se me lembro perfeitamente que a meti naquela gaveta, ao fundo, dentro destas minutas! — acrescentou Amâncio, depois de um silêncio colérico.

— Mas quando a trouxeste? — disse Amélia, sem tirar os olhos do que rebuscava.

— Ontem à noite.

— Mas eu não te vi com ela...

— Já estavas dormindo, quando a pus na gaveta.

— Quem sabe se ficou naquela algibeira?...

E a manhosa, com um vislumbre, largou tudo de mão para correr e examinar a roupa do cabide.

— Ó filha! Eu não estava bêbado quando me recolhi! — observou Amâncio.

E tocou para o banheiro, traçando furioso o lençol em volta do corpo, num gesto melodramático.

Quando tornou ao quarto, Amélia já havia arrumado as gavetas e dispunha sobre a cama a roupa que o rapaz devia vestir à volta do banho.

— Então? — perguntou ele, ao entrar.

— Nada! — volveu ela, com admiração na voz.

— Com efeito! Isso contado não se acredita! — rosnou Amâncio, enfiando as meias.

E gritou para fora:

— Ó Sabino! Olha essas botas, moleque!

Amélia, ao lado, metia-lhe os botões numa camisa engomada.

E depois, a escovar-lhe o paletó no corpo, quando o estudante já estava pronto:

— E a carta, de quem era?...

— Do Campos, — respondeu ele, sem hesitar.

E saiu. Amélia acompanhou-o pelas costas com um riso de asco.

* * *

E logo que se viu só, tirou do seio o seu furto e releu-o mais uma vez.

— Que devia fazer daquela carta? Como se devia servir daquela arma?... Denunciar o infame? Atirar-lhe à cara a prova de sua vilania e nunca mais o procurar para nada, ou devia simplesmente fingir que não sabia de coisa alguma, e, em segredo, tomar a vingança que lhe parecesse melhor?

Despedi-lo por uma vez — não convinha! Isso nem por sonhos! Ficar, porém, eternamente resignada e submissa, também seria asneira!

Seu amor-próprio estava mordido e sangrava. O procedimento desleal de Amâncio assumia no tribunal egoístico de seu espírito ignorante e mal-educado as proporções jurídicas de um crime, de um monstruoso abuso de confiança, um estelionato. Não se podia conformar com a ideia daquela tremenda injúria, lançada contra os seus direitos de mulher nova e bonita.

— Canalha! — murmurava consigo, a esmoer o fato. — Bem me dizia o coração!... Agora, o que precisavas que te fizessem, sei eu! Ah! Mas descansa que hás de pagar com língua de palmo! para não seres cão, meu safardana!

Foi-se, porém, todo o dia, sem que Amélia deliberasse o destino que deveria dar à carta. Só na manhã seguinte apareceu-lhe uma solução.

Foi ter com o mano, chamou-o de parte e entregou-lhe.

— Vê isto — disse.

Coqueiro abismou-se logo desde as primeiras palavras: *"Minha adorada e incompreensível Hortênsia."*

— Que vem a ser isto? — perguntou ele intrigado.

— Lê! — respondeu ela.

E, enquanto o irmão devorava o que vinha escrito:

— Vê tu só a hipocrisia daquele sonso!...

— Ele já sabe que esta carta está em teu poder? — interrogou Coqueiro depois da leitura.

— Qual! Nem pode descobrir!

— Ainda não deu pela falta?

— Já. Zangou-se um bocado, arrepelou-se, mas afinal creio que se convenceu de que a tinha perdido.

— E agora o que tencionas fazer disto?

— Não sei... Que achas tu?...

— Acho que por ora não convém fazer nada.

— Calar-me?!

— Por ora, decerto! Esta carta pode vir ainda a servir-te de muito, mas é preciso que, em primeiro lugar, apareça a ocasião. Se quiseres, deixa-a comigo, que eu sei o destino que lhe devo dar.

E guardou-a no bolso depois de um gesto aprobativo da irmã.

— Ele a teria escrito de novo e feito chegar às mãos de Hortênsia, sabes?...

— Não sei, mas posso ver.

— Bem. Em todo o caso, não te dês por achada! Nem uma palavra a esse respeito! Precisamos dar tempo ao tempo... podes, todavia, ficar já tranquila, que o que tem de ser — traz força! A justiça não se fez para os cães!...

— É por isso mesmo que eu não confio muito na tal justiça! — observou a rapariga.

XVIII

Mas, no fundo, João Coqueiro principiava a "cismar com o negócio". Segundo os seus cálculos, a irmã, por aquela época, já deveria estar pejada: circunstância esta que daria oportunidade a um escândalo, de antemão preparado, forçando Amâncio a "reparar a sua falta".

E, no entanto, Amelinha "nada de aviar"! O bom irmão sentia até como um peso na consciência por haver contribuído diretamente para aquela situação.

— Era sempre assim! — pensava ele enraivecido. — Se não precisássemos de um filho, é que os pestinhas haviam de aparecer aí de enfiada!

E o receio amargo de ter sacrificado a menina, talvez sem os belos resultados que esperava para si e para ela, invadia-lhe o coração e punha-lhe momentos maus na vida.

Mme. Brizard já não pensava do mesmo modo. Aquela existência pronta, inteiramente desocupada, lhe viera muito a propósito. "Ela, coitada de si! Bem precisava de um bocado de descanso!"

As coisas, de fato, iam-lhe agora admiravelmente: tinha a sua mesa boa e farta, um bom quarto de dormir, a mucama para lavar-lhe e engomar-lhe a roupa, um camarote no teatro de quando em quando, aos domingos um passeio à cidade, e lá uma vez por outra uma *soirée* em casa de alguma amiga. "Ah! Não se podia comparar a existência que levava agora com a peste de vida que curtira na rua do Resende!"

É que então não havia a menor folga; não se podia arredar pé do serviço! E todo o dia reclamações! E todo o dia — o banho morno de fulano! O chocolate de beltrano! Este queria ir sem pagar a conta; o outro se entendia no direito de dizer desaforos porque pagava! Arre! Assim também não era viver! Seu corpo há muito tempo que pedia aquele repouso! Se continuasse a labutar como dantes — credo! Estourava por aí um dia, esfalfada!

E, com medo de perder a "pepineira", cercava Amâncio de adulações. Tinha-o na conta de um patrão, de um amo, com direito a todos os carinhos e desvelos. Assim jamais o contrariava, nunca lhe opunha censuras. — Aquilo que o rapaz fizesse estava sempre bem feito!

No seu entendimento mercantil de locandeira, Amâncio não aparecia "como isto ou como aquilo"; representava pura e simplesmente "um bom arranjo". Ali não havia favores, havia negócio; ninguém ficava a dever obrigações. — Ele despendia tanto em dinheiro, mas recebia em carícias e bom trato um valor correspondente. — Estavam quites!

Apenas, como o negócio era rendoso e agradava à boa mulher, esta fazia o que estava ao seu alcance por aguentá-lo o maior tempo possível, como de resto, qualquer um procederia com referência a um bom emprego. Quanto à posição de Amélia, Mme. Brizard a dava por natural e coerente. Não via na cunhada uma vítima ou coisa que o valha, mas tão-somente um membro solidário naquela empresa, envidando os esforços de sua competência para o comum interesse da associação.

Isso, já se deixa ver, era o que pensava a francesa, mas não o que ela expunha; de sorte que o marido ficou muito espantado, quando, falando sobre a necessidade de tratar do casamento de Amélia com o hóspede, lhe ouvia dizer:

— Homem... para falar com franqueza... acho que o melhor é deixar seguir o barco como vai!...

— Como vai!...

E o Coqueiro engoliu a frase indignado:

— Ora essa! Tu, com certeza, não estás falando a sério!

— Às vezes, quem tudo quer tudo perde!... — sentenciou a mulher.

— Mas que diabo quero eu?! — retrucou aquele. — Eu não quero senão o que é de justiça! Quero apenas que eles se casem!

A outra, para quem o casamento de Amélia não trazia vantagens imediatas e podia, aliás, comprometer o estado feliz das coisas, saltou logo com uma bateria de opiniões contrárias: "Coqueiro faria muito mal em precipitar os acontecimentos! Naquela situação o mais razoável e o mais prudente era sem dúvida esperar! A natureza não dava saltos! As coisas haviam de atingir a um bom resultado, sem ser preciso lançar mão de meios violentos!"...

— Mas é que ele nos pode escapar! — argumentou Coqueiro.

— Não creias! — retorquiu a velha com um gesto arraigado na experiência.

— Mas, filha, vem cá. Não vês como o Amâncio está ultimamente? Já não é o mesmo! Amelinha já não tem sobre ele domínio de espécie alguma! O maroto já não pensa nela, é todo da Hortênsia!

— E que tem isso? O que tem que ele farisque a Hortênsia? Está no seu direito: é moço, tem dinheiro!

— Ora essa! — exclamou de novo o Coqueiro, ainda mais indignado que da outra vez. — O que tem isso?!...

E cruzando os braços:

— É muito boa!

Mas tornou logo:

— Tem, que ele deve uma reparação à minha irmã! Tem, que ele, apaixonado pela Hortênsia, pode virar as costas à pobre menina e abandoná-la no estado em que a pôs! Desonrada, perdida! "Que tem isso?!" Ora, faça-me o favor!

— Tolo! — disse a francesa com um riso cheio de filosofia, cuja tranquilidade contrastava com as irritações do marido. — Tolo! Bem que se vê que não conheces os homens!... Pois acredites lá que o Amâncio despreze a rapariga por ter agora um capricho pela outra?... Não sabes que a única mulher capaz de prender o homem é aquela com quem ele convive dia e noite; aquela com quem ele se habituou; aquela que já lhe conhece as fraquezas, os ridículos, as pequeninas misérias da intimidade?! Abandoná-la!... Digo-te mais: Hortênsia é até necessária! Deixa que ele a persiga, que ele a conquiste a força de mil sacrifícios e de mil sofrimentos; deixe que ele a possua, que a tenha inteira na mão! Deixa, porque ele há de voltar, e voltar farto!... Meu amigo, paixão é fogo de palha! Não dura! Nas ocasiões de fadiga e abatimento é com o amorzinho de casa que a gente se acha!

E fica então sabendo que, para um homem amar deveras uma mulher, é preciso que ele se tenha já desiludido com muitas outras! Tristes de nós, se assim não fosse! Há maridos que, ao voltar de suas correrias, apaixonam-se pelas mesmas esposas a quem dantes só se chegavam por obrigação! E a francesa velha, saboreando o silêncio que cavara no adversário, concluiu depois de tomar fôlego:

— O rapaz quer, por graça, dar cabeçadas?... Pois deixa-as dar! Que ele, quando partir a cabeça, há de fazer justiça à tua irmã. Este fato da mulher do Campos, crê tu, foi uma providência, foi um atalho que se abriu nos teus planos!

* * *

E o fato é que o Coqueiro acabou por concordar com a mulher. "Amélia, desde que se convertesse numa necessidade para a vida de Amâncio, este, com certeza, seria o mais interessado em fazer dela sua esposa; por conseguinte, agora o que convinha era que a rapariga também ajudasse de sua parte, empregando todo o jeito e boa vontade de que pudesse dispor: devia mostrar-se cordata, simples nos seus gostos, bem arranjadinha, amiga do asseio, honesta, digna, enfim, de um marido!"

E dominado por essa ideia, aconselhou logo à irmã que se fizesse meiga com o "noivo", dócil, boa companheira e fiel principalmente, fiel quanto possível, que todo o futuro dela, bom ou mau, só disso dependia!

Mas a rapariga, com uma pontinha de desânimo, contrapunha-lhe o feio procedimento de Amâncio para com ela naqueles últimos tempos. Apontou as cenas de altercação que mais a humilharam; disse as frases grosseiras que ouvira do amante, as ameaças que recebera, as palavras que lhe escaparam, a ele, na febre das contendas; palavras, onde se enxergavam claramente o fastio e a má vontade!

— Não faças caso! — discreteou o irmão. — Isto não vale nada!... Fecha por enquanto os olhos a todas essas coisas! Não convém o menor espalhafato antes que o tenhas seguro de pés e mãos! Nada de espantar a caça!... Lembra-te, minha rica, de que, no estado em que te achas, só ele te poderá proporcionar uma posição legítima e definida!

Depois dessa conferência, o Coqueiro ficou mais tranquilo. Agora, a sua maior preocupação era o sobrado da rua do Resende. Já lá se iam meses, sem que o conseguissem alugar; o diabo do prédio era grande demais para família e, na disposição em que estavam os quartos, só mesmo podia servir para casa de pensão.

Nesta conjuntura, resolveu alugá-lo a várias pessoas; mas, para isso, tinha de fazer obras e faltava-lhe um homem de confiança, que estivesse disposto a ir para lá e tomar conta de tudo. Ah! Se não fora a família!... Ninguém mais se encarregava disso senão o próprio Coqueiro! E fá-lo-ia até por gosto!

Encontrou, porém, o seu homem num velho conhecido, empregado no correio e que, já em algum tempo, tomara a seu cargo, nas mesmas condições, a casa de um outro amigo. Chamava-se Damião — bom rapaz, ativo e zeloso. Estava talhado para a coisa.

O Damião, mediante a faculdade de não pagar a parte que ocupasse na casa, comprometia-se a cobrar o aluguel dos outros inquilinos e entregá-lo pontualmente ao senhorio; obrigava-se a fiscalizar a conservação do prédio, a pregar escritos quando houvesse cômodos desabitados e administraria, enfim, o serviço da pessoa que se encarregasse de fazer a limpeza dos quartos, de varrer os corredores, encher os jarros e moringues, tomar conta da chavaria e ter olho sobre quem entrasse e quem saísse.

Para estes últimos cuidados arranjou-se um homenzinho meio corcunda, português, rafeiro, esperto como um rato; um pouco falador, mas muito experimentado naqueles serviços. Coqueiro dar-lhe-ia alguma coisa por mês e um canto da casa para dormir. "Uma pechincha!"

Fechado o negócio, tratou o proprietário de dividir a sala de visitas e a varanda do sobrado em pequenos repartimentos de tabique, forrados de papel nacional. É inútil dizer que neste ponto foi indispensável a intervenção pecuniária de Amâncio, que ficou por conseguinte com direito sobre uma parte dos rendimentos do prédio.

E também não é menos útil declarar que o provinciano, nem de longe, sentiu jamais o cheiro de tais rendimentos.

* * *

Mas o certo é que as obras se fizeram, e a célebre casa de pensão de Mme. Brizard, outrora tão animada e concorrida, transformou-se num desses melancólicos sobradões de alugar quartos, que se observam a cada canto do Rio de Janeiro e onde, promiscuamente, se aninha toda a sorte de indivíduo, mas de indivíduos que já foram alguma coisa ou de indivíduos que ainda não são nada.

Aí, as mais belas e atrevidas ilusões vivem paredes-meias com o mais denso e absoluto ceticismo. Velhos boêmios, curtidos no veneno de todos os vícios e no segredo de todas as misérias, encontram-se diariamente, ombro a ombro, com os visionários estudantes de preparatórios.

É nessas praias desamparadas à ventania da sorte que a sociedade costuma arrevessar o destroço dos que naufragam nas suas águas, mas é daí também que ela pesca às vezes novas pérolas para o seu diadema. Há de tudo — homens de todas as nacionalidades, sujeitos de vida misteriosa, solteiros libertinos e neutralizados pelo venéreo, artistas completamente desconhecidos que se imaginam vítimas do meio, e supostos talentos que vivem para amaldiçoar a fortuna dos que conseguiram vencer a onda.

Quase todos eles têm na sua vida um fato, uma época, uma coisa extraordinária, para contar: um, apresenta a honra de lhe haver morrido nos braços tal homem célebre; outro, diz que foi amante da senhora condessa de tal; outro, afiança e jura ser o verdadeiro, se bem que obscuro, promotor de tal acontecimento histórico; outro revela um romance de amor que lhe cortou a carreira, mas que o imortalizará em vendo a luz da publicidade; outro confia numa invenção, "é o seu segredo", um projeto mecânico, ou industrial ou econômico-político; outro não aceita emprego nenhum do atual governo, e espera a ocasião de "pegar numa espingarda e fuzilar as velhas instituições de seu miserando país"; outros, enfim, (e são os menos raros), têm apenas para exibir em honra própria a circunstância de algum parentesco ilustre.

Ah! Não se encontram aí notabilidades de nenhuma espécie, mas sim os parentes. Este, é o sobrinho de tal poeta ilustre; aquele, irmão do ministro tal, que deu o nome a tal rua; estoutro, cunhado ou primo em terceiro grau do glorioso artista fulano dos anzóis.

E os tipos, quando lhe tocam nisso, enchem-se de orgulho, como se participassem das glórias do festejado parente; pelo menos, ninguém os apresenta a qualquer pessoa, sem acrescentar logo, com assombro: "Irmão de sicrano!... cunhado de beltrano!..."

Então, o apresentado costuma baixar os olhos, sorrindo modestamente, como se dissesse: "Ó senhor! Por quem é... não me confunda!".

É também desses viveiros sombrios e malcheirosos que surgem certas figuras que, às vezes, nos espantam na rua, a tossicar dentro de um sobretudo enorme, um xale-manta em volta do pescoço, um bengalão entre os dedos e na fisionomia um ar melancólico e ao mesmo tempo irritado.

É daí, desses quartos silenciosos, úmidos e tristonhos, como sepulturas vazias, que surgem com o seu passo inalterável e pausado os sinistros aranhões, que vemos passar estranhamente pelos jardins públicos, ao sol das boas manhãs de inverno.

Coitados! São em geral homens sem meios de vida, protegidos por algum figurão qualquer, de quem, ou foram colegas na academia, ou ainda continuam a ser parentes com a mais cruel pertinácia. Quando falam desse protetor feliz e rico não se animam a dizer mal, mas à sua fisionomia acode um invencível sorriso cheio de velha bílis acumulada e sôfrega por transbordar. Uns vão regularmente comer a certas casas comerciais, outros se arranjam pelas impossíveis casas de pasto da Cidade Nova, os "freges", onde as refeições não passam de duzentos réis. Alguns têm almoço seguro à mesa de um velho amigo de melhores tempos, o jantar em casa de outro; às sextas-feiras são infalíveis nas comezainas gratuitas dos frades de São Bento. Uns, passam a noite na jogatina, percorrendo espeluncas, tomando café nos quiosques às quatro e meia da manhã e então, durante o dia seguinte, dormem a fartar; outros, recebem donativos de alguma irmandade religiosa, à qual se filiaram em épocas de prosperidade.

São sempre vistos, em horas determinadas, no jardim do Rocio, no Passeio Público, assentados nos bancos de pedra, lendo jornais à sombra das amendoeiras, às vezes têm ao lado a botina que descalçaram por amor dos calos; são vistos igualmente nos edifícios públicos em construção, acompanhando as obras com interesse, como se estivessem encarregados disso, fazendo perguntas, ralhando com os operários, numa necessidade irresistível de aplicar, seja como for, a sua atividade desocupada e vadia. Não há motim, não há incidente de rua, por mais ligeiro, em que eles não intervenham, tomando logo a parte principal na coisa, repreendendo o agressor, conciliando o agredido, fazendo enfim acreditar que ali está uma autoridade civil em pleno exercício de suas funções.

São violentos quando lhes falam de política e só se referem aos homens de poder com palavrões brutais e desabridos; a alguns nomeiam sempre com alcunhas determinadas e todos os outros que ainda não receberam o batismo de sua cólera invejosa, são indistintamente "os ladrões, os patoteiros, os vis, os traidores, os capachos do rei!". Através dos cerrados negrumes daquela miséria e daquele ressentimento, nada enxergam de bom e de legítimo.

O Coqueiro, não obstante, se mostrava satisfeito com os seus inquilinos e dizia ter encontrado no Damião o "homem que lhe convinha".

Aparecia por lá constantemente; gostava de ver como ia o prédio, gostava de dar uma vista de olhos pelos cantos da casa, em silêncio, de mãos no bolso, e sentia um verdadeiro prazer sempre que encontrava alguma coisinha para consertar — algum pedaço de papel solto da parede, alguma régua despregada, alguma tábua fora do lugar.

A existência nunca lhe parecera tão corredia e tão fácil; só faltava, para complemento da ventura, que o maçante do colega desembuchasse por uma vez com aquele, maldito casamento.

Ah! então é que seriam elas!...

* * *

Mas o "maçante do colega" estava bem longe de pensar em casamento; todo ele era pouco para sofrer a cáustica impassibilidade de Hortênsia.

A caprichosa continuava no seu terrível sistema de não aviar nem desaviar. Amâncio fizera-lhe ir ter às mãos uma segunda cópia da carta subtraída, e ela em resposta aconselhou-o a que não escrevesse outra, sob pena de entregá-la ao marido.

— Pois que vá para o diabo que a carregue! — pensou o estudante, furioso, e resolveu dar o negócio por acabado.

Com efeito, durante um mês inteiro, nas poucas vezes em que teve de falar ao Campos sobre questões de interesses materiais, não passou do escritório.

— Homem! — dizia-lhe o negociante. — Você só aparece aqui por fruta, e faz visitinhas de médico! Não há meios de apanhá-lo lá em cima! Neném até já se queixou!

Amâncio defendia-se com os seus estudos e com os sobressaltos em que andava depois das últimas cartas do Norte.

— Por quê? Há alguma novidade?! — perguntou o amigo, cheio de solicitude.

— A velha não está boa! — explicou o rapaz. — Desde que morreu meu pai, a pobre de Cristo ainda não levantou a cabeça! Confesso-lhe que tenho meus receios, tenho!...

E quedava-se abstrato, a fitar o chão, com a fisionomia paralisada por uma tristeza vidente e ao mesmo tempo irresoluta.

O outro não se animava a interromper aquele silêncio doloroso e respeitável. Mas, por fim, lembrou discretamente, com delicadeza, que não seria má uma viagem à província; talvez com isso se evitasse um desgosto maior... Amâncio era a menina dos olhos de D. Ângela... bem podia ser que, só com a presença dele, a pobre senhora melhorasse!...

O estudante mostrou-lhe a última carta da mãe; e os dois, tendo ainda conversado com o mesmo recolhimento, vieram a concordar em que era indispensável um passeio ao Maranhão; Amâncio retirou-se, fazendo já os planos da viagem.

— Oh! — exclamava ele por dentro. — Vou! Não tem que ver! Vou definitivamente! E provo àquela mulher que não ligo a menor importância ao que ela me fez! Hei de provar-lhe que o seu procedimento em nada me alterou. Que até sigo muito satisfeito e muito senhor de mim.

E via-se já na ocasião das despedidas — frio, indiferente, sorrindo às lágrimas de Hortênsia. E sua fantasia, gozando do efeito desses devaneios, armava-lhe, ao sabor da vaidade, cenas muito espetaculosas, nas quais representava ele sempre o papel mais brilhante e mais elevado.

Via Hortênsia a seus pés, lacrimosa e mísera, suplicando-lhe por piedade que não fosse, que a perdoasse, que se compadecesse de tamanho desespero. "Ela ali estava submissa e arrependida, pronta a cumprir de olhos fechados as ordens de seu querido Amâncio, do seu senhor, do seu Deus, do seu tudo!"

Ele, então, com um riso cruel, voltando-lhe o rosto e acendendo um charuto: "Não, filha, tem paciência! E se insistes, vai tudo às mãos do Campos!"...

Hortênsia, ao ouvir estas palavras, estorcia-se numa aflição teatral, e logo que Amâncio se dispunha a partir, desabava de costas, quase morta, justamente como as heroínas dos romances que ele devorara aos quinze anos.

Mas a terrível concupiscência do nortista, sobrepujando logo a fantasia do vaidoso, não resistia à tentação de possuir, ao menos em sonho, aquele belo corpo desfalecido e, como dantes, começava mentalmente a despi-lo, peça por peça, até deixá-lo em pleno escândalo da carne.

* * *

Entrou em casa resolvido a levantar o voo, custasse o que custasse.

Sim, era preciso ir! Por Hortênsia, por sua mãe, por Amélia, por mera distração, por tudo! Precisava afastar-se daquele inferno, onde duas mulheres, como duas sombras, o torturavam; uma fugindo e a outra o perseguindo. Desde que recebeu a tremenda resposta de Hortênsia, sentia-se muito nervoso e irascível; Amélia suportava-o, sabe Deus como, fazendo milagres de paciência para não se afastar dos conselhos que lhe dera o irmão. Quase que já se não podiam sofrer um ao outro. Além disso, as cartas de Ângela repetiam-se agora desesperadamente. "Estaria a pobre mãe com efeito em risco de vida?..." , pensava Amâncio. "Dependeria dele salvá-la?... E os seus interesses que havia tanto tempo o reclamavam?... E as saudades da pátria? E os prazeres que encontraria à volta do primeiro ano acadêmico?"

Os prazeres, sim, que Amâncio, pelo derradeiro paquete, recebera em uma das principais folhas diárias de sua província a seguinte notícia:

"MARANHAENSE DISTINTO. — Acaba de fazer brilhantemente o primeiro ano de seu curso na Escola de Medicina na Corte o nosso talentoso comprovinciano, Amâncio da Silva Bastos e Vasconcelos, filho do há pouco falecido e sempre chorado comendador Manuel Pedro de Vasconcelos, um dos mais estimados negociantes que foi desta praça. Enquanto não podemos pessoalmente abraçar o digno jovem e esperançoso discípulo de Hipócrates, apressamo-nos a enviar-lhe daqui os nossos sinceros parabéns, futurando em S.Sa. mais uma glória legítima para a nossa Atenas, já tão rica, aliás, em talentos privilegiados!".

Ninguém poderá imaginar o efeito que produziram tais palavras no espírito presunçoso de Amâncio. Era a primeira vez que ele via o seu nome em letra redonda, seguido de alguns adjetivos laudatórios.

Por detrás daquela notícia pressentia o rapaz um paraíso de novas considerações que o esperava na província; antevia o sorriso das damas, a reverência dos pais de família e a inveja dos ex-colegas do Liceu.

— Não! Não podia deixar de ir. O Maranhão, naquele momento, e por todos os motivos, representava para ele uma necessidade urgente. Havia de meter a cabeça e varar por quantos obstáculos se lhe antepusessem.

* * *

Amélia ficou estonteada quando o amante lhe deu parte dos seus projetos de viagem, tão calmo e resoluto foi o tom em que o fez; mas, voltando do primeiro choque, rompeu num grande pranto e atirou-se de bruços na cama, soluçando muito aflita. "Que era uma desgraçada! Que Amâncio a queria abandonar, depois de a ter desonrado e perdido!"

— Eu volto, filha! — disse ele, procurando fazer-se meigo. — Vou tratar de meus interesses, ver minha mãe, e volto para o teu lado! Não tenhas receio de que te engane! Eu, ainda se quisesse, não podia ficar por lá, já não digo por ti, mas, que diabo! pelos meus estudos. Pois acreditas que eu cairia na asneira de abandoná-los, agora que estou tão bem encaminhado?...

— Não sei! — respondeu a rapariga, erguendo-se rapidamente, com feições sumidas na vermelhidão do choro. — Você, é impossível que não tenha no Maranhão alguém à sua espera!... E essa com certeza não há de ser pobre como eu, não terá a boa-fé que eu tive!... Com essa você não porá dúvida nenhuma para casar!...

E voltaram-lhe os soluços, como um temporal que recresce.

— Estás a dizer tolices, filha! Dou-te a minha palavra de honra em como nunca me esquecerei de ti! Que mais queres?!

— Pois então casemo-nos e partirás depois!...

— Isso é impossível! Já te disse um milhão de vezes! Oh! Minha mãe espera-me há quatro vapores seguidos! Imagina tu como não estará ela, coitada, com a morte do velho! Não hei de agora, em vez de minha pessoa, lhe apresentar uma carta pedindo licença para casar!... Que espécie de filho seria eu nesse caso?! "Enquanto a pobre viúva se desfaz em lágrimas; enquanto na família tudo é luto e desgosto, o bom do filho pensa em casamento e, sem dúvida, prepara as festas do noivado!" Não! — gritou ele energicamente. — Isso não faria eu, nem se me cosessem a facadas! Pelo menos, enquanto estiver com esta roupa sobre o corpo...

E sacudiu com força a aba do seu fraque de lustrina.

— Enquanto estiver com esta roupa, não penso em mulher! Nada! Antes de tudo, sou filho! Percebes?! Antes de tudo, tenho de olhar por minha pobre mãe, que é muito capaz de morrer se não me vir ao seu lado!

E foi, cheio de excitação, debruçar-se no peitoril da janela, fitando as plantas do jardim, a roer as unhas.

Houve um silêncio. Amélia já não chorava; imóvel, apoiando-se ao espaldar da cama, entontecia a vista contra as ramagens cruas do tapete.

— Nesse caso, ela que venha ter comigo... — disse afinal, sem erguer os olhos.

— Ora! — resmungou Amâncio, voltando-se vivamente na janela.

— Ou então iremos nós... — acrescentou a rapariga, fazendo um biquinho de enfado. E depois, com pieguice: — Tenho muito medo das maranhenses!...

O estudante não respondeu, foi ter com ela, tomou-lhe meigamente a cabeça entre as mãos.

— Esta cabecinha!... — disse — esta cabecinha não sei quando terá juízo!...

E, passando a falar em tom sério, protestou que era até injustiça supô-lo capaz de cometer uma perfídia daquela ordem! Amélia já devia estar perfeitamente convencida de que ele a amava deveras; de que ele não seria tão mau que a abandonasse, depois de receber tantos carinhos. Ela que não estivesse a descobrir perigos, onde nem sombras disso havia!... A tal viagem ao Norte, no fim de contas, era uma questão de dois ou três meses, e ele deixaria uma mesada regular e escreveria por todos os vapores!...

— Não acreditas ainda que te estou falando com sinceridade? — concluiu, a beijá-la nos olhos. Que precisão tinha eu de te enganar?...

— Sim, creio, creio que por ora assim seja, não há dúvida! Mas também estou persuadida de que, logo que passes a barra, tudo muda de figura!... Nos primeiros dias ainda te lembrarás da infeliz que deixaste, mas depois... com a presença de outras, com os novos passatempos que te esperam... até hás de perguntar aos teus botões "como foi que em algum dia chegaste a pensar a sério neste casamento?"...

— Bem se vê que não me conheces! — retorquiu o rapaz.

— Não! não! não irás! — sustentou Amélia. — Adoro-te, és meu, não te quero perder! Ora essa!

— Mas, filha — observou Amâncio impacientando-se — lembra-te de que é mais decente fazermos a coisa por bons modos... Afinal, tu não me podes constranger a ficar, e, eu, em vez de ir, deixando um compromisso de cavalheiro, sou capaz de ir, sem deixar coisa alguma! Ora aí tens!

— Hein?! — bradou ela, transformando-se a contragosto.

— Cai nessa! Experimenta só, para veres o gosto que lhes achas!

Amâncio respondeu com um gesto desabrido, enterrou o chapéu na cabeça, e saiu à toa, sem destino, com uma fúria surda a espezinhar-lhe o coração.

* * *

Mas, ao voltar, encontrou Amélia no mesmo estado. E a questão reapareceu à noite, reapareceu na manhã seguinte, e todos os dias, tomando um caráter de rezinga permanente.

Amâncio perdeu de todo a paciência.

— Era demais! Sebo! Ele, no fim de contas, não tinha obrigação nenhuma de aturar semelhante gaita nos ouvidos! Que mastigação! Arre! Amélia que fosse atenazar o pai!

Ela respondeu possessa, deixando escapar palavrões. "Supunha ter encontrado um homem, mas encontrara um quidam,[1] um canalha, um desfrutador!"

— Desfrutadores são vocês todos! Percebes tu?! — berrou ele, colérico. — Desfrutadores: é teu irmão, é

[1] Pessoa de pouca importância. (N. E.)

tua madrasta e és tu! Que só faltam me arrancar a pele! Súcia de filantes!

E lembrou o que até aí gastara com eles, o que lhes dera, o que comprara e o que lhe desaparecia das algibeiras.

— Não me estás de graça, não! — exclamou, saindo afinal do quarto como da outra vez.

Desta, porém, quando voltou a casa, vinha com o ar mais despreocupado que se pode desejar. E logo que Amélia lhe falou na questão da viagem, ele respondeu tranquilamente que já não havia nada a esse respeito. "Resolvera ficar."

A rapariga compreendeu o disfarce e, no dia seguinte, tratou de prevenir o irmão de que abrisse os olhos, se não queria ver o Sr. Amâncio escapar-lhe por entre os dedos.

João Coqueiro ficou de orelha em pé.

XIX

A pequena tinha toda a razão; Amâncio, se parecia resolvido a desistir da viagem, era porque nessa mesma tarde encontrara o Paiva e, na sua necessidade de expansão, levou-o para o fundo de um café e abriu-se com ele. Contou-lhe as dificuldades que o afligiam, e pediu-lhe conselhos.

— Não há que saber! — disse o consultado. — Não há que saber!... Aí só vejo dois partidos a tomar: — ser tolo, ou não ser tolo!

E, como o outro fizesse um trejeito de má compreensão:

— Tolo, se ficares não tolo e se te puseres ao fresco!

— Mas, Paiva, você então acha que devo ir? — perguntou Amâncio, hesitando, a morder as unhas.

— Homem! — volveu aquele — se precisas ir ao Norte, prepara-te caladinho e vai! Que necessidade tens tu de que a gente do Coqueiro saiba disso?... Deves-lhe satisfação de teus atos?... Se não deves, é aprontar as malas e... por aqui é o caminho! Olha! Deixa-lhe uma carta muito delicada, já se vê, muito cheia de promessas. "Que voltas, que hás de fazer, que há de acontecer!" E, no entanto, vai-te raspando... Porque essas coisas, filho, assim é que se decidem. E quanto aos arranjos da viagem... cá estou eu para te ajudar!...

Calaram-se por alguns instantes. Paiva Rocha pediu um novo *cherry-cobler* e prosseguiu, enquanto o amigo, muito pensativo, fitava o mármore da mesa:

— Agora, se estás tão embeiçado pela sujeita, que não tenhas ânimo de a deixar, isso é outra coisa!... Neste caso, o melhor é escrever à velha, dizendo-lhe que venha, arranja um novo advogado de confiança que se encarregue de teus negócios no Maranhão, e faze a vontade à pequena — casa-te!

Amâncio torceu o nariz com enfado:

— Qual!

— Então, filho, que esperas?... É perder o amor aos objetos que lá tens, e fazer o que já te disse!

— Mas o Coqueiro não poderá tomar alguma vingança?...

— Não sejas parvo! — resmungou o outro, bebendo de um trago o que ainda tinha no copo; e ergueu-se disposto a sair. — Amanhã, às mesmas horas, cá estou! Traze o cobre e deixa o resto por minha conta!

Separaram-se concordes de que no dia seguinte ficariam depositados na república do Paiva os apetrechos da fuga.

Em casa do Coqueiro, todos, à semelhança de Amelinha, nem de leve mostravam suspeitar de coisa alguma; pareciam até mais tranquilos e satisfeitos. Nem um gesto de ressentimento, nem uma palavra indiscreta que os denunciasse. Tudo era paz e bem-aventurança.

Reapareceram as primitivas noites de amor, como boa estação que volta carregada de flores. Os dois amantes nunca se possuíram tão satisfeitos um do outro e nunca se patentearam tão convictos da mesma felicidade. No empenho comum de se enganarem, cada qual redobrava de carinhos e meiguices; enquanto por dentro os corações lhes bocejavam, aborrecidos e fatigados.

O dia da viagem chegou sem novidade alguma. Amâncio levantou-se como das outras vezes, apenas um pouco mais cedo. Olhou por um momento Amélia que ainda dormia, toda sumida nos lençóis, vestiu-se cautelosamente para a não acordar; depois foi à varanda, bebeu café e saiu em ar de passeio.

No largo do Machado tomou um carro e bateu para a república do Paiva.

Não encontrou o colega, havia já saído. — Devia estar à sua espera com a bagagem, no cais Pharoux.

Amâncio mandou tocar o carro para lá. E, à proporção que se aproximava do mar, crescia-lhe por dentro um vago sobressalto de impaciência e de medo.

— Anda! — gritou ao cocheiro, espiando repetidas vezes pela portinhola e apalpando de instante a instante o bilhete da passagem que tinha no bolso.

Estava comovido, principiava a sentir pena de deixar a Corte; apareciam-lhe saudades das boas noites com Amélia, das patuscadas com os amigos. E um mundo de recordações formava-se e transformava-se atrás dele fugindo, desaparecendo como sombras que se esbatem.

Para disfarçar a impressão desagradável de tais mágoas, procurava embriagar-se com a ideia das aventuras que o esperavam na província, grupando na fantasia tudo aquilo que o pudesse interessar de qualquer modo; e compunha, e construía, inventava episódios, cenas, dramas inteiros, nos quais lhe cabia sempre a principal figura. E, depois de bem mergulhado nos seus devaneios, depois de bem envolvido na alacridade de seus sonhos de glória, o Maranhão aparecia-lhe risonho e brilhante como a última expressão do que há de melhor sobre a terra.

Mas na ocasião em que se apeava, um tipo mal-encarado, olhando por cima dos óculos, a barba grisalha, um tom geral de porcaria no seu velho fato de pano preto, nas suas botas acalcanhadas, no seu chapéu de pelo cheio de manchas amarelas, aproximou-se dele e, com uma voz enxuta e morfanha, intimou-o "a comparecer imediatamente em presença do delegado de semana na secretaria de polícia". Era um oficial de justiça.

— Mas que desejam de mim? — perguntou o estudante, empalidecendo e procurando o Paiva com os olhos. — Eu não tenho nada com a polícia!

E recuou dois passos.

— O senhor está intimado! — repetiu secamente o outro, e, em voz baixa, disse a dois sujeitos que se haviam adiantado: — Cerca! cerca o homem!

Então aqueles avançaram logo, jogando o corpo num pé só, o chapéu para trás, um grosso porrete na mão.

— Comigo é onze! — exclamou um deles, muito canalha, a cuspilhar para os lados.

— Mas, por que me prendem?! — perguntou o estudante, sentindo-se tolhido.

— São coisas! — responderam-lhe, fazendo-o entrar no carro.

Amâncio ainda procurou descobrir o Paiva; depois, azoinado pela gentalha que se reunia em torno dele, saltou para a almofada, perseguido sempre pelos três sujeitos.

O oficial segredou alguma coisa ao cocheiro, e o carro deu volta e rodou em sentido contrário ao cais.

Amâncio cobriu o rosto com o lenço e principiou a soluçar.

* * *

Coqueiro, desde a prevenção que lhe fez a irmã, não se descuidou mais um instante de vigiar a sua presa: seguiu-lhe os passos, farejando, até o momento em que Amâncio tomou bilhete de passagem para o Norte.

Então, correu à casa do Dr. Teles de Moura.

O Teles era um advogado velho, muito respeitado no foro; não pelo caráter, que o não mostrava nunca, nem pela sua ciência, que a não tinha; nem tampouco pelos seus cabelos brancos, que a estes nem ele próprio respeitava, invertendo-lhe a cor; mas sim pela sua proverbial sagacidade, pelas suas manhas de chicanista, pela sua terrível figura de raposa velha, pelos seus olhinhos irrequietos e matreiros, pelo seu nariz à bico de pássaro e pela sua boca sem lábios, donde a palavra saía seca e penetrante como uma bala.

O passado do Teles era toda uma legenda de vitórias judiciais; atribuíam-lhe anedotas mais antigas do que ele; muito processo se anulou naquelas unhas aduncas de tamanduá; muito criminoso escapou às penas da lei por entre as malhas da sua astúcia; muito inocente foi parar à cadeia ensarilhado nas pontas de seus sofismas.

Para ele não havia causas más; em suas mãos qualquer processo se enformava ao capricho dos dedos como uma bola de miolo de pão.

E o irmão de Amélia sabia de tudo isso perfeitamente quando lhe foi bater à porta.

Seriam então nove horas da manhã, a raposa almoçava.

Coqueiro esperou um instante e, só terminado o barulho dos pratos, animou-se a tocar a campainha.

Apareceu um moleque, tomou o recado no corredor e pouco depois trouxe a resposta. "O amo estava muito cheio de ocupações naquele dia, não falava com pessoa alguma. Coqueiro que voltasse noutra ocasião."

Mas Coqueiro recalcitrou. Esperaria... Tinha que falar ao Dr. Teles, custasse o que custasse. "Tratava-se de uma causa importantíssima!"

Veio afinal o doutor, palitando os dentes, o ar muito ocupado, os movimentos de quem tem pressa.

— Que era? O que desejavam?

Coqueiro, com a voz alterada, os gestos dramaticamente desesperados, disse que ia ali buscar proteção e justiça. "Era pobre, sim, mas estudioso e trabalhador. Sua vida aí estava — limpa! Podia até servir de modelo! Casara-se na idade em que os rapazes em geral só pensam nos prazeres e nas loucuras!... Adorava a família; sim! adorava, porque a família era o bem único de que ele dispunha na terra! Tinha uma irmã, inocente e indefesa, a quem até aí servira de pai e de tutor..."

O advogado deixou escapar uma tossezinha de impaciência.

— Pois bem, senhor doutor! — exclamou o outro, puxando com ambas as mãos, contra o peito, o seu chapéu de feltro.

— Pois bem! Essa menina, que era todo o meu orgulho, que era como o documento vivo do bom cumprimento de meu dever... essa menina, que eduquei sob os maiores sacrifícios... essa pobre criança...

— Que fez? — perguntou o velho muito calmo. — Arribou de casa?...

— Não senhor, acaba de ser vítima da maior traição, da mais degradante maldade, que...

— Mas, afinal, o que houve? — interrogou o doutor fugindo às preliminares.

— Foi desvirtuada por um rapaz, um colega meu que, há coisa de um ano, hospedei, por amizade, debaixo de minhas telhas!...

— E ele? — perguntou o advogado, sem se comover.

— Ele já está de passagem comprada para o Maranhão e foge amanhã mesmo, se não houver uma alma reta e caridosa que lhe embargue a viagem.

— Ela ficou pejada?

— Não senhor.

— É menor?

— Tem vinte e três anos — respondeu o queixoso, triste porque sua irmã não tinha menor idade.

— Está o diabo! — resmungou a raposa; espetando os dentes com palito. — E ele?

— Ele tem vinte e um.

— Feitos?

— Feitos, sim senhor.

— Bem.

E acendeu um cigarro que levava a preparar lentamente.

— É o diabo! — repisava. — Não se pode fazer nada, sem a verificação do fato. — É o diabo!

E calaram-se ambos. O velho a pensar; o outro, de cabeça baixa, o aspecto infeliz, a choramingar baixinho.

— Ele tem recursos? — perguntou aquele afinal.

— É rico, bastante rico — respondeu o Coqueiro, sem tirar os olhos do chão.

— Emancipado?...

— Totalmente. Órfão de pai! E até sócio comanditário de uma importante casa comercial. Tem para mais de quatrocentos contos de réis.

— Bem. Arranja-se a queixa-crime. Olhe! Deixe-me aí o seu nome, o dele, o da vítima, o dos competentes pais, se os tiverem, as respectivas moradas, profissões, etc., etc. Enfim, a substância da queixa...

— O senhor doutor acha então que?...

— Veremos! Veremos o que se pode fazer!... Não perca tempo, escreva.

Coqueiro escreveu prontamente, interrompendo-se de vez em quando para pedir informações.

— *'Stá* direito! — sussurrou o advogado, correndo os olhinhos pela folha de papel que o outro lhe acabava de passar. — Pode ir descansado. Vá.

E seu todo impaciente estava a despedir a visita. Esta, porém, fazia não dar por isso e desejava mais esclarecimentos; queria saber ao certo o tempo que deitaria aquela questão. "Se era de esperar que Amâncio casasse com a vítima; se havia recursos na lei para o perseguir etc., etc."

O velho palitou os dentes, mais vivamente. "Que diabo! Um processo era um processo! Tinha de percorrer todos os competentes sacramentos! Não se chegava ao fim, sem passar pelos meios!... Amâncio podia furtar-se à citação, esconder-se; os oficiais de justiça eram tão fáceis de ser comprados!... Tão ordinários!... Vendiam-se por qualquer lambugem, por um relógio, por um pouco de dinheiro!..."

E principiou a encarecer a causa, grupando termos jurídicos, apontando dificuldades. Sua voz transformava-se ao sabor daquela terminologia especial. Em primeiro lugar tinham de apresentar uma queixa perante o juiz de direito do distrito criminal. Deferida a petição, intimar-se-ia o indiciado para a audiência que se designasse. — E os interrogatórios? E a pronúncia? E os recursos?... "Enfim havia de se fazer o que fosse possível!..."

— E por enquanto — acrescentou o chicanista, consultando apressado o relógio — não tenho de meu nem mais um segundo!

E despedindo o outro com um aperto de mão:

— Olhe! Procure-me logo mais na polícia, ao meio-dia. Estou lá à sua espera. Pode ir descansado. Adeus!

E empurrando-o brandamente:

— Não deixe de ir, hein?... Meio-dia em ponto! Adeus! Desculpe!

Coqueiro saiu, mastigando agradecimentos.

Estava agora mais tranquilo; a fama do Dr. Teles de Moura enchia-o de esperanças radiosas. "Sua causa não podia cair em melhores mãos!"

* * *

E a verdade é que ele, industriado pela raposa velha, obteve um mandado de notificação, obrigando Amâncio a comparecer na polícia, imediatamente, para investigações policiais, e peitou o oficial de justiça e arranjou dois secretas e, afinal, o amante da irmã foi conduzido à presença do delegado de semana e daí levado à detenção, donde só sairia para responder ao primeiro interrogatório.

O advogado requereu corpo de delito na ofendida e, para a seguinte audiência, o comparecimento dos outros dois inquilinos que, por ocasião do crime, moravam na casa de pensão — o Dr. Tavares e o guarda-livros.

No inquérito, duas testemunhas fizeram-se ouvir contra Amâncio; um taverneiro das Laranjeiras — bicho gordo, cabeludo, a pele cor de telha e dono de uma venda que encostava os fundos com os da casa de Amélia, e um alferesinho de polícia, noutro tempo vizinho do queixoso em Santa Teresa e agora morador do casarão da rua do Resende — homenzito magro, pobre de sangue, olhos fundos e boca devastada por uma anodontia horrorosa.

Amâncio, que ainda não conhecia de perto o que vinha a ser "um processo" e estava longe de imaginar as tricas e os ardis de que costumam lançar mão os litigantes para defender ou acusar um pobre diabo que a justiça lhes atira às unhas, ficou pasmo, quando na ocasião de assinar os atos e termos, leu a matéria do fato criminoso que lhe arguiam.

O alferes declarou em substância que: "na noite de 16 de julho do ano tal, pela uma hora da madrugada, estando em Santa Teresa, no sótão que então ocupava (o qual era místico ao sótão de uma outra casa, onde viera a saber mais tarde, residia Amâncio), ouviu daí partirem gemidos angustiados e uma voz fraca, de mulher, a dizer: *Solte-me! Solte-me! Não me force!* E que, tomado de curiosidade, trepara-se a espreitar para a casa do vizinho e, então, percebera distintamente que um homem violentava uma rapariga; e que depois cessaram as vozes e só se ouviram suspiros e soluços abafados".

O taverneiro depunha que: "naquela mesma noite, estando casualmente de passeio em Santa Teresa, ouvira, ao passar pela casa onde então residia João Coqueiro com a família, uma altercação de duas vozes, na qual se destacavam uma de mulher que chorava, implorando piedade e suplicando, por amor de Deus, que a não desonrassem".

E tudo isso estava perfeitamente de acordo com que já havia declarado o Coqueiro. Dissera este que "nessa mesma noite se recolhera às três horas da madrugada, pois estivera até então em Botafogo, na companhia de seu colega Firmino de Azevedo, e que, ao entrar em casa ouvira leves gemidos no quarto da irmã e chamando por esta da varanda e perguntando-lhe o que tinha, ela respondera que — *não era nada, apenas havia acordado às voltas com um pesadelo;* mas que ele, Coqueiro, apesar dessa explicação, ficou muito sobressaltado e ainda mais, quando, depois de acordar a esposa, que dormia profundamente, e perguntar-lhe se houvera em casa alguma novidade durante a sua ausência, lhe ouvira dizer que — até às nove horas da noite podia afiançar que nada acontecera, mas que, daí em diante, não sabia, visto que, sentindo-se àquela hora muito incomodada, se havia recolhido ao quarto com seu filho César e, como usava água de flor de laranja para os seus padecimentos nervosos, supunha ter essa noite medido mal a dose e tomado demais o remédio, em virtude do estranho e profundo sono que se apoderou dela até o momento em que o marido a chamara. — Por conseguinte, das nove horas da noite às três da madrugada, Amâncio e Amélia haviam ficado em plena liberdade".

E mais: "que, no dia seguinte àquela noite fatal, Amélia não quis sair do quarto e que ele, indo ter com a irmã e perguntando-lhe se sofria de alguma coisa e se precisava de médico, notou-lhe certa perturbação, certo constrangimento e um grande embaraço na resposta negativa que deu; e que ela, todas as vezes que era interrogada, fugia com o rosto para o lado contrário e abaixava os olhos, como tolhida de vergonha; e que, examinando-a melhor, que descobrira sinais roxos nos lábios, nas faces, e pequenas escoriações no pescoço, nas mãos e nos braços; e que então, fulminado por uma suspeita terrível, exigiu energicamente a revelação de tudo que se passara na véspera durante a sua ausência, e que ela, empalidecendo, abrira a chorar e, só depois de muito resistir, confessou que fora violentada por Amâncio, mas que este prometera, sob palavra de honra, em breve reparar com o casamento a falta cometida".

Mme. Brizard confirmou o que disse o marido a seu respeito.

Amâncio, porém, logo que foi novamente interrogado, negou: 1º) Que conhecesse as duas testemunhas depoentes contra ele; 2º) Que em tempo algum houvesse sucedido o que elas afirmavam; 3º) Que tivesse empregado violência contra Amélia; 4º) Que fizesse promessa de casamento a quem quer que fosse e debaixo de quaisquer condições. E confirmou: 1º) Que na noite, não de 16, mas de 20 de julho daquele ano, estabelecera relações carnais com a queixosa; 2º) Que nessa noite, permanecendo de pé o conchavo de uma entrevista combinada entre eles, Amélia, logo que a casa se achou de todo recolhida, apresentara-se-lhe no quarto e aí ficara até às cinco horas da manhã, sem mostrar durante esse tempo o menor indício de contrariedade, e parecendo, aliás, muito satisfeita e feliz com o que se dera, como se alcançara a realização do seu melhor desejo; 3º) Que de tudo isso nada absolutamente teria sucedido, se Amélia não o perseguisse com os seus repetidos protestos amorosos, com as suas provocações de todo o instante, chegando um dia a surpreendê-lo à banca do trabalho com um aluvião de beijos! Que não teria sucedido, se todos os de casa, todos! — o irmão, a cunhada, ela, o César, os fâmulos, não concorressem direta ou indiretamente para aquilo, armando situações, preparando conjunturas arriscadas para ambos, explanando ocasiões escorregadias, nas quais fora inevitável uma queda!

E Amâncio acrescentou, arrebatado pela correnteza de suas palavras:

— Nada disso teria acontecido, senhor juiz, se me não desafiassem, se me não sobressaltassem os instintos, atirando-a a todo o momento contra mim; se nos não empurrassem um para o outro, com insistência, com tenacidade, deixando-nos a sós horas e horas consecutivas: fazendo-a enfermeira ao lado de minha cama, pespegando-a todos os dias, todas as noites, diante de meus olhos, ao alcance de minhas mãos — enfeitada, perfumada, preparada, como uma armadilha, como uma tentação viva e constante!

O delegado observou discretamente que Amâncio se excedia nas suas declarações; mas o auditório, na maior parte formado de estudantes, protestava, atraído por aquela setentrional verbosidade que enchia toda a sala.

Rebentavam já, daqui e dali, algumas exclamações de aplauso. E a voz do nortista, irônica e crespa no seu sotaque provinciano, ainda se fez ouvir por alguns instantes, em meio do quente rumor que se alevantava.

— Ah! Por Deus! Por Deus, que bem longe estava ele de imaginar um fim tão dramático àquela comédia! Bem longe estava de imaginar que, depois de o escodearem por tantas maneiras; já o fazendo chefe de uma família que não era a sua; já lhe exigindo a compra de uma casa, exigindo vestidos, joias, carros, dinheiro para as despesas diárias, dinheiro para a botica, dinheiro para o açougue, para o médico, para tudo! — ainda se lembrassem de extorquir-lhe a coisa única que até aí não havia cobiçado — seu nome! — o nome que herdara de seus pais!

— Bravo! Bravo! Muito bem!

E a matinada dos estudantes rebentou com entusiasmo, sufocando os novos protestos que apareciam. O delegado reclamava silêncio, e Amâncio, muito pálido, a testa luzente de suor, tinha os braços cruzados, a cabeça baixa, numa atitude dramática de altiva resignação.

Findo o inquérito e dada a queixa, o sumário caminhou sem mais incidente. Todavia, o provinciano, sempre que era interrogado, deixava-se arrebatar como da primeira vez.

As testemunhas, com mais ou menos tergiversação, reproduziam as suas patranhas; concederam-se os dias da lei ao indiciado, para que juntasse a sua defesa escrita e os documentos; e, afinal, subiram os autos à Relação, onde foi sustentada a pronúncia, e o processo esperou que designassem a sessão em que Amâncio teria de entrar em julgamento.

XX

O acidente de Amâncio causou enorme impressão nos seus conhecidos. Campos, ao receber a notícia, ficou fulminado e atirou-se no mesmo instante para a casa de correção, sem mais se lembrar de que nesse dia estava cheio de serviço até os olhos.

Seu primeiro ímpeto foi de repreender severamente o culpado, verberar-lhe com energia a "ação indigna" que acabava de praticar; mas pouco depois, veio-lhe uma grande comiseração. "Porque, enfim, coitado, o pobre moço era ainda muito criança... naturalmente fraco... e daí... Quem sabia lá o que teriam feito para o precipitar naquele crime?..."

Sem saber por quê, afigurava-se-lhe que, o papel de vítima cabia mais a Amâncio do que ao Coqueiro. Este surgia-lhe agora à imaginação, como um Satanás de mágica que deixou fugir de repente, pelo alçapão do teatro, a sua túnica de bom velho peregrino. Seria até capaz de jurar que, a despeito do disfarce, já de muito lhe havia bispado a saliência dos cornos diabólicos, por debaixo do religioso capuz. E pequeninos fatos, que até aí jaziam dispersos e abandonados no seu espírito, vinham, acordando de repente, justificar semelhante transformação.

— Sim! Já em certa época descobrira no Coqueiro tais e tais sintomas de hipocrisia; ouvira-lhe tais e tais frases que o fizeram desconfiar de seu caráter!... Não tinha que ver! Já lá estavam as tais pontas diabólicas a espetar o capuz!

E arrependia-se de não haver em tempo desviado o pobre Amâncio daquele perigo. Andara mal! Devia preveni-lo... Devia ter dado qualquer providência a esse respeito!...

E voltando-se contra si:

— Mas, onde diabo tinha eu esta cabeça, para não ver logo que um homem, que se casa especulativamente com uma velha do feitio de Mme. Brizard; um homem que consente à irmã receber presentes e mais presentes de um estranho; um homem que especula com tudo e com todos, um maroto! não se mostraria tão agarrado ao rapaz, senão com o propósito firme de lhe pregar alguma?!... Oh! andei mal! andei mal, como um pedaço de asno!...

E apressou-se a socorrer a "pobre vítima".

Ainda se houvesse a hipótese de uma fiança... reconsiderava ele, já em caminho da detenção. — Mal qual! O Dr. Tavares, que lhe levara ao escritório a notícia do escândalo, dissera-lhe que "o crime era inafiançável e que por conseguinte não se podia evitar a prisão!" — Infeliz moço! Infeliz moço! — resmungava o Campos, quase chorando. — Antes nunca ele viesse ao Rio de Janeiro! Que demônio hei de eu agora escrever à família?... E a pobre D. Ângela?! Coitada, como não ficará, quando, em vez do filho, receber a notícia de tanta desgraça?!... Valha-me Deus!

E foi nesse estado que o Campos chegou à casa de correção da rua do Conde.

Hortênsia não ficou menos impressionada; ao saber do caso empalideceu extraordinariamente e começou a tremer toda. Desde então se tornou apreensiva e nervosa de um modo lastimável; tinha pesadelos, ataques de choro, ameaças de febres e um fastio enorme.

Carlotinha, que se achava nessa ocasião de passeio em casa das Fonsecas de Catumbi, foi logo reclamada a lhe fazer companhia.

Em casa do negociante quase que se não falava de outra coisa que não fosse o processo de Amâncio; pareciam todos empenhados com o mesmo ardor na sorte do "pobre rapaz". Os caixeiros murmuravam pelos cantos do armazém e os criados, sempre desejosos de merecer a atenção dos amos, traziam da rua os comentários que ouviam ou que inventavam sobre o fato.

E o escândalo, como um líquido derramado, ia escorrendo pelas ruas, pelos becos, penetrando por aqui e por ali, invadindo as repartições públicas, os escritórios comerciais, as redações das folhas e as casas particulares.

Os jornais começavam a explorá-lo.

Na Academia de Medicina e na Escola Politécnica levantavam-se partidos. João Coqueiro bem poucos colegas tinha de seu lado; nem só porque lhe cabia na questão o papel, sempre mais antipático, de agressor, como em virtude de seu gênio insociável e seco. Antigos ressentimentos que pareciam esquecidos, ressurgiam agora, aproveitando a ocasião para tirar vinganças; daí — opiniões mal-intencionadas; comentários atrevidos sobre a conduta de Amélia, sobre o caráter mercantil de Mme. Brizard, sobre as velhas brejeirices da rua do Resende. Uns se contentavam em fazer conjeturas; outros, porém, tiravam conclusões, e alguns iam ainda mais longe, contando fatos: "Em tal baile do Mozart", dizia um quartanista de medicina, "estava com a irmã do Coqueiro, dançara com ela duas valsas e desde então ficara sabendo de que força era a tal bichinha!..." E seguiam-se pormenores degradantes e revelações descaradas.

Este, sustentava que o João Coqueiro sabia perfeitamente de tudo que lhe ia por casa e que era até o primeiro a mercadejar com a irmã, como seria capaz de fazer com a própria mulher, se houvesse um homem de bastante coragem para afrontar aquele dragão! Estoutro, afirmava que ele não se lamberia com a proteção do carola Teles de Moura, se não fossem as legendárias relações de Mme. Brizard com o falecido cônego Muniz, ex-redator de um jornal católico.

E choviam as insimulações, as denúncias: "Coqueiro era um hipócrita, um jesuíta! Fingia-se muito devoto na escola para agradar ao professor fulano; defendia a escravidão e a monarquia para lisonjear beltrano; se entrava numa pândega com os companheiros, no outro dia punha-se a dizer que só ele não se embebedara e não fizera papel triste! Se lhe tocavam em mulheres, o velhaco abaixava os olhos e ficava todo estomagado, e, debaixo da capa de santarrão, ia fazendo das suas! Era um cão! Um tartufo!

Toda essa má vontade contra o João Coqueiro redundava em benefício de Amâncio, por quem alguns estudantes pareciam sentir verdadeiro entusiasmo. Na Faculdade de Medicina não se encontrava um só rapaz a favor daquele; ao passo que este tinha por si quase toda a Politécnica. Nas duas escolas falava-se muito em "exploração, em roubo, em piratagem". A cifra dos bens de Amâncio, à medida que passava de boca a boca, ia tomando proporções fabulosas, faziam-na de mil, quatro mil, dez mil contos de réis. O Paiva era agora requestado pelos colegas, como um boletim sanitário que traz os últimos telegramas da guerra. Por saberem de sua intimidade com o réu e das visitas cotidianas que ele fazia à casa de correção, não largavam um só instante; cercavam-no, cobriam-no de perguntas: "Como estava Amâncio, se triste, abatido, desesperançado, ou se alegre, indiferente, risonho?!... E a tal Amelinha dos camarões?... Que fazia? Como se portava no negócio? Ia visitar o amante? Escrevia-lhe? Aparecia a alguém? Comprazia-se com a desdita do preso ou era solidária nos sofrimentos dele?".

Paiva respondia para todos os lados, não tinha mãos a medir; os espíritos, porém, longe de se acalmarem com isso, mais se sofregavam e acendiam. A impaciência tomava o lugar da curiosidade: um sobressalto febril, de jogo, preava o coração dos estudantes; os ânimos palpitavam na expectativa de um desfecho escandaloso. Previam-se, com arrepios de gozo antecipado, o impudico espetáculo dos depoimentos, as brutais declarações dos médicos e todo o cortejo descomposto de um júri de desfloramento.

O artigo 222 do Código Criminal lá estava pairando nos ares, cínico e espetaculoso como o *flammeum* de Nero no banquete de Tigelino.

* * *

O Campos, entretanto, não podia descansar com a ideia daquela desgraça. Abandonava tudo, esquecia os próprios interesses para correr às bancas dos advogados, consultando, propondo defesas; mais tonto, mais aflito do que se tratasse de salvar um filho.

A situação relacionara-o com o Dr. Tavares, o qual, um pouco em represália ao Coqueiro por havê-lo despedido de casa, sem as explicações devidas ao seu alto merecimento, e um pouco talvez na esperança de lucros pecuniários, mostrava-se ferozmente empenhado na questão. Nunca esteve tão verboso, tão cheio de entusiasmo e tão fecundo em citações latinas. Viam-no, a cada passo, em todos os grupos da rua do Ouvidor, berrando, gesticulando sobre o assunto, como se tudo aquilo lhe tocasse diretamente.

— É incontestável — exclamara ele a quem lhe caía nas garras —, é incontestável que Amâncio foi vítima de uma arbitrariedade! E esse delegado das dúzias, que, sem mais nem menos, o mandou recolher à prisão, prevaricou! Prevaricou, principalmente porque Amâncio nada mais fez do que desflorar mulher virgem maior de dezessete anos, o que, perante a nossa lei, não constitui crime! Por conseguinte, a prisão preventiva não devia ser efetuada!

E a sua voz, aguda e sistemática, repetindo a palavra friamente obscena da lei, causava no auditório o efeito vexativo que nos produz um cadáver nu.

Hortênsia já se escondia no quarto, quando o maçante se lhe pespegava em casa.

Ah! Ele havia de mostrar a esses advogadozinhos de meia-tigela, os quais, mal surge um processo andam a oferecer-se como protetores de qualquer uma das partes e acabam sempre por comprometer a causa! Ele havia de mostrar o que é dignidade e retidão na justiça! E, se não tivesse outro meio, escreveria uma série de artigos que os poria a todos na rua da amargura! Campos havia de ver!

E, chegando-se para este, em atitude misteriosa:

— Mas o senhor, justamente, é quem me podia ajudar se quisesse!...

— Ajudá-lo?

— Sim! Nós dois, brincando, dávamos cabo da panelinha do Coqueiro! Que julga? Sei de tudo! Vi com estes olhos! Sei, melhor que ninguém, como se armou a cilada ao pobre moço!

Campos declarou que, em benefício de Amâncio, estava pronto a fazer o que fosse preciso.

— Encarrega-se da publicação dos artigos?! — exclamou o advogado.

— Pago-os até a quem os fizer — disse o Campos —, contanto que isso aproveite ao rapaz! Todo o meu desejo é livrá-lo o mais depressa possível! É uma questão de consciência!

— Pois então, meu caro amigo, pode escrever que ou o seu protegido não sofrerá o menor desgosto ou leva o diabo a caranguejola desta justiça de borra! Sou eu quem o afirma! Amanhã mesmo trago-lhe o primeiro artigo! Verá!

— Está dito!

Mas nesse mesmo dia, quando o Campos se dispunha a sair de casa, para ir entender-se com o Saldanha Marinho, que parecia resolvido a tomar a causa de Amâncio, entregaram-lhe uma carta.

Era do Coqueiro e dizia simplesmente: "*Para que V. Sa. não continue iludido e não se sacrifique por quem não lhe merece mais do que o desprezo, junto remeto-lhe um documento que nos torna quase companheiros de infortúnio e que lhe dará uma ideia do caráter desse moço perverso, cuja intenção ao lado de sua família era desonrá-la como desonrou a minha!*".

O negociante desdobrou, a tremer, o papel que vinha incluso e leu aquela célebre carta subtraída por Amélia, alguns tempos antes.

Não quis acreditar logo no que via escrito. Uma nuvem passara-lhe diante dos olhos. "Mas não havia dúvida! Era a letra de Amâncio, era a letra daquele miserável, por quem ele ultimamente passara dias tão penosos!"

— Que ingratidão! E o Campos que o tinha na conta de um rapaz honesto!... Como vivera iludido!... Agora, dava toda a razão ao Coqueiro! Calculava já o que não teria feito, o biltre na casa de pensão!

As tais pontas de mefistófeles iam desaparecendo da cabeça do irmão de Amélia para se revelarem na cabeça de Amâncio.

— E Hortênsia?! — gritou-lhe de surpresa o coração.

— Ah! Por esse lado estava tranquilo!... Por ela meteria a mão no fogo! — Demais, o teor da carta bem claro mostrava que o infame não conseguiria seus lúbricos desígnios! No desespero brutal daquelas palavras via-se indubitavelmente que a "virtuosa senhora" fechara ouvidos ao malvado!

Mas, como se podia conceber tanta perversidade e tanta hipocrisia em uma criatura de vinte e poucos anos?!... E lembrar-se o Campos de que, ainda naquela manhã, nem conseguira almoçar direito de tão preocupado que estava com o destino de semelhante cachorro!...

Agora, nem de longe queria ouvir falar de Amâncio ou do que a este se referisse. As suas boas intenções sobre o rapaz fugiram de um só voo e o coração esvaziou-se-lhe de repente, como um pombal abandonado.

Mas ainda lá ficou uma ideia branda e compassiva que respeitava ao ingrato; ainda lá ficou uma mesquinha pomba esquecida, que já não tinha forças para acompanhar a revoada das companheiras — era a comiseração inspirada pela mãe do criminoso. Essa ficou.

— Que desgraça da infeliz senhora! Possuir um filho daquela espécie!

E o Campos, com as mãos cruzadas atrás, encaminhou-se lentamente para o segundo andar, em busca da mulher.

Não a acusou; não lhe fez de leve uma pergunta de desconfiança; apenas disse, pondo-lhe a carta defronte dos olhos:

— Mira-te neste espelho!

Hortênsia ficou lívida.

— Vê tu em que eu me metia! — acrescentou ele. — Defender aquele miserável! Calculo quanto não te incomodaste, minha santa!

E beijou-a na testa.

Ela sacudiu os ombros numa expressão de confiança na própria virtude: O marido a conhecia bem, para que pudesse recear uma deslealdade de sua parte!

Logo, porém, que lhe escapou da presença, sentiu uma grande vontade de chorar. Correu ao quarto, fechou-se por dentro, e atirou-se à cama, abafando os soluços com os travesseiros que se inundavam.

* * *

Era um desespero nervoso, uma estranha mágoa por alguma coisa que ela não podia determinar o que fosse, mas que só se abrandava com aquela orgia de lágrimas. Sentia gosto em vertê-las, abundantes, fartas, como se as derramasse no fogo que a devorava.

Não obstante, ao receber aquela carta, ainda lhe sobejara coragem para responder, sem afrouxar nos seus princípios de honestidade; mas, agora, uma súbita transformação ganhava-lhe os sentidos e parecia chamar-lhe à cabeça as ondas quentes de seu sangue revolucionado.

E quem não se revoltaria, pensava Hortênsia, defronte da sorte tão contrária do lastimável moço, cujo grande crime consistia apenas no muito amor que ela inspirara?... Ah! Era isso decerto o que a enchia de aflição e desalento! Era a desgraça dessa pobre criatura, contra a qual tudo parecia conspirar como se um gênio fantástico e mau a perseguisse! Que seria agora do mísero, sem a proteção do Campos?... Que seria do desgraçado, sem esse último companheiro que lhe restava no meio de tamanhas lutas?...

Violou uma sdonzela, é verdade! Mas deveriam responsabilizá-lo por isso?... Seria ele o verdadeiro culpado ou simplesmente uma vítima?... Falava-se tanto nos costumes de toda aquela gente do Coqueiro!... Rosnavam com tanta insistência sobre os planos, os cálculos, as armadilhas tramadas ao dinheiro do rapaz!... De que lado estaria a razão?... E, quando se revoltassem todos contra o infeliz, teria ela, Hortênsia, o direito de fazer o mesmo?... Não lhe caberia grande parte na culpa que o acusavam? Não poderia ela, só ela, ter evitado aquilo tudo com uma simples palavra de amor?... Por que, afinal o que lançou Amâncio nos braços da tal rapariga?... Foi a paixão? Foi a beleza? Foi o talento? Não! Foi unicamente o despeito! Foi o delírio, o desespero de um coração repudiado! Sim, sim! Tudo aquilo sucedera, porque ela o repelira; porque ela, a imprudente, fechara-lhe os braços, quando o desgraçado, louco de paixão, lhe suplicava por tudo um bocado de amor, um pouco de caridade!...

Antes tivesse cedido!...

E embravecia-lhe o pranto. Antes tivesse, porque, se assim fosse, o pobre moço, com certeza, não pensaria na outra! Mas o infeliz, coitado! Viu-se aflito, enraivecido, sofrendo, sabe Deus o quê! e sucumbiu, ora essa! Sucumbiu como aconteceria a qualquer nas mesmas condições! Sucumbiu por desalento, talvez por vingança, talvez por não ter outro remédio! Não! Definitivamente sentia muita pena daquele desditoso rapaz!

Amava-o agora. Seu espírito atrasado e muito brasileiro descobria nele uma vítima de fatalidades amorosas, e esse prisma romântico emprestava ao estudante uma irresistível simpatia de tristeza, uma deliciosa atração de desgraça.

Hortênsia sonhava-o "pálido, melancólico, desprezado no fundo de uma prisão, tendo por leito um catre abominável, por única luz, uma trêmula aresta do sol que se filtrava pelas grades negras do cárcere".

E aquela encantadora figura de prisioneiro, com a cabeça languidamente apoiada nas mãos, os olhos úmidos de pranto, os cabelos em desalinho, sobre a fronte — a penetrava toda, enchia-lhe o coração, num aflitivo transbordamento de lágrimas.

Oh! Aquela adorável figura de vinte anos sofria tudo aquilo porque a amava! Porque uma paixão insensata lhe entrara no peito; sofria porque Hortênsia recusara os beijos que o desventurado lhe pedira com tanta febre e com tanta ansiedade.

Pobre moço! Pobres vintes anos! dizia ela quase com as mesmas frases do marido. Mas por que se haviam de ter visto... Por que se haviam de amar?...

E a mulher do Campos, que até aí não sentira dificuldade em resistir às seduções do estudante, agora, fascinada pela dramatização daquela catástrofe que o heroificava, via-o belo, indispensável, grande na sua situação especial, conhecido das mulheres, temido e odiado dos homens, vivendo na curiosidade do público, percorrendo todas as fantasias, sobressaltando todos os corações.

E o contraste da sofredora condição em que o via presentemente com as atitudes brilhantes que ele outrora estadeara naquela própria casa, quando, de taça em punho, espargia a sua bela palavra quente e sonora, prendendo a atenção de velhos e moços, dominando, conquistando — esse contraste ainda mais a arrebatava para ele com toda a violência de uma alucinação.

Não mais se possuiu — um desgosto mofino apoderou-se dela; ficou insociável e muito triste; entregou-se a longas leituras místicas, acompanhando com interesse amores infelizes, lentos martírios da alma, que só terminavam no esquecimento da morte ou do claustro. Decorou entre lágrimas a carta do réu.

— Como ele me amava! — dizia soluçando — como ele sofria, quando arrancou do coração estas palavras, ainda quentes do seu sangue!

De sorte que, ao lhe comunicar o marido a resolução de escrever a Amâncio, remetendo-lhe a terrível carta denunciadora e prevenindo-o de que lhe retirava a sua amizade, ela, com uma agonia a sufocá-la, resolveu também escrever ao moço uma carta que servisse, ao menos, para suavizar o golpe da outra.

* * *

O estudante, no dia seguinte, recebia na prisão as duas cartas.

Não se pode determinar qual delas o surpreendeu mais; notando-se, porém, que a do Campos produziu completo o efeito a que se propunha; ao passo que a outra, em vez de o consolar, enraiveceu-o.

Pois aquela mulher ainda não estava satisfeita e queria insistir nas suas provocações?... Ela talvez fosse a culpada única de tudo que de mau lhe acontecera! As coisas não tomariam decerto o mesmo caminho, se a maldita não lhe fizesse as negaças que fez e não lhe acordasse desejos que se não podiam saciar! E agora?... Além de perder a amizade do Campos, justamente quando mais precisava dela, havia de suportar a prosa lírica da Sra. D. Hortênsia!... "Que estava arrependida, que o adorava, que seria capaz de tudo por lhe dar um momento de ventura e que o esperava de braços abertos, logo que ele se achasse em liberdade."

Fosse para o inferno com as suas adorações! Diabo da pamonha! "Que o esperava de braços abertos!" Era quanto podia ser! Aquilo até lhe cheirava a debique! Aquilo parecia um insulto à sua desgraça, à sua terrível posição!

E chorava, o infeliz, chorava como se se quisesse vingar nas lágrimas.

Depois da carta de Hortênsia, a vida se lhe fazia mais escura e mais apertada entre as paredes da sua prisão. Quase que já não podia aguentar a presença do Paiva, do Simões e de alguns outros colegas que lá iam. No meio das sombras, progressivamente acentuadas em torno dele, só a imagem tranquila e doce de sua mãe permanecia com a mesma consoladora suavidade; sempre aquela mesma carinhosa figura de cabelos brancos, aquele corpo fraco, vergado e tão mesquinho que parecia pequeno demais para sustentar tamanho amor.

— Minha mãe! Minha santa mãe! — exclamava o preso, quando seu espírito, esfalfado pelas desilusões, precisava remansear ao abrigo morno e quieto de um bom pensamento.

— Minha santa mãe!

XXI

Três meses depois, a Escola Politécnica e a Escola de Medicina apresentavam o quente aspecto de uma sedição. — Amâncio fora absolvido.

Os estudantes formigavam assanhados como se acabassem de ganhar uma vitória. O nome do nortista era repetido com transporte; um grupo enorme de rapazes, capitaneado pelo Paiva Rocha e pelo Simões, aguardava o colega à saída do júri, para o conduzir em triunfo ao *Hotel Paris*, onde havia, à sua espera, um almoço e a banda de músicos alemães.

Fora muito extenso o último júri, quarenta horas seguidas; a defesa de Amâncio principiou à meia-noite e acabou às seis da manhã. O advogado, que "estava feliz como nunca", ainda aproveitou engenhosamente essa circunstância para afestoar o remate de seu pomposo discurso: "Não queria que o rei dos astros se envergonhasse com aquele nojento espetáculo de pequenas misérias! Não queria que o sol tivesse de corar defronte de semelhante tolina! Pedia que se varressem de pronto as consciências; que se descarregassem os espíritos, para que limpamente recebessem a esplêndida visita da aurora! Aí chegava o dia! Aí chegava a luz, enxotando os fantasmas tenebrosos da noite e precipitando-os em debandada pelo espaço!

Pois bem! Pois bem, meus senhores! Se ainda permanece nos vossos espíritos alguma sombra, alguma dúvida, alguma opinião vacilante sobre a inocência daquele pobre mancebo... (e mostrava Amâncio com um gesto supremo) que essa dúvida se apague! Que essa opinião vacilante se resolva na luz que nos assalta! Que essa última sombra se retire espavorida de envolta com as últimas sombras da noite que foge!"

— Bravo! Bravo! Apoiado! Muito bem!

E, no conflito da luz fresca, que entrava pelas janelas do edifício, com a luz vermelha do gás que amortecia, as palavras retumbantes do orador tornavam uma expressão de trágica solenidade. E os rostos lívidos e tresnoitados iam se esbatendo nas sombras da sala, como pálidas manchas brancas que se dissolvem.

Ninguém saíra antes de terminar a defesa; um empenho nervoso os prendia ali; as palavras do advogado eram aplaudidas com febre — todos queriam a absolvição de Amâncio.

Às nove horas da manhã a cidade parecia ter enlouquecido. Interrompeu-se o trabalho; os empregados públicos demoravam-se na rua; os cafés enchiam-se com a gente que vinha do júri. À porta das redações dos jornais não se podia passar com o povo que se aglomerava para ler as derradeiras notícias do processo, pregadas na parede à última hora.

Por toda a parte discutia-se a brilhante defesa de Amâncio de Vasconcelos: "Estivera magnífica! Surpreendente! Uma verdadeira obra-prima! Uma glória para o advogado fulano!". Repetiam-se frases inteiras do imenso discurso; faziam-se comparações: "*Maître* Lachaud não se sairia melhor!".

A rua dos Ourives estava quase intransitável com a multidão que se precipitava freneticamente para ver sair o absolvido. À porta do júri, o tal grupo de estudantes, capitaneado pelo Paiva, esperava-o formando alas ruidosas. Tudo era impaciência e sofreguidão.

Afinal, apareceu o homem. Vinha muito pálido e um pouco mais magro.

Ouviu-se então um rugido formidável que se prolongava por toda a rua. Os chapéus agitaram-se no ar.

— Viva Amâncio de Vasconcelos!

— Viva! — repetiram os colegas.

— Morram os locandeiros!

— Morram os piratas!

Amâncio passava de braço a braço, afagado, beijado, querido, como uma mulher formosa.

Mas o Paiva e o Simões apoderaram-se dele, e, seguidos pelo enorme grupo de estudantes, puseram-se a caminho para o hotel, entre as contínuas exclamações de entusiasmo, que rompiam de todos os pontos.

Entraram na rua do Ouvidor. Por onde passava o bando alegre dos rapazes, um rumor ardente, ancho de vida, enchia a rua num delírio de vozes confundidas. As portas das casas comerciais atulhavam-se de gente; pelas janelas dos dentistas, das costureiras e dos hotéis, surgiam, com o mesmo alvoroço, cabeças femininas de todas as graduações: senhoras que andavam em compras; raparigas que estavam no trabalho, professoras de piano, atrizes, cocotes; e, em todas igual sorriso de pasmo, olhares incendiados, bocas entreabertas a balbuciar o nome de Amâncio. Braços de carne branca apontavam para ele num tilintar nervoso de braceletes.

— É aquele! — diziam. — Aquele, moreno, de cabelo crespo, que ali vai!

— Mamãe! Mamãe! — gritavam doutro lado — venha ver o moço rico que saiu hoje da prisão!

E flores desfolhadas choviam-lhe sobre a cabeça, e os lenços de renda borboleteavam e iam cair-lhe aos pés, como uma provocação, e olhares de amor entornavam-se das janelas entre o ruidoso e pitoresco catasol das mulheres em grupo.

E Amâncio, tonto de prazer, caminhava no meio dos amigos, abraçado a um grande ramo de flores naturais que um preto lhe acabava de entregar e em cuja larga fita pendente via-se o nome dele em letras de ouro. Era uma lembrança de Hortênsia.

E o bando crescia sempre. O largo de São Francisco já estava cheio e ainda a rua do Ouvidor não se tinha esvaziado.

Ao passar pela Escola Politécnica, ouviram-se estalar foguetes e os vivas a Amâncio e à liberdade reproduziram-se com mais veemência. Os músicos alemães responderam da porta do hotel com a *Marselhesa*. A vertigem chegou então ao seu cúmulo, inflamada pela vibração corajosa dos instrumentos de metal. A rua do Teatro, o Rocio e todos os becos e travessas circunvizinhas já se achavam tolhidas de povo; as janelas do *Hotel Paris* destacavam-se embandeiradas e cheias de gente, como nos dias de carnaval. E aquela festa, ali, no coração da cidade, tomava um largo caráter de manifestação pública.

Já ninguém se entendia com o estardalhaço das vozes da música e dos foguetes. Amâncio, carregado em triunfo nos ombros dos colegas, entrou no hotel ao som do grande hino, chorando de comoção e agitando freneticamente o seu velho chapéu de feltro, desabado e boêmio.

Francesas de cabelo amarelo desciam com espalhafato ao primeiro andar do *Paris*, para ver de perto o "tipo da ordem do dia", o belo moço de que todo o Rio de Janeiro se ocupava naquele momento — o herói daquele romance de amor que havia meses apresava tantos espíritos e sobressaltava tantos corações.

Ele, que até aí parecia sufocado e não dera palavra, como que despertou às primeiras notas da *Marselhesa* e recobrou de súbito a sua equatorial verbosidade de brasileiro nortista; acenderam-se-lhe repentinamente as faces, os olhos luziram-lhe como duas joias, e a sua voz era já segura e vibrante quando ao teto voaram as primeiras rolhas de champanha.

E, de pé, dominando a extensa mesa coberta de iguarias, a taça erguida ao alto, o corpo torcido em uma posição teatral, desencadeou o seu verbo apaixonado e brilhante.

* * *

Entretanto, a essas horas, Coqueiro se dirigia tristemente para casa. As mãos cruzadas atrás, a cabeça baixa, as sobrancelhas franzidas, como o ar trágico de um herói vencido.

Vira e ouvira tudo!

Oculto num botequim, vira passar o bando fogoso dos colegas que festejavam o amante de sua irmã; ouvira os "morras ao locandeiro! Ao pirata!", ouvira as galhofas, os risos de escárnio, que lhe atiravam como a um inimigo de guerra. E uma raiva negra, um desespero surdo e profundo entraram-lhe no corpo, que nem um bando de corvos, para lhe comer a carniça do coração. Um duro desgosto pela vida o levava a pensar na morte, revoltado contra o mundo, contra a sociedade, contra sua família, contra a hora em que nascera.

Maldito fosse tudo isso! Malditos seu país, sua pátria! Suas convicções! Malditas as leis todas que regiam aquela miserável existência!

Chegou lívido, sombrio, com os lábios a tremer na sua comoção mortífera. Um silêncio fúnebre enchia a casa; dir-se-ia que acabava de sair dali um enterro. Amélia chorava fechada no quarto e Mme. Brizard, estendida na preguiçosa, tinha a cabeça entre as mãos e meditava soturnamente. Sobre a mesa o almoço há que horas esfriava, esquecido e às moscas.

É que já sabiam do terrível desfecho do júri: Amâncio estava livre, senhor de si por uma vez, podendo ir para a província quando bem quisesse, porque, além de tudo, nem o dinheiro lhe faltava!...

E eles que ali ficassem, a roer um chifre! Sem recursos, e obrigados a ocupar aquela casa, que era o preço de sua desonra comum.

— Mas o culpado foste tu e só tu! — berrou de supetão Mme. Brizard, erguendo-se da cadeira com um movimento de cólera. — Se me tivesse ouvido, não ficarias agora com essa cara de asno. "Quem tudo quer tudo perde!" Foi bem-feito, para que, de hoje em diante, preste mais atenção ao que te digo! Agora pega-lhe com trapos quentes!

O marido deixou cair a cabeça sobre o peito e quedou-se a fitar o chão. Mme. Brizard, depois de voltear agitada pela sala, acrescentou:

— Se fosse o único a sofrer as consequências de tuas cabeçadas, vá! Mas é que nós todos temos de as aguentar!

Agora só quero ver como te arranjas! Onde vais tu descobrir dinheiro para sustentar a casa! É preciso ser muito cavalo, para ter a fortuna nas mãos e atirá-la pela janela fora! Agora é que eu quero ver! Anda! Vai arranjar hóspedes! Vê se descobres um novo Amâncio! Ou quem sabe se contas viver do que der o cortiço da rua do Resende?! Fizeste-a bonita; os outros que amarguem!....

Calou-se por um instante, arquejando, mas repinchou logo:

— Olha! Por estes três meses já podes avaliar o que não será o resto! Não há mais um punhado de farinha em casa; a companhia já ontem nos cortou o gás, porque não lhe pagamos o trimestre vencido; o último criado que nos restava foi-se há mais de quatro semanas, dizendo aí o diabo; só nos resta a mucama, que é aquele estafermo que sabemos; o Eiras reclama todos os dias o tratamento de Nini! E tu!... tu! Sem um emprego, sem um rendimento, sem nada! Então?! E pôs as mãos nas cadeiras, com um riso abominável de ironia. — Então?! Estamos ou não estamos arranjadinhos?!... O que te afianço é que não me sinto nada disposta a tornar ao inferno da existência que curti na rua do Resende! Vê lá como te arranjas!

Coqueiro fugiu para o quarto, sem responder à mulher. "Tinha medo de fazer um despropósito!"

Que miséria de vida, a sua!, refletia ele. Nem ao menos a própria família o consolava! Por toda a parte a mesma perseguição, o mesmo ódio, a mesma luta! Que seria de si?! Que fim poderia ter tudo aquilo?! Onde iria cavar dinheiro para manter os seus?! E as custas do processo, e as despesas que fizera?! O alferes e o homem da venda exigiam o pagamento do que depuseram contra Amâncio, a quem mal conheciam de vista; aquele o ameaçava com um escândalo, se Coqueiro não lhe "cuspisse *pr'*ali os cobres"; o outro o abocanhava pela vizinhança, fazendo acreditar que o devedor era nem só um caloteiro como um bêbado!

E não havia dinheiro para nenhuma dessas coisas!

Um inferno! Um verdadeiro inferno! Os moradores da rua do Resende há que tempos que não pingavam vintém; o Damião estava já pelos cabelos para arriar a carga: "Não podia mais aturar semelhante corja", dizia e contava até que um dos inquilinos lhe tentara chegar a roupa ao pelo por questões de aluguéis.

E o Coqueiro viu arrastar-se todo aquele mau dia na mesma inferneira.

À noite, foi preciso acender velas em substituição do gás suprimido. Amélia não comera desde a véspera e queixava-se agora de muitas dores na cabeça, náuseas, tonturas de febre e um fastio mortal; apareciam-lhe por todo o corpo pequenas manchas roxas. Mme. Brizard só abria a boca para fazer novas recriminações e praguejar; na sua cólera chegara alguns tabefes ao filho, e este rabujava a um canto, embesourado e casmurro.

Antes morresse! Antes, mil vezes antes!, repisava o Coqueiro, sentindo-se esmagar debaixo daquele desmoronamento. Que faria agora de uma irmã prostituída e de uma mulher desesperada?!...

E as horas arrastavam-se pesadas como cadeias de ferro. A casa mal-esclarecida tinha uma tristeza lúbubre de igreja deserta.

Afinal, Mme. Brizard foi para a cama com o filho; Amélia parecia mais tranquila; só o Coqueiro velava, só ele, com o seu desespero a triturá-lo por dentro.

Não podia sossegar um minuto — era deixar-se ir consumindo pelo sofrimento, até que a dor cansasse de doer e os tais bichos negros do coração lhe comessem o último bocado de carniça. Sentia, porém, uma espécie de volúpia pungente em reler as cartas anônimas que lhe enviaram durante o dia; encolerizava-se com isso, mas não podia deixar de as ler, como quem não resiste a tocar numa parte dolorida do corpo.

Três, nada menos do que três cartas anônimas, e cada qual a mais insultosa e mais perversa; não lhe poupavam coisa alguma: a vergonha real da situação, o ridículo que havia de o acompanhar para sempre, a ojeriza que o público lhe votava espontaneamente; tudo lá estava; tudo vinha descrito, com uma minuciosidade cruel, e com pequeninas considerações ultrajantes, com o terrível cuidado de quem se vinga.

E, para o efeito ser mais completo, falavam intencionalmente, com entusiasmo, nas conquistas e nas simpatias do outro, do querido, do "feliz"! Não se esqueciam da menor circunstância lisonjeira para Amâncio: o modo pelo qual o receberam ao sair da prisão, os vivas, as flores desfolhadas sobre ele, os oferecimentos, as declarações de amor, os ramilhetes que lhe deram, os brindes; tudo, tudo fora metido ali, para ferir, para danar, para moer.

Reconheceu logo que uma das cartas era de Lúcia; as outras deviam ser de seus próprios colegas ou, quem sabe?... de algum velho inimigo já esquecido por ele! Tanta gente saíra despeitada da sua casa de pensão!... Ser credor é ser algoz!... Exigir pagamento de uma conta a quem não tem dinheiro é exigir a sua inimizade eterna! Além disso, com os seus modos secos e retraídos ele sempre fora tão pouco estimado na academia!... Não tinha, como o "prosa" do Amâncio, gênio para agradar a todo o mundo; não tinha as lábias do outro: não sabia fazer "discursatas e falações" a propósito de tudo!... Era um infeliz, que todos evitavam — um leproso! Um lazeiro!

E a dor, sem se resolver nas lágrimas que lhe faltavam, encaroçava-se-lhe por dentro, numa grande aflição.

Agora, como se apresentar nas aulas?!... Com que cara suportar o riso sarcástico dos colegas?!... Como resistir à curiosidade brutal do público que o esperava impaciente por cuspir-lhe no rosto?!... Como passar debaixo daquelas mesmas janelas que despejaram flores à cabeça de Amâncio?!... Amâncio! O homem que dormiu meio ano com sua irmã!...

E maquinalmente foi à secretária e tirou o velho revólver que fora do pai.

Que estranhas recordações à vista daquela arma! Daquela arma que na sua infância o fizera chorar tantas e tantas vezes!... Belos tempos que não voltam!...

E contemplava distraído os bonitos do revólver — os arabescos de prata e madrepérolas com o brasão do velho Lourenço Coqueiro em ouro.

Rica peça! Artística, bem trabalhada; não se lhe enxergava sinal de ferrugem, nem desarranjo nas molas. Também, que havia nisso para admirar se o dono tinha por ela um espécie de fetichismo e andava sempre a bruni-la e a azeitá-la? Era o único objeto que lhe falava ainda das extintas grandezas do pai: quantas vezes, não ouvira ele cavaquear o pobre velho sobre as alegorias daquele rico brasão!... E, quantas vezes, a tremer de medo, não o vira descarregar aquela mesma arma contra uma laranja que um escravo segurava com a mão erguida!

Ah! Bem que se recordava de tudo isso!... Parecia-lhe ouvir ainda gritar o pai, quando lhe metia à força o revólver entre os dedos. "Não! Isso agora hás de ter paciência! Tu, ao menos, ficarás sabendo dar um tiro!"

E, todavia, não fiquei sabendo... balbuciou o filho de Lourenço, a experimentar nos lábios o contato frio do cano de aço. Não fiquei sabendo dar um tiro, que, se o soubesse, acabaria aqui mesmo com esta vida estúpida e miserável!...

Se eu tivesse ânimo, pensou ele, estremecido com a ideia da morte — amanhã encontravam o meu cadáver e não ficariam naturalmente fazendo de mim um juízo tão triste e tão ridículo! Talvez até chegassem a amaldiçoar o outro e erguessem em volta de meu nome uma legenda respeitosa e compassiva...

Foi à gaveta, havia lá algumas balas, carregou a arma.

— Não há dúvida, é a melhor coisa que eu poderia fazer — reconsiderava Coqueiro, imóvel, a olhar indeciso o revólver que tinha na mão.

Mas era bastante chegá-lo contra a boca ou contra um dos ouvidos, para que os seus dedos logo se paralisassem e para que um arrepio muito agudo lhe corresse pela espinha dorsal.

Faltava-lhe a coragem.

Duas vezes ergueu-o à altura da cabeça, duas vezes o desviou, com as mãos trêmulas e o corpo entalado numa agonia insuportável.

— É horrível! — resmungava ele. — É horrível!

Ia principiar de novo as tentativas, quando da rua uma forte matinada lhe prendeu a atenção. Um grupo se aproximava, entre cantarolas e algazarras de risos.

Eram dez ou doze dos últimos convivas de Amâncio; haviam passado todo o dia e grande parte da noite a folgazar no *Paris*; muitos, como o autor da pândega, lá ficaram prostrados pela bebida, mas aqueles tiveram a fantasia de um passeio matinal ao Jardim Botânico e meteram-se barulhosamente no bonde.

Já no largo do Machado, um deles, um, que de há muito trazia o Coqueiro atravessado na garganta, lembrou que seria mais divertido apearem-se ali e seguirem a rua das Laranjeiras. A casa do velhaco era a alguns passos — bem lhe podiam cantar uma serenata debaixo das janelas!

A ideia foi bem acolhida, e a ruidosa farândola despejou-se pelo caminho das Laranjeiras numa hilaridade pletórica de bêbados.

Só pararam defronte da porta de João Coqueiro. Através das vidraças e das cortinas de uma das janelas, viram transparecer dubiamente a trêmula morte-cor de uma luz avermelhada.

— Estás dormindo, ó Joãozinho dos camarões?! — berrou cambaleando o que tivera a ideia daquela romaria. — Dorme, dorme! — É assim que fazem os sem-vergonhas de tua espécie! Vendem a irmã e põem-se a descansar no colchão que lhe deixou o amante!

Seguiu-se um estrupido de gritos e risos:

— Fora! Fora!

— Fiau, fiau!

— Larga essa casa que não é tua — gritou aquele. — É da outra! Ganhou-a com o suor de seu rosto! Sai, parasita!

— Sai! Sai!

E espocavam gargalhadas no grupo, e os guinchos sibilantes iam até o fim da rua:

— Fora!

— Fiau!

— Sai, cão!

— Deixa a casa, que não é tua! Fora!

— Fora o cáften!

— Fiau!

Os vizinhos chegavam às janelas, vozeando furiosos contra semelhante berraria.

— É o que sucede a quem mora perto de um João Coqueiro! — bradou um da turma.

— Quem mora junto ao chiqueiro sente o fedor da lama! — gritou um segundo.

— Queixe-se à Câmara Municipal! — acudiu outro.

E formidável matacão foi de encontro à vidraça iluminada do chalé de Amélia.

Um dos vizinhos apitou e o outro despediu um jarro de água sobre os desordeiros.

Ouviu-se logo o estardalhaço impetuoso dos gritos, das descomposturas e do crepitar dos vidros que se partem sob um chuveiro de pedras.

— Morra o infame! — bramia a malta, já de carreira para o largo do Machado. — Morra o cáften!

* * *

João Coqueiro presenciara tudo aquilo, grudado a um canto da janela, mordendo os nós da mão, os olhos injetados, o sangue a saltar-lhe nas veias.

Oh! Era demais, pensava ele desesperado. Era demais tanta injúria! Se Amâncio estivesse ali, naquela ocasião, por Deus, que o estrangulava!

Abriu a janela. O dia repontava já, mas enevoado e triste. Não havia azul; céu e horizontes de neblinas formavam uma só pasta cor de pérola, onde vultos cinzentos se esfumavam.

O homem da venda abria também as suas portas. Coqueiro cumprimentou-o, ele respondeu com um risinho insolente, acompanhado de pigarro.

Uma caleça rodejava lentamente ao largo da rua, o cocheiro vergado sobre as rédeas, o seu casquete sumido na gola do capotão. Coqueiro fez-lhe sinal que esperasse, embrulhou-se no sobretudo, enterrou o chapéu na cabeça, meteu o revólver no bolso e saiu.

— *Hotel Paris*! — disse ao da boleia, atirando-se no fundo da carruagem. O cocheiro endireitou-se sobre a almofada, espichou o pescoço, sacudiu as rédeas e os animais dispararam, assoprando, grossamente contra o ar frio da manhã.

* * *

Coqueiro enfiou pela escadaria do hotel.

Estava tudo deserto e silencioso; apenas, no salão principal, viam-se um preto velho e um caixeiro desdormido que, entre bocejos, se dispunha a principiar a limpeza da casa.

Dir-se-ia que ali passara um exército de bêbados. Por toda a parte vinho derramado, copos partidos, cacos de garrafa e destroços do vasilhame que servira à mesa; o oleado do chão escorregava com uma crosta gordurosa de restos de comida e vômito espezinhado; um espelho ficara em fanicos e um aquário desabara, fazendo-se em pedaços e alagando o pavimento, onde peixinhos dourados e vermelhos jaziam, uns mortos e outros ainda estrebuchando.

O preto, de gatinhas, em manga de camisa e calças arregambiadas, procurava desencardir o sobrado com um esfregão de coco, que ia embeber ao canto da sala numa tina cheia de água; enquanto o caixeiro, a jogar o corpo, muito esbodegado, erguia o que estava pelo chão e empilhava as cadeiras sobre as mesinhas de mármore, ao comprido das paredes.

— Onde é o quarto do Amâncio? — perguntou-lhe João Coqueiro.

— Amâncio? — repetiu aquele, emperrando no meio da sala para fitar o interlocutor com um olhar morto de sono. — Ah! — bocejou. — O tal moço do pagode de ontem?...

Coqueiro sacudiu a cabeça perpendicularmente.

— É cá, no número dois, mas escusa bater, que ele aí não está. Ficou lá em cima, no onze, com a Jeanete.

E, voltando ao serviço:

— Se ele não é coisa de pressa, o melhor seria procurá-lo mais logo... Deve de estar agora ferrado no sono, que levou na pândega até às quatro e meia!...

Coqueiro voltou-lhe as costas e dirigiu-se para o segundo andar. Bateu à porta do nº 11.

Ninguém respondeu.

Tornou a bater.

Bateu de novo.

— *Qui est là?* — perguntou na rouquidão do estremunhamento uma voz de mulher.

— Preciso falar a esse rapaz que aí está, o Amâncio!

Ouviu-se um farfalhar de panos, chinelas arrastaram, e em seguida a porta abriu-se cautelosamente, mostrando pela fisga um rosto gordo, de olhos azuis.

— *Qui est là?...*

Mas o Coqueiro, em vez de responder, afastou a porta com um murro e atirou-se para dentro do quarto; ao passo que a Jeanete, esfandogada de medo, desgalgava em fralda o escadão que ia ter ao primeiro andar.

Amâncio, em uma cama muito cortinada e muito larga, dormia profundamente, de barriga para o ar, pernas abertas e braços atirados sobre a desordem das colchas e dos lençóis. No chão, ao lado do escarrador, um travesseiro caído, e em torno, por todo o desarranjo da alcova, roupas espalhadas.

O Coqueiro olhou um instante para ele, sem pestanejar; depois, sacou tranquilamente o revólver da algibeira e deu-lhe um tiro à queima-roupa.

Amâncio soltou um ai.

A segunda bala já o não pilhou, mas o irmão de Amélia, abstraído, pateta, continuava a disparar os outros tiros até que a arma lhe caiu das mãos.

Nisto, como se acordasse de uma vertigem, saiu a correr tropeçando em tudo. No primeiro andar um polícia lançou-lhe as garras aos cós das calças e o foi conduzindo à sua frente, sem lhe dizer palavra.

Entretanto, Amâncio despertou com um novo gemido e levou ao peito as mãos que se ensoparam no sangue da ferida. Olhou em torno, à procura de alguém; mas o quarto estava abandonado.

Então, fechou novamente os olhos estremecendo, esticou o corpo e uma palavra doce esvoaçou-lhe nos lábios entreabertos, como um fraco e lamentoso apelo de criança: — Mamãe!...

E morreu.

XXII

Começou logo a reunir povo na porta do hotel. Faziam-se grupos; os repórteres andavam num torniquete; viam-se o Piloto por toda a parte, irrequieto, farisqueiro; e o fato ia ganhando circulação, com uma rapidez elétrica. Pânico, sobressalto, quebrava violentamente a plácida monotonia da Corte; mulheres de toda espécie e de todas as idades empenhavam-se com a mesma febre na sorte dramática do infeliz estudante, e o Coqueiro, alado pela transcendência de seu crime, principiava a realçar no espírito público, sob a irradiação simpática e brilhante de sua corajosa desafronta.

Às dez horas da manhã já se não podia entrar facilmente no necrotério, para onde fora, sem perda de tempo, conduzido o cadáver de Amâncio, entre um cortejo imenso de curiosos.

Choviam as interpretações, os comentários sobre o fato; todos queriam dar esclarecimentos, explicar os pontos mais obscuros do grande sucesso. "A bala atravessara-lhe as regiões torácicas e fora cravar-se num osso da espinha", afirmava um homem alto, elegante, de cabelos brancos, cujo ar empantufado prendia a atenção dos mais.

Esse homem, que alguns tomavam por um médico, outros por qualquer autoridade policial, outros por um jornalista, outros por um dos professores da faculdade onde estudava o defunto, não era senão o Lambertosa, o ilustre *gentleman* da casa de pensão da Mme. Brizard.

E, sempre distinto, sempre viajado, pronto sempre a explicar as coisas cientificamente, agitava a bengala afagando a barriga bem abotoada, e de pernas abertas, pescoço duro, ia estadeando a sua "grande intimidade" com o célebre morto; citando fatos, contando magníficas anedotas que se deram entre os dois.

— Ah! Era um moço de invejável talento! Boa memória, compreensão fácil e gosto cultivado. Para a retórica ainda não vi outro... Não, minto! Em Londres, em Londres, confesso que encontrei um outro nessas condições!...

E punha-se a falar de Londres, e passava depois à França, à Itália, à Europa inteira, e chegaria até aos polos, se alguém quisesse acompanhá-lo na viagem.

Muitos outros dos antigos inquilinos de Mme. Brizard também apareceram no necrotério. Lá esteve a pálida Lúcia, cheia de melancolia, a fitar o cadáver em silêncio, com os seus belos olhos alterados pelo abuso das lunetas. Agora morava ela com o seu Pereira em Niterói, numa casa de pensão de um italiano, educador de cães e macacos. Era a terceira que percorria depois da rua do Resende.

Lá esteve, de passagem, o Fontes, com as suas amostras de renda debaixo do braço; lá esteve o triste Paula Mendes, para fazer a vontade da mulher, que exigira ver a "vítima daquele grande cão"; lá esteve o Dr. Tavares, que parecia tomar cada vez mais interesse no "escandaloso assassínio". E, quem diria? Até lá esteve o esquisitão do Campelo que muito dificilmente se abalava com as questões alheias.

Por toda a cidade só se pensava no "crime do *Hotel Paris*"; os jornais saíam carregados de notícias e artigos sobre ele, esgotavam-se as edições da defesa e da acusação de Amâncio; vendia-se na rua o retrato deste em todas as posições, feitios e tamanhos: moribundo, em vida, na escola, no passeio. E tudo ia direito para os álbuns, para as paredes e para as coleções de raridades.

Hortênsia, quando lhe constou o terrível desfecho daquele episódio que, na sua fantasia romântica, tomava as proporções de um poema, caiu sem sentidos e ficou prostrada na cama por uma febre violenta. Durante esse tempo, o marido procurava na prisão o assassino para lhe oferecer os seus serviços, e pôr à disposição dele o dinheiro de que precisasse. "Coqueiro podia ficar tranquilo — nada havia de faltar à família, nem a pensão de Nini."

E foi em pessoa dar as providências para o enterro do outro.

* * *

O funeral atingiu dimensões gigantescas: parecia que se tratava da morte de um grande benemérito da pátria.

Por influência do advogado de Amâncio, que era político e bem relacionado, compareceram muitos figurões e até alguns homens do poder. Houve senadores, ministros em vigor, titulares de vários matizes, altos funcionários públicos, artistas de nome, doutores de toda a espécie, clubes de todas as ordens, ordens de todas as devoções, jornalistas, negociantes, empresários, capitalistas e estudantes; estudantes que era uma coisa por demais.

A cidade inteira abalou-se, demoveu-se, para deixar passar aquela estranha procissão de um magro cadáver de vinte anos.

Veio muita gente dos arrabaldes. De todos os cantos do Rio de Janeiro acudia povo e mais povo a ver o enterro.

As ruas, os largos, por onde ele ia, ficavam coagulados de gente; os garotos grimpavam-se aos muros, escalavam as árvores, subiam às grades das chácaras; as janelas regurgitavam, como num domingo de festa.

O caixão foi carregado a pulso, coberto de coroas; no cemitério ninguém se podia mexer com a multidão que afluía.

Um delírio!

E, no dia seguinte, descrições e mais descrições jornalísticas; necrológios, artigos fúnebres, notícias biográficas e poesias dedicadas à "triste morte daquelas vinte primaveras".

E, o que é mais raro, o fato não caiu logo no esquecimento, porque aí estava o novo processo do assassino para lhe entreter o calor, à feição de um banho-maria.

Continuavam, pois, as notícias jurídicas; Coqueiro popularizava-se, ia conquistando opiniões e simpatias; ia aos poucos se instalando no lugar vago pelo desaparecimento do outro. Muitos colegas se voltavam já a favor dele; até o Simões — até o Paiva!

O Paiva, sim! Que agora, completamente restaurado com as roupas herdadas de Amâncio, deixava-se ver amiúde nos pontos mais concorridos da cidade e, entre as palestras dos amigos, mostrava-se todo propenso a justificar o ato do irmão de Amélia.

— Não! — dizia ele, quando lhe tocavam nesse ponto. Não! O Coqueiro andou bem!... Eu, se tivesse uma irmã, fosse ela quem fosse, faria o mesmo naturalmente!...

* * *

Entretanto, pouco depois do enterro, no meio do burburinho de passageiros chegando do vapor do Norte, uma senhora já idosa, coberta de luto, saltava no cais Pharoux.

Vinha acompanhada por uma mulata, que trazia constantemente os braços cruzados em sinal de respeito, e por um velho gordo e bem vestido, cujas maneiras faziam adivinhar que ele ali não passava de um simples companheiro de viagem.

Como se já tivessem resolvido no escaler o que deviam fazer logo que saltassem, o velho, mal se viu em terra, chamou por um carroceiro, deu a este a sua bagagem com o competente endereço, fez sinal à mulata que seguisse a carroça e, depois de ajudar a senhora a sair do bote, perguntou, solicitamente, se ela queria tomar um carro.

A senhora, muito inquieta, respondeu que preferia ir a pé, e os dois, de braço dado, puseram-se a andar na direção da rua Direita.

Essa senhora era D. Ângela.

O Campos já lhe havia escrito, comunicando a prisão do filho. A princípio, não se achou com ânimo de falar nisso à pobre mãe; mas seus escrúpulos fugiram totalmente, desde que lhe chegou às mãos aquela terrível denúncia do Coqueiro.

Ângela não esperava pelo golpe, e ficou a ponto de perder a cabeça. "Como?! Seria crível?... Seu filho, seu querido filho na prisão, com um processo às costas e sem ter quem lhe valesse!... Ó Santo Deus! Santo Deus! que isso era demais para um pobre coração de mãe! Que mal teria ela feito para merecer tão grande castigo?!"

E resolveu seguir para a Corte, imediatamente, no mesmo, vapor. Sentia-se corajosa, capaz de todas as lutas, de todas as violências, para salvar seu filho. Esqueceu-se de seus achaques, do estado melindroso de seu peito, para só cuidar dele; só pensar nessa criatura idolatrada que valia mais, no fanatismo de seu afeto, do que todas as grandezas da terra, todos os esplendores do mundo e todas as potências do céu.

Oh! Haviam de restituir-lhe o filho!... Ela estava resolvida a atirar-se aos pés dos juízes, das autoridades, do imperador, se preciso fosse, para resgatá-lo! Não era possível que só encontrasse corações tão duros, que resistissem a tanta lágrima, a tamanha dor e a tamanho desespero!

No primeiro paquete achava-se a bordo, apenas seguida de uma escrava que, entre as suas, lhe merecia mais confiança.

Mas, agora, pelo braço de um estranho que a não desamparava por mera delicadeza, ou talvez por compaixão; agora, no grosseiro tumulto do cais, estremunhada no meio daquela gente desconhecida — a infeliz sentia-se fraquear. Não sabia que fazer — se ir em busca do Campos ou correr à toa por aquelas ruas, a gritar pelo filho, e reclamá-lo daquele mundo indiferente que formigava em torno de sua perplexidade.

E, por mais que se quisesse fingir forte, uma aflição crescia-lhe dentro e tomava-lhe a garganta. Tremiam-lhe as pernas e os olhos marejavam-se-lhe de lágrimas.

— Mas V. Exa. não disse que seu filho morava nas Laranjeiras? — perguntou o velho, compreendendo a perturbação de Ângela.

— Sim, foi para aí que ele me mandou dirigir as cartas... Tenho até aqui comigo o número da casa, mas, depois disso, já recebi a tal notícia da prisão, e...

— Bem, interrompeu o outro — o mais certo é irmos até lá. — Se não encontramos o rapaz, havemos de achar alguém que nos dê informações. É mais um instante! Eu ainda posso acompanhá-la, não tenho pressa; o melhor, porém, seria tomarmos um carro.

— Não, não! — respondeu a senhora, sempre inquieta, a olhar para todos os lados, como se esperasse, por um acaso feliz, descobrir Amâncio, de um momento para outro.

Estavam já na rua Direita. Ela, de repente, estacou e pôs-se a fitar a vidraça de um armarinho.

— Algum conhecido? — perguntou o velho.

— Não. É que estes chapéus... tenha a bondade de ver se consegue ler aquele nome... eu, talvez me enganasse...

O velho leu distintamente "a Amâncio de Vasconcelos". — É o título! — disse. — Eles agora batizam as mercadorias com os nomes que estão na moda. Algum tenor!

— É singular! — balbuciou a senhora.

— Por quê?

— É esse justamente o nome de meu filho.

— Oh! Não há só uma Maria no mundo!...

Mas D. Ângela fugira-lhe outra vez do braço para correr a uma nova vidraça. Eram agora as bengalas e gravatas "a Amâncio de Vasconcelos" que lhe prendiam a atenção.

Acabavam de entrar na rua do Ouvidor.

— Vê? — interrogou ela, muito preocupada e procurando esconder a comoção. — Ainda!

— Ah! — fez o companheiro, já impaciente. — V. Exa. vai encontrar o mesmo nome por toda a parte. — É o costume! Olhe! Se não me engano, lá está o retrato do tal Amâncio! Tenha a bondade de ver!

D. Ângela aproximou-se do retrato, correndo, e soltou logo uma exclamação:

— Mas é ele! É meu filho! O meu Amâncio!

E começou a rir e a chorar muito perturbada.

O velho, meio comovido e meio vexado com aquela expansão em plena rua do Ouvidor, principiava talvez a arrepender-se de ter sido tão cavalheiro com Ângela, quando esta, que estivera até aí a percorrer, como uma doida, outros mostradores, arrancou do peito um formidável grito e caiu de bruços na calçada.

Tinha visto seu filho, representado na mesa do necrotério, com o tronco nu, o corpo em sangue.

E por debaixo, em letras garrafais:

"Amâncio de Vasconcelos, assassinado por João Coqueiro no *Hotel Paris*, em tantos de tal."

Apêndice

Glossário

Afestoado – adornado com festões.

Agatanhar – arranhar (como os gatos).

Aiar – emitir ais ou gemidos.

Alvitre – sugestão; proposta; lembrança; parecer.

Anodontia – falta completa de dentes.

Apoquentação – efeito de apoquentar (incomodar; preocupar-se).

Arrenego – ato de arrenegar (renegar; detestar; irritar-se).

Atassalhar – cortar ou fazer em retalhos; abocanhar; desacreditar.

Atilho – aquilo que serve para atar, geralmente tira estreita ou fio; feixe.

Atoleimado – que parece tolo; que tem ações e gestos de idiota.

Azoinar – acirrar (com ditos e sugestões); fazer zunzum aos ouvidos.

Basbaque – que ou aquele que pasma de tudo; palerma.

Bazofiar – mostrar bazófia (vaidade; fanfarronice).

Beribéri – doença devida à carência de vitamina B1, peculiar a algumas regiões tropicais e caracterizada por perturbações digestivas.

Bilro – Instrumento de madeira ou metal com que as rendeiras fazem rendas.

Birra – insistência em uma mesma ideia ou comportamento.

Bufo – ação de bufar (sopro forte).

Burel – pano grosseiro de lã; hábito religioso; luto.

Byroniano – relativo a Lorde Byron (1788 - 1824), poeta britânico e uma das figuras mais influentes do Romantismo. É referente à segunda geração do Romantismo, chamada de "mal do século", representada por jovens idealistas, aflitos, rebeldes, melancólicos, tediosos.

Caleça – antiga carruagem própria para viagem.

Cambraia – tecido fino ou transparente de linho ou algodão; carneiro branco.

Canjirão – jarro para vinho.

Cardadura – ato ou efeito de cardar (explorar alguém; roubar).

Catadura – aparência; aspecto de semblante (considerado como revelador do estado do ânimo).

Catita – pessoa elegante; formoso; prisão; calabouço.

Ceata – ceia abundante.

Chalaça – piada; dito zombeteiro.

Chamalotado – o mesmo que chamalote (tecido de lã ou pelo, geralmente com seda).

Chinfrinada – algazarra; grande confusão; coisa ridícula.

Cordoveias – conjunto dos tendões e veias do pescoço.

Coser – dar pontos de agulha em; encostar; costurar.

Dardejar – expelir; arrojar; irradiar.

Desabridamente – advérbio de desabrido (áspero; rude; desagradável).

Desabrido – áspero; rude; desagradável.

Descoco – ousadia; pouca-vergonha.

Dispneia – dificuldade em respirar, acompanhada de uma sensação de mal-estar.

Distanásia – morte lenta e dolorosa.

Duraque – espécie de sarja forte (tecido entrelaçado de fios de algodão, lã ou seda) que se emprega em calçado de senhora.

Embeiçado – preso pelo beiço; dominado por outrem.

Encanecer – criar cãs (cabelo branco); envelhecer; adquirir experiência.

Encolher – encurtar; tornar tímido.

Enfarar – ter enjoo a; enfastiar-se; tomar aborrecimento a uma comida.

Enfastiado – aborrecido; com repugnância pelo alimento.

Engranzado – enfiado; encadeado; enganchado.

Ensarilhado – formar sarilho com; emaranhado.

Entrudo – pessoa vestida ridiculamente; carnaval.

Enxergão – espécie de almofadão cheio de palhas, sobre que se deitam os colchões da cama.

Esbodegada – tornar-se fraco, mole; espaçar-se.

Escabujar – debater-se; espernear.

Escodear – descascar.

Esconsa – inclinada; com desnível.

Escrofuloso – que ou o que apresenta escrófulas (aumento do volume dos gânglios linfáticos cervicais, provocando tuberculose).

Esmalmado – sem alma; sem energia; mole; desleixado.

Espargir – derramar; espalhar.

Estafermo – pessoa feia, desajeitada ou desleixada; palerma.

Estame – fio de lã para tecer; fios da vida.

Estearina – princípio imediato dos corpos gordos e óleos usados no fabrico de velas.

Esteva – rabiça do arado ou da lavoura.

Fanar – cortar; aparar; amputar; mutilar.

Farândola – dança provençal executada de mãos dadas; grupos de maltrapilhos.

Fariscar – farejar; cheirar.

Férula – instrumento com que se castiga batendo na palma da mão; autoridade rígida.

Filhoses – Na culinária, plural de filhós (bolo de farinha e ovos fritos em óleo e passado por calda de açúcar; sonho).

Fulvo – cor alaranjada ou avermelhada.

Gamo – mamífero ruminante da Europa, de pele mosqueada, cauda comprida e galhos achatados nas pontas.

Garrulice – qualidade de gárrulo (tagalerice; falador).

Gárrulo – tagarela; falador.

Gazofiliáceos – caixa ou cofre onde de recolhiam as oferendas para o culto (no Templo de Jerusalém); tesouro; cofre de joias.

Gigo – ramo de árvore com frutos; cesto de vime estreito e alto.

Godilhão – nó formado por lã ou fios empastados.

Hausto – ato de haurir (aspirar; tragar); esgotar.

Héctica – estado de magreza e debilidade; destruição lenta do organismo.

Labarraque – água de labarraque (hipoclorito de sódio).

Latíbulo – lugar oculto; esconderijo; refúgio.

Laudatório – que louva ou que encerra louvor (aplaude; elogia; exalta).

Macambúzio – que não mostra alegria ou tem tendência a se isolar.

Mandrião – preguiçoso; indolente.

Mefistófeles – homem mau e sarcástico.

Mocho – assento sem costas para uma pessoa.

Mofino – infeliz; acanhado; turbulento.

Muxoxo – beijo.

Ortopneia – dificuldade de respirar, em especial na posição deitada, obrigando a estar sentado ou em pé.

Osteologia – anatomia que se ocupa dos ossos.

Paludosa – Febre paludosa, antigo nome da febre intermitente do impaludismo, que se acreditava ser produzida pelas emanações dos pântanos.

Paparaúba – madeira de marcenaria advinda da árvore da família das Simarubáceas.

Patranhas – mentira.

Pejar – encher; carregar; embaraçar-se; envergonhar-se.

Pélago – grande profundidade; abismo; o mar alto.

Pômulos – maçã do rosto.

Prear – conquistar; agarrar; prender;

Precatamente – Com cautela.

Púcaro – pequeno vaso com asa para beber ou extrair líquidos de outros vasos maiores.

Pundonoroso – que tem pundonor (sentimento de dignidade; brio; honra).

Rebusnar – resmungar.

Refocilar – fortificar; restaurar.

Regateia – discutir o preço de; discutir com violência.

Regateiro – homem que regateia (discute com violência).

Renovos – novidades da terra; produtos agrícolas de novidade.

Reuma – catarro pulmonar.

Rezinga – ato de rezingar.

Rezingar – dizer coisas em voz baixa, com sinais de descontentamento ou de mau humor.

Sacarífero – que produz ou contém açúcar.

Sensaborona – que não tem sabor; insípido; pessoa sem graça.

Sezão – acesso de febre, precedido de frio e calafrios.

Socapa – de maneira disfarçada; pela calada.
Solfejar – ler ou entoar música pronunciando somente o nome das notas.

Sopeado – reprimido; subjugado; metido debaixo dos pés.

Súcia – reunião de pessoas de má fama; corja; bando; cambada.

Supradito – que foi referido anteriormente.

Tabique – grade de madeira delgada e estreita; divisória.

Taramelar – falar muito.

Tartamudear – gaguejar; tremer a voz; atrapalhar-se.

Tartufo – indivíduo hipócrita.

Tílburi – carro pequeno de duas rodas e dois assentos, puxado por um só animal.

Tolda – cobertura destinada a abrigar do sol e da chuva (toldo).

Toleima – tolice; que tem ações e gestos de idiota.

Toleirona – grande tolo; pateta.

Toscanejar – cabecear com sono; dormir pouco tempo ou com sono leve.

Toutiço – parte posterior da cabeça; nuca.

Tripetrepe – pé ante pé; com dissimulação; de mansinho.

Vagidos – gemido; lamento; grito ou choro de criança recém-nascida.

Zungu – barulho; confusão.

Contextualização da obra

O Realismo-Naturalismo de Aluísio Azevedo

Cristina Garófalo Porini*

O panorama literário no final do século XIX oferecia ao leitor brasileiro uma considerável chance de escolha: em 1881, enquanto as obras românticas perdiam o fôlego depois de praticamente meio século de sucesso, dois estilos literários eram inaugurados. Tratava-se do Realismo, com a publicação do romance *Memórias póstumas de Brás Cubas*, de Machado de Assis, e do Naturalismo, com o romance de tese *O mulato*, de Aluísio Azevedo. Além da prosa, os autores realistas também se dedicaram à poesia; porém, os parnasianos foram os grandes responsáveis pelos versos daquele momento, inaugurando o Parnasianismo em 1882, com a publicação de *Fanfarras*, de Teófilo Dias.

Em comum, tais estilos combatiam o subjetivismo e a emotividade dos românticos. A literatura passou a ser guiada por preceitos racionais, retratando a sociedade burguesa sem qualquer tipo de idealização. A partir de doutrinas como o Determinismo (teoria de Hippolyte Taine; defendia que o homem não tem livre-arbítrio; seu comportamento está, portanto, pré-determinado por três fatores: a raça, o meio e o momento vivido) e

* Graduada em Letras pela Universidade de São Paulo e em Relações Públicas pela Faculdade de Comunicação Social Cásper Líbero, professora de Língua Portuguesa, Literatura e Redação para o ensino médio na rede particular de ensino e para cursos pré-vestibulares, redatora e revisora de textos.

o Evolucionismo (teoria de Charles Darwin; defendia a seleção natural de todos os seres vivos; o homem seria, portanto, igualmente influenciado por instintos animais. Para evoluir, a adaptação ao meio é indispensável: apenas os mais fortes, os que melhor se adaptam, sobrevivem), as personagens eram apresentadas em um *romance de tese* — obra destinada a comprovar a tese do autor, sempre originada a partir da observação crítica da sociedade, aspecto sustentado por outra doutrina daquele momento, o Positivismo. Vale ressaltar que o Naturalismo acrescentou ao Realismo o aspecto degradante, retratando as classes mais baixas e marginalizadas de forma repulsiva.

Uma vez que a literatura se fazia mais presente na vida cultural dos brasileiros, imagina-se a concorrência que havia entre os escritores para que seus textos fossem publicados nos folhetins da época. Nesse sentido, Aluísio Azevedo merece destaque: ele foi uma das raras figuras que conseguiram se manter com a renda gerada a partir da venda de seus escritos. Para tanto, ele tinha em mente, de forma bastante nítida, a diferença entre os romances "comerciais" e os de tese — aqueles que, a partir da publicação de *O mulato* (1881), consagrariam o autor.

Casa de pensão foi publicado em 1884, a partir de um escândalo que tomou as ruas do Rio de Janeiro, em 1876: o "Caso Capistrano". Os jornais da época retrataram com bastante alvoroço uma questão jurídica envolvendo um estudante paranaense, João Capistrano da Cunha, e a jovem Júlia Pereira; ambos, morando em uma pensão carioca, mantiveram um envolvimento, e a família da moça o processou, solicitando indenização; a alegação baseava-se no adiamento, por parte de Capistrano, de qualquer tentativa de reparação da desonra causada. O réu foi absolvido, causando uma imensa celebração dos estudantes pelas ruas fluminenses; a questão entre o estudante paranaense e a família de Júlia, no entanto, não terminou pacificamente — fato bastante explorado pelo jornalismo carioca.

Aluísio Azevedo, observando o cenário carioca tal como defendia o Positivismo, tomou esse episódio como centro de *Casa de pensão*, e, em sua ficção, buscou analisar as causas do comportamento das personagens. Para isso, o narrador em 3ª pessoa onisciente é decisivo — por intermédio dele, o leitor toma contato com os pensamentos, as impressões e as sensações de alguns personagens; outra estratégia de Aluísio é alicerçada no Determinismo — as ações de cada um dos personagens não são guiadas pela vontade própria deles, mas estão condicionadas ao meio em que vivem ou à herança genética.

A inspiração para a obra ficcional veio do rumoroso "Caso Capistrano", o que poderia comprometer o enredo como peça literária, resumindo-o a algo meramente documental. No entanto, a maestria em delinear tipos sociais (seja nas ações — ou falta delas — do sonolento Pereira ou da mal-humorada Catarina) assim como a força dramática, permitindo que alguns momentos psicológicos sejam muito bem explorados, como a cena final de Coqueirinho, fazem com que *Casa de pensão* contribua para consolidar a carreira literária de Aluísio Azevedo.

Sobre Aluísio Azevedo

Nascido em 14 de abril de 1857, Aluísio Tancredo Gonçalves de Azevedo era o segundo filho de um vice-cônsul português e de Dona Emília Amália Pinto de Magalhães; uma vez que Dona Emília havia sido casada anteriormente, não é difícil perceber que, para a sociedade do século XIX, tal relacionamento foi considerado uma indecência. Vale acrescentar que o primogênito do casal também se tornaria um artista de renome no Brasil: o dramaturgo Arthur Azevedo.

Desde criança, Aluísio apresentou grande facilidade em caracterizar personagens: inicialmente, dedicou-se ao desenho e à pintura; seus biógrafos indicam tais dotes como essenciais para a literatura que viria a escrever, com as descrições da galeria de seus personagens, como Rita Baiana (*O cortiço*) e os tantos tipos sociais de *O mulato*, por exemplo.

Seguindo os passos do irmão, mudou-se para o Rio de Janeiro aos 19 anos. O jovem Aluísio estudou na Imperial Academia de Belas Artes, e a arte já o auxiliava financeiramente: suas caricaturas eram publicadas nos jornais cariocas. Dois anos mais tarde, retornou a São Luís do Maranhão, devido ao falecimento de seu pai; esse foi o principal motivo de iniciar a carreira literária. No ano seguinte, 1879, lançou *Uma lágrima de mulher*, sua vertente romântica; em seguida, lançou um jornal anticlerical, *O pensador*.

Em 1881, Aluísio entrou definitivamente para o rol dos grandes literatos brasileiros: *O mulato* foi considerado um escândalo sem precedentes em São Luís do Maranhão — a descrição da cidade foi feita de tal forma que os críticos locais aconselharam-no a abandonar a atividade. Apesar disso, é o marco do início do Realismo-Naturalismo no Brasil. A decisão de Aluísio foi mudar de cidade: retornou ao Rio de Janeiro, onde *O mulato* fez sucesso. A cidade tornou-se, então, material de estudo para o artista, vasculhando detalhadamente a sociedade, a degradação pela qual passavam as classes sociais mais baixas, redigindo obras consagradas até os dias atuais, como *Casa de pensão* (1884) e *O cortiço* (1890). Esse foi um momento bastante profícuo do autor, escrevendo uma série de contos, crônicas e peças teatrais.

Em 1895, Aluísio tornou-se diplomata — atividade que o afastou, definitivamente, da literatura — apesar de, em 1897, ser um dos fundadores da Academia Brasileira de Letras. Prestou serviços na Espanha, no Japão, na Argentina, na Inglaterra, na Itália e no Paraguai. Retornou à Argentina, como primeiro cônsul, onde faleceu aos 56 anos.

DIREÇÃO
Martin Claret
PRODUÇÃO EDITORIAL
Carolina Marani Lima
Mayara Zucheli
DIREÇÃO DE ARTE E CAPA
José Duarte T. de Castro
DIAGRAMAÇÃO
Giovana Quadrotti
REVISÃO
Waldir Moraes
IMPRESSÃO E ACABAMENTO
Paulus Gráfica

Este livro segue o novo Acordo Ortográfico da Língua Portuguesa.

Dados Internacionais de Catalogação na Publicação (CIP)
(Câmara Brasileira do Livro, SP, Brasil)

Azevedo, Aloísio, 1857-1913.
Casa de pensão / Aluísio Azevedo. — São Paulo: Martin Claret, 2021.

I. Romance brasileiro I. Título

ISBN 978-65-5910-124-5

21-88602 CDD-B869.3

Índices para catálogo sistemático:

1. Romance: Literatura brasileira B869.3
Maria Alice Ferreira – Bibliotecária – CRB-8/7964

EDITORA MARTIN CLARET LTDA.
Rua Alegrete, 62 – Bairro Sumaré – CEP: 01254-010 – São Paulo, SP
Tel.: (11) 3672-8144 – www.martinclaret.com.br
Impresso – 2022